BASTEI
LÜBBE

*Pressestimmen:*

»Ein Top-10-Krimi!«

Publishers Weekly

»Ein privater Ermittler tritt gegen einen Mörder an, der systematisch hochkarätige amerikanische Mathematiker ermordet … Pepper Keane ist ein Privatschnüffler mit Vergangenheit, schrägem Humor und einem Feind, der alles daransetzt, ihn im Dunkeln tappen zu lassen. Ein fesselndes Debüt.«

Booklist

»Cohen besitzt die Gabe, Fraktale begreifbar und aufregend zu beschreiben. Die Jagd auf den Mörder ist unglaublich spannend.«

Kirkus Review

*Über den Autor:*

Marc Cohen hat als Richter in Boulder, Colorado, gearbeitet. Er hat für diverse Zeitungen Artikel geschrieben, von *Inside Kung Fu* über *Camping* bis *RV*.

TODESSPLITTER ist sein erster Roman. Von Kultautor Kinky Friedman wurde er dafür bereits mit Lob überschüttet.

MARC COHEN

# TODES SPLITTER

THRILLER

Aus dem
amerikanischen
Englisch
von
Gabi Reichart

BASTEI
LÜBBE

BASTEI LÜBBE TASCHENBUCH
Band 15 543

1. Auflage: August 2006

Vollständige Taschenbuchausgabe

Bastei Lübbe Taschenbücher in der Verlagsgruppe Lübbe

Deutsche Erstveröffentlichung
Titel der amerikanischen Originalausgabe:
*The Fractal Murders. A Pepper Keane Mysterys*
First published by Mysterious Press, Warner Books, New York

Dieses Werk wurde vermittelt durch die Literarische Agentur
Thomas Schlück GmbH, 30827 Garbsen.

Umschlaggestaltung: Gisela Kullowatz
Titelbild: © getty-images/Willie Maldonado
Satz: hanseatenSatz-bremen, Bremen
Druck und Verarbeitung: Ebner & Spiegel, Ulm
Printed in Germany
ISBN-13: 978-3-404-15543-9 (ab 01.01.2007)
ISBN-10: 3-404-15543-2

Sie finden uns im Internet unter
www.luebbe.de

Der Preis dieses Bandes versteht sich einschließlich
der gesetzlichen Mehrwertsteuer.

Für Tana

# 1. KAPITEL

Ich hatte einen schlechten Tag. Ich war auf der Straße den Berg hinunter hinter Mama und Papa Kettle geraten, und bis ich sie überholen konnte, war ich schon fast in Boulder angekommen. Ich fuhr schnell an ihnen vorbei und schnäuzte mir dann die Nase. Ich kämpfte schon seit einer Woche gegen eine höllische Nebenhöhlenentzündung. Wir befanden uns in der Mitte der sechsten Runde, und sie führte nach Punkten.

Die Besucherparkplätze waren alle belegt, weshalb ich meinen alternden Ford F-150 Pick-up auf dem Fakultätsparkplatz abstellte. Ich nahm die Kassette heraus, legte meinen Ausweis *US-Regierung – Dienstliche Angelegenheit* auf das Armaturenbrett und machte mich auf die Suche nach dem Mathematikgebäude. Ich arbeitete nicht mehr für die Regierung, aber ich hatte während meiner Tätigkeit als Anwalt genug Steuern gezahlt, um mich als ehrenamtlichen Staatsangestellten zu betrachten.

Ich hatte sieben Jahre an dieser Universität verbracht, aber das war lange her, und ich hatte mir immer große Mühe gegeben, Mathekursen aus dem Weg zu gehen. Jetzt war ich ein Privatdetektiv auf der Suche nach einer Matheprofessorin. Da ich nichts fand, was einer Übersichtskarte über den Campus glich, fragte ich schließlich nach dem Weg. Der erste Student war keine große Hilfe. Abgesehen von der Sicherheitsnadel an seiner linken Augenbraue sah er aus wie ein Neonazi-Skinhead. Er hatte keine Ahnung, wo sich das Mathegebäude befand, und seine verdrießliche Reaktion verriet Abscheu bei dem Gedanken, dass jemand das Gebäude aufsuchen wollte. Ich schüttelte den Kopf und sprach ein Gebet für die Erbmasse.

Der nächste Mann, den ich ansprach, war ein Ausländer, wahrscheinlich aus Nigeria. Seine Haut war kohlrabenschwarz, und er hatte die Spur eines britischen Akzentes. Er war höflich und besaß ein wunderbares Lächeln, aber er schickte mich auf einen Weg an dem alten Sportplatz vorbei – wo ich viele Nachmittage mit Sprints verbracht hatte –, der beim Büro der ehemaligen Studenten endete. Ich hätte mich dort nach dem Weg erkundigen können, aber ich hatte keinen Beitrag zu meiner Alma Mater mehr geleistet, seit ich den Beruf gewechselt hatte, und ich fürchtete, irgendein eifriger Assistent könnte mich in eine Unterhaltung verwickeln, die in einer Bitte um meine Zeit und/oder Geld münden würde.

Beim dritten Mal wandte ich mich an ein bezauberndes Wesen. Sie war eine lernbegierig aussehende junge Frau mit dunklen Augen, die auf ihre Füße starrte und Selbstgespräche führte, während sie ging. Sie trug schwarze Jeans, eine schwarze Weste über einem grauen T-Shirt und schwarze Schuhe mit Kreppsohlen. Ihr Haar war lang, dunkel und hätte eine Haarkur vertragen können. Die verlorene Tochter von Morticia Addams. Sie sagte, sie wäre Mathestudentin im letzten Jahr und gab mir eine genaue Wegbeschreibung.

Es war der erste Montag im Mai. Vierundzwanzig Grad und kein Wölkchen am Himmel. Frisbees flogen durch die Luft, Stereoanlagen dröhnten, und es wimmelte von Studentinnen mit langen, wohlgeformten Beinen. Ich erinnerte mich an die Nacht, in der Scott McCutcheon und ich einen riesigen Schneepenis vor dem Verwaltungsgebäude errichtet hatten. Wir waren wahrscheinlich nicht die ersten Studenten im ersten Studienjahr, die solch einen Blödsinn machten, aber dennoch war es eine schöne Erinnerung. Es kam mir vor, als wäre es erst gestern gewesen, aber seitdem waren mehr als zwanzig Jahre vergangen. Die Zeit vergeht umso schneller, je älter man wird, aber das ist einer der Nachteile des Erwachsenwerdens.

Das Mathematikgebäude, eine dreistöckige Festung, war genau dort, wo das Mädchen mit den dunklen Augen gesagt hatte. Nicht weit entfernt von der Stelle, an der ich parkte. Ich hatte erwartet, dass das Gebäude Chester Q. Hollingsworth Hall oder so ähnlich heißen würde, aber auf dem Schild über dem Eingang stand einfach nur GEBÄUDE FÜR MATHEMATIK. Es war neueren Datums, aber die Architektur war die gleiche wie bei den meisten anderen Gebäude auf dem Campus. Die Außenwände bestanden aus langen Platten aus roh behauenem Sandstein aus Colorado, und alle Häuser hatten rote Dächer. Dieser warme architektonische Stil dominierte den Campus und vermittelte den Eindruck von einem kleinen italienischen Dorf.

Furchtlos betrat ich das Gebäude. Ich war vierundvierzig Jahre alt, und niemand würde mich auffordern, einen Winkel zu halbieren, oder testen, ob ich eine Gleichung zweiten Grades lösen könnte. Das ist einer der Vorteile des Erwachsenendaseins. Es gibt nicht so viele davon, deshalb kostete ich es aus.

Das Innere war so, wie man es erwarten würde. Die Wände waren mit Ankündigungen und Anzeigen jeglicher Art bedeckt – Schreibservices, Musikbands in der Stadt, etwas von der Studentenverbindung der Schwulen und Lesben, ein Hinweis auf die Vorlesung eines Gastprofessors und so weiter. Ein schwarzes Brett war ausschließlich für akademische Programme an anderen Universitäten reserviert. Es war mit Hochglanzpostern und Broschüren zugekleistert. Ein junger Mann mit einer abgenutzten Aktenmappe studierte sie interessiert. Wahrscheinlich der nächste »Unabomber«.

Der Hinweistafel in der Eingangshalle war zu entnehmen, dass sich das Büro von *Dr. Jayne Smyers, Professorin für Mathematik* im dritten Stock befand. In meinem grauen Sommeranzug nahm ich immer zwei Stufen auf einmal, erreichte den dritten Stock und ging einen schmalen Gang entlang. Es war nichts zu hören und zu sehen. Ich warf einen Blick in jede offene Tür, an der ich vorbeikam, aber nur ein einziger Mann sah auf. Groß, blond und durchtrainiert. Das Namensschild an der Tür identifizierte ihn als *Dr. Stephen Finn, Dozent für Mathematik.* Auf seinem Schreibtisch stapelte es sich. Er konnte nicht viel älter sein als siebenundzwanzig, aber die Brille mit dem Metallgestell verlieh ihm eine gewisse Reife und ließ ihn älter erscheinen. »Kann ich weiterhelfen?«, fragte er. Nicht feindselig, aber auch nicht freundlich. Meine Anwesenheit hatte ihn in seiner Konzentration gestört.

»Ich suche Frau Professor Smyers«, sagte ich.

»Vier Türen weiter, auf der rechten Seite«, antwortete er und zwang sich ein kurzes Lächeln ab. Er zeigte in die Richtung.

»Danke«, erwiderte ich. Er kehrte nicht sofort an seine Arbeit zurück, und ich spürte seinen neugierigen Blick, als ich weiter den Gang entlangging.

Ich kam um fünfzehn Uhr zwanzig an – fünf Minuten zu spät. Sie saß hinter ihrem Schreibtisch und war in eine Fachzeitschrift vertieft.

»Frau Professor Smyers?«

»Ja.«

»Pepper Keane.«

Sie stand auf und streckte die rechte Hand aus. Ich schüttelte ihr die Hand. Die Professorin war so groß wie ich und ein Strich in der Landschaft. In den Dreißigern. Üppiges dunkles Haar – glatt, voller Volumen und kurz getragen, aber nicht so kurz, dass es männlich wirkte. Sie war mit hohen Wangenknochen und weißen Zähnen gesegnet. Leuchtend blaue Augen. Kleine, feste Brüste. Zarte, sehr helle Haut. Sie trug Designerjeans und eine weiße Baumwollbluse. Abgesehen von dem rosa Lippenstift konnte ich kein Make-up entdecken.

»Danke, dass Sie so kurzfristig gekommen sind«, sagte sie.

»Es tut mir Leid, dass ich zu spät bin«, erwiderte ich. »Es hat eine Weile gedauert, einen Parkplatz zu finden.«

»Ja«, bestätigte sie, »Parken ist ein richtiges Problem. Manchmal sind sogar die Plätze für die Fakultätsmitglieder alle belegt.« Ich lächelte und sagte nichts. Sie deutete auf zwei robuste Holzstühle vor ihrem Schreibtisch und sagte: »Bitte, setzen Sie sich.« Da ich mich für liberal denkend hielt, wählte ich den linken Stuhl.

Es war ein typisches Unibüro. Klein, ausgestattet mit einem alten Metallschreibtisch und schwarzen Aktenschränken. Der Linoleumfußboden, der wie weißer Marmor aussehen sollte, war teilweise von einem Navajo-Teppich bedeckt. Bücherregale, die mit Fachbüchern und Fachzeitschriften überladen waren. Sie hatte sich Mühe gegeben, den Raum zu verschönern, indem sie hier und da Kakteen platziert hatte. Der Sender National Public Radio war kaum zu hören; das Radio stand in der Nähe des Fensters hinter ihr. Es gab ein Poster. Es verkündete: »Eine Frau ohne Mann ist wie ein Fisch ohne Fahrrad.« Ein derartiges Poster hatte ich seit mindestens fünfzehn Jahren nicht mehr gesehen.

»Möchten Sie einen Kaffee?«, fragte sie. Ich bemerkte eine kleine Kaffeemaschine auf einem Bord rechts von ihr. Eine von der Art, die nur zwei Tassen gleichzeitig aufbrüht. Es gab auch eine elektrische Kaffeemühle und ein Paket mit Gourmet-Kaffeebohnen. Sie kaufte ihren Kaffee bei Starbucks. Ich kaufe meinen gewöhnlich bei Texaco.

»Nein, danke.«

»Sie hören sich erkältet an. Kann ich Ihnen einen Tee anbieten?«

»Wirklich«, sagte ich, »es ist in Ordnung.« Ich hatte auf dem Hinweg mehr als einen Liter Diätcola in mich hineingeschüttet und würde eine ganze Weile keine Flüssigkeit mehr benötigen.

Sie goss sich etwas Kaffee in einen Becher und meinte: »Das ist eines meiner wenigen Laster.« Der Becher wies ein farbenfrohes Design des amerikanischen Südwestens auf, das einen Kojoten darstellte, der den Mond anheult.

»Jeder braucht ein paar Laster«, sagte ich.

Sie lächelte gezwungen und nippte an ihrem Kaffee. »Wahrscheinlich fragen Sie sich, worum es überhaupt geht.«

»Nun ja, Professor, ich muss zugeben, dass Sie meine Neugier geweckt haben.« Sie hatte mir am Telefon nichts erzählt, sondern nur gesagt, sie ziehe es vor, die Angelegenheit persönlich zu besprechen.

»Ich entschuldige mich für die Heimlichtuerei«, sagte sie, »aber ich hatte noch nie mit so etwas zu tun.« Sie machte eine Pause. »Würde es Ihnen etwas ausmachen, die Tür zu schließen?« Ich griff hinter mich, versetzte der Tür einen kräftigen Stoß und lauschte, als das Schloss zuschnappte. Sie atmete tief ein, beugte sich vor, legte ihre langen Arme über den Tisch und verschränkte die Hände. Ihre Fingernägel waren kurz, aber sie trug Nagellack, der zu ihrem Lippenstift passte.

»Wissen Sie viel über Mathematik?«, wollte sie wissen.

»Nicht viel«, antwortete ich. »Ich habe vor fünfundzwanzig Jahren einen Kurs in Differenzialrechnung belegt, und es war der Tiefpunkt meiner akademischen Laufbahn.«

Sie zwang sich zu einem weiteren Lächeln. »Mein Spezialgebiet«, sagte sie, »ist fraktale Geometrie. Wissen Sie, was ein Fraktal ist?«

»Nein.«

»Ein Fraktal«, sagte sie, »ist eine Art geometrische Figur.« Sie legte eine Pause ein. »Ich weiß nicht genau, wie ich Ihnen das erklären soll.« Sie neigte leicht den Kopf, zögerte wieder und sagte dann: »Stellen Sie sich eine Küstenlinie vor.«

»Okay.« Ich wusste nicht viel über Geometrie, aber ich war drei Jahre lang Offizier bei der Marine gewesen und kannte mich mit Küstenlinien aus.

»Wenn wir einen kleinen Ausschnitt dieser Küstenlinie nehmen, können wir eine gerade Linie benutzen, um ihn auf einer Landkarte darzustellen. Aber wenn wir den Ausschnitt näher betrachten, entdecken wir, dass er aus vielen kleinen Einschnitten und Ausbuchtungen besteht, richtig?«

»Sicher, und jeder Einschnitt und jede Ausbuchtung hat wiederum eigene kleinere Buchten und Landzungen.«

»Ja«, meinte sie, »ganz genau.« Sie trank einen Schluck Kaffee. »Und wenn wir immer kleinere Ausschnitte der Küstenlinie betrachten, werden wir feststellen, dass diese Muster sich immer ähnlich sind.«

»Bis hinunter zum letzten Sandkorn.«

»Ja. Das ist das Interessante an fraktalen Objekten: Ihr Erscheinungsbild bleibt mehr oder weniger gleich, egal wie genau man sie untersucht.«

»Also ist ein Fraktal lediglich eine Form mit einem zufälligen Muster?« Ich zog mein weißes Taschentuch aus der Hosentasche, putzte mir die Nase, faltete es sorgfältig und verstaute es wieder.

»Kein Zufallsmuster«, erwiderte sie, »sondern ein unregelmäßiges Muster. Streng genommen gibt es gar keine zufälligen Muster. Diese beiden Wörter sind widersprüchlich. Sie stellen ein Oxymoron dar, wie *military intelligence.*« Ich kommentierte die Bemerkung nicht, obwohl mein sehr kurzer Haarschnitt darauf schließen lassen sollte, dass ich einst in Uniform gedient hatte.

»Sie wollen sagen, dass der Verlauf der Küstenlinie nicht willkürlich ist?«

»Nicht in mathematischem Sinne«, sagte sie. »Jeder Punkt einer Küstenlinie ist mit den Nachbarpunkten verbunden. Wenn es wirklich zufällig wäre, stünde ein Punkt nicht in Beziehung zum nächsten Punkt. Statt sanfter Kurven würde man überall Linien sehen. Ein Punkt könnte oben sein, der nächste möglicherweise ganz unten.«

»Okay«, sagte ich, »ich werde das so hinnehmen.« Ich wartete, dass sie fortfahren würde, zuversichtlich, dass der Grund für meine Anwesenheit früher oder später ersichtlich werden würde.

»Haben Sie sich an der High School mit Geometrie beschäftigt?«

»In der zehnten Klasse.« Ich fragte mich, was Mrs. Clagett wohl heute so trieb. Wahrscheinlich lebte sie im Aspen-Siesta-Pflegeheim und litt unter immer wiederkehrenden Albträumen über McCutcheon und mich.

»Das Problem bei der traditionellen Geometrie«, fuhr sie fort, »besteht darin, dass es sich bei Dreiecken, Quadraten und Kreisen um abstrakte Gebilde handelt. Man kann sie nicht benutzen, um die Form von Dingen wie Berge, Wolken oder Bäume zu beschreiben.«

»Oder eine Küstenlinie.«

»Oder eine Küstenlinie«, stimmte sie zu. Sie wurde lebhafter; es war offensichtlich, dass das Thema ihr Spaß machte. »Traditionelle Geometrie – die wir euklidische Geometrie nennen – muss die Kräuselungen und Wirbel der wirklichen Welt ignorieren, weil sie unregelmäßig sind und nicht mit mathematischen Standardformeln beschrieben werden können. Dann erfand vor ungefähr zwanzig Jahren ein Mann namens Mandelbrot etwas, das wir fraktale Geometrie nennen.«

»Fraktale Geometrie«, wiederholte ich. Ich spürte, dass die Lektion sich ihrem Ende näherte.

»Mandelbrot fiel auf, dass viele Naturerscheinungen zwar chaotisch erscheinen, aber häufig eine versteckte Ordnung aufweisen. In der Tat bezeichnete er die fraktale Geometrie als Geometrie der Natur.« Ein weiterer Schluck Kaffee. »Keine zwei Küstenlinien sind identisch, aber sie besitzen alle die gleiche allgemeine Form, weshalb eine gewisse Ordnung besteht. Können Sie mir folgen?«

»Ich denke schon.«

»Die fraktale Geometrie eröffnet einen Weg, Muster zu identifizieren, wo augenscheinlich nur Durcheinander herrscht. Sie erlaubt uns, Modelle zu erstellen und das Verhalten komplexer Systeme vorherzusagen. Es ist eine Sprache«, sagte sie. »Sobald man sie spricht, kann man den Verlauf und die Form einer Küstenlinie so genau beschreiben, wie ein Architekt ein Haus beschreiben kann.«

Das bezweifelte ich. »Nennen Sie mir ein Beispiel«, forderte ich sie auf.

»Sicher«, antwortete sie, eifrig bemüht, der Aufforderung Folge zu leisten. »Eines der Werkzeuge, die wir benutzen, um fraktale Objekte zu vergleichen, ist die Idee der fraktalen, sprich gebrochenen, Dimension. Die Küstenlinie Großbritanniens beispielsweise hat eine fraktale Dimension von ungefähr 1,25, aber die zerklüftetere Küstenlinie von Norwegen hat eine fraktale Dimension von mehr als 1,56.«

»Ich zweifle nicht an Ihren Worten.«

»Es tut mir Leid.« Sie seufzte. »Ich habe Ihnen wahrscheinlich mehr erzählt, als Sie wissen müssen. Ich hoffe, ich habe Sie nicht gelangweilt.«

»Oh nein, es ist interessant.« Nicht so interessant wie die Art und Weise, wie die schmalen Träger ihres BHs auf ihren knochigen Schultern lagen, aber trotzdem interessant.

»In einer Minute wird das alles einen Sinn ergeben. Ich verspreche es.« Wieder nahm sie einen Schluck von ihrem Kaffee, und mir fiel ein silbernes Navajo-Armband an ihrem linken Arm auf. Kein Ehering.

»Lassen Sie sich Zeit«, forderte ich sie auf. Obwohl ich es stark vorzog, wenn die Leute sofort auf den Punkt kamen, hatte die Erfahrung mich gelehrt, dass der beste Weg, ein derartiges Gespräch zu führen, darin bestand, den Mund zu halten und zuzuhören.

»Wie ich bereits erwähnte«, fuhr sie fort, »ist mein Spezialgebiet die fraktale Geometrie.« Ich bemerkte die Promotionsurkunde von der Harvard University an der Wand rechts von mir. »Letztes Jahr begann ich an einer Abhandlung zu arbeiten, die ich auf einer Konferenz in diesem Frühjahr vorstellen wollte. Man muss Veröffentlichungen machen, oder man geht unter, wissen Sie.«

»Davon habe ich gehört.«

»Als ich den Entwurf fertig gestellt hatte, wollte ich, dass ein anderer ihn kritisch durchsieht.« Sie trank ihren Kaffee aus und stellte den Becher zur Seite. »Das Letzte, was man will, ist die Veröffentlichung eines Aufsatzes, der nicht einwandfrei ist.«

»Also lassen Sie Ihre Kollegen ihn vorab lesen, um zu sehen, ob sie Schwachstellen finden?«

»Ja, aber meine Kollegen hier wären nicht sonderlich hilfreich. Fraktale Geometrie ist ein ziemlich eng gefasstes Spezialgebiet, weshalb ich eine Liste der fünf angesehensten Leute auf diesem Gebiet zusammengestellt habe; ich versuchte mit ihnen in Kontakt zu treten, um herauszufinden, ob sie bereit waren, eine kritische Durchsicht vorzunehmen.«

Ihr schlanker Hals spannte sich sichtbar an, und ich dachte, sie hätte vielleicht Atemprobleme.

»Sind Sie in Ordnung?«, fragte ich. Sie atmete tief ein und nickte bejahend.

»Mr. Keane«, fuhr sie fort, »als ich versuchte, mit diesen Leuten Kontakt aufzunehmen, fand ich heraus, dass zwei ermordet worden sind und ein Dritter Selbstmord begangen hat.«

»In welchem Zeitraum?«

»Alle innerhalb von sechs Monaten«, sagte sie. »Wissen Sie, wie hoch die Wahrscheinlichkeit für einen derartigen Zufall ist?« Es war eine rein rhetorische Frage, aber ich hegte den Verdacht, sie könnte mir die Wahrscheinlichkeit bis auf die Stellen hinter dem Komma sagen, wenn sie wollte.

»Und Sie möchten, dass ich herausfinde, ob zwischen diesen Todesfällen ein Zusammenhang besteht?«

»Ja.«

»Haben Sie jemandem davon berichtet?«, fragte ich.

»Ich habe die Polizei angerufen.«

»Und die sagten, es wäre nicht ihr Problem?«

»Ja, weil keiner dieser Todesfälle sich in Boulder ereignet hatte. Sie schlugen vor, ich sollte das FBI anrufen.«

»Haben Sie das getan?«

»Ja.«

»Haben die etwas unternommen?«

»Nicht aus meiner Sicht«, erwiderte sie kühl. »Zwei Agenten aus Denver haben mich befragt. Ich erklärte ihnen, dass die Wahrscheinlichkeit für ein zufälliges Zusammentreffen dieser Ereignisse astronomisch gering wäre. Sechs Wochen später teilten sie mir mit, dass sie keine Verbindung finden konnten und den Fall abgeschlossen hatten.« Ihre Nasenflügel bebten. Sie war keine Frau, die daran gewöhnt war, nicht ernst genommen zu werden.

»Wann war das?«, fragte ich.

»Vor ungefähr zwei Wochen. Seitdem quäle ich mich mit der Frage, was ich unternehmen soll.«

»Kannten Sie eines der Opfer?«

»Ich kannte Carolyn Chang. Wir trafen uns vor einigen Jahren im Sommer auf einer Konferenz in San Francisco.«

»Sind Sie danach in Kontakt geblieben?«

»Nicht wirklich«, gab sie zu. »Wir schickten uns gegenseitig Weihnachtskarten, und das war's.« Wir schwiegen einen Augenblick, vielleicht fielen uns beiden die Namen und Gesichter von Leuten ein, mit denen wir kurz befreundet waren, die aber seit langem nur noch in die Kategorie Erinnerungen gehörten.

»Und«, sagte sie plötzlich, »letztes Jahr hat sie mir mit einer kurzen Notiz zu einem Artikel gratuliert, den ich für eine Zeitschrift geschrieben hatte. Das war das einzige Mal, dass jemand sich die Zeit genommen hatte, das zu tun.« Sie schien den Tränen nahe zu sein, und ich fragte mich, wie lange es dauern würde, bis sie sich ein Papiertaschentuch aus dem Spender aus Keramik auf ihrem Schreibtisch nehmen würde. Wie die Kaffeetasse leuchtete er in einem farbenfrohen Western-Design.

»Kannten Sie die anderen?«

»Nur aufgrund ihres guten Rufes«, sagte sie. Sie streckte die Hand aus, um sich ein Papiertaschentuch zu nehmen, hatte sich dann aber wieder in der Gewalt. Sie würde nicht weinen. »Ich habe ein paar ihrer Aufsätze gelesen«, fuhr sie fort, »und habe ihre Namen in den Fachzeitschriften gesehen. Sie müssen verstehen, es handelte sich um einige der brillantesten Leute auf dem Gebiet. Professor Fontaines Lehrbuch ist die Bibel der fraktalen Geometrie.«

»Sie haben sie nie persönlich getroffen oder mit ihnen telefoniert?«

»Nein.«

»Nie schriftlich mit ihnen verkehrt?«

»Nein.«

Ich lehnte mich zurück und verschränkte die Hände hinter dem Kopf. »Sie haben gesagt, Sie wollten fünf Experten bitten, Ihre Abhandlung kritisch zu prüfen?«

»Ja.«

»Und drei sind tot?«

»Ja.«

»Wer waren die anderen beiden?«

»Norbert Solomon von der Louisiana State University und Mimi Townsend vom Massachusetts Institute of Technology.«

Eine Matheprofessorin namens Mimi? »Und die haben Ihren Aufsatz gelesen?«

»Ja.«

»Sonst noch jemand?«

»Ich habe noch einige andere Leute gebeten, ihn sich anzusehen. Ich plane immer noch, den Aufsatz in diesem Herbst vorzustellen.«

Ich schloss für einen Augenblick die Augen, um das Gehörte zu verarbeiten. »Wie viele Leute in diesem Land sind nach Ihrer Einschätzung Experten in fraktaler Geometrie?«

»Ich glaube, inzwischen bieten die meisten größeren Universitäten zumindest einen Kurs zu diesem Thema an.« Meine Jahre als Prozessanwalt hatten mich so geprägt, dass mein erster Instinkt war, mich zu erheben und ihre Antwort zurückzuweisen, weil sie die Frage nicht beantwortete. Aber ich tat es nicht. Sie befand sich nicht im Zeugenstand, und ich arbeitete nicht mehr als Anwalt. Ich formulierte die Frage neu.

»Wäre es korrekt zu sagen, dass nicht jeder, der einen Grundlagenkurs in fraktaler Geometrie unterrichtet, ein Experte ist?«

»Ja, ich nehme an, das stimmt.«

Ich beugte mich vor. »Wie viele Leute kennen sich wirklich mit diesem Zeug aus?«, fragte ich. »Wie viele Leute kennen sich damit gut genug aus, um Ihre Abhandlung kritisch durchzusehen oder ein Lehrbuch zu schreiben?«

»Du meine Güte«, sagte sie, »ich weiß es nicht. Fünfzig?«

»Okay«, meinte ich, »haben Sie eine Idee, was diese drei von den anderen siebenundvierzig unterscheiden könnte?«

»Nun ja«, antwortete sie, »Fontaine war sicherlich eine der bekanntesten Personen auf diesem Fachgebiet.«

»Und die anderen?«

»Sie waren alle überaus angesehen.«

»Irgendeine andere Verbindung?«, fragte ich.

Sie öffnete einen Schnellhefter auf ihrem Tisch und nahm einige Unterlagen heraus. »Es hat vielleicht nichts zu bedeuten«, sagte sie, »aber jeder von ihnen besuchte Harvard oder unterrichtete dort.« Sie reichte mir drei Biografien, die sie offensichtlich aus einer Art »Who's Who« der Mathematik kopiert hatte. Ich studierte sie.

»Es sieht nicht so aus, als hätte es Überschneidungen gegeben«, meinte ich schließlich. »Fontaine verließ Harvard, als Carolyn Chang wohl noch die High School besuchte.«

Sie goss sich erneut Kaffee ein. »Ja, das habe ich bemerkt.« Ihr Verstand erfasste die Bedeutung dieser Tatsache, aber ihre Stimme sagte mir, dass die Harvard-Verbindung sie trotzdem beschäftigte.

»Ich bin überzeugt, dass viele Experten auf dem Gebiet der fraktalen Geometrie einige Zeit in Harvard verbracht haben«, sagte ich.

»Das sage ich mir auch immer wieder, aber das hält mich nicht davon ab, schlaflose Nächte zu verbringen.« Ich hatte den Verdacht, dass der übermäßige Genuss von starkem Kaffee am Nachmittag die Sache auch nicht besser machte, behielt diesen Gedanken aber für mich.

»Okay«, sagte ich, »jeder dieser Leute unterrichtete fraktale

Geometrie, alle waren hoch angesehen, und alle verbrachten einige Zeit in Harvard. Können Sie sich, abgesehen von diesen Dingen, eine andere Verbindung vorstellen?«

»Nein«, seufzte sie, »ich habe mir den Kopf darüber zerbrochen, aber mir ist nichts eingefallen.«

Ich schloss die Augen und massierte mir die Schläfen. »Also«, fasste ich schließlich zusammen, »drei Matheprofessoren sind tot, zwei von ihnen haben Sie nie kennen gelernt.«

»Ja.«

»Aber Sie sind bereit, Ihr eigenes Geld dafür auszugeben, um festzustellen, ob es eine Verbindung gibt?«

»Es *gibt* eine Verbindung«, antwortete sie heftig. »Außerdem, wenn ich es nicht tue, wer dann?« Ich dachte einen Augenblick nach. Dieselbe Logik hatte auch meine Taten mehr als einmal bestimmt.

»Wie sind Sie auf mich gekommen?«, wollte ich wissen.

»Ihre Anzeige hat mich beeindruckt. Ein Abschluss in Jura. Anwalt an einem Bundesgericht. Ich habe keine anderen Privatdetektive mit vergleichbaren Referenzen gefunden.«

»Das bedeutet nicht, dass ich etwas herausfinden werde.«

»Mr. Keane«, sagte sie, »mir ist bewusst, dass Leute in Ihrer Berufssparte keine konkreten Ergebnisse versprechen können, aber es war kein zufälliges Zusammentreffen von Ereignissen. Drei Mathematiker mit Fachkenntnissen in einem sehr verstiegenen Bereich der Geometrie sterben eines unnatürlichen Todes, und das innerhalb eines halben Jahres? Das kann kein Zufall sein.«

»Sie hätten Anwältin werden sollen«, sagte ich. Ich griff nach meiner Aktentasche und zog mein Klemmbrett heraus.

»Heißt das, Sie übernehmen den Fall?«

»Ich werde mir die Sache ansehen. Wenn ich zu dem Schluss gelange, dass Sie Ihr Geld verschwenden, werde ich es Ihnen mitteilen.«

»Ich schätze Ihre Besorgnis um mein Geld«, erwiderte sie kühl, »aber lassen Sie das meine Sorge sein.«

»Ich habe bloß versucht ...«

»Es tut mir Leid«, sagte sie, »ich wollte nicht unhöflich sein. Es liegt auf der Hand, dass ich nicht über unbegrenzte finanzielle Mittel verfüge. Aber es gibt einen Zusammenhang zwischen diesen Todesfällen. Und wenn man das akzeptiert hat, ist die logische Schlussfolgerung, dass es Beweise für diesen Zusammenhang gibt.«

»Angenommen, es stimmt«, sagte ich, »so ist es jedoch keine logische Folge, dass ich oder jemand anders diese Beweise finden wird.« Sie grübelte darüber nach.

»Eine Sache ist sicher«, meinte sie dann, »wir werden nichts finden, wenn wir es nicht versuchen.« Ich musste lächeln, und dieses Lächeln zauberte ebenfalls ein Lächeln auf ihre rosa Lippen; aber dieser angenehme Augenblick wurde durch zwei schnelle Klopfgeräusche an der Tür aus Walnussholz-Imitat beendet.

»Herein«, rief sie. Die Tür wurde geöffnet. Es war Dr. Stephen Finn. Er war etwa eins neunzig groß und muskulös gebaut. Vielleicht neunzig Kilo schwer. Blondes Haar, auf der linken Seite gescheitelt. Grüne Augen. Blaue Venen verliefen kreuz und quer auf seinen Unterarmen wie Straßen auf einer Landkarte, und ich vermutete, dass er ein Sportler war – ein begeisterter Radfahrer oder vielleicht ein Klettersportler. Er trug ein weißes Polohemd von Lacoste, eine hellbraune Freizeithose und leichte Lederslipper.

»Es tut mir Leid«, sagte er mit einem gezwungenen Lächeln, »ich wusste nicht, dass jemand bei dir ist. Ich wollte nur sehen, ob es bei heute Abend bleibt?« Die Frage war an sie gerichtet, aber für mich bestimmt. Er markierte sein Terrain und erhob eine Art Besitzanspruch auf sie.

»Ja«, sagte sie, »wir treffen uns um sieben.« Sie stellte uns einander nicht vor, und ich machte auch keine Anstalten, mich selbst bekannt zu machen. Er war ganz offensichtlich neugierig, was ich mit Jayne Smyers zu tun hatte, und musterte mich kurz; dann entschuldigte er sich nochmals für die Unterbrechung und schloss die Tür hinter sich.

»Ich werde Ihre Zeit nicht mehr lange in Anspruch nehmen«, sagte ich.

»Das ist in Ordnung«, meinte sie, »ich möchte Ihnen so viele Informationen wie möglich geben.«

Wir unterhielten uns weitere fünfundzwanzig Minuten. Sie erzählte mir, was sie über die drei Todesfälle wusste, und gab mir einige Zeitungsausschnitte, die sie gesammelt hatte. Ich fragte, ob man ihr seit der Entdeckung der Todesfälle in irgendeiner Form gedroht hatte, was sie verneinte. Sie versicherte mir ebenfalls, dass sie keinerlei ungewöhnliche Anrufe oder Briefe erhalten hatte. Ich sagte, ich glaubte nicht, dass sie sich in Gefahr befände, gab ihr aber trotzdem eine Broschüre, die Scott und ich zum Thema Sicherheit für Frauen verfasst hatten. Ich bat sie um eine Kopie des Artikels, den die Opfer durchsehen sollten, und sie gab mir eine. Schließlich kamen wir zum Thema Honorar.

Eines der vielen Dinge, die ich an der Arbeit als Anwalt gehasst hatte, war, dass man ständig über seine Arbeitszeit Rechenschaft ablegen musste. Gleichgültig, wie genau meine Zeitnachweise waren, es gab immer irgendein Arschloch, das sich beschwerte, weil man ihm fünfzig Dollar in Rechnung stellte für etwas, was immer als »zweiminütige Unterhaltung« beschrieben wurde.

»Ich behandle das Thema Honorar nach dem Zen-Prinzip«, sagte ich. »Wir werden uns über einen Vorschuss einigen. Wir unterhalten uns von Zeit zu Zeit über meine Fortschritte. Wenn Sie glauben, ich stelle zu viel in Rechnung, können Sie mich feuern. Wenn ich denke, Sie zahlen mir nicht genug, kann ich kündigen.«

»Sie führen nicht Buch über Ihre Zeiten?«

»Zu viel Aufwand«, entgegnete ich. »Sie werden auch so wissen, ob ich mein Geld wert bin.«

»Interessant«, sagte sie, nicht ganz sicher, wie sie reagieren sollte.

»Es erfordert ein gewisses Maß an Vertrauen«, gab ich zu.

»Es erfordert eine Menge Vertrauen.«

»Sehen Sie«, sagte ich, »ich würde mehr verdienen, wenn ich nach Stunden abrechnen würde; aber wenn ich das tue, kommt es mir so vor, als würde ich die Hälfte der Zeit damit verbringen, schriftliche Aufzeichnungen zu produzieren, um mein Honorar zu rechtfertigen, und die andere Hälfte damit mich zu fragen, ob mein Mandant es sich leisten kann, mich für das zu bezahlen, was getan werden muss. Dabei bleibt sehr wenig Zeit für Nachforschungen übrig.«

»Dabei bleibt keine Zeit für Nachforschungen übrig«, korrigierte sie mich. Ich lächelte, um anzudeuten, dass sie Recht hatte. In Zukunft würde ich davon Abstand nehmen, Zahlen zu benutzen, um meine Sichtweise zu unterstreichen.

»Wenn es Ihnen lieber wäre …«

»Wären zweitausend Dollar für den Anfang ausreichend?« Sie griff nach ihrer Handtasche, die auf dem Boden stand, nahm ein kastanienbraunes Scheckbuch heraus und fing an zu schreiben.

»Mehr als genug«, antwortete ich, »aber ich will Ihr Geld nicht, wenn Sie sich mit der Vereinbarung nicht wohl fühlen.«

»Ich fühle mich wohl damit«, sagte sie, als sie mir den Scheck reichte.

»Gut.« Es war nicht überraschend, dass auf ihren Schecks Motive aus dem Südwesten der USA abgebildet waren; dieser zeigte eine blass orangefarbene Sonne, die hinter einem mit Kakteen bewachsenen Canyon unterging. Ich faltete den Scheck einmal, steckte ihn in meine Hemdentasche, verstaute das Klemmbrett in meiner Aktentasche und stand auf. »Ich will zuerst lesen, was Sie mir gegeben haben und mich einarbeiten. Ich werde Sie in ein paar Tagen anrufen und Sie wissen lassen, was ich herausgefunden habe.«

»Ich werde Ihnen helfen, so gut ich es kann«, sagte sie, während sie sich von ihrem Stuhl erhob. »Ich fühle mich einfach besser, wenn ich weiß, dass jemand an dieser Sache arbeitet.« Sie streckte die Hand aus, und ich schüttelte sie.

»Übrigens«, sagte ich, »wer weiß sonst noch davon?«

»Nur Mary Pat«, antwortete sie, »meine Assistentin und wissenschaftliche Mitarbeiterin.«

»Das ist alles?«

»Das ist alles.«

»Belassen wir es dabei.«

»Natürlich.«

»Eine Sache noch«, sagte ich. »Erinnern Sie sich an die Namen der beiden FBI-Agenten, mit denen Sie gesprochen haben?«

»Einen Augenblick«, erwiderte sie, »ich habe ihre Namen gleich hier.« Sie öffnete die oberste Schublade ihres Schreibtisches und nahm zwei Visitenkarten heraus, auf denen das goldene Siegel des Federal Bureau of Investigation zu sehen war. »Special Agent Gombold und Special Agent Polk.« Mein Gesichtsausdruck musste sich verändert haben, als sie die beiden Namen nannte.

»Kennen Sie sie?«, fragte sie.

»Jaaa«, sagte ich, »ich kenne sie.«

## 2. KAPITEL

Es war nach zehn, als ich zu meinem Zuhause in Nederland zurückkehrte. Ich ließ die Hunde hinaus, entledigte mich meiner schon gelockerten Krawatte und bemerkte das blinkende rote Licht am Telefon in der Küche. Es gab eine neue Nachricht. »Hey, Rübennase, ruf mich mal zurück.« Ich wählte die Nummer meines Bruders. Früher war es nach Denver ein Ferngespräch gewesen, aber in einem seltenen Beispiel von Gleichgültigkeit der Regierung gegenüber den Wünschen der Geschäftemacher hatte die Kommission für öffentliche Versorgungsbetriebe vor kurzem angeordnet, dass die Telefongesellschaft U. S. West ihren Ortsgesprächsbereich erweitern musste.

»Hallo?«

»Hallo«, wieherte ich mit meiner besten Pferdestimme, »hier ist Mister Eeeedddd.«

Er antwortete mit der Imitation eines wütenden Mister T.: »Der Idiot tut mir Leid, der mich so spätabends noch anruft.« Ich lachte.

»Offenbar mögen wir beide alte TV-Shows«, meinte ich.

»Ja, aber ich habe eine aus den achtziger Jahren ausgesucht, und du eine aus den Sechzigern, also bin ich mehr *in.*«

»Was gibt's?«

»Habe mich nur gefragt, wie's dir so geht.«

»Verdammt gut«, sagte ich. Seit eine alte Freundin bei einem Autounfall ums Leben gekommen war, litt ich unter leichten Depressionen. Der Unfall war viele Jahre her, aber mein kleiner Bruder rief immer noch fast jeden Tag an, um sicherzugehen, dass ich keinen Selbstmord begangen hatte.

»Ich habe schon früher versucht anzurufen.«

»Ich habe mich mit einer neuen Auftraggeberin getroffen.«

»Ein langes Treffen?«

»Ich habe mir noch ein Abendessen und einen Kinobesuch gegönnt.«

»Gut, man muss nett zu sich selbst sein.«

»Das sagen die Selbsthilfebücher auch.«

»Ich habe nie welche gelesen. Ich dachte, ich hätte eine originelle Bemerkung gemacht.«

»Ich weiß nicht, warum sie sie die Dollar-Filme nennen«, sagte ich. »Die Eintrittskarte kostet einen Dollar fünfundsiebzig, und ich habe weitere sechs Dollar für Popcorn und ein Getränk ausgegeben.«

»Sie zocken einen bei den Erfrischungen ab.«

»Ja, und man darf nicht einmal sein eigenes Zeug mitbringen. Wahrscheinlich gibt es ein entsprechendes Gesetz.« Ich zog das Taschentuch aus meiner Hosentasche und schnäuzte mich.

»Bist du erkältet?«

»Nebenhöhlenentzündung.«

»Warst du beim Arzt?«

»Die sagen immer, es wäre nur eine Allergie.«

»Das hat man ihnen so beigebracht; das sollen sie immer sagen, wenn sie nicht wissen, was einem fehlt.«

»Ich bin noch nie in meinem Leben gegen irgendetwas allergisch gewesen«, meinte ich.

»Ich auch nicht«, erwiderte er. »Richtige Männer bekommen keine Allergien.« Wir lachten darüber, wie wir unsere Männlichkeit karikierten. »Dann erzähl mir mal von deiner neuen Auftraggeberin«, sagte er, als unser Lachen verstummt war.

»Sie ist Matheprofessorin mit einer Vorliebe für Motive aus dem amerikanischen Südwesten.«

»Ein Scheidungsfall?«

»Nein, ein fraktaler Fall.«

»Soll ich jetzt fragen, was ein Fraktal ist?«

»Richtig.«

»Was ist ein Fraktal?«

Ich erklärte den Begriff, so gut ich konnte, und gab einen Überblick über die Fakten, die meine Klientin mir genannt hatte. »Und rate mal«, fügte ich hinzu, »wer einer der Agenten ist.«

»Willst du mich verarschen?«

»Nö.«

»Wäre nett, ihm zu beweisen, dass er sich geirrt hat.« Troy hatte Polk nie kennen gelernt, aber er kannte die Geschichte.

»Wäre nett, ihn umzubringen«, sagte ich, »aber vielleicht muss ich mich mit einem kleinen moralischen Sieg zufrieden geben.«

Er erlaubte sich zu lachen, meinte aber dann: »Ein Prozess wegen Totschlags ist genug.« Eine Anspielung auf ein rechtliches Problem, das ich vor einigen Jahren gehabt hatte.

»Es war ein Scherz«, erwiderte ich.

»Sehr witzig«, sagte er. Ich verdrehte die Augen. »Glaubst du, dass an dieser Fraktal-Sache etwas dran ist?«

»Es lohnt sich, es zu überprüfen.«

»Ja.«

»Außerdem hat sie mir genug Geld gegeben, um einen Monat davon leben zu können, und das ist besser, als einen richtigen Job zu suchen.«

»Amen.«

»Amen«, wiederholte ich. Es entstand eine kleine Pause.

»Kommst du morgen runter?«

»Wie wär's mit drei Uhr? Ich werde trainieren, und dann esse ich mit dir und der Bande.« Troy und Trudi haben zwei Kinder, Andrew, dreizehn Jahre alt, und Chelsea, sieben Jahre alt.

»Abgemacht«, sagte er.

»Und bring meine Glock mit.« Ich besitze eine Schusswaffe – eine 9 mm-Glock 17 –, und ich habe sie selten dabei. Nach einer Einbruchserie in Troys Nachbarschaft hatte ich ihm die Waffe vor ein paar Monaten geliehen. Die Einbrecher, zwei Exsträflinge mit einer Vorliebe für Heroin, waren inzwischen gefasst worden.

»Du glaubst wirklich, es gibt einen Zusammenhang zwischen diesen Todesfällen?«

»Sie glaubt es«, entgegnete ich. »Wenn sie Recht hat, haben wir es mit einem hoch motivierten Individuum zu tun. Es macht keinen Sinn, Risiken einzugehen.«

»Ich werde die Waffe mitbringen.«

»Scheiß auf die Fraktale«, sagte ich.

*»Out«*, sagte er. Es war eine Verabschiedungsroutine, die wir von Jim Romes Sportsendung im Radio übernommen hatten.

Ich legte auf, öffnete die Hintertür und schrie: »Ollie ollie oxenfree«, was auch immer das heißen mag. Wie zwei Cruise-Missiles flogen die Hunde geradewegs zur Tür, legten sich zu meinen Füßen nieder und wetteiferten um Streicheleinheiten. Schwanzwedelnd folgten sie mir ins Haus.

»Wie geht es meinen zwei liebsten Jungs auf der ganzen Welt?«, fragte ich, als ich mich niederkniete, damit sie sich an mich kuscheln konnten. »Daddy hat heute zweitausend Kröten gemacht, und deshalb hat er euch Burschen etwas Besonderes mitgebracht.« Ich gab Buck einen dreißig Zentimeter langen Knochen aus Rohleder; Wheat bekam eine kleinere

Ausgabe. Buck trottete mit seinem Knochen quer durchs Zimmer und meldete Ansprüche auf das Sofa an. Wheat suchte Schutz unter dem Küchentisch, wo es für Buck schwer werden würde, an ihn heranzukommen.

Ich zog mich aus und schaltete CNN ein. In karierten Boxershorts und einem weißen T-Shirt führte ich meine routinemäßigen Dehnübungen durch, während eine Schönheit mit kastanienbraunem Haar die Tagesereignisse zusammenfasste. Ein terroristischer Bombenanschlag im Nahen Osten, Republikaner und Demokraten, die sich gegenseitig die Schuld an den Missständen im Land gaben, und eine Ansammlung von Morden, Entführungen, Flut- und Dürrekatastrophen. Wer würde da keine kleine Depression bekommen? Ich schaltete das Fernsehgerät aus, machte es mir in meinem Sessel bequem und nahm Heideggers Werk *Sein und Zeit* zur Hand.

Als ich vor zwei Jahren meinen Beruf als Anwalt an den Nagel hängte, hatte ich mir ein Haus in Nederland gekauft, einer Stadt in den Bergen, und begann ein neues Leben. Als Teil davon hatte ich mir vorgenommen, jeden Tag Zeit damit zu verbringen, mich mit Religionen der östlichen Welt und Philosophie zu beschäftigen. Diese Themen hatten mich im College in ihren Bann gezogen, und meine Hoffnung war, dass ein Vertiefen in diese Themen mir mehr Einblick darin geben würde, wie ich mit meinen Existenzängsten umgehen sollte. Bislang hat sich meine Hoffnung noch nicht erfüllt, aber zumindest bin ich sehr belesen.

Das Problem besteht darin, dass ich eine dieser unglücklichen Seelen bin, die dazu verdammt sind, andauernd über die nicht zu beantwortenden Fragen des Lebens nachzugrübeln. Ich weiß nicht, ob das der Grund für meine Depressionen ist oder das Ergebnis davon. So oder so hat die traditionelle Religion mir nie geholfen. Ich hatte immer ein Autoritätsproblem, weshalb ich Mühe mit dem Begriff Gott habe. Ich gehe durchs Leben mit dem nagenden Verdacht, dass alles bedeutungslos ist, aber ich lese philosophische Werke in der Hoffnung herauszufinden, dass ich mich irre.

Ich begann mein Eigenstudienprogramm, indem ich die Vorsokratiker las, und seitdem habe ich mich bis weit ins zwanzigste Jahrhundert vorgearbeitet. Folglich sah ich mich nun dem Versuch gegenüber, einen der unverständlichsten Philosophen aller Zeiten zu verstehen. Martin Heidegger, ein deutscher Philosoph, wurde abwechselnd als Vertreter der Phänomenologie, der Existenzphilosophie und als Mystiker betrachtet. Für Heidegger war das fundamentale Geheimnis des Lebens, dass etwas existiert, im Gegensatz zum Nicht-Sein. Er verbrachte den größten Teil seines Erwachsenendaseins mit dem Versuch, eine Philosophie zu entwickeln, die auf dieser ziemlich offensichtlichen Tatsache beruht. Natürlich hatte ich den größten Teil meines Erwachsenendaseins damit verbracht, als Anwalt anderen Leuten meine Dienste in Sechs-Minuten-Takten in Rechnung zu stellen; wer war ich also, mir ein Urteil zu erlauben?

Wie es oft geschieht, wenn ich abends philosophische Werke lese, wurde ich bald schläfrig und überflog denselben Absatz wieder und wieder. Irgendetwas über *Dasein* – Heideggers Bezeichnung für das menschliche Sein. Ich ließ das Buch sinken. »Kommt, Jungs«, sagte ich zu den Hunden, »Zeit, sich in die Falle zu hauen.«

Sie folgten mir ins Schlafzimmer, und wir vollzogen unser allabendliches Ritual. Buck sprang vor mir auf das Bett, stellte sich auf die Hinterbeine, legte mir seine grapefruitgroßen Pfoten auf die Schultern und umarmte mich. Danach schlüpfte ich unter die Decke, sodass Wheat mein Gesicht ablecken konnte. Nach einer angemessenen Zeit schaltete ich das Licht aus und zog mir die Decke über den Kopf, um Wheat deutlich zu machen, dass der Reinigungsprozess abgeschlossen war. Buck ließ sich links neben mich plumpsen, während Wheat sich dreimal im Kreise drehte und sich rechts an mich schmiegte. Manche Leute denken, ich bin verrückt, wenn es um meine Hunde geht, aber diese Tiere sind alles, was ich habe.

»Morgen, Pepper«, grüßte Wanda.

»Morgen, Wanda.« Sie nahm meine Tasse mit den Hühnermotiven von dem Brett an der Rückwand und reichte sie mir. Ihr blond-graues Haar war zu einem Knoten zusammengefasst, und ihre weiße Schürze war mit diversen Flecken übersät. Sie hatte stundenlang gebacken, und man sah es ihr an. Es war halb acht an einem Dienstagmorgen, und das Lokal war überfüllt.

»Hab dich eine Weile nicht gesehen«, sagte sie. »Bist du den Tankstellenkaffee satt?«

»Ich habe beschlossen, mir heute etwas zu gönnen«, erwiderte ich. Wie immer diplomatisch.

»Etwas zu essen? Ich habe gerade Zimtbrötchen aus dem Ofen geholt.« Sie dufteten wunderbar, aber ich muss wegen meines Insulinhaushaltes meinen Kohlenhydratekonsum einschränken, sonst nehme ich sofort zu.

»Verlockend«, sagte ich, »aber heute nicht.« Ich goss mir selbst Kaffee ein, gab etwas Sahne hinzu und legte einen verblassten Dollarschein auf die Glastheke neben der Kasse. Ich fand einen freien Tisch im hinteren Bereich, las die *News* und hörte dem Morgenklatsch zu. Die *Post* mochte vielleicht die bessere Tageszeitung sein, aber sie hat so große Seiten, dass nur ein Tintenfisch mit einer starken Brille sie komfortabel lesen könnte.

Der Klatsch war auf jeden Fall unterhaltsamer als die Zeitung. Wandas Café ist ein Versammlungsplatz für Telekommunikations-Yuppies, alternde Hippies und Motorradfahrer auf der Durchreise, die dieses Bergstädtchen mit seinen 1.500 Einwohnern bevölkern. Die Unterhaltung an diesem Morgen drehte sich um den umstrittenen Vorschlag, das Polizeirevier der Stadt aufzulösen und mit dem Landkreis zusammenzuarbeiten, um den Gesetzesvollzug zu gewährleisten. Die allgemeine Meinung war, dass das eine schlechte Idee sei, die schließlich zur Einführung von Baubeschränkungen und Marihuana-Gesetzen sowie einer Begrenzung bei der Hundehaltung auf drei pro Kopf führen würde. Ich stimmte der allgemeinen Meinung zu.

Ich schenkte mir Kaffee nach und kehrte an meinen Platz zurück, wo ich Wandas schwarzen Labrador Zeke neben dem Tisch sitzend vorfand. Die Vertreter des Gesundheitsamtes in Boulder lassen sich hier nicht sonderlich oft blicken. Ich nahm mir die Zeit, Zekes Bauch zu massieren, dann wandte ich mich den Zeitungsausschnitten und Biografien zu, die Jayne Smyers mir gegeben hatte.

Das erste Opfer, Paul Fontaine, war ein fünfundfünfzig Jahre alter Professor der Mathematik am Whitman College in Walla Walla, Washington. Er war augenscheinlich während eines Einbruchs in sein Haus im letzten September durch einen Schuss in den Hinterkopf getötet worden. Fontaine war in Walla Walla geboren, hatte mit dreiundzwanzig promoviert und unterrichtete an einigen der besten Universitäten des Landes. Michigan, Tufts, Harvard. Wie meine Auftraggeberin erwähnt hatte, war er der Autor eines viel benutzten Lehrbuches über fraktale Geometrie.

Er war das älteste von drei Kindern und der einzige Sohn; seine Eltern besaßen eine riesige Weizenfarm östlich von Walla Walla. Sein Vater hatte im Jahr 1977 einen leichteren Schlaganfall erlitten, und zu der Zeit hatte der Sohn die Stelle in Whitman angenommen, sodass er den Weizenanbau mit überwachen konnte. Die Studenten beschrieben ihn als umgänglichen Mann mit einer Leidenschaft für das Unterrichten. Er war ein begeisterter Läufer, Fliegenfischer und Sammler von seltenen amerikanischen Münzen. Das Foto zeigte einen gut aussehenden Burschen mit markanten Gesichtszügen und vornehmem silbernen Haar. Er hatte nie geheiratet und lebte zur Zeit seines Todes allein. Ich hoffte, dass man nicht eines Tages das Gleiche von mir sagen würde.

Opfer Nummer zwei, Carolyn Chang, war Professorin für Mathematik an der Universität von Nebraska in Lincoln gewesen. Ein Farmer hatte ihre gefrorene Leiche Ende Dezember irgendwo nördlich von Manhattan, Kansas, gefunden. Sie war vergewaltigt und mit mehreren Stichen getötet worden. Carolyn war als Einzelkind in Honolulu geboren und aufgewachsen, wo ihr Vater ein erfolgreicher Bauunternehmer gewesen war. Sie hatte ihren akademischen Abschluss in Harvard erlangt und in Berkeley promoviert. Obwohl sie nur fünf Jahre lang in Lincoln unterrichtet hatte, war sie in einem Jahr zum Dekan ernannt worden. Kollegen wie Studenten beschrieben sie als ehrgeizig und anspruchsvoll. Zum Zeitpunkt ihres Todes war sie fünfunddreißig. Wie Fontaine hatte sie nie geheiratet.

Dasselbe Foto tauchte in mehreren Artikeln auf; es war ein professionelles Porträt, wahrscheinlich für ein Jahrbuch angefertigt oder von der Abteilung für Öffentlichkeitsarbeit der Universität zur Verfügung gestellt worden. Trotz ihres chinesischen Nachnamens und ihrer asiatischen Gesichtszüge ließen ihre üppige Oberweite und der Babyspeck in ihrem Gesicht darauf schließen, dass zumindest eines ihrer Elternteile polynesischer Abstammung war. Sie hatte ein wundervolles Lächeln besessen, breit und ungekünstelt. Ich fand sie attraktiv, und ich vermutete, dass viele ihrer männlichen Kollegen und Studenten das auch so gesehen hatten. Vielleicht war einer von ihnen der Meinung gewesen, dass sie ihnen etwas zu viel abverlangte.

Ihre Leiche war in Kansas gefunden worden, aber der tatsächliche Tatort des Mordes war nicht bekannt. Die leitende Ermittlungsbeamtin des Polizeireviers in Lincoln, Detective Amanda Slowiaczek, hatte gegenüber Reportern geäußert, Carolyn könnte überall zwischen Lincoln und dem Fundort der Leiche, der etwa achtzig Meilen südlich von dort lag, ermordet worden sein. Weder ihre Polizeistation noch der Sheriff von Kansas waren auf Verdächtige gestoßen.

Das dritte Opfer, wenn man es so nennen konnte, war ein siebenundvierzig Jahre alter Mathematikprofessor in Harvard. Donald Underwood hatte sich am Valentinstag in seinem luxuriösen Stadthaus in Boston erhängt. Er und seine Frau hatten sich zehn Monate zuvor getrennt, aber Freunde und Mitarbeiter hatten in den Wochen vor seinem Tod nichts Ungewöhnliches an seinem Verhalten bemerkt. Ein Abschiedsbrief wurde nicht erwähnt. Weil die Behörden seinen Tod wie einen Selbstmord und nicht wie einen Mord behandelten, hatten die regionalen Tageszeitungen es nicht für angebracht gehalten, der Geschichte mehr als eine paar Absätze einzuräumen. Alles, was ich erfahren konnte, war, dass er eine Frau und zwei Söhne hinterließ.

Drei Opfer, drei verschiedene Staaten und drei verschiedene Todesursachen. All das deutete auf drei Fälle hin, die nicht miteinander in Zusammenhang standen, abgesehen davon, dass alle drei Opfer Mathematiker gewesen waren. Und zwar nicht nur gewöhnliche Mathematiker, sondern Experten auf dem Gebiet der fraktalen Geometrie. Das FBI hatte den Fall abgeschlossen, aber ich hatte Schwierigkeiten, an einen Zufall zu glauben.

Womit ich ebenfalls Schwierigkeiten hatte, war der Aufsatz, den meine Klientin verfasst hatte. Die Überschrift lautete *Fraktale Dimension: Gedanken über Alternativen zu Hausdorff-Besicovitch.* Ich verstand schon im zweiten Absatz nichts mehr, und danach hätte der Aufsatz genauso gut unter Benutzung des Alphabets einer alten Zivilisation auf einem anderen Planeten in einem Sonnensystem geschrieben sein können, das schon vor langer Zeit implodiert war. Nachdem ich mich zwanzig Minuten lang damit geplagt hatte, wusste ich lediglich, dass die Küstenlinie von Norwegen immer noch zerklüfteter war als die von Großbritannien, gleichgültig, wie man sie maß.

Ich sammelte meine Unterlagen ein, tätschelte Zeke ein letztes Mal den Kopf und ging nach Hause. Es war beinahe halb elf, also zog ich mir meine Laufkleidung an und joggte mit Wheat zur Post. Ich lebe am Stadtrand von Nederland – einer kleinen Stadt fünfzehn Meilen westlich von Boulder. Der Postdienst liefert keine Post aus, wenn man mehr als zwei Meilen von der Stadt entfernt wohnt, deshalb habe ich ein Postfach gemietet, das ich an sechs Tagen in der Woche leere.

Es gab die übliche Menge von Reklamesendungen, unter anderem schon wieder ein Schreiben von den Kreditgöttern, die mich informierten, dass ich wegen »der Leistungen in meinem Leben« ein Anrecht auf irgendeine Super-Titan-Karte hätte. Sobald sie herausbekommen, dass man Anwalt ist, hört es nie wieder auf. Ich zerriss die Werbebriefe alle in zwei Hälften und warf sie in den Metallpapierkorb der US-Regierung, dann machte ich mich auf den Heimweg. Es war ein guter Tag zum Joggen, sonnig bei ungefähr zwanzig Grad. Der kleine Wheat lief hier und da einen Umweg, um einen neuen Geruch zu überprüfen oder seine Markierung zu hinterlassen, und dann rannte er, um mich wieder einzuholen. Seine Pfoten bereiteten ihm anscheinend keine Probleme, aber manchmal tun sie es, und dann muss ich gehen statt zu laufen. Oder ich muss ihn tragen.

Buck nehme ich nie mit zur Post. Buck ist eine schlappohrige Kreuzung zwischen einem Rhodesian Ridgeback und einer Dänischen Dogge. Er war noch ein Welpe, als ich ihn vor vier Jahren in den Straßen von Denver entdeckte. Er trug keine Hundemarke und war abgemagert. Ich fand, dass jemand, der blöd genug ist, einen Hund ohne Hundemarke durch die Straßen streifen zu lassen, kein Haustier verdiente, weshalb ich ihn behielt. Heute wiegt er fünfundsechzig Kilo und verfügt über einen sehr ausgeprägten Beschützerinstinkt; deshalb muss ich ihn an der Leine führen, wenn wir in der Stadt sind. Wenn man versucht zu joggen, während man Buck an der Leine führt, dann ist das eine großartige Methode, die seitlichen Muskeln zu trainieren, aber von einem angenehmen Lauf kann nicht die Rede sein.

Wheat dagegen ist ein reinrassiger Schipperkee. Er ist schwarz, wiegt ungefähr zehn Kilo und hat spitze Ohren. Der Schipperkee stammt ursprünglich aus Belgien und ist dafür bekannt, ein Hund von Bootsführern zu sein. Wir sind selten auf Booten unterwegs, aber es macht Spaß, mit dem kleinen Hund zu laufen, wenn seine Pfoten nicht schmerzen. Ich habe ihn vor zwei Jahren adoptiert, kurz bevor ich nach Nederland umgezogen bin. Ich hatte durch einen Zeitungsartikel von seiner Notlage erfahren. Sein Trottel von Besitzer hatte den kleinen »Blackie« so sehr misshandelt, dass die Mitbewohner des Besitzers die Polizei riefen. Der Idiot hatte den jungen Hund so oft getreten, dass er dauerhafte Nervenschäden an den Vorderpfoten erlitten hatte. Eine Operation half etwas, aber der Hund brauchte ein liebevolles Zuhause. Ein Blick auf das Foto überzeugte mich davon, dass ich ihn haben musste. Ich fuhr zum Tierheim, bezahlte die Gebühr und nahm das seltsame Tier mit nach Hause. Der ehemalige Besitzer wurde wegen Tierquälerei festgenommen, wurde dann aber gegen Kaution freigelassen und verschwand aus der Stadt.

Ich beendete meinen Lauf, schaltete CNN ein und bereitete mir zum Mittagessen ein Sandwich mit Erdnussbutter und Gelee. Obwohl ich nicht gefrühstückt hatte, fühlte ich mich großartig. Es heißt, Bewegung ist das Beste gegen Depressionen, und in meinem Fall stimmt das definitiv, aber ich füge zur Sicherheit noch jeden Abend hundertfünfzig Milligramm des Antidepressivums Imipramine hinzu. Ich nahm eine meiner patentierten Neunzig-Sekunden-Duschen, zog mich an und setzte mich dann an meinen Schreibtisch, um über den Fall nachzudenken.

Ich wollte gerne Einsicht in die Polizeiakten über die drei Opfer nehmen. Das wäre schon dann schwierig gewesen, wenn alle drei in Boulder gestorben wären, aber die drei Ereignisse hatten an Orten stattgefunden, wo ich über keinerlei Kontakte verfügte. Anders als viele Privatdetektive war ich nie Polizist gewesen, weshalb ich kein Mitglied der Bruderschaft des Gesetzesvollzugs war. Ich war Staatsanwalt gewesen, aber selbst das würde mir kaum helfen, die Geringschätzung zu umgehen, die die meisten Polizisten für Anwälte empfinden. Nun ja, wer nicht wagt, der nicht gewinnt.

Ich rief die Auskunft an, um die Nummer der Polizei in Walla Walla zu erfragen, und stellte dabei fest, dass die Anrufprozedur automatisiert worden war, sodass man nicht mehr mit einem Menschen sprach. Eine weibliche Computerstimme teilte mir die Telefonnummer mit und bot mir an, mich für weitere fünfundsiebzig Cent zu verbinden. Ich sagte: »Träum weiter, Süße«, legte auf und wählte selbst. Die Frau bei der Polizei von Walla Walla, die meinen Anruf entgegennahm, informierte mich, dass Lieutenant Dick Gilbert für den Fall Fontaine zuständig war. Er war nicht auf dem Revier, und so hinterließ ich meinen Namen und meine Telefonnummer mit der Bitte um Rückruf.

Ich rief beim Polizeirevier in Lincoln an und fragte nach Detective Slowiaczek, der Frau, die in den Zeitungsausschnitten erwähnt worden war. Ich wurde drei Mal weiterverbunden, aber schließlich erwischte ich sie. »Slowiaczek«, sagte sie nur, sonst nichts. Ich stellte mich vor und erklärte den Grund meines Anrufes.

»Wer ist Ihr Klient?«, wollte sie wissen. Sie hörte sich an, als wäre sie in den Dreißigern. Ihr barscher Ton ließ darauf schließen, dass mein Anruf ihr etwa so willkommen war wie der eines Vertreters, der sie dazu bringen will, die Telefongesellschaft zu wechseln.

»Mein Klient«, antwortete ich, »ist ein besorgter Bürger, der Schwierigkeiten hat daran zu glauben, dass diese Todesfälle in keinem Zusammenhang miteinander stehen.« Ich hörte Geräusche im Hintergrund.

»Sagen Sie diesem Arschloch, dass ich in einer Minute bei ihm sein werde.«

»Was?«

»Ich habe nicht mit Ihnen gesprochen«, sagte sie kurz angebunden.

»Sie hören sich sehr beschäftigt an«, sagte ich. »Ich bitte Sie lediglich um die Möglichkeit zu erfahren, was Sie herausgefunden haben.«

»Kommt nicht infrage«, sagte sie.

»Ich hörte, dass es sich um eine offene Ermittlung handelt«, sagte ich. »Wenn Sie nicht möchten, dass Kopien von Unterlagen in der Gegend herumgeschickt werden, wie wäre es dann, wenn ich nach Lincoln fliege und mir die Papiere in Ihrer Gegenwart ansehe?«

»Ich bin sicher, dass das eine vergnügliche Sache für mich wäre«, sagte sie, »aber dazu wird es nicht kommen.« Sie verlor die Geduld.

»Sehen Sie«, meinte ich, »ich war sieben Jahre lang Staatsanwalt. Ich weiß, was ich tue. Ich muss so viele Details wie möglich über diese drei Todesfälle zusammentragen.«

»Oho«, sagte sie unbeeindruckt.

»Finden Sie es nicht merkwürdig«, beharrte ich, »dass diese

drei Leute alle Experten auf dem Gebiet der fraktalen Geometrie waren?« Das war eine Frage zu viel.

»Erstens«, erwiderte sie barsch, »sehe ich jeden Tag meines Lebens merkwürdige Dinge. Zweitens fordern Sie mich auf, die Regeln dieser Dienststelle zu verletzen. Und drittens hat das FBI die Angelegenheit bereits untersucht, und ich denke gar nicht daran, das Ganze noch einmal mit irgendeinem schnüffelnden Anwalt durchzugehen, der inzwischen Privatdetektiv ist!« Ich hatte den Eindruck, sie mochte keine Männer. Ich dankte ihr, dass sie sich Zeit genommen hatte, und legte auf, bevor ich mich verdächtig machte.

Der Kriminalbeamte, der sich mit dem Selbstmord von Underwood beschäftigt hatte, hieß Tom O'Hara. Er hatte einen Bostoner Akzent und hörte sich an, als stünde er kurz vor der Pensionierung. Ich stellte ihn mir als großen, trinkfesten irischen Polizisten mit silbernem Haar, rotem Gesicht und Knollennase vor. Wahrscheinlich stand eine Flasche Whiskey auf seinem Schreibtisch, und an der Wand hing eine Fahne der Red Sox.

»Ja«, sagte er, »das FBI hat sich meine Berichte angesehen. Dauerte etwa zehn Minuten.«

»So lang?«

»Es war ein Fall für das Büro Boston. Sie machten nur die Kleinarbeit für ein anderes Büro.«

»Haben sie Ihnen erzählt, dass die drei Toten Experten in fraktaler Geometrie waren?«

»Ja, das haben sie mir gesagt, aber man muss nicht Superdetektiv Dick Tracy sein, um zu erkennen, dass dieser Kerl sich selbst ins Jenseits befördert hat.«

»Besteht die Möglichkeit, dass der angebliche Selbstmord von jemand anderem inszeniert worden sein könnte?«

»Alles ist möglich«, gab er zu, »aber zu der Zeit gab es kein Motiv, warum jemand das hätte tun sollen, und deshalb keinen Grund zu der Annahme, dass es so gewesen sein könnte.« Zeit, nach den Aufzeichnungen zu fragen.

»Vielleicht ist ja nichts dran«, meinte ich, »aber ich würde mir gerne Ihre Akten ansehen. Mein Klient zahlt mir gutes Geld, und es ist nur logisch, hier zu beginnen.« Er überlegte einen Augenblick.

»Haben Sie Kontakt mit den anderen beiden Polizeistationen aufgenommen?«

»Ja, sie schicken mir, was sie haben.« Er dachte wieder einen Augenblick nach.

»Ich würde Ihnen gerne helfen«, meinte er schließlich, »aber ich wette, wir haben drei oder vier von diesen autoerotischen Todesfällen pro Jahr.« Ich sagte kein Wort. »Die Dienststelle hält diese Akten streng unter Verschluss; Sie wissen schon, aus Respekt vor der Familie.« Ich sagte, ich könne ihn verstehen, und dankte ihm, dass er sich Zeit für mich genommen hatte.

Also hatte Underwood nicht Selbstmord begangen. Er hatte sich bei autoerotischen Spielen versehentlich stranguliert. Als Anwalt in einem Marineinfanteriekorps war es meine traurige Pflicht gewesen, ziemlich regelmäßig mit dieser Art von Dingen umzugehen. Einen Bericht schreiben, die Habseligkeiten des Verstorbenen einsammeln, Unterstützung bei allen Arrangements leisten und so weiter. Ich hatte lange genug als Anwalt praktiziert, um zu wissen, dass es jede Menge scheinbar normaler Menschen gab, die ihre ganz persönlichen Geheimnisse und Dämonen hatten. Oder, wie es einer meiner ehemaligen Kollegen, »Big« Matt Simms, auszudrücken pflegte, wenn wir zum Mittagessen in ein Restaurant gingen: »Ich wette, die Hälfte der Wichser hier hat eine Leiche im Keller.«

Ich schloss die Augen und dachte über die Schlussfolgerungen nach. Wenn Underwoods Tod ein Unfall war, dann hatte er folglich nichts mit den beiden anderen Todesfällen zu tun. Während die Ermordung von zwei Spezialisten der fraktalen Geometrie auch reiner Zufall sein konnte, hatte die Annahme, dass es auch einen Zusammenhang zu Underwoods Tod gab, zu einer kritischen Zahl geführt.

Okay, angenommen, Underwood hatte sich absichtlich umgebracht. Warum sollte er es wie einen autoerotischen Tod aussehen lassen? Das ergab keinen Sinn, und deshalb war die einzige andere Möglichkeit, dass eine oder mehrere unbekannte Personen ihn umgebracht hatten. Was bedeutete das für mich? Jedes der Opfer war ein Experte in fraktaler Geometrie gewesen. Jedes Opfer hatte auch Harvard besucht oder dort unterrichtet, aber das war wahrscheinlich reiner Zufall. Die drei Opfer waren nicht die einzigen Experten auf dem Gebiet der Fraktale in Amerika, aber sie waren die Einzigen, die tot waren. Warum sie? Ich wählte die Nummer meiner Auftraggeberin. Sie hob beim zweiten Läuten ab.

»Jayne Smyers.«

»Hallo, Professor, hier spricht Pepper Keane.«

»Oh, wie geht es Ihnen? Ich habe nicht damit gerechnet, so bald von Ihnen zu hören.« Sie klang entspannter. »Benutzen Sie die Freisprecheinrichtung?« Das tue ich gerne, weil ich dann beide Hände frei habe, um Unterlagen zu suchen oder Notizen zu machen. Aber ich merkte, dass es sie störte, deshalb nahm ich den Hörer auf.

»Mir geht's gut, aber ich möchte Sie um einen Gefallen bitten.«

»Klar.«

»Wäre es möglich, dass ich Kopien aller Veröffentlichungen der drei Opfer bekomme?«

»Mann«, sagte sie, »Sie verschwenden keine Zeit, nicht wahr?«

»Ich bin zwanghaft besessen.«

»Die meisten Leute, die im Leben etwas erreichen, sind das.«

Ich fragte mich, was ich im Leben erreicht hatte. Abgesehen davon, einer Unmenge von goldenen Kreditkarten für würdig befunden zu werden. »Ich würde gerne prüfen, ob ich irgendein Muster in ihren Aufsätzen finden kann.«

»Das ist sinnvoll. Ich werde Mary Pat bitten, so bald wie möglich Kopien zu machen.«

»Ist das Ihre wissenschaftliche Mitarbeitern?«

»Oh, das stimmt. Na ja, wenn Sie nicht mochten, dass sie erfährt, woran Sie arbeiten, kann ich mich selbst darum kümmern, aber es würde ein paar Tage dauern. Ich müsste selbst eine Computersuche durchführen und rüber in die Bibliothek flitzen, um die Veröffentlichungen herauszusuchen.« Ich hatte schon lange nicht mehr gehört, dass jemand außer Keith Jackson das Verb »flitzen« benutzte. Keith ist Sportreporter und berichtet über Football an Colleges für den Sender ABC. Er sagt gerne Dinge wie: »Ich kann euch sagen, Leute, dieser Student kann richtig flitzen.«

»Es ist in Ordnung«, sagte ich, »sie soll es ruhig tun.«

»Ich könnte ihr sagen, sie wären für mich.«

»Sie würde erraten, was Sie vorhaben. Erzählen Sie ihr einfach von meiner Arbeit und betonen Sie, dass sie es niemandem gegenüber erwähnen soll.«

»Sind Sie sicher?«

»Ja.«

»In Ordnung, ich werde sie gleich darum bitten. Sie könnten die Sachen in ein oder zwei Tagen haben.«

Ich dankte ihr und verabschiedete mich. Jesus, es war fast zwei Uhr. Ich ließ die Hunde für ein paar Minuten raus, dann warf ich meinen Pick-up an und machte mich auf den Weg nach Denver. Ich legte eine Kassette mit alten Songs von Sam Cooke ein und schaffte es in zweiundzwanzig Minuten den

Berg hinunter. Ich liebe den guten alten Rock 'n' Roll und alte Country-Musik. Außerdem strebt der Radioempfang im Canyon gegen null; das einzige Signal, das man empfangen kann, ist ein Sender mit fundamentalistisch christlicher Orientierung. Ich hoffe, das ist nur Zufall.

Mein Bruder und seine Familie leben südlich von Denver in Highlands Ranch, einem wohlhabenden Vorort, der vor fünfundzwanzig Jahren noch nicht einmal existiert hat. Von Tür zu Tür sind es sechsundsechzig Meilen, aber der erste Teil der Strecke liegt in den Bergen, sodass man mindestens eine Stunde braucht. Bis zu seinem Fitness-Studio ist es nicht ganz so weit. Ich kann es in fünfundvierzig Minuten schaffen, wenn ich nicht in den wohl bekannten Berufsverkehr von Denver gerate.

Troy Keanes Fitness-Studio ist ein Mekka für ernsthafte Bodybuilder, die in Colorado ganz vorne mitmischen. Es gibt keine chromblitzenden Geräte wie in einem Wellness-Center. Er verkauft keine Dauermitgliedschaften; jeder zahlt monatlich. Er ist für einen Burschen, der nie die High School abgeschlossen hat, ziemlich erfolgreich. Er gab gerade eine Einführung für zwei künftige Schwarzeneggers, als ich hereinkam. Ich wartete, bis er mich entdeckte, ließ mir den Schlüssel zu meinem Dauerschließfach geben, zog meine Trainingskleidung an, wog mich und ging ins Hinterzimmer. Der Raum hat keinen offiziellen Namen, aber ein verblasstes Schwarz-Weiß-Foto von Ingemar Johansson hängt über dem Eingang. Für diejenigen, die es nicht wissen, Ingemar war der letzte weiße Champion im Schwergewicht. Und wird es wahrscheinlich auch immer bleiben.

Ich bearbeitete zuerst den kleinen Sandsack in drei Zwei-Minuten-Etappen, dann ging ich zu dem schweren Sack. Ich hatte länger nicht mehr an Mike Polk gedacht, und die bloße Vorstellung ließ mich mit zusätzlicher Energie gegen den

Sack schlagen. Er war früher ein Basketball-Star an einer der besten Schulen gewesen, ein groß gewachsener Linkshänder, und deshalb suchte ich mir Kombinationen aus, die meiner Meinung nach gegen einen schweren Linkshänder Wirkung zeigen würden.

Ich war ein erfolgreicher Amateurboxer gewesen und hatte mit dem Gedanken gespielt, Profi zu werden, aber es ist schwierig, als Schwergewichtler Erfolg zu haben, wenn man nur eins siebenundsiebzig groß ist. Joe Frazier hatte es geschafft, aber er musste gewöhnlich fürchterliche Schläge von viel größeren Männern einstecken und hoffen, dem Ansturm standhalten zu können, bis sein linker Haken den Gegner niederstreckte. Ich fand, als Anwalt zu praktizieren, wäre eine angenehmere Art, sich seinen Lebensunterhalt zu verdienen, obwohl ich später die Erfahrung machte, dass man auch in diesem Beruf viele Schläge einstecken muss.

Ein paar schlaksige Teenager scharten sich um mich, als ich den Sack richtig in Bewegung versetzte. »Das Geheimnis liegt in den Hüften«, erklärte ich. Ich trat zurück, um mich auszuruhen, als jemand mir auf die Schulter tippte. Es war Troy.

»Entschuldigung«, sagte er, »ich dachte, du wärst Mike Tyson.«

»Ein verständlicher Irrtum«, erwiderte ich, während ich versuchte, meine Atmung wieder unter Kontrolle zu bekommen. »Wir sehen genau gleich aus, abgesehen davon, dass er schwarz ist und keine verdammte dicke Strähne weißer Haare auf dem Kopf hat.« Mein Haar ist glatt und schwarz, aber ich hatte immer schon ein kleines Büschel weißer Haare direkt über der rechten Schläfe. Das ist genetisch bedingt und wird als Mosaikkrankheit bezeichnet. Manche Leute nennen es Hexenstreifen. Man hat mir gesagt, es kann auf etwas namens Waardenburg-Syndrom hinweisen, aber in meinem Fall ist es nur eine Farbveränderung.

»Du siehst gut aus«, sagte er. Wir umarmten uns.

»Ich bin viel gelaufen.«

»Wie viel wiegst du?«

»Gemäß deiner Waage etwa achtundachtzig Kilo.«

»Diese Waage ist Schrott«, scherzte er. »Der Besitzer ist zu knauserig, um sie zu ersetzen.«

»Wie sieht es bei dir aus?

»Neunzig Kilo«, sagte er.

»Du hast eine Figur wie ein Besenstiel«, sagte ich, »du solltest in der NBA spielen.«

»Ja, ich mag zwar nicht zu einem Basketball-Dunking in der Lage sein, aber wenn ich ein Foul spiele, dann weiß mein Gegner verdammt gut, dass ich ein Foul gespielt habe.« Wir machten uns über unsere genetische Ausstattung lustig. Die Männer unserer Familie sind ziemlich klein und kräftig gebaut – mit schweren Knochen und Gliedern. Mit meinen eins siebenundsiebzig bin ich der größte lebende Keane.

Wir bearbeiteten abwechselnd den schweren Sack, dann schnürten wir unsere Handschuhe zu und absolvierten ein leichtes Sparring in dem Ring an der Rückwand des Raumes. Aus den Augenwinkeln sah ich, wie eine große Frau in den Raum kam. Sie hatte dunkles Haar und eine große Zukunft in der Zahnpastawerbung. Einen Sekundenbruchteil lang dachte ich, es wäre Jayne Smyers, und in diesem Sekundenbruchteil erwischte mein Bruder mich mit einer linken Geraden. »Sie heißt Pam«, sagte er, während wir einander weiter umkreisten.

»Niedlich.« Sie trug ein scharlachrotes Trikot und glänzende silberne Leggins, aber beim näheren Hinsehen wurde mir schnell klar, dass sie erst vor wenigen Jahren die High School abgeschlossen hatte.

»Willst du sie kennen lernen?«

»Nein, nicht mein Typ.«

»Wie sieht denn dein Typ aus?«

»Keine Ahnung.« Das war eine Frage, die ich mir schon oft selbst gestellt hatte, auf die ich aber noch nie eine zufrieden stellende Antwort gefunden hatte.

»Sie möchte Stewardess werden«, erzählte er. »Glaubt, geilen alten Männern in zehntausend Metern Höhe Bloody Marys zu servieren, wäre etwas besonders Schönes.«

»Sie werden heute Flugbegleiterinnen genannt«, sagte ich. »Und täusche dich nicht – die meisten von ihnen bringen mehr Geld nach Hause als ich.« Zwar hatte ich als Anwalt genug verdient, um lebenslang finanzielle Sicherheit zu haben, aber in den zwei Jahren als Privatdetektiv hatte ich im Schnitt weniger als zwanzigtausend Dollar pro Jahr verdient. Jane Smyers war die erste legitime Klientin seit sechs Wochen, die meine Dienste in Anspruch nehmen wollte.

»Du kannst jederzeit wieder zurückkehren und Mörder und Crackdealer vertreten«, sagte er.

»Nicht in diesem Leben«, erwiderte ich.

Wir zogen unsere Handschuhe aus, schlossen unser Training mit einer schnellen Hantelübung ab und stellten uns dann unter die Dusche. Weil ich auf dem Hinweg Sam Cooke gehört hatte, erwischte ich mich dabei, wie ich sang: »Don't know much about Algebra …«

»Warum bist du so glücklich?«, rief mein Bruder.

»Ich weiß es nicht«, sagte ich, »vermutlich macht es einfach Spaß, wieder zu arbeiten.«

# 3. KAPITEL

Am Mittwoch regnete es leicht. Gewitter in den Bergen sind gewöhnlich kurz, aber seit dem Vormittag tröpfelte es ständig, und ein Ende war nicht abzusehen. Buck und ich waren gerade von einem Mittagslauf um den See zurückgekehrt, als das Telefon läutete. Ich griff nach dem tragbaren Gerät in der Küche, während ich ein paar Eichelhäher beobachtete, die an den Kiefern hinter meinem Holzhaus vorbeiflogen.

»Mr. Keane?«

»Ja.«

»Mein Name ist Mary Pat McCormick. Ich bin Professor Smyers Assistentin. Sie hat mich gebeten, ein paar Unterlagen für Sie zu kopieren, und ich wollte Ihnen sagen, dass Sie sie abholen können, wann immer es Ihnen passt.« Ihre Stimme klang leicht kehlig, wie bei der jungen Kathleen Turner.

»Sind Sie in einer Stunde da?«

»Einer von uns wird da sein.«

»Großartig, dann komme ich sofort runter.« Ich legte auf und sah zu, wie die Eichelhäher davonflogen. Sie sagten nicht, wohin sie flogen. Vielleicht nach Toronto.

Da ich lieber aus Flaschen als aus Dosen trinke, hielt ich am Beverage & Food Market an – Nederlands einzigem Lebensmittelgeschäft –, kaufte eine Flasche mit eineinhalb Litern Diätcola und fuhr den Berg hinunter. Die Besucherparkplätze waren wieder alle belegt, weshalb ich meinen Wagen dort abstellte, wo ich schon zuvor geparkt hatte. Auf genau demselben Platz. Allmählich betrachtete ich ihn schon als meinen eigenen Platz.

Meine Klientin war nicht da, aber die Tür zu ihrem Büro stand offen. Ich betrachtete den Raum, und dabei fiel mir eine Fotografie im Format dreizehn mal achtzehn Zentimeter von einem älteren Paar vor einem teuren Ziegelhaus auf. Ein zweites Foto zeigte meine Auftraggeberin und eine andere Frau bei einer Raftingtour. Eine kleine Gedenktafel an der Wand zu meiner Rechten dankte ihr für fünf Jahre aufopferungsvolle Dienste für ein örtliches Frauenhaus. Das »Fisch ohne Fahrrad«-Poster hing noch da, aber bislang war sie mir nicht wie eine militante Feministin vorgekommen. Lippenstift und Nagellack waren in der Regel ein gutes Zeichen in dieser Hinsicht.

»Mr. Keane?« Ich drehte mich um. Der Kathleen-Turner-Vergleich funktionierte immer noch, denn sie war etwa eins zweiundsiebzig groß und hatte mehr Kurven als Jessica Rabbit. Es war die Art Körper, die mein früherer Partner Matt Simms liebt – wie die drallen Filmstars der vierziger Jahre. Sie hatte ihr langes kastanienbraunes Haar absichtlich kräuseln lassen, aber an ihr sah es gut aus. Sie war Anfang zwanzig. Volle Lippen, grüne Augen, kein Make-up. Sie trug braune Wandershorts, ein blaues Männerhemd mit aufgerollten Ärmeln und Ledersandalen. Ihr breites Lächeln strahlte Optimismus aus, und ihre aufrechte Haltung flößte Vertrauen ein.

»Sie müssen Mary Pat sein.«

»Mary Pat McCormick«, bestätigte sie und streckte mir die Hand entgegen. Oberhalb ihrer Hemdentasche befand sich ein Sticker mit der Aufforderung, eine sichere und legale Abtreibung zu unterstützen. Ein weiteres katholisches Mädchen auf Abwegen.

»Pepper Keane.« Ihr Händedruck war enthusiastisch, wie der einer jungen Frau, die gerade ein erfolgreiches Bewerbungsgespräch für ihren ersten richtigen Job hinter sich hat.

»Professor Smyers hat noch Vorlesung, aber ich habe die Artikel hier.« Sie nahm einen Stapel Papiere vom Tisch meiner Klientin und reichte ihn mir. Der Stapel wurde von einer großen Klammer zusammengehalten und war etwa fünf Zentimeter hoch. »Das sind alle Artikel, die sie je veröffentlicht haben.«

»Fantastisch«, lobte ich. »Wie sind Sie so schnell daran gekommen?«

»Ich habe ihre Namen einfach in MathSciNet eingegeben«, sagte sie lächelnd. »Funktioniert immer.«

»MathSciNet?«

»Das ist die Standard-Suchmaschine für mathematische Arbeiten.«

»Oh.«

»Sorry. Ich habe vergessen, dass ich mit einem« – sie markierte mit den Finger Anführungszeichen – »Außenstehenden spreche.«

»Machen Sie sich keine Gedanken«, meinte ich. »Ich bin dankbar für Ihre Hilfe. Sicher haben Sie Besseres zu tun.«

»Nicht wirklich. Jayne hat mir erzählt, was Sie tun. Ich weiß, wie wichtig ihr das ist.«

»Lassen Sie uns darüber sprechen«, sagte ich. »Warum ist es ihr so wichtig?« Ich setzte mich auf einen der Holzstühle vor dem Schreibtisch meiner Auftraggeberin. Mary Pat verstand den Wink und setzte sich neben mich, dann starrte sie einen Moment auf den Fußboden, während sie über meine Frage nachdachte.

»Sie verliert nicht gerne, so viel ist sicher. Sie möchte beweisen, dass diese drei Morde nicht auf einem Zufall beruhen.«

»Zwei Morde und ein offensichtlicher Selbstmord«, erwiderte ich. Sie zwang sich zu einem höflichen Lächeln, aber sie war sich genauso sicher wie ihre Chefin, dass es eine Verbindung zwischen Underwoods Tod und den beiden anderen Todesfällen gab.

»Ich habe sie noch nie so wütend gesehen wie zu dem Zeitpunkt, als diese Agenten hier hereinspazierten und ihr sagten, der Fall würde zu den Akten gelegt. Sie hat ihnen richtig die Leviten gelesen.« Ich stellte mir Jayne Smyers vor, wie sie Gumby und Pokey gegenuberstand. Sie ist etwa drei Zentimeter größer als Gombold, und ich vermutete, dass sie genug Selbsbehauptungstraining absolviert hatte, um Polk Paroli zu bieten.

»Wie haben die darauf reagiert?«, wollte ich wissen.

»Der eine Typ hat es mit Fassung getragen, aber der andere war ein richtiger Blödmann.«

»Der größere?«

Sie riss die Augen auf. »Sie kennen ihn?«

»Ich kenne Polk seit dem Jurastudium. Wir waren im selben Jahrgang.«

»Er ist so was von arrogant«, meinte sie, »ich hätte ihm am liebsten eine Ohrfeige verpasst.«

»Ja, so wirkt er auf andere Leute.« Ich wollte ihm schon seit dem Studium eine Ohrfeige verpassen, aber bis auf einen Revancheangriff in einem Footballspiel war mir in dieser Richtung nichts gelungen. Scott McCutcheon nannte es die großartigste Revanche, die er je gesehen hatte.

»Die andere Sache ist«, fuhr Mary Pat fort, »aber ich mutmaße nur – ich glaube, Professor Smyers hat einen starken Hang zu Gerechtigkeit. Ihre Eltern starben in dem Flugzeug, das über Schottland explodierte.«

»Über Lockerbie?«

»Ja.«

»Das habe ich nicht gewusst«, sagte ich. »Danke, dass Sie es mir erzählt haben.« Wir schwiegen einen Augenblick.

»Mr. Keane«, fragte sie schließlich, »ist Professor Smyers in Gefahr?« Es war eine Frage, die ich schon aus den verschiedensten Blickwinkeln betrachtet hatte.

»Ich glaube nicht«, antwortete ich. »Wenn jemand sie hätte töten wollen, dann wäre sie jetzt tot.«

»Das ist beruhigend«, sagte sie. Ihr Sarkasmus war nicht gegen mich gerichtet; sie war einfach zu jung und zu gutherzig, um die Tatsache zu akzeptieren, dass irgendeine Person irgendeine andere Person zu jeder beliebigen Zeit töten kann.

»Sehen Sie es so«, meinte ich. »Abgesehen von einer kurzen Freundschaft mit Carolyn Chang vor ein paar Jahren verbindet sie nichts mit den drei Opfern. Und wenn wir annehmen, dass Underwoods Tod Selbstmord war, fand der letzte Mord vor mehr als vier Monaten statt.« Sie sagte nichts. »Wenn ich etwas herausfinde, das einen der Todesfälle mit einem anderen verbindet, bin ich eher in der Lage zu wissen, ob sonst noch jemand in Gefahr schweben könnte. Man muss eine Verbindung finden, um das Motiv verstehen zu können. Es ist ein Prozess des Sammelns von Informationen.«

»Da habe ich eine Idee«, sagte sie. Sie legte den Kopf zur Seite, damit die Haare ihr nicht ins Gesicht fielen. Es war eine sexy kleine Bewegung.

»Raus damit.«

»Wir können das Internet benutzen. Wir schicken E-Mails an Mathematiker von Universitäten überall im Land und erzählen ihnen in groben Zügen, was wir wissen. Ich bin sicher, wir werden jede Menge nützlicher Informationen bekommen.«

»Wahrscheinlich schon«, erwiderte ich, »aber das können wir nicht machen.« Ich beugte mich vor und wartete, bis wir Blickkontakt hatten. »Niemand soll wissen, dass Professor

Smyers das den Behörden gemeldet hat, oder dass sie mich engagiert hat, um Nachforschungen anzustellen.«

»Aber«, beharrte sie, »es wäre der effizienteste Weg für uns, an Informationen heranzukommen.« Der wiederholte Gebrauch des Plurals zeigte, dass sie sich als Teil meines Teams betrachtete. Ich verschränkte die Hände hinter dem Kopf.

»Haben Sie jemals von der Heisenberg'schen Unschärferelation gehört?«, fragte ich.

»Natürlich.« Es gelang ihr nur schlecht, ihre Überraschung darüber zu verbergen, dass ich davon gehört hatte, aber ich hatte bei meinem Studium philosophischer Werke auch einiges über Physik gelernt.

»Was verstehen Sie darunter?«, wollte ich wissen. Sie spielte mit.

»Es ist ein Prinzip der Quantenmechanik, gemäß dem es unmöglich ist, die Position und die Geschwindigkeit eines Gegenstandes genau gleichzeitig zu messen, weil der Messversuch an sich sowohl die Position als auch die Geschwindigkeit des Gegenstandes beeinflusst.«

»Das ist völlig richtig«, sagte ich, »und das ist die Situation, die wir hier haben. Wenn es zwischen den Todesfällen eine Verbindung gibt, hat sich jemand große Mühe gegeben, diese Verbindung zu verschleiern. Daraus lässt sich schließen, dass es sich, wie wir in meiner Zeit beim Militär zu sagen pflegten, um eine »hoch motivierte Person« handelt – jemand, der wieder töten würde, wenn er sich bedroht fühlt. Wir kennen den Mörder und sein Motiv nicht, aber der bloße Versuch, es herauszufinden, könnte ihn auf meine Untersuchung aufmerksam machen und uns alle in Gefahr bringen. Es ist überaus wichtig, dass es geheim bleibt. Ich möchte, dass Sie mir Ihr Wort darauf geben.« Ich fuhr schwere Geschütze auf, aber ich glaubte, was ich sagte, und ich wollte, dass sie es auch glaubte.

»Aber«, sagte sie in bittendem Ton, »wir würden doch nur andere Mathematiker kontaktieren.«

»Mary Pat«, sagte ich eindringlich, »wenn es einen Zusammenhang zwischen den Todesfällen gibt, hat der Mörder mit ziemlicher Sicherheit etwas mit der Mathematikergemeinschaft zu tun.« Sie schaute weg und starrte auf den Boden.

»Vermutlich haben Sie Recht«, gab sie zu. »Manchmal versteife ich mich auf etwas, bevor ich alle Argumente berücksichtigt habe.«

»Ich auch«, sagte ich. »Sich diese Gewohnheit abzugewöhnen, ist schwierig.« Ich löste meine verschränkten Hände voneinander und schlug die Beine übereinander, sodass mein linkes Bein auf dem rechten lag. Es entstand eine kurze Pause, aber es machte mir Spaß, mich mit ihr zu unterhalten, und ich wollte noch nicht gehen. »Also«, begann ich, »Sie arbeiten für Ihren Abschluss?«

»Ich muss nur noch meine Magisterarbeit abschließen. Ich hoffe, hier promovieren zu können. Ich stamme aus Milwaukee, aber ich liebe Boulder.«

»Es ist zwar nicht so nett wie Ennis in Montana«, meinte ich, »aber besser als East Saint Louis.« Das brachte sie zum Lachen.

»Sie waren bei der Marine?«, fragte sie.

»Ich war Anwalt«, antwortete ich.

»Wie die Lady in der Serie *JAG – Im Auftrag der Ehre*?«

»So ähnlich.«

»Mein Dad war bei der Marine. Ich bin dort geboren, in Camp …« Sie hielt inne, als Finn im Türrahmen auftauchte. Er war offensichtlich gerade von einem langen Lauf im Regen zurückgekehrt. Er trug ein weißes Trikot, braune Laufshorts aus Nylon und erstklassige Laufschuhe, von der Sorte mit halb durchsichtigem grünem Gel im Absatz. Er war nass bis auf die Haut.

»Ist Jayne da?«, fragte er, während er seine Brillengläser mit einem kleinen weißen Tuch polierte.

»Nein«, antwortete Mary Pat, »aber sie müsste jeden Augenblick kommen.«

Er sah mich an, setzte die Brille wieder auf, trat dann vor und sagte: »Ich glaube nicht, dass man uns schon miteinander bekannt gemacht hat. Ich bin Stephen Finn.« Ich stand auf, und Mary Pat folgte meinem Beispiel.

»Stephen nimmt an Triathlon-Wettkämpfen teil«, erklärte Mary Pat.

»Pepper Keane«, sagte ich. Wir schüttelten uns die Hände. Er drückte mir die Hand mit seinem Triathlongriff, worauf ich mit meinem Ich-kann-zweihundert-Kilo-stemmen-Griff antwortete.

»Was machen Sie beruflich, Mr. Keane?« Er versuchte, die Frage beiläufig klingen zu lassen, aber er brannte vor Neugier, weil er mich zum zweiten Mal im Büro meiner Auftraggeberin antraf.

»Mr. Keane ist Privatdetektiv«, sagte Mary Pat. Ich hätte sie am liebsten in der Luft zerrissen, aber dann fügte sie hinzu: »Er hilft Professor Smyers, im Frauenhaus einen Workshop zum Thema Selbstverteidigung und Sicherheit für Frauen zu organisieren.«

»Ein Privatdetektiv? Faszinierend.« Er versuchte, interessiert zu klingen, aber sein Ton war leicht herablassend. Er fand wohl, das wäre kein Beruf für gebildete Menschen. »Eigentlich bin ich nur vorbeigekommen, um mit Jayne zu plaudern«, fuhr er fort. »Würden Sie ihr sagen, dass ich sie gesucht habe?«

»Mache ich«, versprach sie.

»War nett, Sie kennen zu lernen, Mr. Keane.«

»Ebenso«, sagte ich. Er ging, und wir setzten uns wieder.

»Was unterrichtet er?«, wollte ich wissen.

»Den Stoff für die Erstsemester, hauptsächlich. Differenzialrechnung und so etwas.«

»Ganz unten auf der Karriereleiter?«

»Ja.«

»Wie lang ist er schon hier?«

»Seit zwei Jahren, genau wie ich.«

»Er sieht so jung aus.«

»Er hat seinen Harvard-Abschluss mit zwanzig gemacht.«

»Na und?«, sagte ich. »Ich bin schon in den Kindergarten gekommen, bevor ich fünf wurde.«

Sie lachte und erzähle mir dann, was sie von Finn hielt.

»Er kann ein bisschen großspurig sein, das gebe ich zu, aber er ist kein schlechter Kerl, wirklich nicht. Seine Studenten lieben ihn. Sein größter Fehler besteht darin, dass er zu verbissen ist. Er soll nächstes Jahr mit einer Festanstellung an der Reihe sein, und er ist wie besessen davon.« Ich wollte fragen, welcher Art seine Beziehung zu meiner Klientin war, aber sie kam herein, bevor ich Gelegenheit dazu hatte. Sie war immer noch so groß wie ich, und sie trug keine Absätze. Rosa Lippenstift, taubenblaues Sommerkleid, weiße Sandalen. Dabei war heute noch nicht einmal Flag Day oder sonst ein besonderer Tag.

»Habe ich einen guten Witz verpasst?«, fragte sie. Ich stand auf.

»Nein«, sagte Mary Pat, immer noch grinsend, während sie sich erhob. »Mr. Keane hat mir gerade von seinen akademischen Leistungen erzählt.«

»Nun, Mary Pat«, sagte sie in gespieltem Ernst, »es ist nicht höflich zu lachen. Es zerstört die Motivation des Studenten zu lernen.« Wir lächelten uns zu, während sie um ihren Schreibtisch herumging und Kaffee aufsetzte. »Hat Mary Pat Ihnen alles gegeben, was Sie brauchen?«

»Das hat sie«, sagte ich.

»Falls Sie noch etwas brauchen, Mr. Keane«, sagte Mary Pat auf dem Weg zur Tür, »lassen Sie es mich einfach wissen. Sie können eine Nachricht beim Abteilungssekretariat hinterlassen.«

»Das werde ich tun. Danke nochmals.«

»Wohin gehen Sie?«, fragte meine Klientin.

»Ich habe eine Verabredung mit meinem Supercomputer«, antwortete Mary Pat. »Oh, fast hätte ich es vergessen, ich soll Ihnen sagen, dass Stephen hier war, um mit Ihnen ›zu plaudern‹.« Sie tauschten einen wissenden Blick, und Mary Pat verschwand. Meine Klientin stand am Fenster hinter ihrem Schreibtisch und starrte hinaus in den Regen. Sie hatte einen hübschen Ausblick auf die Berge, und ich hatte einen hübschen Ausblick auf sie.

»Ich mag Regen«, sagte sie, »aber wenn es nicht bald aufhört, werde ich zu meinem Auto rennen müssen.«

»Ich habe einen alten Umhang in meinem Pick-up, aber das Tarnmuster würde sich nicht mit Ihrem Outfit vertragen.«

»Oh«, sagte sie, »das ist nett, aber so stark regnet es nicht. Das habe ich davon, dass ich mich auf den Wetterbericht verlassen habe.« Ich hatte es als Scherz gemeint, mehr oder weniger, aber das ist das Ergebnis, wenn ich versuche, witzig zu sein. Sie setzte sich hinter ihren Schreibtisch und schenkte sich Kaffee in ihre Kojotentasse ein. »Nun«, sagte sie, »was halten Sie von Mary Pat?«

»Eine gescheite junge Dame.«

»Sie ist eine der talentiertesten Studenten, die wir je hatten. Sie hat beim Abschlussexamen fast die Höchstpunktzahl erreicht. Besser geht es fast nicht.«

»Sie hat mir erzählt, dass sie gerne hier promovieren würde.«

»Ich habe sie ermutigt, sich die Wahl offen zu halten. Sie

könnte an jede Universität gehen, aber ihr gefällt es in Boulder.«

»Will sie sich auf fraktale Geometrie spezialisieren?«

»Das ist eine interessante Frage. Einen Augenblick scheint sie Gefallen daran zu finden, im nächsten Augenblick stürzt sie sich auf etwas anderes.«

»Wenn sie sich nicht entscheiden kann«, sagte ich, »kann sie immer noch Jura wählen. Dafür ist es da.« Sie lächelte, um meinen scharfen Witz zu honorieren. Oder vielleicht erkannte sie das Element der Wahrheit in meiner Bemerkung an. Wie auch immer, ich hätte es so oder so akzeptiert. Sie hatte ein nettes Lächeln.

»Sie hören sich noch nicht viel besser an«, meinte sie. »Sie sollten zum Arzt gehen.«

»Das steht auf meiner Liste der zu erledigenden Dinge«, antwortete ich. Ich traue Ärzten nicht. Ich kenne jede Menge Schwachköpfe, die das Jurastudium geschafft haben, und die Zeit, in der ich Marineärzte gegen Klagen wegen Behandlungsfehlern verteidigt habe, hat mich davon überzeugt, dass ein ähnlicher Prozentsatz das Medizinstudium überlebt hat. »Wie auch immer«, sagte ich, »es sieht so aus, als hätte ich einiges an Lesematerial, also sollte ich mich besser auf den Weg machen. Danke, dass Sie Mary Pat gleich darauf angesetzt haben.«

»Gern geschehen. Wenn Sie sonst noch etwas brauchen, rufen Sie einfach an.«

»Übrigens«, sagte ich, »als Dr. Finn vorbeikam, hat Mary Pat ihm erzählt, ich helfe Ihnen, einen Workshop zum Thema Selbstverteidigung und Sicherheit für Frauen für irgendein Frauenhaus zu organisieren. Wer von Ihnen beiden hat denn diese Idee gehabt?«

Sie lächelte. »Mary Pat war's, aber Sie müssen zugeben, dass es eine gute Lüge ist.«

»Sie ist perfekt«, meinte ich. »Ich bin Privatdetektiv, und Sie arbeiten offensichtlich für ein Frauenhaus.« Ich deutete auf die Tafel, auf der ihre Dienste gewürdigt wurden.

»Ich bin Mitglied des Verwaltungsrates des Frauenhauses von Boulder.«

»Das ist toll. Falls Sie jemals einen Workshop durchführen wollen, melden Sie sich bei mir. Ich habe einige Schulungen in verbaler Deeskalation und Selbstverteidigung absolviert.«

»Gut«, entgegnete sie, »lassen Sie uns erst das hier erledigen.« Ich war schon fast zur Tür hinaus. »Wissen Sie«, fügte sie hinzu, »als ich mich zum ersten Mal mit den FBI-Agenten traf, haben sie mich gebeten, mit niemandem über diese Angelegenheit zu sprechen. Sogar nachdem der Fall zu den Akten gelegt worden war, hat ihr Chef mich aufgefordert, verschwiegen zu sein – er wollte die Privatsphäre der Familien schützen. Deshalb habe ich auch meinen Kollegen gegenüber nichts erwähnt, aber irgendwann wollen Sie vielleicht mit Stephen reden.«

»Warum das?«

»Er hat an der Universität von Nebraska unterrichtet.«

»Wann?«

»Direkt bevor er hierher kam.«

»Tatsächlich? Kannte er Carolyn Chang?«

»Ja, er erfuhr von einem früheren Kollegen von ihrem Tod. Er war ziemlich bestürzt.«

»Die Welt ist klein«, meinte ich.

# 4. KAPITEL

Ich fuhr zurück in die Berge, mit achtundzwanzig Aufsätzen zu verschiedenen Aspekten der Mathematik im Gepäck. Ich spekulierte über die Art der Beziehung zwischen Finn und meiner Klientin, während Mick Jagger erklärte, warum er keine Befriedigung finden konnte. Es konnte nichts übermäßig Ernstes sein, wenn sie ihren Verdacht hinsichtlich der drei Todesfälle nicht mit ihm geteilt hatte.

Um halb vier traf ich zu Hause ein, ließ die Hunde hinaus in den Regen und sah ihnen zu, als sie wieder hereinkamen und sich schüttelten. Es gibt nichts Besseres als den Geruch nach nassem Hund, um aus einem Haus ein Heim zu machen. Ich ging in mein Büro, um die gesammelten Werke der drei Opfer zu studieren.

Mein Büro befindet sich bei mir zu Hause. Als ich bei der US-Staatsanwaltschaft kündigte, um *Keane, Simms & Mercante* zu gründen, hatte ich unter anderem einen Mahagonischreibtisch, eine passende Kredenz und ein Originalgemälde von Robert Batemen, das einen Braunbär in Alaska zeigte, erworben. Als ich die Firma vor zwei Jahren verließ, habe ich alles mitgenommen. Ich hatte den fantastischen Ausblick auf die Innenstadt von Denver, die vornehmen Büros und die anderen Insignien des Erfolgs genossen, aber ich vermisse es nicht, im Monat viertausend Dollar an Gemeinkosten zu zahlen. Ich habe alles, was ich brauche, direkt hier vor Ort, einschließlich eines großartigen Blicks auf die kontinentale Wasserscheide. Und Sie können darauf wetten, dass ich einen Homeoffice-Steuernachlass bekomme.

Die meisten der Artikel waren in Fachzeitschriften veröffentlicht worden, aber ein paar waren in Publikationen für ein breiteres Publikum erschienen, in Magazinen wie *Scientific American* oder *Omni*. Überraschenderweise hat Fontaine, der den größten Teil seiner beruflichen Karriere an einem College verbracht hatte, von dem ich nie gehört hatte, fünfzehn der Aufsatze verfasst. Von den restlichen dreizehn gingen sieben auf das Konto von Carolyn Chang, und sechs hatte Underwood veröffentlicht.

Zwanzig der Artikel waren hoch theoretisch. Zwölf davon hatte Fontaine geschrieben, aber einige waren schon älter und hatten nichts mit Fraktalen zu tun. Fünf der sechs von Underwood verfassten Artikel fielen in die theoretische Kategorie, und die übrigen drei hatte Carolyn Chang verfasst. Die Terminologie war mir fremd. Ich hatte noch nie etwas von der Juliamenge, Parameterabständen oder Zeitalgorithmen gehört, und ich hätte vermutlich zwei Jahre Mathematik an einem College belegen müssen, um sie auch nur ansatzweise zu verstehen. Abgesehen von meiner Unfähigkeit, die Aufsätze zu verstehen, war ich auch nicht in der Lage, einen gemeinsamen roten Faden in den theoretischen Abhandlungen der drei Opfer zu erkennen.

Ich stand auf, um mich zu strecken, und dabei starrte ich wie hypnotisiert in den Regen hinaus. Die Wolken hingen tief und verbargen die Gipfel der schneebedeckten Berge in der Ferne. Buck fürchtete sich vor dem Donner und trottete in mein Büro, um Schutz unter meinem Schreibtisch zu suchen. Ich schaute aus dem Fenster, bis ein Eichhörnchen, das auf einer Stromleitung entlangspazierte, sich umdrehte und mir einen spöttischen Blick zuwarf. Wir starrten einander gute zwanzig Sekunden lang an, dann hüpfte es weiter, und ich kehrte an meine Arbeit zurück.

Die übrigen acht Abhandlungen beschäftigten sich eher mit angewandter Mathematik; sie hatten etwas damit zu tun, wie fraktale Geometrie in der realen Welt Anwendung fand. Von diesen acht hatte Fontaine drei verfasst, Carolyn Chang vier und Underwood einen.

Fontaines erster Aufsatz war eine langweilige Aufzählung der Anwendungen fraktaler Geometrie in der Elektrotechnik, aber die anderen beiden faszinierten mich. Sie handelten von der nicht-technischen Diskussion über die fraktale Kompression von Bildern, eine Technik, die es ermöglichte, gewaltige Datenmengen auf sehr wenig Speicherplatz zu sichern. Ein englischer Wissenschaftler namens Barnsley hatte das Konzept entwickelt, während er effizientere Wege suchte, um Satellitenbilder zurück zur Erde zu senden.

Barnsley glaubte, dass Bilder von Objekten aus der Natur in eine kleine Anzahl von Strukturen unterteilt werden könnten, indem man Ähnlichkeiten zwischen den Umrissen herausfand. Codierte man diese Umrisse auf digitalem Weg, statt die herkömmliche Bit-Abbildungstechnik zu benutzen, konnte ein Farbbild, das normalerweise eine Speicherkapazität von 1,4 Megabyte benötigen würde, mit nur 25 Kilobyte beschrieben werden. Fontaine behauptete, dass dieses Verfahren Microsoft in die Lage versetzt hatte, eine Enzyklopädie mit sechstausend Farbfotos auf eine einzige CD-ROM zu brennen.

Das Verfahren war ebenfalls benutzt worden, um Hintergründe für Videospiele und Kinofilme zu erzeugen. Angenommen, man will ein Bild der Mondoberfläche erzeugen. Um den Mond so zu rekonstruieren, wie er tatsächlich ist, schrieb Fontaine, bräuchte man die kombinierte Speicherkapazität von zehntausend PCs. Aber die fraktale Geometrie eröffne einen anderen Weg. Zwar variieren die Krater in ihrer Größe, aber die grundlegende Form bleibt dieselbe. Man muss lediglich diese Form einem Computer beschreiben und eine Formel erstellen (einen Algorithmus), die dafür sorgt, dass diese Form in variierenden Umfängen wieder und wieder rekonstruiert wird, bis etwas entstanden ist, das dem Mond gleicht. Um sicherzustellen, dass keine zwei Krater identisch sind, streut man ein paar willkürliche Zahlen in die Formel ein. In Wirklichkeit erzeugt der Computer eine »fraktale Fälschung«, die die Mondoberfläche nachahmt, ohne sich um die genauen Details zu kümmern. Ich verstand die Technik nicht ganz, aber ich bekam eine gewisse Vorstellung davon.

Ich streckte mich wieder und erhaschte einen Blick auf zwei grüne Kolibris, die von einem der Futtergefäße aufflogen, die ich mit rotem Nektar gefüllt hatte, dann wandte ich meine Aufmerksamkeit Carolyn Changs Aufsätzen zu. Die vier nicht-theoretischen Abhandlungen, die aus ihrer Feder stammten, waren außergewöhnlich gut geschrieben; sie hatte ein besonderes Talent, komplizierte Zusammenhänge in einfachem Englisch darzustellen. Drei der Artikel beschäftigten sich mit der zunehmenden Anwendung von fraktaler Geometrie in der Medizin. Die Artikel beschrieben, wie mit der Benutzung fraktaler Muster aus medizinischen Bildern viele Arten von Krankheiten identifiziert und klassifiziert werden können. Als Beispiel zitierte sie mehrere Studien, die Wechselbeziehungen zwischen der fraktalen Dimension des Herzrhythmus und dem Vorhandensein einer Krankheit herausgefunden hatten. Sie prophezeite, dass Fraktale zunehmend eine wichtige Rolle in der Automatisierung der Wissenschaft der medizinischen Diagnostik spielen würden.

Der andere Artikel von Carolyn faszinierte mich, weil er in einer Fachzeitschrift fehl am Platze zu sein schien. Es war eine kurze Abhandlung, in der sie die Ansicht vertrat, dass Fraktale die Art und Weise verändern könnten, wie Künstler und Musiker die Welt darstellten. »Fraktale Geometrie«, schrieb sie, »schafft einen neuen Weg, Raum und Form zu betrachten. Genau wie die Entdeckung der geometrischen Perspektive die Art und Weise veränderte, wie die Maler der Renaissance Tiefe auf glatten Oberflächen darstellten, so können Fraktale vielleicht die Künstler dahingehend befreien, dass sie Objekte aus der Natur so darstellen können, wie sie tatsächlich sind, statt innerhalb der Begrenzungen der euklidischen Begriffe von Dimension.«

Underwood hatte einen Versuch unternommen, etwas für ein breiteres Publikum zu schreiben, und das war ein Versuch zu viel gewesen. Er hatte nicht über Carolyn Changs Geschick im Umgang mit dem geschriebenen Wort verfügt. Seine Sätze waren lang und nicht logisch aufgebaut. Sein Thema waren neurale Netzwerke, Computerprogramme, die fraktale Muster erkennen konnten. Wegen ihrer Fähigkeit, Muster zu identifizieren, waren solche Programme wertvolle Werkzeuge, um zukünftige Entwicklungen vorherzusagen. Laut Underwood fanden sie auf vielen Gebieten, angefangen bei der Meteorologie bis hin zum Finanzwesen, Anwendung.

Inzwischen war es sieben Uhr geworden. Es hatte beinahe vier Stunden gedauert, alle achtundzwanzig Artikel durchzusehen, aber ich hatte kein Muster oder ein gemeinsames Thema in den Aufsätzen der drei Opfer erkennen können. Ich schob den Stapel zur Seite, fütterte die Hunde und setzte Wasser für Spaghetti auf. Dann versuchte ich ein weiteres Mal, den Polizisten in Walla Walla anzurufen. An der Westküste war es eine Stunde früher. »Ich glaube, der Lieutenant ist immer noch im Krankenhaus«, sagte die Beamtin, »aber ich kann eine Nachricht an ihn weitergeben.« Ich hinterließ nochmals meinen Namen und machte Feierabend.

Ich inspizierte meine CD-Sammlung und wählte eine Kollektion alter Jack-Guthrie-Melodien aus. Jack, der Cousin von Woody und ein entfernter Verwandter von Arlo, war schon seit 1948 tot, aber ich liebe diese alten Westernsongs einfach. Jack Guthrie, Patsy Montana, Jim Silvers und alle anderen, die jodeln können.

Ich öffnete eine Kilopackung Spinatspaghetti, brach die dünnen Nudeln entzwei und gab den gesamten Inhalt der Packung ins Wasser, das sich schnell erwärmte. Ich schnitt eine Zwiebel, ein paar Pilze und eine Knoblauchzehe klein, dann dünstete ich die Mischung in einer Teflonpfanne an. Kein Hackfleisch, weil ich seit ein paar Jahren mit einer vegetarischen Lebensweise liebäugelte, obwohl ich nicht wirklich konsequent bin.

Ich öffnete ein Glas Tomatensauce, fügte noch einige Zutaten wie Rotwein, Zimt und noch mehr Knoblauch hinzu und erwärmte das Ganze. Ich würde nicht alles aufessen, aber ich konnte den Rest für einen anderen Tag aufbewahren. Dann setzte ich mich in meinen Sessel und schaltete CNN ein. Wheat sprang auf meinen Schoß und ließ sich dort nieder. Zehn Minuten später klingelte das Telefon. Es war der Kriminalbeamte aus Walla Walla, Lieutenant Gilbert. Ich nahm das tragbare Telefon. »Vielen Dank für Ihren Rückruf«, sagte ich, während ich den Fernseher leiser stellte.

»Kein Problem, was kann ich für Sie tun?« Er hörte sich nett an. Vielleicht ein paar Jahre älter als ich.

»Ich bin Privatdetektiv. Ich würde gerne über Paul Fontaine sprechen.«

»Drei-null-drei, das ist Colorado, richtig?«

»Ja.« Die Vorwahl 303 hatte einst für den gesamten Staat gegolten, aber in weniger als einem Jahrzehnt hatte der Zustrom von Menschen aus Kalifornien und New Jersey diejenigen, die den deregulierten Mischmasch leiten, den man einst

Telefongesellschaft nannte, gezwungen, den Staat in drei verschiedene Zonen einzuteilen. Jetzt gilt die 303 nur noch für Denver/Boulder, und seit kurzem gibt es noch zusätzliche Vorwahlen für die neuen Nummern in der Stadt, sodass man sogar für Ortsgespräche zehnstellige Nummern wählen muss.

»Ich bin engagiert worden um herauszufinden, ob es einen Zusammenhang zwischen Professor Fontaines Tod und dem Tod von zwei weiteren Mathematikern gibt.«

»Sie wissen, dass das FBI bereits Nachforschungen angestellt hat?«

»Ich war jahrelang als Staatsanwalt tätig. Ich nehme die Schlussfolgerungen des FBI nicht für bare Münze.«

Er lachte. »Ein Anwalt, der zum Privatdetektiv wurde, was? Was für eine steile Karriere.«

»Das ist eine lange Geschichte.«

»Nun, was wollen Sie wissen?«

»Am liebsten würde ich Ihre Akte sehen. Ich habe alles gelesen, was diese Leute je geschrieben haben, aber meine Informationen über ihren Tod stammen nur aus den Zeitungen und aus einem Gespräch mit einem Detective in Boston.«

»Wahrscheinlich wissen Sie mehr als ich. Ich weiß lediglich, dass wir einen toten Matheprofessor haben, kein Motiv, keine Verdächtigten. Und dieser Typ ist nicht bloß erschossen worden, er wurde hingerichtet. Mit einer einzigen Kugel in den Hinterkopf aus kürzester Entfernung. Dann finde ich heraus, dass zwei weitere Mathefreaks tot sind.«

»Gibt es eine Chance, dass ich Ihre Akte einsehen kann?«

»Haben Sie wirklich alles gelesen, was diese Leute je geschrieben haben?«

»Ihre ganzen professionellen Abhandlungen.«

»Ich wette, es hat Spaß gemacht.«

»Irgendwo musste ich anfangen«, meinte ich.

»Das ist wahr«, sagte er. »Ich sag Ihnen was, ich mache Ihnen ein Angebot. Ich bin hier momentan von lauter Alligatoren umgeben, aber wenn Sie herkommen könnten, würde ich Ihnen zeigen, was ich habe, und wir können ein bisschen darüber diskutieren.« Das war ein Angebot, das ich nicht ablehnen konnte.

»Hört sich nach einem guten Plan an«, erwiderte ich.

# 5. KAPITEL

Am Dienstagmorgen erledigte ich etwas, das ich vor mir hergeschoben hatte. Ich rief das FBI-Büro in Denver an. Ich hatte es aufgeschoben, weil ich ein bisschen über den Fall wissen wollte, bevor ich anrief. Und weil ich dort nicht sonderlich beliebt bin. Auf ihrer Liste der unbeliebtesten Leute stehe ich auf einer Ebene mit Randy Weaver, oder mit dem Anwalt von Richard Jewell, der kurzzeitig als Attentäter von Atlanta verdächtigt wurde.

»FBI.« Sie hatte die unpersönliche Stimme einer Regierungstelefonistin. Ich stand gerade, nur mit Baumwoll-Boxershorts bekleidet, in meiner Küche und machte mir zum Frühstück ein Sandwich mit Erdnussbutter und braunem Zucker, während die Morgensonne in meine Küche strahlte. Die höllische Nebenhöhlenentzündung schien schwächer zu werden.

»Tim Gombold, bitte.« Ich benutzte die Freisprecheinrichtung.

»Kann ich ihm sagen, wer Sie sind?«

»D. B. Cooper. Ich möchte mich stellen.« Das war der Name, den der erste Flugzeugentführer in den USA benutzt hatte. Er war im Jahr 1971 mit einem Fallschirm aus dem Heck einer Boeing 727 gesprungen; um die Taille hatte er sich 200.000 Dollar in Zwanziger-Scheinen gebunden, und man hatte seitdem nie wieder von ihm gehört.

»Einen Augenblick bitte, Sir.« Sie legte mich in die Warteschleife. Ich hörte es einige Male klicken und lauschte fünfundvierzig Sekunden lang dem Knistern in der Leitung. Es war erst kurz nach acht, weshalb ich glaubte, gute Chancen zu haben, ihn zu erwischen. Er hatte erst vor ein oder zwei Monaten zum zweiten Mal geheiratet – ich war bei der Hochzeit gewesen –, aber alte Gewohnheiten sind schwer abzulegen. Gumby geht gerne früh zur Arbeit, trinkt etwas Regierungskaffee und liest die Morgenzeitungen, bevor er loslegt. Er liest jeden Morgen beide Tageszeitungen von Denver, von vorne bis hinten. Sagt, er will gerne wissen, was los ist.

»Du meine Güte, Pepper«, rief er, »so eine Scheiße kannst du nicht machen!« Ich nahm den Hörer in die Hand.

»Nimm es mit Humor, Tim.«

»Dafür sollte ich zu dir hochfahren und dich eigenhändig erschießen.« Ich gab mir Mühe, nicht zu lachen. »Was willst du, um Himmels willen?«

»Ich möchte mit dir über einen Fall sprechen, an dem du gearbeitet hast.«

»Und basierend auf der Wertschätzung deiner Person durch das FBI dachtest du dir, dass wir deiner Bitte nur zu gerne nachkommen würden?«

»Genau.«

»Welcher Fall?«

»Die fraktalen Morde.«

»Oh Gott. Hat diese Matheprofessorin dich engagiert?«

»Sagen wir mal, sie hat.« Im Hintergrund hörte ich eine Schreibmaschine. Trotz der Einführung der elektronischen Textverarbeitung hat jedes FBI-Büro ein paar elektrische IBM-Schreibmaschinen behalten, um Formulare auszufüllen, die sich nicht gut scannen lassen.

»Sieh mal, Pepper, drei Leute mit demselben Spezialgebiet sind innerhalb von sechs oder sieben Monaten gestorben. Da sind schon seltsamere Dinge passiert.«

»Welches Büro hat die Ermittlungen durchgeführt?«

»Wir.«

»Denver?« Keiner der Todesfälle hatte in Colorado stattgefunden.

»Ja, deine Matheprofessorin hat uns auf die Sache aufmerksam gemacht, und wir brauchten jemanden, der uns die Mathematik erklärt. Der Chef hat sich gedacht, es wäre einfacher, die Ermittlungen von unserem Büro aus durchzuführen.«

»Hast du die Telefonate der Opfer überprüft?«

»Nein«, sagte er. »Wegen der Budgetbeschneidungen tun wir das nicht mehr. Wir verlassen uns jetzt auf Parapsychologie.«

»Ich wollte wissen, ob du aus den Telefondaten Schlüsse ziehen konntest.«

»Soweit wir wissen, haben sie nie miteinander gesprochen und auch nicht schriftlich miteinander verkehrt.«

»Drei der bekanntesten Leute in ihrem Spezialgebiet«, meinte ich. »Es erscheint seltsam, dass sie nie Kontakt miteinander hatten.«

»Pepper«, sagte er, »wir haben jede Spur verfolgt und konnten keine Verbindung finden. Fontaine wird durch einen Schuss in den Hinterkopf getötet, das Mädchen in Lincoln wird vergewaltigt und erstochen. Jeweils ein vollkommen unterschiedlicher Modus Operandi. Und es gibt keine Anzeichen, dass Underwood keinen Selbstmord begangen hat.«

»Während er sich einen runterholte«, sagte ich.

»Woher weißt du das?«

»Vertrau mir, Tim.«

»Es spielt ohnehin keine Rolle«, meinte er. »Unsere Leute meinen, es war ein typischer autoerotischer Tod. Passiert jeden Tag.«

»Nicht einem Harvard-Professor«, warf ich ein. Er seufzte.

»Hör zu«, meinte er, »wenn du dir etwas verdienen kannst,

indem du dieser Lady hilfst, ihr Gewissen zu beruhigen oder ihre Neugier zu befriedigen oder was auch immer, habe ich kein Problem damit, aber wir haben viel Zeit in diese Sache gesteckt und nichts herausgefunden.«

»Kann ich eure Akte sehen?«

»Du musst eine Haut wie ein Elefant haben.«

»Heißt das nein?«

»Ich habe zu tun, Pepper.« Er seufzte wieder.

»Ich musste fragen«, sagte ich.

»Außerdem würde Dittmer mich umbringen. Er hat in den vergangenen sechs Monaten zwei Agenten rausgeschmissen. Wir balancieren alle auf rohen Eiern.« Ich wusste, dass Dittmer seit ungefähr zwei Jahren für das Büro Denver zuständig war. Und ich wusste, dass er auf Rhodos ausgebildet worden war. Viel mehr wusste ich nicht über ihn, aber ich hatte gehört, dass er den *Silver Star* verliehen bekommen hatte, während er als Spionageabwehroffizier in Vietnam diente.

»Ich dachte, du magst Dittmer«, sagte ich.

»Er ist der scharfsinnigste Typ, den man sich vorstellen kann, aber er hat sich im Laufe des vergangenen Jahres verändert. Er wäre an der Reihe gewesen, stellvertretender Direktor zu werden, aber der Direktor wählte eine Frau aus, die erst neun Jahre im Job ist. Und kurz darauf ist seine Frau an Krebs gestorben.«

»Oh Gott.«

»Ich glaube, er ist verbittert«, meinte Gumby, »aber er frisst es in sich hinein und stürzt sich in die Arbeit wie jedes andere Alphamännchen. Er ist jetzt absolut korrekt. Er ist perfekt und erwartet von allen anderen, dass sie ebenfalls perfekt sind. Keine Fehler. Er hat sogar damit angefangen, per Stichproben Ermittlungen zu überprüfen, um sicherzugehen, dass wir nichts verbockt haben. Übrigens auch bei deinem fraktalen Fall.«

»Klingt, als hätte er eine Menge durchgemacht«, sagte ich, »aber es tut mir Leid, dass er dir das Leben schwer macht.«

»Na ja, wahrscheinlich geht er sowieso nächstes Jahr in den Ruhestand. Zumindest behauptet er das. Will sich ein Boot kaufen und in Florida Keys leben.«

»Als würde das mehr Spaß machen, als Crackdealer zu verhaften und im Winter muslimische Extremisten in Denver zu überwachen.«

»Jedem das Seine«, erwiderte er.

»Hey«, sagte er, »lass mich noch eine Frage zu dieser Fraktalgeschichte stellen.«

»Sicher.«

»Wenn es zwischen diesen Todesfällen keine Verbindung gab, wieso fiel das Ganze dann in euren Zuständigkeitsbereich?«

»Das Chang-Mädel hat die Staatsgrenzen überquert.«

»Kidnapping?«

»Kidnapping, möglicherweise Verschwörung.«

»Noch eine Frage«, sagte ich.

»Das hast du gerade schon mal gesagt.«

»Könnte es sein, dass Underwood die anderen beiden auf dem Gewissen hat und sich dann selbst umgebracht hat?«

»Nein, das haben wir überprüft. Er hatte für jeden Mord ein gutes Alibi.«

»Danke, Tim, liebe Grüße an Polk.«

»Ich denke, das lasse ich lieber«, entgegnete er. »Sein Scheidungsprozess fängt in einer Stunde an. Wahrscheinlich ist er nicht scharf darauf, heute von dir zu hören.«

»Wie auch immer«, sagte ich. »Danke für die Informationen.«

»Ja. Viel Glück!«

Ich schaltete CNN ein, aß mein Sandwich, trank einen Proteinshake und schluckte meine tägliche Vitaminration, dann duschte ich schnell. Es war Jahre her, seit ich meinen Job als Staatsanwalt an den Nagel gehängt hatte, aber in jenen Tagen hatte ich eng mit Gombold zusammengearbeitet. Er hatte kurzzeitig in D. C. gearbeitet, nachdem ich aufgehört hatte, aber irgendwie war es ihm gelungen, nach Denver zurückzukehren. Während ich privat als Anwalt praktizierte, hatten sich unsere Wege hier und da gekreuzt. Er war einige Jahre jünger als ich und hatte als Wirtschaftsprüfer gearbeitet, bevor er zum FBI ging. Er war ein drahtiger Mann, bekannt für seine teuren Anzüge, sein geschäftsmäßiges Auftreten und seine methodische Arbeitsweise. Ich hielt ihn immer noch für den besten Agenten im Büro in Denver.

Der Schlagmann traf den Wurf genau, aber der Schiedsrichter am ersten Mal holte ihn heraus. »Er war in Sicherheit!«, schrie Scott. Scott »Two Toe« McCutcheon. Ich kannte ihn, seit ich drei war, und liebte ihn wie einen Bruder. Wir wohnten Tür an Tür in Denver, damals, als Denver noch ein Kuhort war. Man sah es ihm nicht an, aber der sehnige, eins sechsundachtzig große Mann mit den Geheimratsecken war ein SEAL, ein Mitglied einer Spezialeinheit bei der US-Marine, gewesen und hatte den schwarzen Gürtel in Karate und Aikido. Er ist mein bester Freund und Seelenverwandter. Obwohl er ein Studium der Astrophysik abgeschlossen hat, verdient er seinen Lebensunterhalt als freiberuflicher Computerberater und bezeichnet sich selbst scherzhaft als selbstständigen Techno-Freak. Ich nenne ihn scherzhaft den Boss meiner Abteilung für technische Dienstleistungen.

»Dieser Schiedsrichter sollte Richter sein«, sagte ich. Es war ein wunderschöner Donnerstagnachmittag, und wir waren in Coors Field und amüsierten uns beim Spiel eins einer Doppelveranstaltung zwischen den Rockies und den Dodgers. Zwei mittelmäßige Teams. Wir saßen unmittelbar hinter dem ersten Mal neben ungefähr einem Dutzend Jungpfadfindern. »Lass uns übers Geschäft reden«, meinte ich. »Ich setze das hier als geschäftliche Ausgaben ab.«

»Ich auch«, erwiderte er. Ich lachte und trank einen Schluck von meiner Drei-Dollar-Diätcola. Ich hatte die Eintrittskarten bezahlt.

»Fraktale«, sagte ich. Auf dem Weg von Boulder herunter hatte ich ihm einen Überblick über den Fall gegeben.

»Was willst du wissen?«

»Bring sie in einen Zusammenhang mit Geld.« Er setzte sich gerade hin, stellte sein Vier-Dollar-Bier auf den Betonboden und wandte sich mir zu.

»Für fraktale Mathematik gibt es viele kommerzielle Anwendungsbereiche«, sagte er, »aber das ist kein großes Geheimnis. Einige Softwarefirmen benutzen die fraktale Bildkompression schon seit zehn Jahren.«

»Medizinische Abbildungen?«

»In den Bereichen Medizin, Meteorologie, Metallverarbeitung, Maschinenbau – um nur einige zu nennen. Jeder Gegenstand mit unregelmäßigen Umrissen kann durch ein fraktales Modell dargestellt werden.« Ein Spieler der Rockies schlug einen soliden Ball die Linie hinunter. Wir erhoben uns mit der Menge. Der Spieler am dritten Mal fing ihn auf, machte aber einen Patzer, sodass der Wurf zu spät kam. Der Schiedsrichter sah das anders.

»Er war in Sicherheit!«, schrie Scott und sprang wieder auf. Ich sagte nichts. Wir hatten uns schon bei fünf oder sechs Bällen lautstark geäußert, und ich hatte das Gefühl, dass sowohl der Schiedsrichter am ersten Mal als auch die Führerin der Pfadfindergruppe unser Theater satt hatten. Scott setzte sich wieder und trank sein Bier aus.

»Zurück zu den Fraktalen«, sagte ich.

»Viele verschiedene Firmen benutzen auf Fraktalen basierende Modelle«, erklärte er. »Manche benutzen sie intern; die meisten vertreiben Software oder Dienste, die auf Software unter Verwendung von fraktalen Modellen beruhen.«

»Verdienen diese Firmen viel damit?«

»Darauf kannst du wetten.«

»Und das geht schon seit einer Weile so?«

»Hängt davon ab, was du meinst«, sagte er. »Fraktale Geometrie ist schon seit über zwanzig Jahren bekannt, aber erst seit fünf bis zehn Jahren beschäftigt sich die Industrie damit, die potenziellen Anwendungsmöglichkeiten zu erforschen.«

»Warum das?«

»Aus zwei Gründen«, erläuterte er. »Erstens sind Kenntnisse in fraktaler Geometrie nicht mehr nur auf ein paar Mathematiker beschränkt. Je mehr Studenten und Forscher es gab, die damit vertraut sind, desto mehr Versuche wurden unternommen, nach Anwendungsmöglichkeiten in der Praxis zu suchen.«

Der nächste Schlagmann wurde aufgerufen, und die Dodgers kamen an die Reihe.

»Was ist der zweite Grund?«

»Computer«, antwortete er. »Wenn man riesige Mengen von Daten nach fraktalen Mustern untersuchen möchte, braucht man einen Computer, der dieser Aufgabe gewachsen ist. Heutzutage sind die Rechner so viel schneller und stärker als noch vor wenigen Jahren –«

»Mehr Leute verfügen über die entsprechende Technologie?«

»Ganz genau.«

Ein pickliger Bierverkäufer mit strähnigem schwarzem Haar kam auf seinem Weg die Betonstufen hinauf an uns vorbei. »Hast du Bier mit Himbeergeschmack?«, fragte Scott.

Der Jugendliche merkte nicht, dass Scott ihn auf den Arm

nehmen wollte, und antwortete: »Nur Coors.« Scott grinste mich an, gab ihm fünf Dollar und sagte ihm, er solle den einen Dollar behalten.

»Ich finde das faszinierend«, sagte ich. »Bis Montag hatte ich noch nie etwas von fraktaler Geometrie gehört, und jetzt kann ich mir keine Wolke und keinen Baum mehr ansehen, ohne nach der »versteckten Ordnung« zu suchen, von der sie gesprochen hat.« Scott lächelte nur und nahm einen Schluck von seinem Bier.

»Nehmen wir mal an«, meinte er, »diese Leute sind wegen ihrer Arbeit mit Fraktalen ermordet worden, warum ausgerechnet sie? An jeder größeren Universität gibt es jemanden, der fraktale Geometrie unterrichtet.«

»Das ist die Frage«, erwiderte ich.

»Sie hatten nie Kontakt untereinander?«

»So hat Gombold es mir erzählt.«

Er dachte darüber nach. »Vielleicht ist der Mörder das Verbindungsglied.«

»An diesem Punkt kommst du ins Spiel.«

Er sah mich an. »Klär mich auf.«

»Ich brauche eine Liste der Leute, die möglicherweise Vorlesungen bei allen drei Opfern besucht haben.« Er nickte schweigend.

In der Zwischenzeit hatten die Dodgers zweimal geworfen. Der nächste Wurf sah von unserem Blickwinkel aus gut aus, aber der Schiedsrichter brüllte: »Ball vier!«

»Mein Gott!«, schrie Scott und sprang wieder auf. »Das war doch genau in der verdammten Mitte!«

Ich blieb stumm, aber einer der Jungpfadfinder stand auf und brüllte: »Der Schiedsrichter braucht eine Brille!« Die Leiterin der Gruppe gab ihm einen Klaps auf den Arm und warf uns einen Blick zu, als wären wir reif für die Anstalt. Scott zwinkerte ihr zu und setzte sich wieder.

»Dieser Fontaine hat seit über zwanzig Jahren am selben Ort unterrichtet?«, wollte Scott wissen.

»Seit 1977.«

»Wie heißt das College?«

»Whitman College.«

»Nie gehört.«

»Es ist ein geisteswissenschaftliches College. Eines der besten, wenn man *U. S. News & World Report* glaubt.«

»Also suchen wir wahrscheinlich nach einer Person, die dort das College besucht hat und dann Vorlesungen bei den anderen hörte.«

»Wahrscheinlich«, meinte ich, »aber nicht zwangsläufig. Es könnte sogar jemand sein, der mit allen drei Opfern unterrichtet hat.« Er schwieg, aber ich konnte sehen, wie seine Gedanken rotierten. »Kriegst du das hin?«, fragte ich.

»Ja.«

»Ich wusste es.« Ich habe beträchtlichen Respekt vor Scotts Fähigkeiten als Computer-Hacker. Ich hatte schon zugesehen, wie er sich nur aus Spaß Zugang zu geheimen Datenbanken der Army verschafft hatte, und ich hatte mir ausgerechnet, dass er keine großen Probleme mit Immatrikulationslisten von ein paar Colleges und Universitäten haben dürfte.

Das erste Spiel endete mit einer Acht-zu-drei-Niederlage, und wir blieben nicht, um uns das zweite Spiel anzusehen. Wir fuhren zu Scott nach Hause nach Süd-Boulder und trafen Bobbi beim Gießen ihrer Blumen an. Sie besitzt eine Eigentumswohnung, verbringt aber die meiste Zeit bei Scott. Sie waren seit drei Jahren zusammen, und beide waren offenbar mit dem Arrangement zufrieden. Scott war kurz verheiratet, als er bei der Marine war, und er schwört, dass er nie wieder heiraten wird. Was sehr schade ist, denn Bobbi ist das, was mein Vater als »Sahneschnitte« zu bezeichnen pflegte. Sie ist eine selbstbewusste Wasserstoffblondine mit einer super Figur und arbeitet als Vermögensverwalterin für eine Leasinggesellschaft. Sie hat keinen College-Abschluss, ist aber eine intelligente Lady mit einem feinen Sinn für Humor.

Scott hatte nie viel für Gartenarbeit übrig, aber Bobbis liebevolle Pflege hatte den vormals kahlen Garten in ein Schmuckstück verwandelt, das den Neid der Nachbarschaft erregte. »Als Nächstes«, meinte ich, »wirst du rosa Flamingos in deinem Garten haben.«

»Sie mag Football, und es ist ihr egal, wenn ich gelegentlich Ausdrücke wie ›Wichser‹ benutze«, erwiderte er. »Dafür sind Flamingos kein zu hoher Preis.« Wir stiegen aus meinem Pick-up.

»Hallo, mein Hübscher«, begrüßte sie mich. Sie legte mir die Arme um den Hals und drückte mich.

»Warum verlässt du diesen Typ nicht«, schlug ich vor, »und probierst das Leben mit einem richtigen Mann aus?«

»Ich habe darüber nachgedacht«, antwortete sie, »aber er hat gesagt, Marineinfanteristen wären schlechte Liebhaber, weil sie ständig daran denken, ihre Schuhe zu polieren.« Scott grinste.

»Das ist ein alter Witz«, entgegnete ich. »Und ich war es, der ihn ihm erzählt hat.«

# 6. KAPITEL

Freitagabend. Ich saß mit meinen Hunden auf der Terrasse, las mühsam in *Sein und Zeit* weiter und hörte Gordon Lightfoot. Ich fühlte mich etwas melancholisch. Eine Freundin hatte einmal zu mir gesagt, ich würde zu viel Zeit damit verbringen, über Dinge nachzudenken. Sie hatte Recht, aber das führte nur zu einem dieser lächerlichen Huhn-und-Ei-Rätsel. War der Grund für meine Depressionen, dass ich zu viel nachdachte, oder dachte ich wegen meiner Depressionen zu viel nach?

Heute Abend grübelte ich über die Tatsache nach, dass ich vierundvierzig war und nie geheiratet hatte. Troy war inzwischen seit fünfzehn Jahren verheiratet und hatte zwei Kinder. Ich hatte im vergangenen Jahr keine einzige Verabredung gehabt. Ich nehme an, dass die Schuld zum Teil bei mir lag. Jede Menge Leute hatten versucht, mich mit Frauen zusammenzubringen, aber ich hatte keine kennen gelernt, bei der es bei mir funkte. Wenn man einmal geliebt hat, ist es schwierig, sich mit einer reinen Kameradschaft zufrieden zu geben. Ich hatte eine große Liebe gehabt, aber das war lange her, und sie kam nicht zurück.

Der Wind frischte auf, und ich ging ins Haus, um mir eine Jacke zu holen. Nederland liegt in einer Höhe von 2.500 Metern über dem Meeresspiegel. Obwohl schon Mai war, konnte es am Abend noch frisch werden. Als ich auf die Veranda zurückkehrte, lief gerade der Song *If You Could Read My*

*Mind – Wenn du meine Gedanken lesen könntest.* Eine Strophe dieses Songs hatte mich schon immer beeindruckt:

*I walk away, like a movie-star who gets burned in a*
*three-way-script;*
*Enter number two.*
*A movie queen,*
*To play the scene*
*Of bringing all the good things out in me.*

War es das, worauf ich wartete? Eine *Filmkönigin, die die Szene spielt, in der alle meine guten Seiten zum Vorschein gebracht werden*?

Diese Selbstbetrachtung wurde durch Bucks plötzliches Bellen beendet. Jemand ging den Pfad zu meinem Haus hinauf. Groß und dünn. Luther. »Hey, Pepper«, sagte er, »wie geht's?« Die ruhige und gedehnte texanische Sprechweise war unverkennbar.

»Gut, Luther, und wie geht's dir?« Buck hatte erkannt, dass Luther Freund und nicht Feind war, trottete zu ihm und rieb seinen Kopf an seinem Bein.

»Ich bin gerade spazieren gegangen und habe dich hier draußen gesehen.« Er streckte die Hand aus und bot mir einen Joint an, aber ich lehnte ab. Damit man mich nicht falsch versteht – ich hatte ab und zu auf dem College einen Joint geraucht, ich hatte inhaliert, und ich hatte es genossen, aber heutzutage beschränkt sich mein Drogenkonsum in der Regel auf ein gelegentliches Glas Rotwein.

»Hey, Buck«, sagte Luther und tätschelte dem Hund den Kopf, »du bist aber ein guter Junge.« Buck leckte ihm die Hand, und Luther setzte sich neben mich. Ich hatte in einem Trödelladen zwei alte Schaukelstühle erworben, sie instand gesetzt und mit einfacher Holzbeize behandelt. »Der Hund erinnert mich immer an Astro«, meinte Luther. »Du weißt schon, aus *The Jetsons.*«

»›Rastro‹«, korrigierte ich ihn mit meiner besten Zeichentrick-Hundestimme.

»Rastro«, wiederholte er zustimmend.

Luther ist einer der letzten Hippies in Amerika. Ich wohne in einem neueren Holzhaus am Ortsrand, und er bewohnt ein kleines Haus ein paar hundert Meter westlich. Es ist in den dreißiger Jahren als Sommerhäuschen erbaut worden, aber dann hat man angebaut. Er und seine Frau sind die Besitzer, aber es leben auch andere Leute dort, und die Zusammensetzung der Gruppe wechselt ständig. Ich nehme an, Luther und Missy sind meine nächsten Nachbarn. Wenn ich jetzt so darüber nachdenke, dann sind auch die Übrigen meine nächsten Nachbarn. Ich weiß nicht, wie alt Luther ist, aber er muss auf die fünfzig zugehen.

Wenn ich Luther als Hippie bezeichne, will ich ihn damit nicht im Geringsten herabsetzen. Er ist einer der nettesten Typen, die ich je kennen gelernt habe, und er ist ein großartiger Musiker, aber der Begriff Hippie ist die beste Beschreibung, die mir einfällt. Er trägt sein zunehmend graues Haar in einem Pferdeschwanz, und seine abgerissenen Jeans sind mit Flicken übersät. Er besitzt zwei alte VW-Busse, von denen einer aussieht, als wäre er von Hyänen im LSD-Rausch angemalt worden. Ich bin mir nicht sicher, ob der Wagen auch fährt, aber ich habe gesehen, dass im Sommer wochenlang Leute darin geschlafen haben.

In Nederland leben viele alternde Hippies. Der Ort liegt eingebettet zwischen den Bergen fünfzehn Meilen westlich von Boulder. In den Sechzigern und den frühen Siebzigern war Boulder eine Stadt, in der immer etwas los war. Es gab regelmäßig Demonstrationen, und überall konnte man marxistische Buchhandlungen finden. Dann war der Vietnamkrieg zu

Ende, und Nixon trat zurück. Da es nun keinen Grund mehr für einen Zusammenhalt gab, starb die Hippiebewegung. Als immer mehr Leute nach Colorado zogen, explodierten die Grundstückspreise, und die Yuppies übernahmen die Kontrolle der politischen Maschinerie von Boulder. Jetzt findet man dort überall Gourmet-Cafés und New-Age-Buchhandlungen. Die zählebigen Hippies zogen nach Nederland. Und jetzt kennen Sie den Rest der Geschichte.

Ich bin vor zwei Jahren hergezogen. Die Arbeit als Rechtsanwalt hatte mich mehr und mehr ernüchtert. Lange Arbeitszeiten, viel Stress, undankbare Mandanten. Ich hasste alle Versicherungssachverständigen, die meisten meiner Mandanten, viele meiner Rechtsanwaltskollegen, einige Richter und all die Politiker, die bei der Durchsetzung immer härterer Drogengesetze miteinander wetteiferten, während sie es gleichzeitig ablehnten, Geld für Suchtprävention oder Drogentherapie zur Verfügung zu stellen. Ich war ausgebrannt. Dann sah ich mich plötzlich einer Anklage wegen Totschlags ausgesetzt.

Obwohl ich schließlich freigesprochen wurde, war die Episode der sprichwörtliche letzte Tropfen, der das Fass zum Überlaufen brachte. Das Leben ist zu kurz, um etwas zu tun, das einem nicht gefällt. Ich beschloss, den Beruf des Rechtsanwalts ganz an den Nagel zu hängen. Meine Partner waren schockiert, aber sie kauften meine Anteile zu günstigen Konditionen; das Geschäft verschaffte mir einen netten kleinen Notgroschen. Die Zinsen waren niedrig, und ich wollte immer schon in den Bergen leben. Wegen meines militärischen Haarschnitts und einer Visitenkarte, die mich als Privatdetektiv auswies, dauerte es eine Weile, bis die Leute mit mir warm wurden, aber jetzt fühle ich mich zu Hause. Hier oben heißt es leben und leben lassen.

Luther und ich unterhielten uns eine Zeit lang, dann saßen wir ruhig nebeneinander und genossen die sanfte Brise und den Duft der Pinien. »Du, Luther«, fragte ich schließlich, »weißt du etwas über Fraktale?«

»Ein bisschen«, erwiderte er. »Missy ist ein großer Fraktal-Freak. Sie spielt ständig am Computer damit.« Wenn sie keine Tarotkarten legt oder sich mit anderen Ortsansässigen über New-Age-Formen des Heilens berät, arbeitet Luthers Frau als freiberufliche Graphikdesignerin. »Sie kann fantastische Sachen damit machen.«

»Hast du je davon gehört, dass jemand Fraktale benutzt, um Musik zu machen?« Zusätzlich zu dem, was er sonst noch treibt, spielt Luther die Leadgitarre in einer Band namens *Die Stressmonster*. Sie sind wirklich ziemlich gut.

»Ja, jetzt, wo du es erwähnst. Du erinnerst dich an ELO?«

»Electric Light Orchestra?«

»Ja.«

»Ich erinnere mich.«

»Die hatten einen Cellospieler, einen Typ namens McDowell. Er hat fraktale Muster benutzt, um ein Ballett zu komponieren. Es heißt ›Tijuana‹ oder so ähnlich. Ich habe es zu Hause, wenn du es dir anhören willst.« Ich hatte nichts anderes vor, also brachte ich Buck und Wheat ins Haus und gab Luther eine knappe Zusammenfassung des Falls, während wir zwischen den Pinien hindurch zu seinem Heim spazierten. »Verrückt«, war sein Kommentar.

Normalerweise lungern immer mehrere Hunde vor Luthers Haus herum, aber heute Abend entdeckte ich nur einen. Eine Schäferhundmischung. Die Haustür stand offen, aber das Haus schien leer zu sein. Ich war erst ein oder zwei Mal drinnen gewesen, weshalb ich durch die Räume wanderte, während er die Kassette suchte. Das Sofa war reif für die Heilsarmee, und auf dem Wohnzimmerboden lag eine Luftmatratze.

Sein Soundsystem, das auf dem neuesten Stand der Technik war, nahm eine ganze Wand ein, und ich fragte mich, wie er sich das leisten konnte. Ich hielt den Ertrag der *Stressmonster* nicht für beträchtlich.

Ich ging in die Küche und bemerkte einen Kalender der Rockband Phish an der Wand neben der Hintertür. »Hier ist sie«, sagte Luther, als er ins Wohnzimmer zurückkehrte. Ich setzte mich auf die Couch, und er versank in einem alten Sessel. Die Musik war sanft und fließend. Wir hätten einschlafen können, aber Missy und eine jüngere Frau kamen durch die Haustür, bevor wir die Chance dazu hatten. Missy trug einen knöchellangen Rock, die jüngere Frau hatte verwaschene Jeans an. Beide waren barfuß. »Hey, Missy«, sagte Luther, »wie heißt das Stück noch mal?«

»Teawaroa.«

»Was bedeutet das?«, fragte ich.

»Es ist Maori«, antwortete sie. »Es bedeutet ›großer Fluss‹.«

# 7. KAPITEL

Bei der Marine hatte ich gelernt, wie leicht man mit einer bloßen Annahme falsch liegen kann. Ich war noch nie im Nordwesten der amerikanischen Pazifikregion gewesen, aber ich hatte immer angenommen, dass Walla Walla in der Nähe von Seattle liegt. Ich hatte Unrecht. Ich brauchte fast den ganzen Sonntag, um dorthin zu fahren. Ich flog von Denver über Salt Lake und Boise nach Spokane, und von da ab legte ich den Rest der Strecke in einer Klapperkiste zurück. Es war eine dieser zweimotorigen Maschinen, in denen nur ein fadenscheiniger Vorhang das Cockpit vom Fluggastraum abtrennt. Als Pluspunkt betrachtete ich es, einen Flug mit United Airlines vermieden zu haben. Man kann es Zufall nennen, aber kurz vor der Landung hatte ich einen guten Blick auf den Columbia-Fluss. Für mich sah er wie ein großer Fluss aus.

Den Flughafen als klein zu bezeichnen, wäre fast noch eine Untertreibung. Er erinnerte mich eher an einen Acker. Ich mietete einen nicht klassifizierbaren Mercury Cougar und fuhr in die Stadt.

Es war ein überraschend hübsches kleines Städtchen. Laut einem Schild hatte es ungefähr dreißigtausend Einwohner. Es liegt am Fuße der Blue Mountains, der blauen Berge, fünf Stunden südöstlich von Seattle und drei Stunden südlich von Spokane. In der Region wird hauptsächlich Weizen angebaut, und der Staub von den Feldern verlieh der Spätnachmittagssonne einen orangefarbenen Pastellton.

Ich erreichte die Stadt auf einer Straße, die der neuere Teil der Hauptstraße gewesen sein musste. Jede den Menschen bekannte Fastfoodkette hatte ihren Claim abgesteckt. Ich fuhr weiter, vorbei am College und erreichte bald die Innenstadt, die aus ein paar Häuserblocks mit Banken, Versicherungsagenturen, Immobilienmaklern und einigen Tante-Emma-Läden bestand. Ich machte das Polizeirevier ausfindig um zu wissen, wo ich mich am nächsten Morgen mit Gilbert treffen würde.

Die Hauptstraße endete abrupt, und ich musste mich entscheiden, ob ich rechts abbiegen wollte (drei Meilen bis zum Staatsgefängnis) oder links (sieben Meilen nach Oregon). Ich entschied mich für die dritte Wahlmöglichkeit, wendete und fuhr zurück zur Fastfood-Allee. Dort fand ich ein Motel mit Kabelfernsehen und einem kostenlosen kleinen Frühstück, zahlte bar und schrieb mich als J. P. Sartre ein, einfach so aus Spaß an der Freude. Dann rief ich meinen Bruder an, um mich zu erkundigen, was meine beiden Jungs machten. Er versicherte mir, dass es ihnen gut ging. Danach überquerte ich die Straße und ging in eine Pizzeria, wo ein Dutzend Kids vom College das nahe Ende des Schuljahres feierten. Ich bestellte eine Pastete mit Knoblauch und Pilzen, einen Salat und eine große Diätcola.

»Ist Pepsi in Ordnung?«, fragte die Kellnerin.

Weil ich kein Unruhestifter sein wollte, antwortete ich: »Pepsi ist okay.« Sie reichte mir ein großes Glas und forderte mich auf, mich selbst zu bedienen. Ich tat ein paar kleine Eiswürfel hinein, füllte das Glas mit Cola auf und suchte mir einen Tisch am Fenster.

Die Sonne war noch nicht ganz untergegangen, als ich mein Mahl beendete, weshalb ich einen kleinen Spaziergang unternahm. Der Flieder stand in voller Blüte und duftete himmlisch. Die Wohngebiete waren sehr hübsch; die meisten Häuser waren schon älter, und viele hatten großzügige Gärten. Kinder spielten, und Nachbarn plauderten miteinander. Die Anwohner nickten mir zu oder sagten hallo, als ich vorüberging. Ich befand mich mitten in einem Gemälde von Norman Rockwell.

Schließlich fand ich den Campus des Whitman Colleges. Die meisten Gebäude waren von Efeu bewachsen, und ein kleiner Bach plätscherte durch das Gelände. Hätte ich es nicht besser gewusst, ich hätte schwören können, bei einem geisteswissenschaftlichen College in Neuengland zu sein. Wieder gab es einen Beweis dafür, was passiert, wenn man sich auf eine bloße Annahme verlässt, denn ich war davon ausgegangen, dass das College nach Walt Whitman benannt war. Durch eine Bronzetafel am Fuß einer Statue wurde ich jedoch belehrt, dass es nach Marcus Whitman benannt war, einem Missionar, der im Jahr 1847 von den Cayuse-Indianern ermordet worden war, weil sie ihn für eine tödliche Masernepidemie verantwortlich machten. Trotz meiner unitarischen Tendenzen wusste ich nicht viel über Walt, und ich hatte noch nie etwas von Marcus gehört. Was Whitman angeht, war mein Favorit immer der amerikanische Country-Sänger Slim Whitman gewesen.

Vom Campus aus spazierte ich weiter in Richtung Innenstadt. Sie war wie ausgestorben, aber ich stieß auf eine Kneipe, der ich nicht widerstehen konnte. Die Dekoration im *McDuffie's* stammte von 1945. Das Neueste im Raum war ein verblasstes Porträt von John Kennedy in einem Zwei-Dollar-Rahmen, das über dem Eingang hing. Ich vermutete, dass McDuffie ein Katholik war. Ein paar ältere Leute saßen an der Theke. Es war eine richtige Spelunke, aber es gab eine *Drei-Hank-Jukebox*. Ich trank ein Tonic, aß kostenloses Popcorn und verbrachte den Abend damit, Songs von Hank Williams, Hank Thompson und Hank Snow zu hören.

Ich verabschiedete mich um elf von McDuffie und ging auf einer Parallelstraße zur Hauptstraße zurück, die nur eine Häuserzeile weiter verlief. Aus einer der Kneipen, an denen ich vorüberkam, drang lateinamerikanische Mariachi-Musik, und ich sah einige unrasierte Wanderarbeiter vor dem Eingang herumlungern. Ich nahm die Hände aus den Taschen – nur für den Fall, dass sie auf den Gedanken kommen sollten, den Gringo auszurauben zu wollen –, aber sie beachteten mich nicht, und ich empfand Schuldbewusstsein, weil ich gedacht hatte, sie könnten es versuchen.

Im Motel surfte ich durch die Fernsehprogramme, kletterte dann in mein hundeloses Bett und nahm *Sein und Zeit* zur Hand. Nachdem ich angefangen hatte, das verdammte Buch zu lesen, wollte ich es auch zu Ende bringen.

Wie ich schon erwähnt habe, war Heidegger der Meinung, dass das Geheimnis des Lebens darin besteht, anzunehmen, dass etwas existiert und nicht, dass nichts existiert. Er nannte diese grundlegende Voraussetzung für Existenz das Sein, und alles andere bezeichnete er als Seiendes. Er sagte, dass die traditionelle Philosophie einen Irrtum begangen habe, indem sie sich auf das Individuum konzentrierte. Statt unseren Platz in der Welt anzuerkennen – unseren Status als ein Lebewesen unter anderen Lebewesen –, glaubte Heidegger, dass unsere auf den einzelnen Menschen bezogene Philosophie die Ursache dafür ist, dass wir die Welt als etwas betrachten, das für uns und wegen uns existiert.

Wenn schon Donald Underwood ein schlechter Autor war, dann war Martin Heidegger ein schrecklich schlechter. Vielleicht war das Buch in der Muttersprache des Autors besser verständlich, aber ich sprach kein Deutsch; mehr als fünf Seiten auf einmal schaffte ich nicht. Ich ertappte mich beim Eindösen, legte das Buch auf den Nachttisch und knipste die Leselampe aus.

Ich erwachte gegen halb fünf. Wieder einmal ein Traum über Joy. Ein seltsamer Traum. Ich stürzte aus großer Höhe Richtung Erde, und Joy schwebte wie ein Adler, wobei sie ein Fürsorge-Paket trug und rief: »Dutzend, Dutzend!« Joy und ich hatten zwei Jahre lang zusammengelebt, während unseres Jurastudiums. Sie ist jetzt seit über zwanzig Jahren tot, aber sie besucht mich immer noch regelmäßig in meinen Träumen.

Da ich nicht mehr einschlafen konnte, ging ich in der frühen Dämmerung laufen und befand mich bald auf einer Landstraße. Während ich lief, dachte ich über den Traum nach. Der Sturz Richtung Erde konnte symbolisieren, wie ich mich seit Joys Tod fühlte, aber der Rest des Traums ergab keinen Sinn. Ein Dutzend wovon? Nach einer Weile gab ich es auf. Ich hätte in der kalten Morgenluft ewig weiterlaufen können – insbesondere in dieser Höhe –, aber am Drei-Meilen-Punkt tauchte der große und temperamentvolle Hund eines Farmers auf und bedeutete mir umzukehren. Ich verstand den Wink und machte kehrt. Dann rasierte ich mich, duschte und nutzte die Möglichkeit des kostenlosen Frühstücks.

Das Polizeirevier war ein Gebäude aus cremefarbenen Ziegeln, das schon bessere Zeiten gesehen hatte. Ich traf genau um neun Uhr ein. Gilbert war ein hoch gewachsener Mann, schätzungsweise eins neunzig groß. Vielleicht neunzig Kilo schwer. Ich mochte ihn auf den ersten Blick. Auf seinem linken Unterarm befand sich eine Tätowierung, und zwar ein Globus mit einem Anker. Er hatte volles Haar, gab aber eine überproportional hohe Summe seines Gehalts für Pomade aus. Er trug marineblaue Polyesterhosen, ein hellblaues Hemd und eine rotbraune Krawatte, die schon bessere Tage gesehen hatte. In einem Pistolenhalfter aus schwarzem Kunststoff an seiner Hüfte steckte eine Neun-Millimeter-Pistole. Ich schätzte ihn auf Ende vierzig. So wie er rauchte, hielt ich es nicht für wahrscheinlich, dass er noch bis Ende fünfzig durchhalten würde.

»Nennen Sie mich Dick«, sagte er zur Begrüßung. Ich sprach ihn auf seine Tätowierung an und erzählte ihm, dass ich Anwalt bei der US-Marine gewesen war. »Na ja«, meinte er mit seiner rauen Stimme, »Sie bekommen Pluspunkte, weil Sie ein *jarhead* sind, ein Topfkopf, aber Sie verlieren auch welche, weil Sie Offizier waren.« Mit »Topfkopf« spielte er auf meinen militärischen Haarschnitt an. Ich lachte. Er führte mich in sein Büro, einen nichts sagenden Raum, der im Stil »typisch Bulle« eingerichtet war. Stapel von Papieren lagen herum. Bowling-Pokale standen oben auf den alten Aktenschränken aus Metall. Das obligatorische Foto von Ehefrau und Kindern stand auf einem Regal hinter seinem Schreibtisch.

Ein paar Minuten lang machten wir unverbindliche Konversation, aber dann läutete das Telefon, und er nahm den Hörer ab. »Scheiße«, sagte er zu dem Anrufer, »das wird wieder ein schöner Tag werden.« Als er fertig war, legte er den Hörer auf und reichte mir eine Akte. »Hören Sie«, sagte er, »ich muss ein paar Dinge erledigen. Das sind meine gesamten Unterlagen. Wir haben hier keinen Platz für Sie, also nehmen Sie die Akte irgendwohin mit und kommen in ein paar Stunden wieder. Wir können beim Mittagessen darüber sprechen.«

Ich ging zwei Häuserblocks weiter zum Gerichtsgebäude und stellte fest, dass sich im ersten Stock eine kleine Bibliothek befand, in der sich momentan niemand aufhielt. Ich setzte mich an einen stabilen Eichentisch und fing an zu lesen.

Paul Fontaine hatte in der Boyer Street gewohnt. Als er im vergangenen September am ersten Montag des Schuljahres nicht zum Unterricht erschien, rief einer seiner Kollegen, Professor Max LeBlanc, wiederholt bei ihm zu Hause an. Als er am Dienstag auch nicht auftauchte, versuchte LeBlanc es bei der Farm seiner Eltern und ging dann die paar Häuserblocks vom Campus zu Fontaines Haus. Er stieg die Stufen zur Veranda hinauf, spähte zwischen den Vorhängen ins Wohnzimmer, kotzte sich die Seele aus dem Leib und verständigte die Polizei von Walla Walla.

Aus dem Bericht der Pathologin ging hervor, dass Fontaine einmal aus nächster Nähe in den Hinterkopf geschossen worden war. Der Eintrittswinkel der Kugel, das Muster der Blutspritzer und die Lage der Leiche ließen darauf schließen, dass man ihn dazu gebracht hatte, sich hinzuknien. Eine Hinrichtung im eigenen Wohnzimmer. Die Pathologin schätzte, dass sie am späten Sonntagabend stattgefunden hatte. Er war mindestens sechsunddreißig Stunden tot gewesen, als die Behörden auf den Plan traten.

In der Nähe von Fontaines Kopf hatte man im Fußboden eine Kugel gefunden. Sie war in einem nach unten zeigenden Winkel in seinen Schädel eingedrungen und in der Nähe des Mundes wieder ausgetreten. Die Kugel stammte aus einer Pistole mit Kaliber .38, aber das war keine große Hilfe. Eine derartige Waffe kann man in den USA in jedem Pfandhaus für weniger als hundert Dollar kaufen. Gilbert hatte die letzten Verkäufe im Staat überprüft, war aber auf keine verdächtigen Personen gestoßen.

Es gab keine Anzeichen für ein gewaltsames Eindringen in das Haus, und keiner der Nachbarn hatte irgendetwas gehört. Man hatte keine Geräte gestohlen, und auch sonst fehlte nicht viel. Fontaine hatte immer gerne eine teure Uhr und einen Goldring getragen, der ein Zeichen für seine Mitgliedschaft in einer mathematischen Vereinigung war. Diese beiden Gegenstände waren verschwunden, ebenso das Bargeld, das sich in seiner Brieftasche befunden hatte.

Anhand der Beweismittel ließ sich feststellen, dass er am Abend seiner Ermordung einen Brief an seine älteste Schwester verfasst hatte. Der Computer in seinem Arbeitszimmer im oberen Stock lief noch, als die Polizei eintraf. Ein Techniker der Polizei hatte ihn untersucht und sich auch den Computer in Fontaines Büro angesehen, hatte aber nichts Bemerkenswertes gefunden. Diese Bemühungen gewannen an Bedeutung, als das FBI sich in den Fall einschaltete, denn es hatten sich keine Hinweise auf eine Korrespondenz mit Carolyn Chang oder Donald Underwood ergeben.

Gilbert und seine Kollegen hatten dutzende von Leuten befragt. Ich studierte die Aufzeichnungen zu jedem Gespräch, aber mir fiel nichts Besonderes auf. Niemand wusste, warum jemand Fontaines Tod wünschen sollte. Er war ein liebenswerter Mann mit Sinn für Humor gewesen. Fazit war, dass der Mörder immer noch frei herumlief. Ich ließ mir vom Schatzmeister des Gerichts zehn Dollar in Zehncentstücke wechseln, dann fotokopierte ich sämtliche Unterlagen aus Gilberts Akte.

Da ich mich ohnehin im Gerichtsgebäude befand, beschloss ich herauszufinden, ob es ein gerichtlich bestätigtes Testament über Fontaines Besitz gab. Das Nachlassgericht befand sich im zweiten Stock, und die Beamtin dort war eine blauhaarige Frau namens Edna, die wahrscheinlich schon seit dreißig Jahren dort arbeitete. Sie schwatzte gerade mit einer viel jüngeren Beamtin, als ich mich näherte.

»Guten Morgen«, grüßte ich. »Ich würde gerne Einsicht in eine Nachlassakte über einen Mann namens Paul Fontaine nehmen. Er ist im vergangenen Jahr gestorben.«

»Sind Sie Rechtsanwalt?«, wollte sie wissen. Es handelte sich um ein öffentliches Dokument, und ich hatte ein Recht darauf, es zu sehen, aber meine Zeit als Anwalt hatte mich gelehrt, dass Angestellte bei Gericht zu den mächtigsten Leuten der Welt gehören. Es sich mit ihnen zu verscherzen, war nicht ratsam.

»Ich gebe es ungern zu«, sagte ich lächelnd, »aber ich bin einer.« Ich zeigte ihr meine Plastikzulassungskarte als Anwalt an amerikanischen Gerichten – die mit dem *Hertz #1 Club*-Logo auf der Rückseite. Ich positionierte den Daumen so, dass sie meinen Namen nicht lesen konnte. Die Karte war abgelaufen, aber sie merkte es nicht. Oder es war ihr egal.

»Nicht hier aus der Gegend«, bemerkte sie.

»Ich arbeite im Auftrag einer Versicherungsgesellschaft«, log ich.

»Einen Augenblick.« Sie verschwand, und ich machte Konversation mit ihrer Assistentin, einer süßen Maus, die sich riesig auf ihre bevorstehende Hochzeit mit einem Rodeo-Cowboy freute. Edna tauchte zwei Minuten später mit einer dünnen Akte in der rechten Hand wieder auf. Bevor sie mir die Akte anvertraute, schob sie ein Formular über die Theke und forderte mich auf, es auszufüllen. Ich kritzelte etwas Unleserliches, und sie gab mir die Akte. »Die Akte muss um vier wieder hier sein«, sagte sie und tippte mit dem Radiergummi an ihrem Bleistift auf ein entsprechendes Hinweisschild. Anwälte, die ausgeliehene Dokumente nicht rechtzeitig zurückbrachten, würden ihr Recht auf weitere Ausleihen verlieren.

»Ich bringe sie in einer Stunde zurück«, sagte ich. Ich zwinkerte ihr zu, ging wieder hinunter in den ersten Stock, kaufte mir an einem Automaten eine kalte Diätcola und kehrte in die Bibliothek zurück. Die Arbeit mit Nachlässen hatte mir nie großen Spaß gemacht, aber ich wusste, wonach ich Ausschau halten musste.

Fontaine hatte seinen letzten Willen mehr als zehn Jahre vor seinem Tod hinterlegt. Wäre das Testament kurz vor seinem Tod verfasst worden, hätte das darauf hindeuten können, dass er mit Schwierigkeiten rechnete. Aber ein zehn Jahre altes Testament ließ darauf schließen, dass er wahrscheinlich keinen Grund sah zu glauben, sein Leben könnte in Gefahr sein.

Er hinterließ alles seinen Eltern, die zum Zeitpunkt seines Todes beide noch lebten. Das einzige andere interessante Dokument war eine Liste seiner Vermögensgegenstände. Neben seinem Haus im Wert von über 200.000 Dollar und seiner Beteilung an der Weizenfarm in Höhe von einer halben Million Dollar besaß er Aktien an neunzehn Firmen. Keine Investmentfonds-Anteile. Insgesamt betrug der Wert seines Vermögens über zwei Millionen Dollar. Nicht schlecht für einen Matheprofessor.

Ich kopierte die gesamte Akte und ging die Treppe hinauf, um sie Edna zurückzugeben. Sie war nicht da, aber das junge Mädchen. Als ich ihr die Akte reichte, fiel eine gelbe Haftnotiz heraus. Ich hob sie auf, um sie ihr zu geben, und bemerkte eine handschriftliche Notiz:

*Faxkopien aller Unterlagen an*
*Special Agent Mike Polk*
*(303) 877-8121*

»Haben Sie eine Ahnung, wann das geschrieben wurde?«, fragte ich. Sie nahm den Zettel in die Hand und studierte ihn.

»Ich erinnere mich daran«, meinte sie, während Edna in den Raum kam und sich zu ihrer jüngeren Kollegin an der Theke gesellte. »Er rief am Freitag an, und ich habe ihm noch am selben Tag alles gefaxt.«

»Arbeiten Sie an demselben Fall?«, fragte Edna.

»Demselben«, antwortete ich, »außer, dass das FBI ihn ad acta gelegt hat und ich nicht.« Ich bat sie, die Notiz für mich zu kopieren, dann fuhr ich zu Fontaines Haus und grübelte darüber nach, warum Polk Kopien von dem Testament haben wollte, nachdem das Büro die Ermittlungen abgeschlossen hatte. Vielleicht hatten die Agenten vor Ort es versäumt, die Unterlagen vom Nachlassgericht anzufordern, und das Büro wollte sichergehen, dass die Dokumentation des Falles vollständig war. Oder vielleicht hatte das FBI-Büro in Denver die Unterlagen verschlampt und wollte Ersatzkopien haben.

Fontaines Haus war ein eindrucksvolles weißes Gebäude mit hohen Säulen. Es lag nur drei Häuserblocks vom College entfernt. Wahrscheinlich war es Anfang des zwanzigsten Jahrhunderts erbaut worden. Ähnliche Häuser standen zu beiden Seiten, aber keins war mehr als zehn Meter von den anderen entfernt. Es gab eine überdachte Veranda mit einer Hollywoodschaukel. Vor und neben dem Haus standen Rosen in voller Blüte. Das gleiche Haus hätte in Boulder eine halbe Million Dollar gekostet.

Ich stieg die sieben Holzstufen hinauf und spähte ins Innere. Spielsachen lagen auf dem Boden verstreut, aber da in den Unterlagen des Nachlassgerichtes nichts von einem Verkauf stand, nahm ich an, dass es an eine Familie mit kleinen Kindern vermietet worden war. Ich klingelte, aber niemand öffnete, und ich ging hinter das Haus. Die Fenster waren alt und groß, aber hoch über dem Boden. Dornige Rosenbüsche reichten bis fast an die Fenster. Kein einfacher Weg, um ins Haus zu gelangen.

Ich war um elf Uhr wieder auf dem Polizeirevier, aber Gilbert war noch nicht da, weshalb ich mir einen Stuhl nahm und *USA Today* las. Zwei schmuddelige Teenager saßen auf der Bank neben mir, mit gesenkten Köpfen, und warteten schweigend auf ihre Eltern.

Gilbert kam um elf Uhr fünfzehn, drückte seinen Zigarettenstummel in einen Aschenbecher und sagte: »Ich hoffe, ich habe Sie nicht zu lange warten lassen.«

»Kein Problem«, erwiderte ich und faltete die Zeitung zusammen. Er ging zur Theke und ließ sich seine Mitteilungen aushändigen.

»Meine Tochter ist im achten Monat schwanger und hat Probleme, deshalb hat der Doc sie ins Krankenhaus gesteckt. Er will, dass sie da bleibt, bis das Kind kommt. Mir kommt's vor, als würde ich die Hälfte meiner Zeit dort verbringen.« Er steckte die rosa Notizzettel in seine Hosentasche und sagte: »Lassen Sie uns etwas zu Mittag essen.« Ich folgte ihm hinaus und setzte meine Fliegersonnenbrille auf. In Verbindung mit meinem Haarschnitt ließ sie mich aussehen wie einen Geheimagenten, der Steroide genommen hat, aber ich kann kein helles Sonnenlicht in den Augen ertragen.

»Wie viele Kinder haben Sie?«, wollte ich wissen.

»Drei. Der älteste Junge ist Architekt in Seattle.« Er legte eine Pause ein, um sich eine weitere Zigarette anzuzünden. »Meine Tochter ist zweiundzwanzig. Das ist ihr zweites Kind; sie hat es bei der Geburt des ersten schon schwer gehabt. Mein anderer Sohn studiert hier am College; kostet eine Stange Geld, kann ich Ihnen sagen.«

Wir aßen in einem überraschend guten Delikatessengeschäft. Wir saßen draußen und betrachteten die Autos und die Leute auf der Hauptstraße. Jeder kannte Gilbert. Einige aus dem Rotary Club, andere aus der Kirche oder dem Footballteam, das er trainierte. Er bestellte ein Sandwich mit Schinken und Käse; ich entschied mich für Truthahn und Schweizer Käse. Ein sich drehendes Schild auf dem Dach des höchsten Gebäudes zeigte die Uhrzeit mit 11:34 h und die Temperatur mit 25 Grad an.

Er nahm einen tiefen Zug von seiner Zigarette und sagte: »Sie sind ein Mann mit Vergangenheit.«

»Ich wäre enttäuscht gewesen, wenn Sie mich nicht überprüft hätten.«

»Ich habe die Polizeiberichte aus Denver bekommen«,

sagte er. »Ich kann nicht verstehen, warum man Sie überhaupt angeklagt hat.«

»Ich war ein recht bekannter Strafverteidiger«, antwortete ich. »Ich war ein Kritiker des Staatsanwalts, und schließlich hat es mich eben erwischt.«

»So ein Scheißkerl geht mit einem Messer auf mich los und ich habe keine Waffe – klar, dass da einer von uns beiden tot nach Hause geht.«

»Das ist alles Schnee von gestern«, sagte ich. Ein Mädel vom College in Jeans erschien mit unseren Getränken und den Sandwichs, und Gilbert wechselte das Thema.

»Was halten Sie von dieser Sache?«, fragte er.

»Kein gewaltsamer Zutritt«, meinte ich. »Vermutlich kannte Fontaine den Mörder. Oder er hatte nicht das Gefühl, ihn fürchten zu müssen.«

»Vielleicht«, sagte er. »Hier in der Gegend schließt niemand seine Tür ab, deshalb ist es schwer zu beurteilen.«

»Ziemlich kläglicher Raub«, meinte ich.

»Herrgott noch mal, die Kreditkarten des Typs stecken noch in seiner Brieftasche. Und die silbernen Kerzenleuchter stehen auf dem Esstisch.«

»Nicht zu vergessen die Münzen aus dem neunzehnten Jahrhundert, die im Arbeitszimmer ausgestellt waren. Es sieht aus, als wäre der Mörder nicht oben gewesen.«

»Falls er doch da war, dann bevor er abgedrückt hat. Es gab nicht einen Blutfleck oben.«

»Wenn wir die Möglichkeit eines Psychopathen ausschließen, wollte jemand, dass er stirbt.«

»Der Typ hatte keine Feinde«, erwiderte er.

»Freundinnen?«

»Nicht wirklich. Er hatte etwas mit einer seiner Studentinnen vorletztes Jahr, aber sie hatte schon ihren Abschluss gemacht, als er erschossen wurde. Sie unterrichtet Mathe an einer High School in Portland. Ich habe mit ihr gesprochen, aber sie konnte nicht viel sagen. Er war ein toller Mann, es sei wirklich eine Tragödie, und so weiter.«

»Davon habe ich nichts in der Akte gesehen.«

»Die Aufzeichnungen sind in meinem Büro. Er hat im Laufe der Jahre mit einigen anderen geschlafen, aber das College kann diese Art von Publicity nicht brauchen. Ich gebe Ihnen Kopien, bevor Sie wieder fahren.«

»Ich habe mir seine Akte auf dem Nachlassgericht angesehen«, sagte ich. »Er schien keine finanziellen Probleme zu haben.«

»Nein, er war ziemlich erfolgreich am Aktienmarkt. Und seine Familie besitzt die größte Weizenfarm im Landkreis. Das ist ein gutes Geschäft hier oben, das kann ich Ihnen sagen; diesen Farmern geht's nicht gerade schlecht.« Die Kellnerin füllte unsere Gläser auf, und Gilbert drückte seinen Glimmstängel aus. »Die Leute wissen es nicht, aber das hier ist eine der wohlhabendsten Regionen im ganzen Land.«

»Warum sollte man einen Raubüberfall vortäuschen«, überlegte ich, »wenn man nicht sein Motiv verschleiern oder uns auf die falsche Fährte locken will? Und wenn der Mörder tatsächlich einen Raub vorgetäuscht hat, warum hat er dann nicht auch diese Münzen mitgenommen?«

»Je mehr er mitnimmt, desto mehr muss er tragen.«

»Je mehr er mitnimmt, desto mehr verbindet ihn mit Fontaine. Wenn jemand die Münzen in seinem Besitz findet, muss er sich ein paar gute Erklärungen einfallen lassen.«

Wir unterhielten uns noch weitere fünfundvierzig Minuten, und ich erklärte ihm das bisschen, das ich über fraktale Geometrie erfahren hatte. Fraktale Bildkompression, medizinische Abbildungen und so weiter. »Hört sich an, als würde da Geld drinstecken.«

»Das stimmt auch«, antwortete ich. »Und ich vermute, das ist der Grund für den Tod dieser Leute.«

»Nun ja«, meinte er, »ich bin keine Leuchte in Mathe – bin nie über die High School hinausgekommen –, aber wenn Sie das Ganze aus diesem Blickwinkel in Angriff nehmen wollen, helfe ich Ihnen, so gut ich kann.« Ich aß mein Sandwich auf und sagte ihm, es gäbe einen Gefallen, den er mir tun könne.

»Und der wäre?«, wollte er wissen.

»Rufen Sie den Selbstmord-Polizisten in Boston an. Er würde seine Informationen nicht an mich weitergeben, aber Sie hätten wahrscheinlich mehr Erfolg.«

»Wahrscheinlich«, sagte er zustimmend. Er aß den Rest seines Sandwichs auf und zündete sich eine weitere Zigarette an. Der Rauch störte mich – Zigarettenqualm ist eines der Dinge, die mich am meisten nerven –, aber ich behielt es für mich.

»Erzählen Sie mir etwas über Fontaines Assistenten«, sagte ich.

»Ronald Bartels. Ein ehrgeiziger Mathefreak.«

»Was dagegen, wenn ich mich mit ihm unterhalte?«

»Nein. Ich habe ihn zwei Mal befragt, aber das war, bevor die anderen beiden Toten auftauchten. Er ist derjenige, der mir von dem Mädchen in Portland erzählt hat.«

»Ich würde gerne mehr über Fontaines Forschungsarbeiten erfahren. Vielleicht kann er Licht in die Sache bringen.«

»Tun Sie sich keinen Zwang an«, meinte er. Ich bezahlte unser Essen, und er beschrieb mir den Weg zu Bartels' Zimmer. »Sie beeilen sich besser«, riet er, »die meisten der Studenten werden die Stadt Ende der Woche verlassen.«

Es war früher Nachmittag, und der Campus war von einer Feierstimmung durchdrungen. Laute Musik und viele Studentinnen, die sich in farbenfrohen Bikinis in der Sonne aalten. Ich erwischte mich mehr als einmal dabei, wie ich ein Mädchen anstarrte, und rief mir ins Gedächtnis, dass ich alt genug war, eine Tochter im College-Alter zu haben. Es hielt mich nicht vom Schauen ab.

Bartels wohnte in Douglas Hall, einem Wohnheim, das nach William O. Douglas benannt war. Eine Gedenktafel wies darauf hin, dass der frühere Richter am Obersten Bundesgericht diese Schule besucht hatte, aber der Grundstein des Gebäudes verriet, dass es ein Jahr vor seinem Tod erbaut worden war. Sein vorzeitiges Dahinscheiden hatte das College wahrscheinlich der Gelegenheit beraubt, das Gebäude als Gegenleistung für eine großzügige Spende nach einem wohlhabenden Ehemaligen zu benennen.

Das Wohnheim selbst war sauber, ruhig und nicht bemerkenswert. Als ich auf dem College gewesen war, konnte man nicht durch ein Wohnheim gehen, ohne Hasch zu riechen, in Bierpfützen zu treten oder Farrah Fawcett zu sehen. Heute ist Kiffen aus der Mode gekommen, das Mindestalter für Alkoholkonsum liegt bei einundzwanzig und Farrah ist über fünfzig. Die Zeiten ändern sich.

Ich fand Bartels' Zimmer und klopfte an, aber niemand antwortete. Ich klopfte wieder, lauter diesmal, aber das Ergebnis war dasselbe, weshalb ich mich auf den Weg zum Mathe-Gebäude machte. Es war ein neuerer Bau mit einem Kupferdach. Vor dem Eingang befand sich ein langer Fahrradständer aus Metall. Einige Fenster waren geöffnet, weil die Fakultätsmitglieder offensichtlich das schöne Wetter und/oder die Musik aus den Wohnheimen genießen wollten.

Max LeBlanc und zwei weitere Matheprofessoren erklärten sich bereit, mit mir zu reden, aber niemand konnte zur Klärung des Rätsels beitragen. Fontaine hatte den Sommer damit verbracht, die Farm seiner Eltern zu leiten. Falls er zur Zeit seines Todes eine Beziehung zu einer Frau hatte, wusste niemand davon. Sie ließen mich einen Blick in sein Büro werfen, aber es war in der Zwischenzeit einer anderen Mathematikerin zugewiesen worden, die den Raum nach ihren Bedürfnissen umgestaltet hatte.

Mein nächster Anlaufpunkt war das Gebäude, in dem sich die studentischen Einrichtungen befanden. Ich kaufte mir eine große Diätcola, ignorierte das Schild BITTE NICHT ESSEN UND TRINKEN und wanderte durch die Studentenbuchhandlung. Ich liebe Buchhandlungen. Manchmal denke ich, es wäre der perfekte Job, eine Buchhandlung zu besitzen.

»Kann ich Ihnen helfen?«, fragte eine Frau. Zu alt, um noch Studentin zu sein, aber sie sah nicht schlecht aus. Trotz ihrer Brille strahlte sie Erotik aus. Vielleicht war sie die gelangweilte Gattin eines Fakultätsmitglieds.

»Ich sehe mich nur um«, antwortete ich. Ich wünschte, nicht so nach Zigarettenqualm zu riechen.

»Gerne, Sir«, sagte sie mit einem Lächeln. »Wenn Sie etwas brauchen, fragen Sie bitte.« Sie wandte sich ab und wollte gehen.

»Warten Sie«, sagte ich. »Sie können mir doch helfen. Wo finde ich die Lehrbücher für den Matheunterricht?«

»Gleich hier drüben«, erwiderte sie. Ich folgte ihr. Ich fand Fontaines Lehrbuch über fraktale Geometrie, nahm eines oben vom Stapel herunter und schlug es auf: 44,95 Dollar. Ich ließ das Buch sinken und griff mir an die Brust, als bekäme ich einen Herzinfarkt. Sie lachte.

»Ich nehme es«, sagte ich. Ich gab ihr das Buch und folgte ihr zur Kasse.

»Wäre das alles?«

»Glauben Sie mir«, sagte ich, »damit werde ich eine Weile beschäftigt sein.«

Ich ging zurück zu Douglas Hall und hörte leise Musik aus Bartels' Zimmer, aber mein Klopfen blieb ohne Antwort. Ich drehte leicht am Türknauf und spähte hinein. Chaos. Kleider und Fast-Food-Verpackungen überall. Bartels und sein Zimmergenosse hatten eine Galerie gebaut, um den Platz besser auszunutzen, und ich bemerkte einen jungen Mann, der oben schlief. Ich klopfte einige Male mit den Fingerknöcheln gegen die offene Tür, und allmählich rührte sich etwas. Ein dunkelhaariger junger Mann setzte sich auf, rieb sich die Augen und versuchte sich zu sammeln. Er trug beigefarbene Shorts und ein T-Shirt mit dem Aufdruck »Just Do It« quer über der Brust.

»Sind Sie Ronald Bartels?«

»Ja«, antwortete er. Ich schätzte ihn auf gut eins achtzig. Etwa fünfundsiebzig Kilo schwer. Er war ein hübscher Bursche, hatte aber einen der schlimmsten Haarschnitte, die ich je gesehen hatte. Er sah aus, als hätte jemand einfach eine Schere genommen und um seinen Kopf herumgeschnippelt, um eine schlechte Kopie von Ringo Starr, etwa im Jahr 1964, zu erzeugen.

»Mein Name ist Pepper Keane. Ich bin Privatdetektiv.« Das erregte seine Aufmerksamkeit. »Lieutenant Gilbert hat mir vorgeschlagen, mit Ihnen zu reden.« Er reckte sich.

»Klar«, meinte er, »kein Problem. Tut mir Leid wegen der Unordnung. Wir haben die ganze Woche Abschlussprüfungen gehabt.« Er machte keine Anstalten herunterzuklettern, und beide Stühle waren mit Kleidern bedeckt, weshalb ich mir die Freiheit nahm, mich auf einem Hocker niederzulassen, der offensichtlich auch als Couchtisch benutzt wurde.

»Ich würde gerne über Professor Fontaine reden. Ich versuche herauszufinden, ob es eine Verbindung zwischen seiner Ermordung und dem Tod von zwei weiteren Mathematikern gibt.«

»Ja, das FBI hat es erwähnt, als sie mich befragt haben. Verrückt, was?«

»Wann war das?«

»Ich weiß nicht, vor ein oder zwei Monaten.«

»Was haben sie gefragt?«

»Welches Mal?«, erwiderte er.

»Sie haben Sie mehr als einmal befragt?«

»Ja«, sagte er. »Zwei Agenten aus Spokane kamen vor vielleicht sechs oder acht Wochen hier herunter und verbrachten einen Tag mit mir. Dann befragte mich ein Agent aus Denver am Telefon, etwa ein oder zwei Wochen später, und stellte noch einmal genau die gleichen Fragen. Ich habe ihm gesagt, dass ich schon befragt worden bin, aber das hat ihn nicht interessiert.«

»Kennen Sie seinen Namen?«

»Nein, aber ich sollte ihn eigentlich wissen. Er war ein unangenehmer Typ.« Ein Agent aus Denver. Unangenehmer Typ, das klang stark nach Polk. Warum befragte Polk einen Zeugen nochmals, der bereits lang und breit persönlich von zwei Agenten aus Spokane befragt worden war? Die Standardpraxis hätte so ausgesehen, dass die beiden Agenten das Formular 302 – »FBI Befragungszusammenfassung« – ausfüllten und es dann an das Büro, das die Ermittlungen leitete, weiterleiteten. Ich schob diese Frage beiseite und sprach weiter mit Bartels.

»Sicherlich hat man Sie gefragt, ob Professor Fontaine Kontakte irgendeiner Art zu Carolyn Chang oder Donald Underwood pflegte?«

»Ja«, antwortete er, »danach haben sie gefragt. Ich habe ihnen gesagt, dass mir nichts bekannt sei, dass ich aber auch nur sein Assistent war.«

»Was genau tut man als Assistent?« Ich war während des Studiums nie Assistent eines Professors gewesen, sondern hatte mir ein bisschen Geld als Rausschmeißer in einer Bar namens Grizzly Bar dazuverdient.

»Tests schreiben lassen, mit Studenten im ersten Semester arbeiten, die Probleme haben.«

»Bekommt man Geld dafür?«

»Nicht genug«, antwortete er. Ich lächelte.

»Wie sieht es mit seinen Forschungsarbeiten und seinen Aufsätzen aus, waren Sie in diese Dinge involviert?«

»Ein bisschen. Wir bekamen ständig Anmerkungen zu dem Lehrbuch, und es war eine meiner Aufgaben, sie zu ordnen und Notizen über Änderungen zu machen, die möglicherweise in die nächste Ausgabe eingearbeitet werden sollten. Manchmal bat er mich, Artikel aus der Bibliothek zu besorgen oder etwas Korrektur zu lesen, solche Dinge.«

»Wann sollte die nächste Ausgabe erscheinen?«

»Es gab kein festes Datum, aber erst in einigen Jahren.« Ich spürte, wie der Hocker unter meinem Gewicht ächzte, weshalb ich mich erhob und Bartels jetzt gegenüberstand.

»Arbeitete Professor Fontaine an etwas Neuem, bevor er starb? Irgendetwas, worüber er in der Vergangenheit noch nicht geschrieben hatte?«

»Nicht dass ich wüsste. Um ehrlich zu sein, ich habe ihn im letzten Sommer nicht auf dem Campus gesehen. Er verbrachte die meiste Zeit damit, die Farm zu leiten.«

»Woher wissen Sie das?« Eine der wichtigsten Fragen, die ein Ermittler stellen kann.

»Ich bin letzten Sommer hier geblieben und habe bei ihm als Erntehelfer gearbeitet. Er liebte die Farm; wenn ein Mähdrescher oder ein Traktor kaputt war, fuhr er mit einem Werkzeugkasten hinaus. Ließ keinen anderen daran arbeiten.«

»Er hat seine wissenschaftliche Arbeit einfach den Sommer über aufgegeben?«

»Größtenteils. Er las jeden Tag das *Wall Street Journal*, aber das war eher wie ein Hobby. Er verfolgte gerne den Stand seiner Aktien und die Entwicklungen an der Börse.«

Wir unterhielten uns noch weitere zwanzig Minuten, und er erzählte mir von sich. Er war in Missoula geboren, beendete gerade sein vorletztes Jahr und würde den Sommer über wieder für die Fontaines arbeiten. Seine langfristigen Pläne beinhalteten ein Universitätsstudium und eine Karriere als Ingenieur.

Als mir keine Fragen mehr einfielen, gab ich ihm meine Visitenkarte und bat ihn, mich anzurufen, falls ihm noch etwas einfallen würde, das wichtig sein könnte. Ich wollte gerade gehen, als ich meinen Namen hörte. »Mr. Keane?«

»Ja?«

»Wer bezahlt Sie für diese Arbeit?«

»Meine Auftraggeberin war mit einem der Opfer befreundet«, antwortete ich. Ich erzählte ihm nicht, dass sie eine Matheprofessorin war. Oder dass sie in Boulder lebte. Jemand ermordete Mathematiker; ich wusste nicht, wer es war und warum er es tat, aber ich wollte keine unnötige Aufmerksamkeit auf meine Klientin lenken. Das wäre nicht klug gewesen.

Als ich am späten Nachmittag in das Motel zurückkehrte, wartete ein Mann in einem grauen Anzug auf mich. Meine Größe, mein Alter. Die Wahrscheinlichkeit lag bei zwei zu eins, dass er der FBI-Agent vor Ort in Walla Walla war. »Sie müssen J. P. Sartre sein«, sagte er mit einem Lächeln. Ich ging zu meinem Zimmer und öffnete die Tür. Er folgte mir, blieb aber vor der Türschwelle stehen. Ich nahm die Krawatte ab und knöpfte mein Hemd auf. »Ich bin Wallace Gibbs«, sagte er. Er zog seinen Ausweis aus der Anzugtasche und hielt ihn mir hin. »Ich bin der in Walla Walla ansässige Agent des FBI.«

»Klingt nach einem ruhigen Job«, meinte ich. »Ich bin seit zwei Tagen hier, und ich habe kein einziges bundesstaatliches Verbrechen gesehen.«

»Es ist ein guter Job«, gab er zu. »Darf ich Sie nach dem Grund Ihres Interesses an Paul Fontaine fragen?«

»Sie müssen mit Edna aus dem Gerichtsgebäude befreundet sein.«

»Sie kennt meine Telefonnummer«, sagte er. Ich fuhr fort, Freizeitkleidung anzuziehen, obwohl die Tür weit offen für die ganze Welt stand – oder zumindest für ganz Walla Walla – und ich in Scooby-Doo-Boxershorts dort stand. »Ich nehme an, Sie haben Ihren Mietwagen nicht bar bezahlt«, fügte er hinzu, »also kann ich Ihren wirklichen Namen am Flughafen erfahren, wenn Sie ihn mir nicht sagen wollen.«

»Mein Name ist Pepper Keane«, sagte ich. »Ich bin ein Privatdetektiv aus Colorado.« Ich reichte ihm eine meiner Visitenkarten. »Grüßen Sie Polk von mir.«

»Sie kennen ihn?«

»Vom Jurastudium.«

»Ich bin mit ihm zur High School gegangen. Letztes Jahr hatten wir Fünfundzwanzigjähriges.«

»War er schon in der High School ein unangenehmer Typ?«, wollte ich wissen.

»Ja, war er«, erwiderte er. »Und er hatte sich nicht sehr verändert, als ich ihn letztes Jahr sah.« Ich zog ein Paar Khaki-Shorts aus meinem Koffer und schwieg. »Verraten Sie mir die Identität Ihres Auftraggebers?«, fragte er.

»Nein.«

Er grinste und nickte. »Nun ja«, meinte er im Gehen, »es war nett, mit Ihnen zu sprechen.« Ich ging zur Tür, um sie zu schließen. »Hey«, fügte er hinzu, »das *Zeitalter der Vernunft* hat mir wirklich gefallen.«

# 8. KAPITEL

»Wie war Walla Walla?«, fragte Scott.

»Das ist *die Stadt, die so hübsch ist, dass man sie zweimal benannt hat.*«

»Sagen sie das dort?«

»Das steht auf den Polizeiautos.«

»Besser als *Ihr Freund und Helfer.*«

»Das steht auch drauf.«

»Oh.« Es war ein sonniger Mittwochmorgen, und wir genossen unsere Bagels mit Kaffee bei *Moe's Bagels* am Broadway in Boulder. Wir trugen Shorts und saßen an einem Tisch draußen. Moe's liegt an einem Platz, wo es früher Striplokale gab, und der floriert, weil die Häuser aus den fünfziger Jahren nur an trendige Geschäfte und Restaurants vermietet werden. Es ist ein beliebter Platz.

»Ich bin gut mit dem Detective da oben ausgekommen«, sagte ich. »Auch ein Ex-Marinesoldat.« Ich fasste zusammen, was ich in Erfahrung gebracht hatte.

»Zwei Millionen Dollar sind ein Menge Geld für einen Matheprofessor«, meinte er.

»Er hat klug investiert.« Ich reichte ihm die Kopie der Vermögensaufstellung. Er studierte sie.

»Wir sollten ins Weizengeschäft einsteigen«, sagte er.

»Ja.«

»Hat Aktien statt Fondsanteile gekauft. Eher riskant.«

»Ein paar Leute haben mir erzählt, dass er gerne an der

Börse spekulierte. Bei den Ergebnissen ist nichts dagegen einzuwenden.«

»Vermutlich nicht«, erwiderte er und gab mir das Blatt zurück.

»Was hast du erfahren?«

»Du schuldest mir was«, meinte er.

»Gebongt.«

»In die Datenbanken zu gelangen war einfach, aber viele Leute sind seit 1977 durch die Türen dieser Schulen gegangen, weshalb ich ein kleines Programm schreiben musste, um nach übereinstimmenden Namen und Sozialversicherungsnummern zu suchen. Ich habe drei Leute gefunden, auf die unsere Parameter passen. Dann bin ich wieder zurückgegangen und habe so viel wie möglich über jeden Einzelnen von ihnen ausgegraben.«

»Ich werde dich möglicherweise zum Vizepräsidenten des Nachrichtendienstes befördern müssen«, sagte ich. Er biss in sein Bagel, dann zog er ein paar Notizen aus seiner Aktentasche.

»Nummer eins ist Gail Olgilve. Sie studierte Mathe am Whitman College und machte ihren Abschluss im Jahr 1992. Dann hat sie zwei Jahre die Uni in Nebraska besucht, bevor sie nach Harvard wechselte und dort promovierte. Unterrichtet jetzt in Madison in Wisconsin. Sie hat nie Vorlesungen bei Carolyn Chang besucht, und ihre akademische Laufbahn lässt darauf schließen, dass sie kein besonderes Interesse an Fraktalen oder sonst einer Art der Geometrie hatte.«

»Ich glaube nicht, dass unser Killer eine Frau ist«, meinte ich und dachte daran, dass Carolyn Chang vergewaltigt worden war.

»Ich auch nicht, aber ich wollte sorgfältig arbeiten.« Er ging hinein, um noch Kaffee zu holen, dann begann er ein Gespräch mit einer kultiviert aussehenden Blondine an einem anderen Tisch. Sie war Anfang dreißig, stark gebräunt, etwas zu stark geschminkt und trug jede Menge Goldschmuck. Ihr Deutscher Schäferhund lag zu ihren Füßen, während sie die Lokalzeitung *Daily Camera* las. Scott fragte zuerst nach dem Alter des Hundes und setzte dann sein Brad-Pitt-Lächeln ein, um zum Wesentlichen zu kommen. »Sie ist Single«, sagte er, als er schließlich zu mir zurückkehrte.

»Starke Vorstellung«, sagte ich. »Erzähl mir von den anderen beiden.« Er sah mich an, als wollte er sagen: »Mach, was du willst!«, dann betrachtete er seine Notizen.

»Der nächste Name, auf den ich gestoßen bin, lautet Mark Sweeney. Er verbrachte ein Jahr am Whitman College, wechselte dann aber nach Harvard, wo er auch Mathe studierte. Abschluss im Jahr 1987. Geht zur Marine und nimmt am nuklearen U-Boot-Programm teil; er verbringt sein Leben damit, etwas zu tun, das nicht nur ein Job, sondern ein Abenteuer ist.« Er gab mir ein paar Unterlagen. Es waren Kopien von Sweeneys Tauglichkeitsbescheiden als Offizier.

»Wie zum Teufel hast du –«

»Wie um zu beweisen, dass keine gute Tat unbestraft bleibt, belohnt die Marine Sweeneys herausragende Leistungen damit, dass sie ihn für drei Jahre nach Nebraska schickt, um Reserveoffiziere zu trainieren. Während er dort ist, belegt er Vorlesungen bei Carolyn Chang. Er macht seinen Master-Abschluss und kehrt wieder zu seinen U-Booten zurück. Das tut er achtzehn Monate lang, dann bekommt er eine Anstellung an der Uni in Annapolis. Zu der Zeit war er Korvettenkapitän.«

»Mein Gott, Scott, großartige Arbeit!«

»Das denke ich auch.«

»Wir werden ihn uns genau ansehen.«

»Nicht nötig«, sagte er. »Er ist tot. Wurde letzten August vom Blitz getroffen. Vor jeder Menge Zeugen.« Er reichte mir einen Zeitungsartikel aus dem Internet, der den Vorfall beschrieb. Sweeney war beim Joggen von einem Blitzstrahl getroffen worden.

»Wie bist du darauf gekommen, dass er tot ist?«

»Marine-Offiziere werden alle sechs Monate beurteilt, weshalb ein weiterer Bericht hätte vorliegen müssen. Das machte mich neugierig, also rief ich in Annapolis an und gab vor, ein alter Klassenkamerad zu sein. Eine Dame in der Mathematik-Fakultät erzählte mir dann, was geschehen war.«

»Tod«, sagte ich, »das ultimative Alibi.«

»Lass den Kopf nicht hängen«, meinte er, »ich habe dir noch nichts über den Knaben Nummer drei erzählt.«

»Dann mal los.«

»Der Typ heißt Thomas Tobias. Studiert Mathe am Whitman und macht seinen Abschluss in Harvard. Trotz seiner Referenzen kann er keine Festanstellung finden, weshalb er eine befristete Stelle in Nebraska annimmt. Danach kehrt er ans Whitman College zurück, um einen Professor im Forschungsurlaub zu vertreten. Dann gelingt es ihm, eine Anstellung an der Universität von New York zu bekommen.«

»Lass mich raten«, meinte ich. »Afrikanische Bienen haben ihn wenige Stunden vor Fontaines Ermordung im Stadion der Yankees zu Tode gestochen?«

»Nein«, erwiderte er, »Toms Fall ist beträchtlich interessanter.«

»Warum denn das?«, fragte ich. Er beugte sich vor.

»Weil der Hurensohn von der Bildfläche verschwunden ist.«

Später an diesem Vormittag brach ich zusammen und rief die High-Country-Klinik an. Die höllische Nebenhöhlenentzündung war mit Macht zurückgekehrt, und ich beschloss, dass es Zeit war, schwere Geschütze aufzufahren. Ich hatte noch nie einen Grund gehabt, die einzige Klinik in Nederland aufzusuchen, aber sie gaben mir für denselben Nachmittag einen Termin. Ich füllte den Fragebogen zur Anamnese aus, teilte der Dame am Empfang mit, dass ich wegen einer Abrechnungsstreitigkeit meine Krankenversicherung gekündigt hatte und bar zahlen würde, dann dachte ich über den Fall nach, während ich im Wartezimmer saß.

Scott hatte erstklassige Arbeit geleistet. Die vom Büro der ehemaligen Harvard-Studenten gepflegte Datenbank hatte ihn auf Tobias' Anstellung an der New Yorker Universität aufmerksam gemacht. Er hatte dann bei der Uni angerufen und erfahren, dass Tobias seit mehreren Jahren nicht mehr dort unterrichtete. Er hatte keine weiteren Telefonanfragen mehr gemacht, sondern mehrere kommerzielle Dienste zur Lokalisierung von Personen ausprobiert, jedes Mal ohne Erfolg. Er hatte Tobias' Namen sogar in die Sozialversicherungsdatei verstorbener Personen eingegeben, ebenfalls ohne Ergebnis. Er hatte angeboten am Ball zu bleiben, aber ohne weitere Kenntnisse über Tobias würden Scotts Fähigkeiten nur von begrenztem Nutzen sein. Ich würde zumindest die Vorsichtsmaßnahmen missachten und einige Anrufe tätigen müssen. Im schlimmsten Fall müsste ich nach New York fahren.

Der Arzt hinkte seinem Zeitplan hinterher, weshalb ich *Sein und Zeit* zur Hand nahm und mich mit der nächsten Seite abmühte. Heideggers Fachausdruck für den Menschen ist *»Dasein«*. *Dasein*, erklärte Heidegger, ist das einzige Wesen, das in der Lage ist, Fragen über die Existenz zu stellen. Wir sind einzigartig, weil unsere Existenz für uns ein Thema ist. Er schrieb:

*Das Wesen, das existiert, ist der Mensch. Nur der Mensch existiert. Felsen sind, aber sie existieren nicht. Bäume sind, aber sie existieren nicht. Pferde sind, aber sie existieren nicht. Engel sind, aber sie existieren nicht. Gott ist, aber er existiert nicht.*

Ich las den Absatz mehrere Male, und ich verstand den Unterschied zwischen einem Menschen und einem Pferd, aber ich musste mich unweigerlich fragen, ob das Pferd nicht besser dran war, weil es sich nicht über die Bedeutung des Lebens oder die Unvermeidbarkeit des Todes Gedanken machen musste – Themen, die mich seit Jahren verfolgten, insbesondere seit Joys Tod.

Eine Tür wurde geöffnet, und ich hörte meinen Namen. Ich folgte einer Arzthelferin ins Sprechzimmer. Jung und einigermaßen attraktiv, aber anscheinend gleichgültig. Sie maß mir den Blutdruck, sagte, er wäre etwas hoch, und fragte dann nach dem Grund meines Besuchs. Ich sagte, die Manschette wäre nicht groß genug für meinen Arm, dann erzählte ich ihr in Kurzform von meiner Erkrankung. Sie machte sich Notizen, verließ dann den Raum und versprach mir, dass der Arzt bald kommen würde.

Der Arzt war ein schlanker junger Rotschopf namens Cameron Edwards, der eingewilligt hatte, in einer ländlichen Gegend zu praktizieren, als Gegenleistung für die staatliche Unterstützung bei seiner Ausbildung. Statt ihn auf einen gottverlassenen Außenposten auf dem platten Land im östlichen Colorado zu schicken, hatte der Staat ihn in ein Städtchen fünfundzwanzig Minuten von Boulder und fünf Minuten von einem Skigebiet entfernt gesetzt. Ich beschrieb meine Symptome und erklärte ihm, dass ich eine Nebenhöhlenentzündung hatte.

Er untersuchte mich und meinte dann: »Zu dieser Jahreszeit gibt es viele Allergien.« Ich versicherte ihm, dass ich noch nie etwas mit Allergien zu tun gehabt hatte, aber er war der Meinung, es wäre am besten, mit einer Behandlung mit Antihistaminen zu beginnen und mir abschwellend wirkende Nasentropfen zu verschreiben. Er schien ein vernünftiger junger Mann zu sein, aber ich hatte den großen Teil eines Jahres damit verbracht, eine Nebenhöhlenentzündung zu bekämpfen, und hatte mich schließlich einer Operation unterziehen müssen. Ich erzählte ihm von dieser Erfahrung und schlug vor, dass er, wenn er mir kein Antibiotikum verschreiben wolle, verdammt noch mal besser eine Röntgenuntersuchung und eine Blutentnahme durchführen und einen Abstrich im Hals nehmen solle. Nach einer kurzen Lektion über die Gefahren der zu häufigen Einnahme von Antibiotika gab er nach. Ich war froh, dass er zu dem Zeitpunkt nicht meinen Blutdruck maß. Ich hätte wahrscheinlich die Manschette gesprengt.

Ein Privatdetektiv zu sein ist nicht mehr das, was es einmal war. Ich musste noch nie in einem Trenchcoat mit einem Revolver in der Tasche in dunklen Ecken stehen, und noch nie ist eine erotische Blondine in mein Büro gekommen, die mir ein Bündel Geldscheine auf den Tisch legte. Da wir uns im Informationszeitalter befanden, verbrachte ich den Abend damit, Schreiben an die Abteilung für öffentliche Sicherheit in Alabama, die Finanzverwaltung von Wyoming und achtundvierzig weitere staatliche Behörden zu verfassen. Nicht zu vergessen den Verwaltungsbezirk Columbia. Ich bat um Informationen über den Führerschein von Thomas Payne Tobias, Geburtsdatum 5. Februar 1966.

Glamouröser wurde mein Abend nicht, denn als alle einundfünfzig Umschläge mit Briefmarken versehen und fertig zum Versand waren, ließ ich mich mit einem grünen Textmarker und meiner neu erworbenen Ausgabe von Fontaines *Fraktale Geometrie* in meinem schwarzen Sessel nieder. Das Buch war nicht leicht zu lesen, aber auch nicht schlimmer als *Sein und Zeit*. Die erste Auflage war im Jahr 1984 erschienen, aber eine zweite folgte schon im Jahr 1992, und die dritte erst vor wenigen Jahren. Ich hatte ein Exemplar der dritten Auflage. Wie jeder Autor eines jeden Lehrbuchs, das je geschrieben wurde, beendete er das Vorwort der ersten Auflage, indem er sich bei zahlreichen Kollegen bedankte. Niemand aus Harvard oder Nebraska. Dasselbe stellte ich beim Vorwort zur zweiten Auflage fest. Das Vorwort zur dritten Auflage begann mit der Beschreibung der Zunahme der Bedeutung der fraktalen Geometrie seit der Veröffentlichung der zweiten Auflage:

*Die fraktale Geometrie ist auf kaum vorstellbare Art und Weise aufgeblüht, seit vor erst sieben Jahren die vorige Auflage dieses Lehrbuchs herausgegeben wurde. Was als Versuch Mandelbrots begann, eine Geometrie für die Natur zu definieren, findet heute Anwendung in unterschiedlichen Bereichen, angefangen bei der Astronomie bis hin zur Medizin, von der Filmtechnik zur Kartografie, vom Maschinenbau bis zur Stadtplanung und sogar in der Finanzwelt.*

Das Vorwort endete folgendermaßen:

*Zum Schluss möchte ich Donald Underwood danken, Professor der Mathematik an der Universität Harvard. Professor Underwoods Hinweise waren von unschätzbarem Wert, insbesondere in Verbindung mit dem 12. Kapitel.*

Ein schneller Blick ins Inhaltsverzeichnis sagte mir, dass das 12. Kapitel, das gleichzeitig das letzte war, dem Einsatz von Computern in der fraktalen Geometrie gewidmet war. Und ein schneller Blick auf das 12. Kapitel sagte mir, dass es Zeitverschwendung wäre, den Versuch zu machen, es zu verstehen. Ich rief mir Gumbys Worte ins Gedächtnis zurück: »Soweit wir wissen, haben sie nie miteinander gesprochen, nie miteinander korrespondiert.« Trotzdem stand es dort, genau hier auf Seite acht der dritten Auflage.

Es war nach neun. Ich legte das Buch hin, ließ die Hunde

hinaus, ging in mein Büro, rief Ronald Bartels an und erzählte ihm von meiner Entdeckung. Er blieb bei seiner Meinung, dass Fontaine nicht mit Underwood hinsichtlich des Lehrbuches oder eines anderen Themas korrespondiert oder gesprochen hatte, seit Bartels in Whitman war. Fontaine bewahrte alle Kommentare zur dritten Auflage auf und hatte seinen Assistenten immer damit beauftragt, derartige Zuschriften zu sammeln und zu ordnen. »Ich war noch auf der High School, als die dritte Auflage gedruckt wurde«, meinte Bartels, »aber als das FBI eingeschaltet wurde, haben wir diese Akte ausgegraben und sind sie Seite für Seite durchgegangen. Es war nichts von Professor Underwood darinnen.«

Ich dankte Bartels für die Zeit, die er sich genommen hatte, dann blätterte ich meine Adresskartei durch. Ich fand, was ich suchte, und wählte die Nummer. »Hallo?« Eine Frauenstimme.

»Kann ich bitte mit Tim sprechen?«

»Mit wem spreche ich?« Die neue Ehefrau hörte sich jünger an als die alte.

»Pepper Keane.«

»Es ist für dich«, sagte sie, »ein Mann namens Pepper.« Es gab eine kurze Pause.

»Geht es um die nationale Sicherheit?«, fragte Gombold.

»Tim, tut mir Leid, dass ich dich störe, aber ich bin gerade über etwas gestolpert, über das du Bescheid wissen solltest.«

Er seufzte. »Geht es um deinen Fraktal-Fall?«

»Ja.«

»Schieß los.«

»Du hast mir erzählt, dass das Büro keinen Beweis dafür finden konnte, dass diese Leute jemals miteinander telefoniert oder korrespondiert haben?«

»Korrekt.«

»Ich habe in Fontaines Lehrbuch gelesen.«

»Das zeigt ein trauriges Bild von deinem gesellschaftlichen Leben.«

»Ich weiß«, sagte ich. »Jedenfalls bedankt sich Fontaine im Vorwort der jüngsten Auflage bei Underwood, weil dieser das Werk gelesen und einen Kommentar abgegeben hat.«

»Ja?«

»Ja.«

»Wann ist es veröffentlicht worden?«

»Vor ein paar Jahren.«

»Interessant. Falls es einen Schriftverkehr zwischen den beiden gab, ist er wahrscheinlich weggeworfen worden, nachdem das Buch herausgekommen ist.«

»Vielleicht, aber offensichtlich kannte und respektierte Fontaine Underwood. Es scheint unwahrscheinlich, dass sie jahrelang nicht miteinander gesprochen oder sich geschrieben haben.«

»Ja, in der Tat.«

»Wer hat die Aufzeichnungen über die Telefonate überprüft?«, wollte ich wissen.

»Ich nicht, also muss es Polk gewesen sein.«

»Das habe ich befürchtet. Wahrscheinlich hat er fünf Minuten mit einem Mindestlohn-Angestellten bei AT&T telefoniert.« Er lachte.

»Pepper, ich weiß, dass du den Burschen nicht magst, aber er ist nicht dumm.«

»Egal, wirst du einen Blick darauf werfen?«

»Ja«, erwiderte er, »ich werde einen Blick darauf werfen.«

# 9. KAPITEL

Nachdem ich früh mit Buck eine Runde um den See gelaufen war, verbrachte ich den Donnerstagmorgen damit, letzte Hand an einen Revisionsschriftsatz zu legen, den ich für Big Matt Simms verfasste. Matt war früher Angriffsspieler in Colorado, er ist eins neunzig groß und muss etwa einhundertdreißig Kilo wiegen. Matt hat Geschmack an den schönen Dingen des Lebens, was sich in der Tatsache zeigt, dass er jedes Jahr ein neues Auto kauft. Dieses Jahr war es ein Mercedes.

Weil Matt keinen potenziellen zahlungskräftigen Mandanten wegschicken kann, sieht er sich häufig mehr Arbeit gegenüber, als er bewältigen kann. Von Zeit zu Zeit bittet er mich, eine juristische Abhandlung für ihn zu schreiben. Er zahlt mir fünfundsiebzig Dollar die Stunde, bar auf die Hand, und der Mandant erfährt nie, dass es mich gibt. Er stellt dem Mandanten seinen normalen Stundensatz in Rechnung, als hätte er selbst die Arbeit erledigt. Matt brüstet sich damit, einen der höchsten Stundensätze in Denver zu haben, aber der Mandant bekommt einen erstklassigen Schriftsatz, und ich verdiene ein bisschen steuerfreies Taschengeld dazu, ohne die täglichen Demütigungen eines praktizierenden Anwalts hinnehmen zu müssen.

Kurz vor Mittag fuhr ich zur Post, gab den Brief an Matt auf, kaufte mir eine große Diätcola im Beverage & Food und kehrte nach Hause zurück, um meine Suche nach Thomas Tobias zu beginnen.

Leute, die absichtlich verschwinden, fallen in der Regel in eine der drei folgenden Kategorien: Jene, die vor dem Gesetz davonlaufen, jene, die vor ihren Gläubigern davonlaufen, und jene, die vor sich selbst davonlaufen. Wenn man einen Namen und eine Sozialversicherungsnummer hat, ist es ziemlich einfach festzustellen, ob jemand in eine der ersten beiden Kategorien fällt. Ich rief Gilbert an, erzählte ihm von Tobias und bat ihn, per Computer zu überprüfen, ob Tobias eine kriminelle Vergangenheit hatte und ob ein Haftbefehl gegen ihn vorlag. »Wie sind Sie auf diesen Typen gestoßen?«, fragte Gilbert.

»Das wollen Sie gar nicht wissen«, antwortete ich.

»Wahrscheinlich nicht«, stimmte er zu.

Als Gilbert und ich unser Telefonat beendet hatten, rief ich Matt an, erklärte ihm die Situation und bat ihn, über die Inkassoagentur der Firma eine Auskunft über Tobias' Kreditwürdigkeit einzuholen. »Das ist illegal«, erwiderte er trocken, »daran kann ich mich nicht beteiligen.«

»Ist in Ordnung«, sagte ich. »Fax mir die Auskunft einfach zu, sobald du sie bekommst.«

»Ich werde das auf meine immer länger werdende Liste von zu erledigendem Scheiß setzen«, sagte er.

»Danke, Matt.«

»Hey, Pepper«, meinte er, »wann wirst du den Ermittlerjob sausen lassen und deinen Arsch wieder hierher bewegen? Ich sag's dir, Mann, wir scheffeln Geld wie nie zuvor.«

»Du bist noch jung«, erwiderte ich. »Ich denke, du hast noch etwa fünf Jahre, bis du ausgebrannt bist.«

»Sie sind Nervensägen«, sagte er und bezog sich damit auf seine Mandanten.

»Aber du liebst das Geld, und du liebst es, deinen Namen in der Zeitung zu lesen.«

»Aber ich liebe das Geld, und ich liebe es, meinen Namen in der Zeitung zu lesen.«

»Du bist süchtig«, sagte ich. »Du brauchst ein Programm mit zwölf Stufen. Das ist die einzige Möglichkeit, dich selbst von dieser Denkweise zu befreien.« Er lachte und versprach, mir so bald wie möglich den Bericht über Tobias' Kreditwürdigkeit zu faxen.

Um zwei Uhr erfuhr ich, dass Tobias keine kriminelle Vergangenheit hatte und auch kein Haftbefehl gegen ihn vorlag. Um drei wusste ich, dass er absolut kreditwürdig war, bevor er verschwand. Er hatte sämtliche Rechnungen bis Mai 1997 bezahlt und hatte seitdem keine Kreditkarte mehr benutzt. Ich würde tiefer graben müssen. Ich rief die Auskunft an, um eine Nummer im Big Apple zu erfragen.

Nachdem ich mich als Steuerbeamter ausgegeben hatte, teilte mir eine Frau in der Buchhaltung der Universität von New York mit, dass Tobias eine Nachsendeadresse in Erie in Pennsylvania angegeben hatte; allerdings war ein Schreiben der Uni mit dem Stempel »nicht zustellbar« zurückgekommen. Wahrscheinlich war die Adresse von Anfang an falsch gewesen. Tobias hatte sich das College in Whitman ausgesucht, und ich hatte so eine Ahnung, dass er im Nordwesten Richtung Pazifik aufgewachsen war.

Wieder rief ich bei der New York University an und fragte diesmal nach dem Dekan des Colleges für Geistes- und Naturwissenschaften. Ich geriet an die stellvertretende Dekanin, Maria Santos. Ich nannte ihr meinen richtigen Namen und meinen Beruf und erzählte ihr, dass ich versuchte, Thomas Tobias ausfindig zu machen. Anfangs zögerte sie, mir Informationen zu geben, aber sie wurde zugänglicher, als ich erklärte, dass Tobias ein uneheliches Kind gezeugt habe und inzwischen mehr als zwölftausend Dollar an Unterhaltszahlungen schuldig geblieben war. »Das ist schrecklich«, sagte sie. »Was kann ich tun?«

Ich fragte, ob Tobias ein Bewerbungsformular oder eine Informationskarte für den Notfall ausgefüllt habe. Sie bat mich zu warten, kehrte einige Minuten später ans Telefon zurück und teilte mir mit, dass er sowohl ein Bewerbungsformular als auch eine Notfallkarte ausgefüllt hatte. Sie versprach, mir beides zuzufaxen.

»Kannten Sie Professor Tobias?«, fragte ich.

»Ich bin ihm begegnet.«

»Haben Sie eine Ahnung, warum er gegangen ist? Hatte er Probleme mit der Verwaltung?«

»Nein, überhaupt nicht. Er hat die Uni im Guten verlassen.« Ich hörte, wie sie Papiere durchblätterte. »Seine Kündigung klingt etwas vage; er brauche aus persönlichen Gründen eine Auszeit.«

»Hätte er nicht ein Jahr Forschungsurlaub nehmen können?«

»Nein, er hätte noch einige Jahre unterrichten müssen, bis er Anspruch auf Forschungsurlaub gehabt hätte.«

Ich dankte ihr, und sie wünschte mir Glück bei der Suche nach dem Vater, der seiner Unterhaltspflicht nicht nachgekommen war. Ich machte eine Pause, um im Keller Gewichte zu stemmen. Ich habe im Laufe der Jahre einiges an Gewichthebegeräten angehäuft, größtenteils Maschinen, die mein Bruder in seinem Studio nicht mehr brauchte. Es war ein Tag für die Beine, also stemmte ich aus der Hockposition, machte Sprungtraining, Oberschenkeltraining, Step-ups und spezielles Wadentraining. Als ich fertig war, fühlten sich meine Beine blau an, aber ich liebe dieses Gefühl. Es ist ein natürliches Stimmungshoch.

Ich ging nach oben und machte mir einen Proteinshake, bevor ich mein Faxgerät kontrollierte. Miss Santos hatte Wort gehalten und Kopien von Tobias' Bewerbungsformular und seiner Notfallkarte gefaxt. Für den Notfall hatte Tobias die New York University angewiesen, seine Mutter Iris Tobias in

Bend, Oregon, zu informieren. Ich überlegte, ob ich sie anrufen sollte, aber es gab ein praktisches Problem: Wenn ich anrief, würde sie möglicherweise ihren Sohn davon verständigen. Es gab auch ein moralisches Problem: Wenn ein Mensch wirklich verschwinden will, muss er seine Vergangenheit ganz aufgeben. Ich hasste die Vorstellung Iris anzurufen, wenn sie seit zwei Jahren nichts mehr von ihrem Sohn gehört hatte. Ich musste das Ganze überdenken.

Das Bewerbungsformular stellte mich nicht vor derartige Probleme. Drei Personen waren als Referenzgeber aufgelistet. Zwei davon waren Mathematiker in Harvard. Die dritte war Paul Fontaine.

## 10. KAPITEL

Freitagnachmittag. Ich befand mich im Büro meiner Klientin und wartete darauf, dass sie von einer Besprechung zurückkehrte.

Meine erste Handlung an diesem Morgen war gewesen, ein weiteres Mal Miss Santos anzurufen. Ich fragte, ob Tobias' Referenzgeber Empfehlungsschreiben geschickt hätten. »Nein«, antwortete sie, »aber der Einstellungsausschuss hat mit ihnen telefoniert, und sie haben in den höchsten Tönen von ihm gesprochen.« So viel zu dieser Theorie. Ein schlechtes Empfehlungsschreiben von Fontaine hätte auf böses Blut zwischen den beiden hindeuten können; das wiederum hätte mir eine gewisse Grundlage, wenn auch eine schwache, für den Verdacht geliefert, dass Tobias bei Fontaines Tod eine Rolle gespielt hatte.

Ich studierte die Bücherregale meiner Auftraggeberin. Analytische Geometrie, nicht-euklidische Geometrie, Riemann'sche Geometrie, fraktale Geometrie. Sie besaß sogar Euklids *Elemente* und eine dreibändige Abhandlung über die Geschichte der Geometrie. Ich war immer noch mit meiner Bestandsaufnahme beschäftigt, den Kopf zur Seite geneigt wie ein neugieriger Collie, als sie ins Zimmer trat. Sie hatte die neueste Ausgabe von *USA Today* in der Hand, in der ein Bericht über den jüngsten terroristischen Anschlag auf der anderen Seite der Erde stand.

»Tut mir Leid, dass ich zu spät komme«, sagte sie. Sie

seufzte und schob dabei die Unterlippe etwas vor, sodass die dunklen Haarsträhnen, die ihr reizvoll in die Stirn hingen, für einen Sekundenbruchteil hochflogen. Ich war mir nicht sicher, ob sie frustriert oder erschöpft war. Sie trug eine blassgelbe, taillierte Hose, eine weiße Baumwollbluse und den rosa Lippenstift, der ihr Markenzeichen war.

»Das ist schon in Ordnung«, erwiderte ich, »es hat mir Gelegenheit gegeben, mir Ihre Bücher anzusehen.« Sie stellte sich neben mich, warf einen Blick auf ihr Bücherregal und trank Kaffee aus einem Plastikbecher.

»Ich wünschte, ich könnte Ihnen erzählen, dass ich sie alle gelesen habe«, meinte sie, »aber dann müsste ich lügen. Die Lehrbuchverlage senden sie gratis zu.«

»In der Hoffnung, dass Sie ihre Bücher in Ihren Vorlesungen verwenden?«

»Ja.« Sie setzte sich hinter ihren Schreibtisch, und ich nahm mir einen der Stühle gegenüber.

»Sie wirken frustriert«, meinte ich.

»Es war ein hektischer Tag«, sagte sie. »Ich halte in diesem Sommer nur eine Vorlesung, aber ich sitze in drei Ausschüssen, einschließlich des Komitees für Festanstellungen, und ich bin einfach ausgelastet bis an meine Grenzen.« Ich fand, dass das eine ungewöhnliche Aussage für eine Frau in ihrer Position war, aber das behielt ich für mich. »Es tut mir Leid«, fügte sie hinzu, »ich will Sie nicht mit meinen Problemen belästigen. Was kann ich für Sie tun?«

»Ich wollte Sie auf dem Laufenden halten und Ihnen ein paar Fragen stellen.«

Sie bot mir Kaffee an, und ich lehnte ab. »Sie klingen besser«, sagte sie.

»Ich habe schließlich doch einen Arzt aufgesucht«, erzählte ich. »Nach meinem Flug nach Walla Walla.«

»Wirklich?« Obwohl sie mich dazu aufgefordert hatte, mir

keine Sorgen um ihre Finanzen zu machen, erriet ich ihre Gedanken.

»Keine Sorge«, erklärte ich, »es hat nicht viel gekostet. Ich hatte so viele Vielfliegermeilen, dass ich gar nicht wusste, was ich damit anfangen sollte.«

»Hätten Sie sie nicht lieber für einen Urlaub verwenden sollen?«

»Ich arbeite nicht mehr als Anwalt«, antwortete ich. »Jeder Tag ist wie Urlaub.« Sie schenkte mir ein halbes Lächeln, sagte aber nichts. »Außerdem musste ich etwas unternehmen, um die Dinge ins Rollen zu bringen. Der Kriminalbeamte, der bei Fontaines Tod die Ermittlungen leitete, war auch bei der Marine, und wir verstanden uns am Telefon auf Anhieb. Er hatte mich eingeladen ihn zu besuchen.«

»Was denkt er?«

»Wir sind uns beide ziemlich sicher, dass das, was in Fontaines Haus geschah, kein Raubüberfall war.« Ich erzählte ihr, dass der Mord im Stil einer Hinrichtung durchgeführt worden war und dass der Mörder viele wertvolle Gegenstände nicht mitgenommen hatte. Dann gab ich ihr eine Zusammenfassung meiner Bemühungen in Walla Walla.

»Dieser Lieutenant Gilbert – glaubt er, dass Professor Fontaines Tod etwas mit den anderen beiden zu tun hat?«

»Er ist misstrauisch und hegt einen Verdacht«, erwiderte ich, »und er ist bereit zu helfen, aber ich glaube nicht, dass ihm der mathematische Aspekt der Geschichte behagt. Das überlässt er uns.«

»Was ist mit den anderen Todesfällen? Haben Sie darüber etwas erfahren?« Ich erzählte ihr, dass ich mit der Polizeibeamtin in Lincoln, Detective Amanda Slowiaczek, gesprochen hatte und dass sie sich ungewöhnlich feindselig gegeben hatte. Ich versprach, an der Sache dranzubleiben.

»Und Professor Underwood?«, fragte sie. Vor diesem Gespräch hatte ich mich gefürchtet. Ich atmete tief durch und teilte ihr mit, dass die Polizei der Meinung war, er hätte sich versehentlich erhängt, während er sich einen runterholte. Meine Ausdrucksweise war etwas nüchterner, aber sie verstand, worum es ging.

»Ich habe über so etwas gelesen«, meinte sie. »Passiert das häufig?«

»Ja«, sagte ich, »es passiert oft.«

»Ich vermute, das erklärt seinen Tod.« Sie seufzte.

»Nicht unbedingt«, erwiderte ich. »Es wäre einfach vorzutäuschen. Wenn man eine Schusswaffe auf einen Mann richtet, wird er tun, was auch immer man ihm sagt.«

»Das stimmt wahrscheinlich«, sagte sie, »aber wenn man einen Selbstmord inszenieren möchte, warum sollte man es wie einen autoerotischen Unfall aussehen lassen?« Sie trank ihren Kaffee aus und warf den Plastikbecher in den Papierkorb unter dem Tisch.

»Wenn es wie ein Unfall aussieht, kann die Polizei den Fall abschließen, ohne die ganzen Fragen zu stellen, die normalerweise gestellt werden, wenn jemand Selbstmord begeht.« Sie dachte über diese Erklärung nach, als handelte es sich um eine mathematische Gleichung.

»Ja«, meinte sie, »das ergibt einen Sinn.« Sie war offensichtlich erfreut, dass ich offen gegenüber der Möglichkeit war, Underwoods Tod könne inszeniert worden sein.

»Es gibt zwei weitere Dinge, die ich Ihnen sagen sollte.« Ich erzählte ihr von Fontaines Erwähnung von Underwood in der dritten Auflage seines Lehrbuchs.

»Mein Gott«, rief sie aus, »wie kann das dem FBI entgangen sein?«

»Manchmal entgeht einem das Offensichtliche, weil man nicht danach sucht. Ich bin darüber gestolpert, weil ich nichts Besseres zu tun hatte.«

»Sie sind zu bescheiden«, entgegnete sie. »Sich mit Professor Fontaines Lehrbuch vertraut zu machen war eine gute Idee.«

»Es gibt noch einen weiteren Aspekt, an dem ich arbeite«, sagte ich. »Es ist mir gelungen, eine Liste von Leuten zu bekommen, die entweder gemeinsam mit den drei Opfern unterrichteten oder Vorlesungen von ihnen besuchten.« Ich erzählte ihr von dem mysteriösen Thomas Tobias und meinen Bemühungen, ihn ausfindig zu machen.

»Wie sind Sie an diese Informationen herangekommen?«, wollte sie wissen.

Ich lächelte. »Durch Hartnäckigkeit.« Sie wartete auf eine Erläuterung, aber ich schwieg.

»Nun ja«, meinte sie, »Sie machen enorme Fortschritte. Ich weiß nicht, warum das FBI diese Dinge nicht getan hat.« Sie war immer noch sauer, weil sie das Gefühl hatte, das FBI habe sie nicht ernst genommen. Ich lächelte nur. »Es tut mir Leid«, sagte sie, »ich sollte das vermutlich abhaken. Gibt es noch etwas, was ich tun kann, um Sie zu unterstützen?«

»Ja«, erwiderte ich. »Bitten Sie Mary Pat, Tobias' Namen in MathSciNet einzugeben und Kopien seiner veröffentlichten Aufsätze zu machen. Wahrscheinlich wird es zu nichts führen, aber ich muss es überprüfen.«

»Betrachten Sie das als erledigt.« Sie setzte Kaffee auf. »Sie haben gesagt, Sie wollten mir Fragen stellen?«

»Erzählen Sie mir mehr über die fraktale Dimension.«

»Ich werde es versuchen, aber was hat das mit dem Fall zu tun?«

»Vielleicht nichts, aber das war das Thema Ihres Aufsatzes, und ich bin dem Begriff in den anderen Artikeln, die ich gelesen habe, wieder und wieder begegnet. Ich möchte sicherstellen, dass ich ihn verstehe. Ein neugieriger Geist will wissen und verstehen.« Sie lachte und begann mit der Lektion.

»In der euklidischen Geometrie stellen wir uns die Objekte dreidimensional vor. Eine Linie ist eindimensional, eine Ebene ist zweidimensional und ein Würfel ist dreidimensional.« Sie legte eine Pause ein, um sicherzugehen, dass ich es erfasst hatte. Ich nickte, um ihr zu zeigen, dass es so war.

»In der fraktalen Geometrie sind die Dimensionen nicht notwendigerweise ganze Zahlen. Die Dimension eines Objektes kann als gebrochene Dimension, als ›Fraktion‹, ausgedrückt werden. Daher stammt der Begriff ›fraktal‹.«

»Zum Beispiel?«

»Erinnern Sie sich an die Küstenlinie, über die wir gesprochen haben?«

»Klar.«

»Wenn wir diese Küstenlinie auf ein Blatt Papier zeichnen würden, sehr detailliert, würden wir eine sehr gezackte Linie sehen, richtig?«

»Ja.«

»In der fraktalen Geometrie würden wir sagen, dass die Dimension der Linie größer als eins, aber kleiner als zwei ist. Sie ist größer als eins, weil sie nicht gerade ist, aber kleiner als zwei, weil sie nicht das ganze Blatt Papier einnimmt.«

»Also hat eine Linie mit vielen Windungen eine größere fraktale Dimension als eine mit wenigen Windungen?«

»Genau. Genauso kann man einen Berg betrachten. Wenn wir versuchen, den Berg in einem Würfel unterzubringen, ist seine Dimension größer als zwei, aber kleiner als drei, weil der Berg nicht den ganzen Würfel einnimmt.«

»Und wie misst man die fraktale Dimension?«

»Jetzt wird es kompliziert«, meinte sie. »Stellen Sie es sich folgendermaßen vor: Würde man eine Küstenlinie von einem Satelliten aus betrachten, sähe sie wie eine relativ gerade Linie aus. Je näher man kommt, desto mehr Details sieht man, und das verlängert die Linie. Die fraktale Dimension misst die Rate, mit der sich die Linie zu verlängern scheint – die Rate, mit der neue Details auftauchen.«

»Und ein Mann namens Hausdorff stellte die gebrochene Dimensionalität auf eine mathematische Grundlage?«

»Sehr gut«, lobte sie, »Sie haben Ihre Hausaufgaben gemacht. Hausdorff sagte, man kann die fraktale Dimension eines Objektes messen, indem –«

»Okay«, sagte ich und hob die Hände, »das ist genug.« Sie lächelte, und wir schwiegen eine Weile.

Aus irgendeinem Grund, den ich nicht ganz erfassen konnte, wollte ich sie fragen, ob sie mit mir ausgehen würde. Die Regeln professionellen Verhaltens, die für Anwälte in Colorado gelten, untersagen es, dass Anwälte mit ihren Mandanten ausgehen, wegen des möglichen Interessenkonfliktes. Ich jedoch stand unter keinem derartigen Zwang.

Nachdem sie ihre Lektion abgeschlossen hatte, meinte sie: »Sie waren also bei der Armee?«

»Ja, bei der Marine.«

»Ich glaube, Mary Pat hat das erwähnt.«

»Der Haarschnitt hat es nicht verraten?«

»Ich habe mir nichts dabei gedacht.«

»Es ist lustig«, sagte ich. »Als ich jung war, wollte ich gerne lange Haare haben, aber die bloße Erwähnung dieses Wunsches ließ meinen Vater in die Luft gehen. Dann machte ich meinen Abschluss an der juristischen Fakultät und ging zur Marine.«

»Warum die Marine?«, fragte sie. Wir hatten das Gespräch über den Fall zweifellos abgeschlossen.

»Ich weiß es nicht«, antwortete ich. »Ich schätze, die kurze Antwort lautet, dass ich die Welt kennen lernen wollte.«

»Und, haben Sie?«

»Nein, aber ich lernte North und South Carolina richtig gut kennen.«

»Das klingt nicht schlecht. Ich habe gehört, dass die Strände wundervoll sein sollen.«

»Das stimmt, aber das Marineinfanteriecorps sucht sich die Stellen aus, an denen es die größten Sümpfe und die meisten Schlangen gibt.«

Sie musste etwas aus meiner Stimme herausgehört haben. »Oh«, neckte sie mich, »haben wir Angst vor Schlangen?«

»Wir verabscheuen Schlangen«, erwiderte ich.

»Ich bin in New Mexico aufgewachsen«, sagte sie. »Klapperschlangen sind eine Lebensform. Man muss nur aufpassen, wohin man die Füße setzt.« Vielleicht, dachte ich, aber damit kommt man nicht weit, wenn man durch einen matschigen Sumpf stapft, in dem Mokassinschlangen und Wasserschlangen hausen.

Wir unterhielten uns noch weitere zehn oder fünfzehn Minuten. Sie war als einziges Kind eines Ärzteehepaars außerhalb von Albuquerque aufgewachsen. Da sie an der High School ein Basketballstar gewesen war, hatten mehrere größere Universitäten ihr Sportstipendien angeboten, aber sie lehnte ab und besuchte ein geisteswissenschaftliches College in Minnesota.

Ich genoss die Unterhaltung, als plötzlich Finn im Türrahmen auftauchte, mit einem hellgrünen Fahrrad, das mehrere Tausend Dollar wert war. Er trug schwarze Radlershorts und ein leuchtend gelbes Radlertrikot. Ein Radio, nicht größer als ein Kartenspiel, war an seinem Gürtel befestigt. Der glitzernde Schweiß auf seinem Körper deutete darauf hin, dass er gerade eine anstrengende Tour hinter sich hatte. »Ein großartiger Tag zum Radfahren«, sagte er zu meiner Klientin. »Ich dachte, ich komme mal vorbei, um zu sehen, wie es dir geht.«

»Komm herein, Stephen«, sagte sie, »Mr. Keane und ich haben uns gerade unterhalten.« Finn kam in den Raum, und meine sofortige Reaktion war der Gedanke, dass ein Mann, der intelligent genug war, mit zwanzig seinen Abschluss in Harvard zu schaffen, genug Verstand haben müsste, um nach zwanzig oder dreißig Meilen Radfahren in der heißen Sonne erst einmal zu duschen. Ich erhob mich von meinem Stuhl.

»Ich wollte nicht stören«, sagte er.

»Ich muss gehen. Vielen Dank, dass Sie sich Zeit genommen haben. Ich glaube, die Frauen im Frauenhaus werden sich über das Programm freuen.« Ich zwinkerte ihr zu, aber Finn stand hinter mir und sah es nicht.

»Vielen, vielen Dank«, erwiderte sie mit einem verschmitzten Lächeln.

»Oh«, sagte ich, »das hätte ich beinahe vergessen.« Ich gab ihr eine Kassette.

»Was ist das?«

»Es ist Musik«, sagte ich. Ich hatte das fraktale Ballett überspielt, das ich von Luther bekommen hatten. »Betrachten Sie es als Geschenk.« Sie sah verwirrt aus, nahm es aber dankend an. Finn schwieg.

Am Samstag wachte ich etwas deprimiert auf. Ich weiß nicht, wie ich es beschreiben soll. »Melancholie« ist wahrscheinlich das beste Wort. Es war keine tiefe Ich-bringe-mich-um-Depression, sondern nur eine gewisse Traurigkeit. Ich litt seit Joys Tod an leichten Depressionen, aber die offizielle Diagnose war erst bei der Armee gestellt worden.

Ich war Hauptmann gewesen mit einer Tätigkeit im juristischen Büro in Camp Lejeune. Ich hatte einen fantastischen Job, gute Freunde, genug Geld in der Tasche, und eine viel versprechende Zukunft lag vor mir, aber die von Zeit zu Zeit auftretenden Phasen einer leichten Depression wurden plötzlich ernster. Ich konnte Joys Tod nicht verkraften. Manchmal konnte ich zwei oder drei Nächte hintereinander nicht schlafen, weil meine Gedanken nicht von ihr loskamen. Wenn ich schlafen konnte, träumte ich von Joy und wachte mit dem Wunsch auf, der Traum wäre nicht zu Ende. Es gibt wenige Dinge, die erschreckender sind als die Erkenntnis, dass man verrückt wird. Deshalb bat ich einen zivilen Psychiater um Hilfe. Das Militär erkannte zu jener Zeit die ärztliche Schweigepflicht noch nicht an, aber die Regeln haben sich seitdem etwas geändert.

Nach mehreren Besuchen und einer ganzen Reihe von Tests kam der Arzt zu dem Schluss, dass ich eine genetisch bedingte Neigung zu Depressionen besaß. Eine Art chemisches Ungleichgewicht. Das war in Verbindung mit meiner von Natur aus obsessiven Art und meiner Existenzangst ein Rezept für ständige Traurigkeit. Er verschrieb mir ein Medikament, empfahl mir aber auch einen Therapeuten und ermutigte mich, mich meinen Gefühlen über Joys Tod zu stellen.

Ich wollte die Therapie geheim halten, weshalb ich meinen Kollegen bei der Marine sagte, ich würde mir jeden Dienstagnachmittag eine Stunde für meinen Haarschnitt freinehmen. Ich verbrachte fünfzig Minuten beim Therapeuten und zehn Minuten beim Friseur. Meine Kollegen konnten nicht begreifen, was in mich gefahren war. Während ich zuvor den Begriff eines angemessenen Haarschnitts für einen Marineoffizier immer etwas gedehnt hatte, ließ ich plötzlich Ollie North wie ein Blumenkind aussehen.

Die medikamentöse Behandlung brachte einen riesigen Unterschied. Die Dinge liefen gut, bis Spuren des Medikamentes zufällig bei der Untersuchung einer Urinprobe auffielen. Die Psychiater der Marine waren zufrieden, dass ich gesund war wie ein Fisch im Wasser, und sagten, ich könnte bei der Armee bleiben. Da aber jede Art einer psychischen Erkrankung für einen Marineoffizier den Todeskuss bedeutet, schloss ich meine turnusmäßige Dienstzeit von drei Jahren ab, kehrte dann nach Colorado zurück und wurde Staatsanwalt.

Ich weiß nicht, warum ich mich beim Aufwachen ein bisschen niedergeschlagen fühlte. Vielleicht hatte ich am Vorabend zu viel Heidegger gelesen. Er benutzt viele Wörter wie »primordial«, und das ist immer eine das Selbstbewusstsein verringernde Erfahrung. Die andere Möglichkeit war, dass es mich anödete, allein zu sein, während Finn offensichtlich die Gesellschaft von Jayne genießen durfte.

Ich brauchte ein ausgiebiges Lauftraining. Ich nahm zusammen mit Buck die Big Spring Road in Angriff. Wie ich erläutert habe, ist Buck ein großer Hund, und die erste Viertelmeile war wie der Versuch, Wasserski auf Beton zu fahren. Sobald die Teerstraße endete, ließ ich ihn frei laufen. Wir rannten acht Meilen – am See vorbei, um den Wertstoffhof herum und wieder zurück in die Stadt. An anderen Orten wird es Müllkippe genannt, aber hier heißt es Wertstoffhof. Manche Leute fragen mich, ob es mir Probleme bereitet, in dieser Höhe zu laufen, aber ich ziehe das Laufen in 2.500 Meter Höhe der hohen Luftfeuchtigkeit von Camp Lejeune jederzeit vor.

Als Buck und ich nach Hause zurückkehrten, war eine Nachricht auf dem Anrufbeantworter, ich solle Dick Gilbert zurückrufen. »Gute Neuigkeiten«, sagte er. »Ich habe mit dem Selbstmord-Polizisten in Boston gesprochen, und er wird mir seine Akte zuschicken. Er glaubt, dass ich meine Zeit verschwende, aber er tut es trotzdem.«

»Fantastisch«, sagte ich. »Wie sieht es mit Carolyn Chang aus?«

»Sie hatten Recht mit dieser Amanda, sie ist anders. Fragte, ob Sie mit mir Kontakt aufgenommen hätten.«

»Und?«

»Ich sagte ihr, ich hätte keine Verwendung für Privatdetektive. Das freute sie anscheinend, aber als ich Fragen über den Mord stellte, war sie nicht sonderlich entgegenkommend. Sagte, sie müsste noch mal auf mich zukommen, wenn ich ihre Akte haben wollte, aber ich bin nicht zuversichtlich.«

»Kommt Ihnen das ungewöhnlich vor?«

»Verdammt, ja, wir sollten eigentlich im selben Team sein.«

»Vielleicht ist sie die Mörderin«, sagte ich.

»Ja, das sollte ich besser mal überprüfen.«

»Danke, Dick.«

»Melden Sie sich, wenn Sie sonst noch was brauchen.«

»Mache ich.«

Das Joggen und Gilberts Anruf hatten meiner Stimmung Auftrieb gegeben. Den Rest des Tages verbrachte ich damit, sauber zu machen und andere Hausarbeiten zu erledigen. Um fünf Uhr nachmittags war es Zeit fürs Abendessen. Ich war zu faul, mir etwas Gesundes zu kochen, schob Nudeln in Rahmsoße in die Mikrowelle und tat eine Scheibe Cheddar darauf. Das rief Erinnerungen wach. Als wir einundzwanzig waren, waren Scott und ich in den Frühlingsferien per Anhalter an die texanische Golfküste gefahren. Am Ziel angekommen, hatten wir fast kein Geld mehr übrig. Wir zelteten in öffentlichen Parks und ernährten uns von Nudeln in Rahmsoße. Wenn einer von uns Geld für etwas Unnötiges ausgeben wollte, sagte der andere: »Hey, dafür kann man viele Rahmnudeln kaufen.« Es wurde für uns zu einer Währungseinheit. Ein Sixpack Bier kostete fünfundzwanzig Packungen Rahmnudeln. Ich lächelte und wählte Scotts Nummer.

»McCutcheon«, meldete er sich.

»Hey«, sagte ich, »hast du Lust auf einen Ausflug?«

# 11. KAPITEL

»Hier ist fünfundfünfzig Meilen Höchstgeschwindigkeit«, warnte Scott.

»Ich finde nicht, dass Bürokraten in Washington Geschwindigkeitsbegrenzungen für Nebraska beschließen sollten«, sagte ich. »In dieser Hinsicht bin ich eine Art Republikaner.«

Es war ein wunderschöner Sonntag, und wir brausten mit fünfundsiebzig Meilen pro Stunde über den Highway 2 in Nebraska. Wenn ich es nicht besonders eilig habe, meide ich die Interstate. Auf diese Weise sieht man mehr von der Landschaft. Das gilt besonders für Nebraska, weil die Interstate I-80 dem Fluss Platte folgt und man irrtümlich zu dem Glauben gelangt, der gesamte Staat wäre flaches Land.

Die Fenster waren geöffnet, und die säuselnde Stimme von Jerry Jeff Walker drang aus den Lautsprechern. Wheat war vorne bei uns, während Buck hinten auf der Ladefläche des Pick-ups schlief. Sie ist mit einem Teppich ausgelegt und von einem Verdeck überzogen; ich habe selbst schon mehr als einmal darin geschlafen.

»Hattest du Glück mit Thomas Tobias?«, fragte Scott.

»Ein bisschen«, antwortete ich. Ich erzählte ihm, was ich von Maria Santos erfahren hatte und wie es um seine Kreditwürdigkeit bestellt war.

»Er benutzt wahrscheinlich einen Decknamen«, meinte Scott. »Wir können ihn nur finden, indem wir mit Leuten sprechen.«

»Vielleicht«, sagte ich, »aber ich bin noch nicht bereit, das zu tun. Sobald er weiß, dass wir ihn suchen, verringern sich unsere Chancen, ihn zu finden.« Wir hatten schon viele Male über das Unsicherheitsprinzip diskutiert.

»Du bist der Boss«, erwiderte er.

Es war drei Uhr nachmittags, und wir befanden uns achtzig Meilen oberhalb des nördlichen Platte, als wir Schilder sahen, die den Staatswald von Nebraska ankündigten.

»Ich wusste gar nicht, dass es den gibt«, sagte Scott.

»Ich auch nicht.«

Die Landschaft war rau und trocken. Wir befanden uns in den Sandhügeln von Nebraska, eine Region, deren Nutzen man lange ausschließlich in der Viehzucht gesehen hatte. Hin und wieder sahen wir ein Dutzend Kühe, die sich um eine Tränke scharten. Scott sagte, die Landwirte benutzten Windräder, um Wasser aus Grundwasser-Aquifer in Ogallala hierher zu pumpen. Es war eine Region, die nicht auf einen Wald hindeutete, aber als wir in östlicher Richtung weiterfuhren, tauchten allmählich Nadelbäume auf.

Eine kurze Fahrt zu den gekennzeichneten Campingplätzen zeigte uns, dass wir den Staatswald von Nebraska für uns allein hatten. Wir hätten es an diesem Abend bis nach Lincoln schaffen können, entschieden uns aber zu zelten. Scott baute das Zelt auf, und ich bereitete ein Feuer vor. Als Pfadfinder hatten wir gelernt, zwei Stöcke aneinander zu reiben oder mithilfe eines Feuersteins Funken zu erzeugen, aber mit Brennspiritus und einem Feuerzeug geht es schneller.

Wir grillten Putenwürstchen und schlemmten gerösteten Mais. Als ich meinen zweiten Maiskolben aufgegessen hatte, ging ich zurück zum Campingplatzeingang, steckte unser Übernachtungsgeld in den Kasten und nahm eine Broschüre über den Wald mit. Wir befanden uns im größten vom Menschen angelegten Wald Nordamerikas. Mehr als 40.000 Hektar. Auf der Rückseite der Broschüre befand sich eine Karte, auf der ein Aussichtsturm, etwa drei Meilen von unserem Campingplatz entfernt, eingezeichnet war.

Ein klarer, von einer Quelle gespeister Fluss – der Middle Loup – floss durch den nördlichen Bereich des Waldes. Die Sonne stand noch hoch, sodass wir die Hunde schwimmen ließen, während wir von der Brücke in den Fluss sprangen. Dann beschlossen wir, zu dem Turm zu laufen.

Der Weg war gut markiert und nicht sonderlich steil. Ich ignorierte die Schilder, laut denen Hunde an der Leine geführt werden sollten, und ließ Buck und Wheat frei laufen; ich hoffte inständig, dass sie nicht einem Stinktier oder einem Stachelschwein über den Weg liefen. Als wir den Turm erreichten, war das Gitter vor den Stufen abgesperrt. Ein Schild warnte:

OHNE AUFSICHT HINAUFKLETTERN UNTER STRAFANDROHUNG VERBOTEN

»Das sind wieder die gottverdammten Bürokraten in Washington«, witzelte Scott. »Ich werde meine Parteizugehörigkeit ändern, wenn wir zurück sind.«

Das Gitter war nur brusthoch. Scott kletterte darüber, und ich reichte ihm Wheat. Mit Buck war es etwas schwieriger, aber wir schafften es. Wir kletterten die Metallstufen hinauf und waren leicht außer Atem, als wir oben ankamen. Scott ist übrigens ein großartiger Sportler. Zusätzlich zu seinem Training in asiatischen Kampfsportarten war er zwei Jahre lang Spieler bei den Colorado Buffalos. In einem Spiel brach er sich drei Zehen an seinem rechten Fuß, aber trotzdem gelangen ihm zwei Tore, weshalb man ihm den Spitznamen Two Toe, »Zwei Zehen«, gegeben hatte.

Inzwischen war es dunkel, und kein künstliches Licht war

zu sehen. Wir genossen den Anblick der Sterne, tranken Apfelwein, sprachen über die Liebe und das Leben und hörten einen regionalen Radiosender auf meinem Kurzwellenradio. Der DJ spielte einige großartige alte Songs, und mehr als einmal drehten wir die Lautstärke auf. Wir sangen mit, als sie *Bottle of Wine* von den *Fireballs* spielten. Wenn es die Rehe und die Antilopen störte, so sagten sie nichts.

Nach ein paar Stunden liefen wir durch die Dunkelheit zurück hinunter zu unserem Campingplatz. Die Hunde schliefen bei uns. Irgendwann mitten in der Nacht schreckten wir von einem lauten Geräusch hoch.

»Was zum Teufel war das?«, flüsterte ich und griff nach meiner Glock. Er nahm seine Taschenlampe mit Zig-Millionen-Candela-Leuchtkraft – er mag technische Spielereien –, zog den Zelt-Reißverschluss auf und bewegte den Lichtstrahl langsam hin und her. Wir sahen, dass unsere Kühlbox vom Picknicktisch geworfen worden war, und dann erspähten wir auch den Schuldigen. Ich ließ die Pistole sinken.

»Es ist ein verdammter Dachs«, sagte Scott.

»'n Dachs?«, erwiderte ich in meinem besten mexikanischen Akzent, »wir brauchen kein' stinkenden Dachs nich'.«

Die Vögel weckten die Hunde vor sechs, und die Hunde weckten uns. Wir nahmen ein belebendes Bad im Middle Loup, buken Heidelbeerpfannkuchen auf meinem Camping-Öfchen, warfen den Pick-up an und machten uns mit Scott am Steuer auf den Weg nach Lincoln.

Irgendwo auf der Strecke ließen wir das Weideland hinter uns und erreichten das Land des Maises und der Sojabohnen. Um uns herum war nicht viel mehr als sanfte Hügel und Schwarzdrosseln mit roten Flügeln, aber wir sahen auch eine Schildkröte, die bestimmt einen Durchmesser von dreißig Zentimetern hatte. Wenn es darum geht, Tiere zu entdecken, bin ich oft blind wie der sprichwörtliche Maulwurf, deshalb betrachtete ich das als gutes Omen.

Wir trafen vor Mittag in der Hauptstadt von Nebraska ein. Es war eine typische Stadt des mittleren Westens, nicht viel anders als Tulsa, Topeka, Des Moines oder Wichita. Wheat saß auf meinem Schoß, zufrieden, dass er sein kleines Gesicht und seine spitzen Ohren aus dem Beifahrerfenster strecken konnte, während wir herumfuhren, um uns ein Bild zu machen.

An einem der größeren Boulevards fanden wir ein Motel, etwa eine Meile östlich von der Universität gelegen. Es hatte einen einladenden Pool, der durch die beiden Blondinen in bunten Bikinis einen noch besseren Eindruck machte. »Sieht aus, als wäre das der richtige Ort für uns«, meinte Scott. Er wendete und fuhr den Pick-up zu einem Parkplatz neben dem Säulenvorbau.

Der Angestellte am Empfang war ein rundlicher Mann mit einem deutschen Akzent. Er erinnerte mich an Feldwebel Schultz in *Hogans Helden.* Er sah Buck und Wheat im Auto und sagte: »Keine Haustiere.« Ich griff nach meiner Brieftasche.

»Die Hunde werden keine Probleme machen«, erklärte ich. »Das sind ausgebildete Blindenhunde.« Ich reichte ihm einen Zwanzig-Dollar-Schein.

»Na ja, in dem Fall machen wir eine Ausnahme.«

Ich zahlte bar für unser Zimmer und trug uns als Bertrand Russell und Karl Popper ein, nur so zum Spaß. »Ja ja«, murmelte Scott, als wir die Lobby verließen, »Blindenhunde für die sozial Benachteiligten.«

Wir trugen unsere Rucksäcke die Treppe hoch, die Blindenhunde im Schlepptau, und stellten uns dann unter die Dusche, um den Geruch des Lagerfeuers und den Flussschlamm abzuwaschen. Es war halb zwei an einem Montagnachmittag und Zeit, etwas für unser Geld zu tun. Scott fuhr mit dem Bus in die Innenstadt. Ich las noch einmal die Zeitungsausschnitte, die Carolyn Chang betrafen. Die Artikel waren von Susan Thompson vom *Lincoln Journal Star* geschrieben worden. Vierzig Minuten später saß ich ihr gegenüber.

Wir befanden uns in einem Café in der Nähe der Universität. Sie bestellte einen Espresso, ich fragte nach einer Diät-Cola, musste mich jedoch mit der Hausmarke begnügen. Nachdem wir bestellt hatten, nahm sie einen Stenoblock aus der Tasche und deutete damit an, dass sie zum Geschäftlichen kommen wollte. »Also«, fing sie an, »Sie haben einen neuen Aspekt hinsichtlich des Chang-Mordes aufgetan?« Sie war Ende zwanzig. Langes kastanienbraunes Haar, grüne Augen. Ungefähr eins achtundsechzig groß, nette Figur. Sie trug schwarze Gabardinehosen und eine weiße Seidenbluse.

»Was wissen Sie über Carolyn Changs Arbeit?«, fragte ich.

»Sie war Mathematikerin. Ist das wichtig?«

»Es könnte sein«, sagte ich. »Sie hatte sich auf einen Bereich der Mathematik spezialisiert, der als fraktale Geometrie bekannt ist. Sie war eine der Besten in dem Bereich.«

»Ich höre.«

»Drei Monate vor Carolyn Changs Ermordung wurde der Mann, der das wichtigste Lehrbuch über fraktale Geometrie geschrieben hatte, im Staat Washington ermordet.« Ich machte eine Pause, um etwas zu trinken. »Sechs Wochen nach Carolyns Tod wurde ein Mathematiker aus Harvard tot in seinem Haus gefunden. Raten Sie mal, was sein Spezialgebiet war.«

»Erzählen Sie mir mehr«, sagte sie.

Ich berichtete über die Einzelheiten der anderen Todesfälle und erklärte, dass ich die Möglichkeit eines Zusammenhangs der drei Fälle untersuchte. Ich erläuterte ebenfalls, dass es mir nicht gelungen war, Freundschaft mit Amanda Slowiaczek zu schließen.

»Das gelingt nur wenigen«, meinte sie.

»Worin liegt ihr Problem?«

»Sie ist eine Frau in einer Männerwelt, und sie nimmt eine entsprechende Haltung ein.« Ein lateinamerikanischer Hilfskellner kam vorbei, sah die Zitronenscheibe in meiner Cola und goss Eistee dazu, bevor ich ihn daran hindern konnte. Wahrscheinlich stellte es eine Verbesserung des Getränks dar, aber vorsichtshalber bestellte ich eine neue Cola. Während ich auf mein Getränk wartete, erzählte ich der Reporterin, dass das FBI in der Angelegenheit ermittelt hatte und zu dem Schluss gelangt war, es gäbe keinen Zusammenhang zwischen den drei Todesfällen. »Ich weiß, dass das FBI involviert war«, meinte sie, »aber ich wusste nichts von den anderen Todesfällen.« Ich legte die Hände mit ineinander verschränkten Fingern auf den Tisch und musterte ihr Gesicht, während sie ihren Espresso trank. »Nachdem Sie mich jetzt auf eine möglicherweise gute Story angesetzt haben, was wollen Sie von mir?«

»Ich möchte alles wissen, was Sie im Zusammenhang mit dem Chang-Mord erfahren haben. Ich bin sicher, Sie haben Dinge gehört, die nicht gedruckt wurden.«

»Es gibt viele Dinge, die Sie mir nicht erzählt haben.«

»Ich habe Ihnen fast alles gesagt«, erwiderte ich. Thomas Tobias hatte ich nicht erwähnt. »Wenn Sie mir helfen, erzähle ich Ihnen noch mehr, wenn die Dinge sich weiterentwickeln.«

»Und wenn ich es nicht tue?«

»Haben Sie je *Die kleine rote Henne* gelesen?«, fragte ich. »Man bekommt nur Brot zu essen, wenn man beim Backen geholfen hat.« Sie lächelte.

»Okay«, sagte sie, »ich kann Ihnen ein paar Dinge erzählen, aber sie sind möglicherweise nicht sonderlich hilfreich. Nur ein paar Bruchstücke, die ich durch meine Kontakte bei der Polizei aufgeschnappt habe.« Wir unterhielten uns noch eine halbe Stunde, dann tauschten wir unsere Visitenkarten aus und gingen getrennter Wege.

Ich fütterte die Parkuhr und ging zum Zulassungsbüro der Universität, um mir ein Vorlesungsverzeichnis zu holen. »Zehn Dollar«, sagte der Angestellte. Ich wollte eine Liste der Mitglieder der mathematischen Fakultät, Angaben zu den Schulen, die sie besucht hatten, und zu ihren Spezialgebieten. Ich wusste nicht, warum, aber ich wollte es. Ich zahlte die zehn Dollar.

Als ich zum Motel zurückkehrte, waren statt der Blondinen drei schmuddelige Männer am Pool, die Frisbee spielten. Ihr roter Pontiac GTO Baujahr 1967 war neben dem Pool geparkt, und Heavy-Metal-Musik dröhnte aus den riesigen Lautsprecherboxen auf der Heckablage. Kennzeichen aus New Jersey.

Ich ging die Treppe hinauf und stellte fest, dass Scott schon vor mir zurückgekehrt war und schon Shorts angezogen hatte. »Müssen die Hunde raus?«, fragte ich.

»Schon erledigt«, antwortete er. Wheat ruhte sich auf einem der Doppelbetten aus, und Buck lag auf dem anderen, wo er an einer Bibel kaute, die die Gideons, eine Vereinigung von Christen, dorthin gelegt hatten. »Entweder das, oder es war Das Buch der Mormonen«, erklärte Scott.

»Harter Brocken«, sagte ich.

»Die Mormonen erlauben die Polygamie.«

»Guter Ansatz.« Ich zog mein Hemd aus, hängte es auf einen Bügel, setzte mich dann auf die Kante von Bucks Bett und machte mir die Schuhe auf. »Was gibt's Neues aus dem Gerichtsgebäude?«

»Nicht viel«, sagte er. »Carolyn Chang ist nie vernommen

oder verklagt worden, zumindest nicht in diesem Bezirk. Es gab keine Nachlassakte. Sie ist nie aufgefordert worden, in einer Geschworenenjury ihre Pflicht zu tun, und sie war registrierte Demokratin.«

»Was ist mit Amanda?«, wollte ich wissen. Ich zog mir die Schuhe aus und tätschelte Buck den Kopf.

»Sie hat vor ungefähr vier Jahren eine hässliche Scheidung durchgemacht. Verlor das Sorgerecht für ihre beiden Jungen.«

»Warum hat sie das Sorgerecht verloren?«

»Ihr Ehemann behauptete, sie wäre ein Workaholic, und der Richter glaubte ihm. Du bist der Experte auf diesem Gebiet, aber aus dem, was ich in der Akte gesehen habe, schließe ich, dass sein Anwalt in einer anderen Liga spielte.«

»Was machte der Ehemann beruflich?«

»Er war Immobilienmakler, aber vor zwei Jahren ist er mit den Kindern nach Florida gezogen.«

Ich fand ein Paar khakifarbene Shorts in meinem Rucksack und schlüpfte hinein. »Was ist mit dem Polizeirevier?«, fragte ich.

»Das kannst du vergessen«, meinte er. »Die Kriminalbeamten sind im dritten Stock. Wir würden es nicht schaffen, am Empfang vorbeizukommen. Es gibt eine Stahltür mit einem Magnetschloss. Man kommt nicht zu den Aufzügen oder den Treppen, wenn nicht jemand hinter der Glasscheibe auf einen Knopf drückt.«

»Könnten wir nachts hineinkommen?«

»Nein, es gibt überall Kameras, weil das Gefängnis sich im selben Gebäude befindet. Würde ohnehin nichts bringen; es sind rund um die Uhr Beamte da.«

»Ich schätze, damit ist diese Frage beantwortet.«

»Was hast du in Erfahrung gebracht?«, fragte er.

»Einiges.« Ich zog mir ein grünes Polohemd über den

Kopf. »Erstens, sie haben kein Sperma gefunden, also hat derjenige, der es getan hat, ein Kondom benutzt. Zweitens, als Carolyn an diesem Tag ihr Büro verließ, hat sie einem Kollegen erzählt, sie würde nach Hause fahren. Ihr Auto stand in der Auffahrt, weshalb man davon ausgeht, dass sie es auch bis nach Hause geschafft hat. Drittens, es gibt keine Anzeichen für einen Kampf oder ein gewaltsames Eindringen in ihr Haus.« Ich fand meine leichten Slipper und stieg hinein. »Oh ja«, sagte ich, »sie hatte eine große weiße Katze namens Schneeball, ob du's glaubst oder nicht, und die war noch im Haus, als die Polizei eintraf.«

»Vielleicht mag der Typ keine Katzen.«

»Gute Theorie, aber sie funktioniert nicht. Fontaine besaß einen Hund, den er auf der Farm seiner Eltern hielt, und Underwood hatte keine Haustiere.«

»Oh.« Er ging ins Bad und schloss die Tür. »Klingt so, als wäre sie zu jemandem ins Auto gestiegen, den sie kannte«, rief er.

»Ja, das denke ich auch.« Ich hörte die Toilettenspülung, dann das Geräusch fließenden Wassers im Waschbecken.

»Sonst noch was?«, wollte er wissen, als er wieder ins Zimmer kam.

»Ja, sie haben ein paar nicht identifizierte Schamhaare an ihrem Körper, aber das hilft ihnen nicht weiter, solange sie keinen Verdächtigen haben. Und sie wissen immer noch nicht, wo sie umgebracht wurde.« Es war fast vier Uhr nachmittags.

»Diese Musik geht mir allmählich auf die Nerven«, meinte Scott. Ich spürte, dass er schon lange über diesen Punkt hinaus war. Trotz der fünfzehn Jahre Training in asiatischen Kampfsportarten hat Scott manchmal ein aufbrausendes Temperament.

»Vergiss es«, meinte ich, »lass uns eine Pizza essen gehen und uns die Innenstadt ansehen.«

Jede Stadt in Amerika hat einen Bereich, der ›in‹ ist, und in Lincoln ist es der *Haymarket*, der »Heumarkt«, ein paar Straßenblöcke mit einhundert Jahre alten Gebäuden, die in Restaurants, Geschäfte und Lofts umgewandelt wurden. Wir schauten uns um und genossen eine Mahlzeit, die aus einer Pizza amerikanischer Art, warmen Knoblauchbrötchen und kaltem Bier aus einer winzigen örtlichen Brauerei bestand, aber als wir um sechs ins Motel zurückkehrten, dröhnte die Heavy-Metal-Musik immer noch. Ich parkte neben dem GTO, reichte Scott meine Kassettenaufbewahrungsbox und sagte: »Such dir eine aus.« Er sah sich die Kassetten an, wählte eine aus und hielt sie hoch. Ich sagte ihm, dass er gut gewählt hatte.

Wir gingen nach oben, gingen eine kurze Runde mit den Hunden um den Block, zogen unsere Badehosen an und machten uns mit unserem Gettoblaster auf den Weg zum Pool. Wir nahmen uns zwei Liegen und legten uns an das Ende des Pools, wo das Wasser tief war. Als Tammy Wynette den Song *Stand by Your Man* zu Ende geschmettert hatte, beschloss das Gesindel, es sei Zeit fürs Abendessen.

Der Rest des Abends verlief ohne Zwischenfall. Keine Dachse. Keine dröhnende Musik. Keine Blondinen.

## 12. KAPITEL

Dienstag. Tag zwei in Lincoln. Wir starteten in den Morgen, indem wir mit den Hunden joggen gingen, dann frühstückten wir in einem Pfannkuchenhaus gegenüber dem Motel. Scott nahm Eier mit Speck, ich entschied mich für eine Erdbeerwaffel.

»Wie sieht die Planung für heute aus?«, fragte er.

»Ich habe mir gedacht, ich schlendere hinüber zur Universität und unterhalte mich mit Carolyns Kollegen. Und ich habe mir gedacht, du könntest zu ihrem Haus fahren und mit ihren Nachbarn sprechen.«

»Das kann ich machen«, sagte er. Wir gingen zurück zum Motel. Ich band mir eine Krawatte um und empfahl Scott, das auch zu tun. Als Privatdetektiv verfügt man nicht über die Autorität eines Polizeibeamten, weshalb man von seiner Überzeugungskraft abhängig ist. Die Erfahrung hatte mich gelehrt, dass die Leute kooperativer waren, wenn ich professionell gekleidet war.

Da das akademische Jahr vorüber war, war an der Mathefakultät der Universität von Nebraska nicht gerade die Hölle los. Ich traf nur zwei Fakultätsmitglieder an. Das erste war Gordon Schutt, der Vorsitzende des Fachbereichs.

Er war Anfang fünfzig und sah aus, als käme er geradewegs aus den fünfziger Jahren. Sein dickes schwarzes Haar war links gescheitelt und wurde mit einer Art Gel an Ort und Stelle gehalten. Er trug eine Buddy-Holly-Brille, eine von der

Art, wie die Armee sie an neue Rekruten ausgibt. Sein lose fallendes Baumwollhemd wurde von einem dünnen schwarzen Gürtel gehalten. Er war ein Mann mit einer birnenförmigen Figur. Gut eins achtzig groß, breite Hüften, wenig Muskeln. Ich stellte mich vor und erklärte ihm, ich untersuche die Möglichkeit, dass Carolyn Changs Tod in Verbindung mit zwei anderen Todesfällen stehen könnte. Er forderte mich auf hereinzukommen.

»Ich kannte sie nicht besonders gut«, meinte er.

»Gibt es einen besonderen Grund dafür?«

»Nein, wir hatten einfach unterschiedliche Interessen und einen unterschiedlichen Lebensstil. Außerhalb dieses Gebäudes haben wir uns kaum gesehen.« Er erinnerte mich an meinem Mathelehrer in der siebten Klasse, Mister Folvin. Ich hatte den größten Teil jenes Schuljahres damit verbracht, hinten zu sitzen, ein neues Papierflugzeug zu perfektionieren und durch einen hohlen Filzstift gekaute Papierkügelchen auf Lisa Lawlor zu schießen. Was wahrscheinlich teilweise erklärt, warum ich schließlich an der juristischen statt an einer naturwissenschaftlichen Fakultät landete.

»Professor Chang war fünf Jahre hier?«

»Das kommt hin.« Er setzte seine Brille ab.

»Ich habe einige ihrer Aufsätze gelesen«, sagte ich. »Sie waren gut geschrieben.«

»Carolyn verfügte über eine außerordentlich gute Ausdrucksfähigkeit. Ich benutzte ihre Aufsätze oft als Beispiele, wie professionelle Artikel sein sollten.«

»Wissen Sie, ob sie zum Zeitpunkt ihres Todes an etwas arbeitete?«

»Nein, aber ich bin sicher, dass sie an etwas arbeitete oder schrieb. Das tat sie eigentlich immer.« Ich arbeitete mich auf meiner mentalen Checkliste weiter vor.

»Hatte Professor Chang Feinde?«

»Nicht, dass ich wüsste.«

»Ich habe Graffiti auf der Herrentoilette gesehen, die nicht gerade schmeichelhaft waren.« Zeug von Jugendlichen, größtenteils sexueller Natur.

»Carolyn konnte im Umgang mit Leuten schroff sein«, meinte er. »Und sie war durchaus bereit, Studenten, die sich nicht vorbereiteten, zu demütigen. Ihre Theorie bestand darin, dass sie entweder im Stoff mitkamen oder den Kurs sausen ließen.«

»Hatte sie Probleme mit irgendwelchen mannlichen Studenten?«

»Sie hat nie etwas Derartiges erwähnt, aber sie hätte auch versucht, solche Probleme allein zu lösen. Sie war nicht der Typ, der sich alles gefallen lässt.«

»Gab es Probleme mit männlichen Kollegen?«

»Nein, Carolyn ist mit uns allen gut ausgekommen. Außerhalb des Unterrichts war sie sehr angenehm und sympathisch.«

»Hatte sie einen Freund?«

Er lachte. »Ich wäre der Letzte, der das wüsste«, meinte er. »Ich bin seit dreißig Jahren verheiratet und achte nicht sehr auf so etwas. Vielleicht sollten Sie mit Glenda sprechen; ich glaube, sie ist hier, und wahrscheinlich ist sie diejenige, die Carolyn am besten kannte.«

Wir unterhielten uns noch zwanzig Minuten lang. Ich überlegte, ob ich ihn nach Informationen über Finn aushorchen sollte, entschied mich aber dagegen. Er und Finn standen möglicherweise noch in Kontakt, und ich wollte nichts unternehmen, was es einfacher machen würde, die Identität meiner Auftraggeberin herauszufinden. Auch wollte ich nicht, dass Finn die Wahrheit über meine Geschäfte mit Jayne Smyers herausfand.

Glenda Sarkasians Tür stand weit offen und war mit Karikaturen bedeckt. Sie trug Jeans und ein taubenblaues T-Shirt, das sie offensichtlich bei der Teilnahme an einer örtlichen Laufveranstaltung bekommen hatte. Ende dreißig, dunkle Augenbrauen, langes braunes Haar mit grauen Strähnen, straffer Körper, glatte, getönte Haut. Armenierin? Sie hatte die Füße auf den Schreibtisch gelegt und las die Tageszeitung. Angesichts der Karikaturen an ihrer Tür hielt ich es für angebracht, sie ein wenig zum Besten zu halten.

»Verzeihen Sie«, sagte ich, »dieser Schreibtisch ist Staatseigentum. Ich muss Sie bitten, die Füße herunterzunehmen.« Sie ließ die Zeitung sinken, nahm die Füße vom Tisch und sah mich an.

»Verdammt«, sagte sie, »das ist schon das zweite Mal in diesem Jahr, dass ich erwischt worden bin. Noch einmal, und ich verliere meinen Schreibtisch.« Sie schenkte mir ein warmes Lächeln.

»Eigentlich«, sagte ich, »ist mein Name Pepper Keane. Darf ich hereinkommen?«

»Bitte.« Sie machte eine einladende Handbewegung.

»Ich möchte mich gerne mit Ihnen über Carolyn Chang unterhalten.« Ich gab ihr meine Visitenkarte und erläuterte ihr die Natur meiner Ermittlung, dann nahm ich ihr gegenüber Platz.

»Ja«, meinte sie, »ich habe kurz mit dem FBI darüber gesprochen, dabei aber den Eindruck gewonnen, sie wären zu dem Schluss gelangt, die Todesfälle stünden in keinem Zusammenhang.«

»Das ist richtig«, erwiderte ich, »aber ich werde dafür bezahlt, meine eigenen Schlüsse zu ziehen.«

»Da muss jemand viel von Ihnen halten«, sagte sie.

Ich kommentierte diese Bemerkung nicht. »Professor Schutt hat mir erzählt, dass Sie und Carolyn sich nahe standen.«

»Wir waren Freunde.«

»Gute Freunde?«

»So weit würde ich nicht gehen. Wir haben uns viel unterhalten, und gelegentlich sind wir zusammen ausgegangen. Aber es war schwierig, an sie heranzukommen.« Sie saß nun gerade und hatte die Arme auf dem Tisch verschränkt. Ernst.

»Haben Sie je mit ihr über ihr gesellschaftliches Leben gesprochen?«

»Ein bisschen.«

»Hatte sie zum Zeitpunkt ihres Todes eine Beziehung zu einem Mann?«

Sie sah mir aufmerksam ins Gesicht. »Ich habe es der Polizei und dem FBI erzählt, also kann ich es Ihnen wahrscheinlich ebenso erzählen. Während der letzten ein oder zwei Jahre war Carolyn mit einem Professor der Wirtschaftsschule zusammen, einem Mann namens Dale Hawkins.«

»Kennen Sie ihn?«

»Ich habe ihn einige Male getroffen.«

Irgendetwas fiel mir an ihrer Stimme auf. »Und?«

»Ich weiß nicht. Er ist groß und gut aussehend –«

»Ich hasse ihn bereits.«

»Er ist einfach so –« Sie stockte. »Ich weiß es nicht, ich kann es nicht genau erklären, aber er hat etwas Seltsames an sich.«

»Können Sie mir ein Beispiel geben?«

Sie dachte einen Augenblick nach. »Ja«, meinte sie. »Irgendwann im letzten Herbst waren wir auf einer Party. Dale versuchte ständig, mich zu beeindrucken, erzählte mir, er wäre Analytiker bei der CIA gewesen und andere lächerliche Dinge. Ich hatte das Gefühl, er wollte mich anmachen, aber da es nur einmal passierte, habe ich es Carolyn gegenüber nie erwähnt.«

»Es ist nichts Ungewöhnliches, wenn ein Mann versucht,

eine Frau zu beeindrucken«, sagte ich. »Hatte er etwas getrunken?«

»Nein«, sagte sie, »er trinkt nicht viel. Vielleicht bin ich unfair.«

»Was können Sie mir noch über ihn erzählen?«

»Nicht viel. Wie so viele Wirtschaftswissenschaftler glaubt er, dass er alles weiß.«

Ich lächelte. »Sonst noch etwas?«

»Es ist nur meine persönliche Meinung«, fuhr sie fort, »aber ich glaube, er hat ein übersteigertes Bedürfnis nach Anerkennung.«

»Warum sagen Sie das?«

»So ist er einfach. Er mag es, im Mittelpunkt der Aufmerksamkeit zu stehen. Manchmal denke ich, er verbringt mehr Zeit damit Werbung für sich selbst zu machen, als er dem Unterrichten widmet. Er schafft es, dass sein Name öfter als der von jedem anderen Fakultätsmitglied, das ich kenne, in der Zeitung auftaucht.« Sie verschränkte die Finger. »Er hat sogar eine wöchentliche Sendung im Regionalfernsehen hier. Sie heißt *Diese Woche mit Dale Hawkins.*«

»Beeindruckend«, sagte ich.

»Er lebt, um zu beeindrucken«, erwiderte sie.

»Wer sonst wusste von den beiden?«

»Das weiß ich nicht«, meinte sie. »Ich glaube nicht, dass es jemand im Fachbereich wusste. Carolyn bestand darauf, es nicht an die große Glocke zu hängen.«

»Warum?«

»Sie wollte nicht, dass die Leute sie als jemanden wahrnahmen, der fest liiert ist. Sie wollte sich die Option offen halten, sich mit anderen Männern zu treffen.«

»Und, hat sie?«

»Ja, ich habe den Verdacht.«

»Woher?«

»Frauen merken so etwas«, antwortete sie.

Ich zweifelte nicht an ihren Worten. »Wie hätte Dale reagiert, wenn er erfahren hätte, dass sie sich mit anderen Männern verabredet?«

»Er ist nicht gewalttätig«, meinte sie. »Er hätte es für sich behalten. Er wusste, dass er mit Carolyn eine gute Sache laufen hatte – Sex ohne Verpflichtungen –, und er hätte es nicht riskiert, das aufs Spiel zu setzen, indem er sie zur Rede stellte.« Sie machte eine Pause. »Außerdem denke ich, dass auch er sich mit anderen Frauen traf.« Frauen merken so etwas.

»Klingt, als hätten sie nie geplant, zu heiraten und eine Familie zu gründen.«

»Ich glaube, das ist korrekt.«

»Wie sah es mit Carolyns Berufsleben aus? Hat sie an etwas Bestimmtem gearbeitet, als sie starb?«

»Sie hat immer an etwas gearbeitet – sie liebte es zu schreiben –, aber wir haben nicht viel über den Job gesprochen. Ich weiß sehr wenig über Geometrie und noch weniger über Fraktale.«

»Das ist ein Schuss ins Blaue«, sagte ich, »aber hatte Carolyn Interesse an Kunst?«

»Ja, woher wissen Sie das?«

»Einer ihrer Aufsätze beschäftigte sich mit dem Thema Fraktale und Kunst.«

»Ich erinnere mich daran. Ja, Carolyn malte gerne, und sie war richtig gut. Sie hat das Bild hinter Ihnen gemalt.« Ich drehte mich um und sah einen Bauernhof, umgeben von farbenfrohen Rosenstöcken.

»Es ist wunderbar.« Wasserfarben sind mir normalerweise zu gedämpft, aber Carolyns Arbeit war lebendig und voller Farbe. Sie hatte das frühe Morgenlicht perfekt eingefangen.

Wir unterhielten uns noch etwa eine Stunde lang. Falls Carolyn bedroht worden war, wusste Glenda nichts davon. Sie hatte noch nie etwas von Paul Fontaine oder Donald Underwood gehört, bis das FBI sie befragte. Wie bei Gordon Schutt war ich geneigt, sie nicht nach ihrem früheren Kollegen Stephen Finn zu fragen. Doch ich hatte ein gutes Verhältnis zu ihr aufgebaut, und eine innere Stimme drängte mich, der Sache etwas auf den Grund zu gehen.

»Stephen Finn«, sagte sie lächelnd. »Das ist ein Name, den ich schon länger nicht mehr gehört habe. Ist er in das Ganze verwickelt?«

»Ich denke nicht. Warum lächeln Sie?«

»Stephen war lustig«, antwortete sie. »Er war ein guter Lehrer, aber er war jung und offenbar einsam. Ich glaube nicht, dass es eine Frau im Fachbereich gibt, bei der er nicht zu landen versuchte.«

»Carolyn Chang?«

»Sie sind einige Male miteinander ausgegangen.«

»Waren sie zusammen?«

»Nicht, dass ich wüsste«, meinte sie. »Vielleicht hat Carolyn mit ihm geschlafen – nur um den Reiz des Neuen auszuprobieren und mit einem jüngeren Kollegen auf den Putz zu hauen –, aber es kann keine dauerhafte Sache gewesen sein. Für ihren Geschmack wäre er zu anhänglich gewesen.« Es entstand eine ungemütliche Pause, und wir lächelten beide. Die Unterhaltung war gut gelaufen, und ich mochte Glenda Sarkasian, und ich glaube, sie mochte mich auch. Ich hätte sie gefragt, ob sie mit mir ausgehen möchte, wenn ich nicht dauernd an Jayne Smyers hätte denken müssen. »Ich hoffe, ich konnte Ihnen helfen«, sagte sie.

»Sie haben mir sehr geholfen«, meinte ich und stand auf, »und ich weiß, dass Sie keinerlei Verpflichtung hatten, mit mir zu reden.« Eine letzte Frage schoss mir durch den Kopf, als ich mich schon der Tür näherte. »Nur aus Neugier«, sagte ich, »wie oft hat das FBI Sie befragt?«

»Zweimal«, antwortete sie. »Einmal persönlich und einmal telefonisch.«

»Lassen Sie mich raten. Zwei Agenten aus Lincoln haben Sie hier befragt, und ein Agent aus Denver hat Sie ein oder zwei Wochen später angerufen.«

»Ja.«

»Der am Telefon, hat er irgendeinen Eindruck bei Ihnen hinterlassen?«

Sie überlegte. »Er schien viel von sich zu halten«, meinte sie schließlich. Ich nickte wissend und verabschiedete mich.

Ich ging zurück ins Hotel, zog mich um, ging mit den Hunden eine Runde um den Block, ließ mich aufs Bett fallen und schaltete CNN ein. Ich hörte zu, wie die Moderatorin die Ereignisse des Tages zusammenfasste, während ich durch das Vorlesungsverzeichnis der Universität blätterte. Dale D. Hawkins, Professor für Finanzwesen, hatte seinen MBA, seinen Master of Business Administration, in Wharton, und seinen Doktor an der Universität von Chicago erlangt. Er war seit sechs Jahren in Nebraska.

Scott tänzelte eine Stunde später in den Raum und hielt ein großes weißes T-Shirt mit dem Aufdruck »Nebraska Football« in großen roten Buchstaben hoch. »Wir könnten uns den Einheimischen anpassen«, sagte er. »Hab auch eins für dich besorgt.« Er warf es mir zu.

»Jesus«, meinte ich, »lass uns noch Overalls und John-Deere-Hüte kaufen, wenn wir schon dabei sind.« Er zog seine lange Hose aus und schlüpfte in seine Shorts.

»Was hast du herausbekommen?«, wollte er wissen.

»Buddy Holly lebt noch, und Carolyn Chang hatte ein Verhältnis mit einem Wirtschaftsprofessor. Und du?«

»Carolyn Chang war eine Hure.«

»Eine Hure?«

»So hat eine der Nachbarinnen sie genannt. Eine kleine

alte Dame, die den ganzen Tag damit verbringt, einen Radiosender zu hören, der von Fegefeuer und Verdammnis predigt. Sie sagte, dass Carolyn manchmal überhaupt nicht nach Hause gekommen ist.«

»So eine Schlampe.«

»Manchmal blieb ein Mann bis in die frühen Morgenstunden bei ihr im Haus.«

»Immer derselbe Mann?«

»Seit einem Jahr derselbe Mann.«

»Hat sie ihn beschrieben?«

»Groß, adrett, dunkles Haar, immer mit Krawatte.«

»Dale Hawkins«, sagte ich. »MBA in Wharton.«

»Das ist sein Name?«

»Ja. Hast noch mit anderen Leuten außer der Großmutter gesprochen?«

»Ja. Es sind hauptsächlich ältere Leute in der Nachbarschaft. Einige der Häuser sind an Studenten vermietet. Ich habe mit so vielen wie möglich gesprochen, aber viele haben im letzten Winter noch nicht dort gewohnt. Von denen, die damals bereits dort lebten, haben einige sich erinnert, dass an dem bewussten Abend gegen sechs Uhr eine Limousine vor ihrem Haus stand.«

»Weiß die Polizei das?«

»Ja.«

»Hast du eine Beschreibung des Wagens bekommen?«

»Nichts Richtiges. Es war dunkel und kalt, und niemand hat richtig aufgepasst. Die vorherrschende Meinung schien mir zu sein, dass es sich um einen großen Ford oder Mercury gehandelt hat. Dunkelblau. Brandneu. Auf jeden Fall ein Viertürer. Möglicherweise mit einem Kennzeichen aus Nebraska, obwohl ein Typ darauf bestand, dass das Kennzeichen aus Colorado stammte.«

»Hat jemand die Nummer erkannt?«, fragte ich.

»Der Typ, der dachte, es wäre ein Kennzeichen aus Colorado gewesen, sagte, die ersten drei Buchstaben lauteten A-M-K. Er erinnerte sich daran, weil es seine Initialen sind.«

»Das ist Denver«, sagte ich. »Ich frage mich, ob jemand das überprüft hat.«

»Wenn es ein Kennzeichen aus Colorado war, würde das die Anzahl auf höchstens zehntausend Fahrzeuge beschränken.« In Colorado sind die ersten drei Zeichen auf den meisten Nummernschildern Buchstaben, die letzten vier sind Zahlen.

»Unter zehntausend Autos können nicht so viele brandneue Ford- oder Mercury-Viertürer sein, die dunkelblau sind.«

»Es wäre nett, wenn dieses Weibsbild von Amanda mit uns reden würde.«

»Das wird nicht passieren«, erwiderte ich. »Was hast du noch?«

»Niemand hat etwas gesehen. Niemand hat etwas gehört. Aber einige Leute schworen Stein und Bein, dass sie niemals zu einem fremden Mann ins Auto gestiegen wäre. Sie war sich der Gefahr einer Vergewaltigung sehr bewusst. Hatte Pfefferspray dabei und schreckte nicht davor zurück, Fremde zur Rede zu stellen, die anscheinend nichts in der Nachbarschaft zu suchen hatten. Sie war wie eine Bärenmutter, wenn es um die Studentinnen in der Nachbarschaft ging.«

»Sie hätte wie eine Wildkatze gekämpft, wenn jemand versucht hätte, sie gewaltsam zum Einsteigen zu bewegen.«

»Das ist der Eindruck, den ich gewonnen habe«, meinte er. »Willst du diesem Hawkins heute Abend einen Besuch abstatten?«

»Lass uns das morgen tun«, erwiderte ich. »Sicher haben die Bullen ihn befragt und auch Schamhaare von ihm genommen, weshalb ich annehme, dass er kein Verdächtiger ist.«

»Ich hatte gehofft, dass du das sagen würdest.«

»Warum?«

»Die Blondinen sind unten am Pool.« Ich schloss die Augen, weil ich wusste, was kommen würde. Zumindest würde ich mehr trinken, als ich sollte. An das Worst-Case-Szenario wollte ich nicht einmal denken. »Komm schon, Marinesoldat«, rief er, während er sein neues T-Shirt überstreifte, »die Party geht gleich los!« Was konnte ich tun? Ich zog ebenfalls mein neues T-Shirt an und folgte meinem Kumpel zum Pool.

Außer den Blondinen war niemand am Pool, aber Scott hatte den Tisch direkt neben ihnen belegt. Wirklich raffiniert. Der Tisch wurde von einem riesigen grün-weißen Sonnenschirm beschattet. »Wir sind Albinos«, erklärte er, als wir uns setzten. »Vertragen nicht viel Sonne.« Sie lachten. »Ich heiße Wally«, fuhr er fort, »und das ist mein Freund Theodore.«

»Mein Freunde nennen mich Biber«, sagte ich und sah sie über mein Fliegerbrille hinweg an.

»Monica«, sagte die größere der beiden.

»Mindy«, sagte die andere.

Wir nannten ihnen unsere richtigen Namen, und sie erzählten uns von sich. Sie hatten gerade ihr erstes Studienjahr an der USC, der Universität von Südkalifornien, beendet und waren auf dem Heimweg nach Ohio gewesen, als die Benzinpumpe in Mindys 1979er Duster den Geist aufgab. Sie saßen seit Sonntag in Lincoln fest und warteten auf das richtige Ersatzteil; sie hofften, am folgenden Tag weiterfahren zu können.

»Und was führt euch nach Lincoln?«, fragte Monica.

»Wir sind Privatdetektive«, antwortete Scott. »Wir arbeiten an einem Fall.«

»Ach, hör auf«, sagte Mindy.

»Wir sind wirklich Privatdetektive«, beharrte er. Er drehte sich zu mir um und meinte: »Zeig ihnen eine deiner Visitenkarten.«

»Erstens«, sagte ich, »bewahre ich keine Visitenkarten in meiner Badehose auf. Zweitens bin *ich* ein Privatdetektiv; *er* ist ein arbeitsloser Astrophysiker, der nur gerne mit mir zusammen ist.«

»Ein Groupie«, lachte Mindy.

»Genau«, erwiderte ich. »Das ist er. Ein Groupie.« Ich stand auf, zog mein T-Shirt aus und sprang in den Pool. Als ich wieder herauskam, hatte mein flirtbegeisterter Freund sie überzeugt, dass wir tatsächlich im Fall der rätselhaften fraktalen Morde ermittelten.

Wir vier unterhielten uns eine Dreiviertelstunde lang über alles Mögliche, angefangen beim Staatswald von Nebraska (sie hatten noch nie davon gehört) bis hin zu ihren Hauptfächern (Wirtschaft bei Monica, Anthropologie bei Mindy). Nach einer Stunde fragte Scott, ob sie mit uns zu Abend essen wollten. Sie schauten skeptisch. »Ihr seid gut aufgehoben bei uns«, versicherte er ihnen. »Wir waren Pfadfinder.«

Kurz nach sechs klopften sie an unsere Tür. Beide trugen braune Wandershorts; Mindy hatte ein blaues Hemd mit kurzen Ärmeln an und Monica ein dünnes weißes Hemd mit einem Mandarinkragen. Sie waren etwas überrascht, als sie entdeckten, dass wir uns das Zimmer mit Buck und Wheat teilten. »Ich dachte, Haustiere wären hier verboten«, sagte Mindy.

»Wir haben es nicht so mit Regeln«, antwortete ich.

»Die Pfadfinder?«, zog Monica uns auf.

»Wir kommen gut zurecht mit Regeln wie Zuverlässigkeit, Loyalität, Hilfsbereitschaft, Freundlichkeit, Höflichkeit, Fröhlichkeit, Sparsamkeit und Sauberkeit«, sagte ich, »aber wir hatten immer schon Probleme mit Gehorsam und Ehrfurcht.«

»Wir liegen damit immer noch bei dreiundachtzig Prozent«, meinte Scott.

# 13. KAPITEL

Als ich aufwachte, lag ich mit Buck zusammen im Bett und sah Scotts zerzausten Haarschopf unter der Decke des Bettes gegenüber hervorlugen. Die Sonne schien, und er kam langsam zu sich. Der digitale Wecker zeigte 8:37 Uhr an. Ich setzte mich auf die Bettkante und ging dann langsam zum Waschbecken. Ich stellte meine morgendliche Vitaminration zusammen, öffnete meine Aktentasche, fand meine Antidepressiva und fügte der Mischung vier davon hinzu. Dann füllte ich einen der Plastikbecher des Motels mit Wasser und schluckte die Pillen.

»Zu viel getrunken?«, fragte Scott.

»Nichts, das ich nicht durch Joggen wegbekommen könnte.« Ich spritzte mir kaltes Wasser ins Gesicht, kämmte mich und durchwühlte dann meinen Rucksack nach meiner Laufhose und meinen Laufschuhen. »Zieh deine Ausrüstung an«, sagte ich, »es ist Zeit.« Er beachtete mich nicht und drehte sich auf den Bauch. Ich ging mit den Hunden eine Runde um den Block, aber als ich zurückkehrte, lag Scott immer noch auf dem Bauch und hatte sich die Decke über den Kopf gezogen. »Lass uns gehen«, sagte ich. Er zeigte mir den Mittelfinger.

Ich nahm den Eiskübel, ging zu der Eismaschine am Treppenabsatz, füllte den Kübel mit Eis, kehrte in unser Zimmer zurück und fügte etwas Wasser hinzu. Dann schüttete ich ihm voller Vergnügen den gesamten Inhalt auf den Kopf. Er fluchte lauthals, zog sich aber schließlich seine Laufsachen an.

»Weißt du«, meinte er, als wir durch die Stadt trotteten, »jedes der beiden Mädels hätte mit dir geschlafen.« Wir vier hatten in einem mexikanischen Restaurant zu Abend gegessen, dann hatten wir angefangen zu trinken, waren von Club zu Club gezogen und hatten getanzt bis zwei Uhr morgens.

»Das wäre keine gute Idee gewesen«, sagte ich.

»Warum nicht?«

»Eine Spielart des Minderjährigen-Tabus.«

»Pfeif auf die Minderjährigkeit«, sagte er. »Das sind bloß die Bürokraten in Washington, die wieder mal versuchen, unser Leben zu kontrollieren.«

Ich musste lachen. »Die andere Sache ist die – ich weiß, dass sich das seltsam anhört –, dass ich das Gefühl gehabt hätte, meine Auftraggeberin zu betrügen.«

»Ich wusste, dass das kommt.«

»Woher wusstest du das?«, fragte ich.

»Ich kenne dich seit der Kubakrise. Ich merke, wenn du auf eine Frau fixiert bist.«

»Wahrscheinlich ist es eine aussichtslose Angelegenheit. Ich glaube, sie hat was mit diesem Typen, Finn.«

»Wie ist er?«, fragte Scott.

»Ich habe ihn erst ein paar Mal getroffen«, meinte ich. »Er ist jung, vielleicht sechsundzwanzig oder siebenundzwanzig. Nimmt an Triathlon-Wettkämpfen teil. Überschätzt sich ein bisschen, aber in dem Alter war ich auch so.«

»Meinst du?«

»Nur ein bisschen«, gab ich zu.

»Frag sie, ob sie mit dir ausgeht«, schlug er vor. »Wir können ihn immer noch umbringen, wenn es sein muss.« Ich lachte.

Wir liefen weiter, und ich dachte an Jayne Smyers. Sie war hübsch, daran bestand kein Zweifel. Und sie war zweifellos klug. Aber es war eine andere Eigenschaft, die mich anzog. Sie besaß einen gewissen lebhaften Optimismus – etwas, von dem ich dachte, das es mir fehlte. Ich versuchte, sie aus meinen Gedanken zu verbannen, aber ich hörte immer wieder diesen Song von Sam Cooke. *Vielleicht könnte ich ihre Liebe gewinnen, wenn ich ein Student mit Bestnoten wäre.*

Selbst um diese Uhrzeit war es schon warm und schwül. Ich war schweißbedeckt, und es fühlte sich gut an. Ich schätzte, dass wir etwa sechs Meilen gelaufen waren, als das Motel wieder in Sicht kam. Ich zog zu einem Sprint an, und Scott machte mit, aber ich war bereits am College Sprinter gewesen, und ich war immer schon schnell für meine Größe. Als er den Parkplatz erreichte, ging ich schon mit hinter dem Kopf verschränkten Händen auf und ab und atmete tief durch. Er tat dasselbe. Schließlich gewannen wir wieder die Kontrolle über unsere Atmung und blieben stehen.

»Wie sieht die Planung für heute aus?«, wollte er wissen.

»Wir frühstücken, besuchen Hawkins und machen die Düse.«

Am Wirtschaftscollege hatten wir kein Parkproblem; neben dem Parkplatz für Fakultätsmitglieder gab es jede Menge Stellplätze mit Parkuhr. Wir überflogen die Hinweistafel in der Lobby, fanden, was wir suchten, und stiegen die Treppe hinauf. Seine Tür stand offen, und er las in einem Buch, das geöffnet auf seinem Schreibtisch lag.

»Professor Hawkins?«

»Ja.« Er schob das Buch zur Seite.

»Hallo. Mein Name ist Pepper Keane, und das ist mein Partner Scott McCutcheon. Wir würden gerne mit Ihnen über Carolyn Chang sprechen.« Er wirkte weder überrascht noch ängstlich.

»Kommen Sie herein«, sagte er, während er aufstand und die Hand ausstreckte. Er war etwa eins fünfundachtzig groß und wog ungefähr fünfundachtzig Kilo. Um die fünfzig. Er sah gut aus und besaß die schlanke Taille eines Mannequins. Sein Haar war mahagonifarben, dunkelbraun mit einem Rotstich. Er trug eine graue Hose, ein weißes Hemd und eine kastanienbraune Krawatte. Ein goldener Füller steckte in der mit einem Monogramm versehenen Brusttasche. Ein passendes graues Sakko hing an einem Haken hinter der Tür. Es war ein konservativer Anzug. Wir hatten denselben Geschmack, was Kleidung betraf.

»Sind Sie von der Polizei oder vom FBI?«, fragte er. Lügen war ein Vergehen. Genauer gesagt, es war ein Vergehen, das leicht zu beweisen war.

»Weder noch«, erwiderte ich. »Wir sind Privatdetektive.« Ich reichte ihm eine Visitenkarte, und er studierte sie. »Wir untersuchen die Möglichkeit, dass Professor Changs Tod in Zusammenhang mit weiteren Todesfällen stehen könnte.« Er setzte sich und bat uns, ebenfalls Platz zu nehmen.

»Das hat das FBI erwähnt«, meinte er. Ich nahm ein Klemmbrett und einen Schreibblock aus meiner Aktentasche.

»Wir wollen so gründlich wie möglich vorgehen, also sprechen wir mit jedem, der über wichtige Informationen verfügen könnte.« Ich betrachtete den Raum. Zahlreiche Abschlussurkunden und Auszeichnungen waren stolz in zueinander passenden Chromrahmen an der Wand hinter ihm zur Schau gestellt. Eine Ego-Wand. Ein Wasserfarbengemälde von Carolyn hing an der Wand zu seiner Linken.

»Sie haben eine lange Anreise hinter sich«, meinte er. »Ich werde mein Möglichstes tun, um Ihre Fragen zu beantworten, aber ich muss um die Mittagszeit fort. Ich halte einen Vortrag an der Handelskammer.« Ich versprach, dass wir lange vorher fertig sein würden.

»Wir haben gehört, dass Sie eine Beziehung mit Frau Professor Chang hatten.«

»Etwa zwei Jahre lang«, antwortete er. Ich dachte, ich hätte den Hauch eines südlichen Akzentes bemerkt.

»Wie haben Sie sich kennen gelernt?«, fragte ich.

»Wir haben uns eigentlich durch Zufall kennen gelernt.« Die Erinnerung brachte ihn zum Lächeln. »Ich war ins Kino gegangen, und sie fiel mir auf, als ich gehen wollte. Ich wusste, dass sie an der Uni arbeitete, und bat sie, mir auf einen Kaffee Gesellschaft zu leisten.«

»Ich nehme an, die Polizei hat Sie gefragt, wo Sie in der Nacht ihres Verschwindens waren.«

»Ja. Ich war bei einem Dinner mit Fakultätsmitgliedern.« Ich schwieg. »Sie haben mich auch um Speichel- und Blutproben sowie Schamhaarproben gebeten, wenn es das ist, was Sie sich gerade fragen. Ich habe alles zur Verfügung gestellt.«

»Wann haben Sie von Professor Changs Tod erfahren?«

»Eine Kriminalpolizistin hat mich informiert. Detective Amanda Sowieso. Carolyn verschwand an einem Freitag, glaube ich, und die Polizei hat am folgenden Montag mit mir Kontakt aufgenommen.«

»Haben Sie versucht, sie zwischen Freitag und Montag anzurufen?«

»Nein, wir haben nicht täglich miteinander gesprochen. Carolyn schätzte die Zeit, die sie für sich allein hatte, und ich versuchte, das zu respektieren.« Das klang vernünftig, aber irgendetwas störte mich daran.

»Was wussten Sie über Carolyns Arbeit?« Ich versuchte, Fragen mit offenem Ende zu stellen – solche, die man nicht einfach mit ja oder nein beantworten kann.

»Ich kannte ihr Spezialgebiet, und ich wusste, dass sie leidenschaftlich gern unterrichtete, aber darüber hinaus kann ich Ihnen nicht viel sagen.«

»Was unterrichten Sie?«, fragte ich.

»Ich habe im Bereich Wirtschaftswissenschaften promoviert, Bruttosozialprodukt und so etwas, aber ich unterrichte im Bereich Finanzwesen und Investitionen.«

»Ich habe einige von Carolyns Aufsätzen gelesen«, sagte ich, »und man hat mir erzählt, wie gerne sie schrieb. Arbeitete sie zum Zeitpunkt ihres Todes an etwas?«

»Nicht, dass ich wüsste, aber wir sprachen auch nur selten über die Arbeit.«

Ich fuhr mit der Abarbeitung meiner mentalen Checkliste fort, und als mir keine Fragen zu Carolyn Chang mehr einfielen, befragte ich ihn zu seiner Person. Er hatte seine ersten Jahre in North Carolina verbracht, war aber in Chicago aufgewachsen. Er war sechs Jahre lang in Nebraska gewesen. Er hatte an einer Anzahl verschiedener Schulen unterrichtet und gab zu, dass er den akademischen Lebensstil mochte. »Ich könnte in der freien Wirtschaft mehr verdienen«, meinte er, »aber das Unterrichten bietet größere Freiheit.« Ich stand auf und war bereit zu gehen. Scott verstand den Hinweis und erhob sich ebenfalls. Dann fiel mir noch eine weitere Frage ein.

»Sie haben gesagt, Sie hätten auch mit dem FBI gesprochen?«

»Ja«, erwiderte er.

»Wie oft?«

»Nur einmal.«

»Mit ortsansässigen Agenten?«

»Ich glaube, ja.«

»Hat irgendjemand vom Büro Sie danach angerufen, um ein zweites Gespräch zu führen?«

»Nein«, sagte er. »Ich habe ihnen schon beim ersten Mal alles erzählt, was ich weiß.«

Wir dankten ihm und gingen hinaus in einen glühenden Backofen. Selbst für Nebraska war es heiß. Als wir den Fakultätsparkplatz überquerten, blieben wir stehen, um einen silbernen Jaguar zu bewundern, dann bemerkten wir das Nummernschild: DDH-PHD. »Ich würde sagen, er verdient auch recht gut im staatlichen Sektor«, meinte Scott.

Wir stiegen in den Pick-up und kurbelten die Scheiben hinunter. »Was denkst du?«, wollte ich wissen.

»Ich mochte ihn«, antwortete er. »Trotz der ganzen Scheiße an der Wand wirkte er wie ein ganz normaler Typ.«

»Finde ich auch«, sagte ich. »Er hat eine gewisse Ausstrahlung.«

»Die einzige Sache, die ich seltsam fand, war, dass er nicht versucht hat, sie anzurufen. Es ist mir egal, wie oberflächlich ihre Beziehung war. Ich habe eine Reihe solcher Beziehungen geführt, und wir haben immer zwei oder drei Mal pro Woche miteinander gesprochen. Verdammt, bevor Bobbi bei mir eingezogen ist, wurde sie sauer, wenn ich sie nicht jeden Abend anrief.«

»Irgendwas daran stört mich auch, aber ich kann nicht genau sagen, was es ist.« Ich lockerte meine Krawatte, bog in die Hauptstraße ein und fuhr Richtung Motel.

»Er hat die CIA nicht erwähnt«, scherzte Scott.

»Vielleicht ist er tatsächlich bei der CIA gewesen«, meinte ich. »Sie stellen Wirtschaftswissenschaftler ein. Wenn irgendein Bürokrat wissen will, wie viel im nächsten Monat Möhren in Finnland kosten werden, hat die Agency garantiert jemanden, der eine verdammt gute Schätzung abliefern kann.«

Wir bogen in den Motelparkplatz ein, verließen den Pick-up und gingen in unser Zimmer. »Beschäftigt dich etwas?«, fragte Scott. »Du hast diesen typischen gedankenverlorenen Blick.«

»Es ist wahrscheinlich nichts«, meinte ich.

»Was?«

»Ich finde es seltsam, dass er sich nicht erkundigt hat, wer unser Auftraggeber ist.«

»Wie meinst du das?«

»Wir platzen in sein Büro und verkünden, dass wir die Möglichkeit untersuchen, dass der Mord an seiner Freundin in Zusammenhang mit zwei weiteren Todesfällen stehen könnte – eine Theorie, die das FBI bereits verworfen hat –, und er fragt nicht einmal, für wen wir arbeiten. Das wirkt einfach sonderbar.«

»Ja«, sagte er, »das tut es. Glaubst du, jemand hat ihm gesagt, dass er mit uns rechnen muss?«

»Ich weiß nicht, wer es gewesen sein könnte«, erwiderte ich. »Niemand weiß, dass wir hier sind, außer Bobbi und meinem Bruder.«

»Wer weiß, dass wir an dem Fall arbeiten?«

»Niemand, der Hawkins anrufen würde. Ich denke, wir können Jayne Smyers, Gumby und Dick Gilbert ausschließen.«

»Was ist mit den Professoren, mit denen du gesprochen hast?«

»Der Leiter des Fachbereichs wusste nicht einmal etwas von Hawkins. Die Dozentin wusste von ihm, aber sie hat ihn anscheinend nicht gerade geliebt.«

Scott zuckte mit den Schultern und legte seine Krawatte ab. »Hey«, fragte er, »warum hast du ihn gefragt, wie oft das FBI mit ihm gesprochen hat?«

»Ich weiß es nicht«, antwortete ich. »Einige Zeugen haben mir erzählt, dass ein Agent aus Denver sie ein weiteres Mal am Telefon befragt hat, und ich glaube, es war wahrscheinlich Polk.«

»Das ist keine normale Vorgehensweise, oder?«

»Nein, aber Polk ist nicht gerade ein Teamspieler, weshalb es mich nicht überraschen würde, wenn er telefonisch nachfassen würde.«

»Warum hat er nicht dasselbe bei Hawkins gemacht?«

Ich zuckte mit den Schultern. »Wer kennt sich mit Polk

schon aus? Es klingt, als würden die körperlichen Beweismittel Hawkins recht gut entlasten, sodass vielleicht keine Notwendigkeit bestand.«

Wir gaben Feldwebel Schultz die Zimmerschlüssel zurück, dann machten wir uns auf den Weg Richtung Westen. Wheat saß auf Scotts Schoß und streckte den Kopf zum Fenster hinaus. Er schien sich wie im siebten Himmel zu fühlen, als der Fahrtwind um seine Schnauze wehte und seine spitzen Ohren nach hinten blies.

Wir waren noch nicht einmal zwanzig Meilen von Lincoln entfernt, als ich mir mit der Handfläche gegen die Stirn schlug. Ich wendete auf der Stelle und sagte: »Mein Gott, bin ich ein Dummkopf.«

»Wohin fahren wir?«, fragte Scott.

»Manhattan«, sagte ich.

»Da wäre es billiger zu fliegen«, scherzte er.

»In Kansas.«

»Du willst sehen, wo die Leiche gefunden wurde?«

»Ich will mit dem Sheriff reden. Ich wette, er hat eine Kopie von Amandas Akte.«

Wie sich herausstellte, mussten wir nicht den ganzen Weg nach Manhattan fahren. Die Leiche war in Marshall County gefunden worden, und das Büro des Sheriffs befand sich in Marysville. Wir brauchten weniger als zwei Stunden. Ein Schild am Eingang der Stadt hieß uns willkommen in der »Stadt der schwarzen Eichhörnchen«. Sicherlich gab es mitten im Ort einen kleinen Park voller schwarzer Eichhörnchen.

»Diese Reise ist eine richtige Bildungsreise«, sagte Scott. »Erst finde ich heraus, dass es in Nebraska einen Staatswald gibt. Jetzt lerne ich, dass es in Kansas schwarze Eichhörnchen gibt.«

»Ich glaube, der politisch korrekte Begriff heißt ›farbige Eichhörnchen‹.«

Die Stadt schien ausgestorben, aber jeder, der die Wahl hatte, hielt sich wahrscheinlich im Haus auf, um vor der stechenden Sonne von Kansas Schutz zu suchen. Wir aßen ein spätes Mittagessen an einem Picknicktisch aus Beton, dann machten wir uns auf die Suche nach dem Büro des Sheriffs. Es war nicht schwierig, denn die Main Street war nur vier Häuserblocks lang. Ich vermutete stark, dass es das Gebäude mit dem Fahnenmast und den Polizeiautos davor war.

Ich parkte den Pick-up auf einem der diagonalen Stellplätze. Ich stieg aus und versicherte mich, dass die Hunde Wasser hatten. Das Gebäude war offensichtlich an das viel ältere Gerichtsgebäude angebaut worden. Wir gingen hinein, und eine korpulente Beamtin in einer braunen Uniform am ersten Schreibtisch fragte, ob sie uns weiterhelfen könne. Etwa dreißig. Jede Menge Make-up, kein Lächeln. Ich sagte ihr, wir seien private Ermittler, und fragte, ob wir mit dem Sheriff sprechen könnten. Sie forderte uns auf, auf orangefarbenen Plastikstühlen Platz zu nehmen, und griff zum Telefon.

Innerhalb weniger Minuten tauchte der Sheriff aus seinem Büro auf. »Darlene hat mir gesagt, Sie sind Privatdetektive«, sagte er. Er war ungefähr einen Meter fünfundneunzig groß. Ende fünfzig oder Anfang sechzig. Er hatte ein kleines Bäuchlein, obwohl er ansonsten rank und schlank war. Er trug keine Uniform, sondern Cowboystiefel, eine braune Hose und ein kurzärmeliges Hemd im Westernstil. Sein Dienstabzeichen befand sich an seinem Gürtel. »Lee Bowen«, sagte er und streckte die Hand aus. Ich stellte uns vor, reichte ihm meine Visitenkarte und fragte, ob wir ihn vertraulich sprechen könnten. Er führte uns in sein Büro und bot uns an, Platz zu nehmen. An den Wänden hingen ein Dutzend Auszeichnungen von Bürgerinitiativen, und ein Hochglanzfoto im Format zwanzig mal dreißig Zentimeter zeigte ihn Hände schüttelnd mit Bob Dole, dem Präsidentschaftskandidaten für die Republikaner des Jahres 1996.

»Sheriff«, begann ich, »wir möchten über Carolyn Chang sprechen. Wir glauben, dass ihr Tod mit zwei weiteren Todesfällen in Verbindung stehen könnte.«

»Das FBI hat das bereits untersucht«, sagte er. Ich hatte es satt, das ständig zu hören. Er lehnte sich zurück, legte die Füße auf den Schreibtisch und verschränkte die Hände hinter dem Kopf.

»Auf die Gefahr hin, großspurig zu klingen«, erwiderte ich, »ich glaube nicht, dass die ihren Job gut gemacht haben.«

Er lächelte. »Ihr juristischer Abschluss befähigt sie, dieses Urteil zu fällen?« Er hatte das J. D. für Juris Doctor auf meiner Visitenkarte bemerkt.

»Ich war Staatsanwalt. Ich weiß, wie eine gute Ermittlung aussieht.«

»Ihr Burschen habt wirklich eine gewisse Großspurigkeit an euch«, meinte er. Er legte eine Pause ein und stopfte etwas Tabak in eine alte Pfeife. »Natürlich ist ein gewisses Maß davon im Gesetzesvollzug keine schlechte Sache.«

Mir fiel ein kleines Schwarz-Weiß-Foto eines Footballteams an der Wand hinter seinem Schreibtisch auf. Die Spieler waren alle weiß und hatten Bürstenhaarschnitte.

»Sie spielen Football?«, fragte ich.

»Ein bisschen.« Darlene klopfte an die Tür und bat den Sheriff, kurz herauszukommen. Während er weg war, betrachtete ich das Foto genauer. Es war ein Mannschaftsfoto der Philadelphia Eagles im Jahr 1965. Er stand in der dritten Reihe.

»Meine Güte«, sagte Scott.

Der Sheriff kam zurück und schloss die Tür. »Einer unserer Spinner«, erklärte er. »Sie wollte mir sagen, sie hätte zwei verdächtig aussehende Fremde in der Stadt gesehen. In einem grünen F-150 mit einem Kennzeichen aus Colorado.

»Sollen wir Ihnen helfen, sie zu finden?«

»Ich wollte diesen Job nicht einmal«, sagte er. »Der einzige Grund, warum ich kandidiert habe, war, dass der alte Duncan Grimm größenwahnsinnig wurde. Fing an, vier Sterne an seinem Kragen zu tragen und Jugendliche vor Gericht zu zerren, weil sie im Tümpel im Steinbruch schwimmen gegangen sind.«

»Was haben Sie vorher gemacht?«, fragte ich.

»Habe ein bisschen Landwirtschaft betrieben und mit meinen Söhnen Brunnen gegraben. Aber deshalb sind Sie nicht hier.« Er steckte sich seine Pfeife an. Der Geruch war süßlich und angenehm.

»Nein«, antwortete ich. »Um offen zu sein, wir hoffen, dass wir Einsicht in Ihre Akte nehmen dürfen.«

»Ihr scheint euch ziemlich sicher zu sein, dass es einen Zusammenhang zwischen diesen Todesfällen gibt.« Er lehnte sich zurück und legte die Füße wieder auf den Tisch.

»Wir sind nicht sicher«, sagte ich, »aber die Wahrscheinlichkeit, dass drei Matheprofessoren –«

»Ich verstehe, in welche Richtung Sie denken«, meinte er. »Ich bin ausgebildeter Geologe, und auch meine beiden Söhne sind Geologen, sodass ich alter Cowboy doch tatsächlich ein bisschen über Fraktale weiß.« Er sog an seiner Pfeife. »Aber weshalb glauben Sie, dass Sie etwas finden können, was dem FBI entgangen ist?«

»Ich habe schon etwas gefunden, das dem FBI nicht aufgefallen ist«, sagte ich. Ich erzählte ihm von Fontaines Bezugnahme auf Underwood in der dritten Auflage seines Lehrbuchs. Er lächelte. Ich hatte den Eindruck, dass es zwischen ihm und dem Büro gewisse Spannungen gegeben hatte. »Sheriff«, fuhr ich fort, »wir haben schon viel Arbeit in diesen

Fall gesteckt.« Ich fasste unsere Bemühungen zusammen, einschließlich meiner Reise nach Walla Walla, unseres Besuchs in Nebraska und der Suche nach Thomas Tobias. »Das Problem, vor dem wir jetzt stehen, besteht darin, dass die Kriminalbeamtin in Lincoln uns ihre Akte nicht geben will; deshalb hoffen wir, dass wir einen Blick in Ihre Unterlagen werfen dürfen.«

»Ja«, sagte er, »sie ist eine charmante Frau.« Er schwang seine langen Beine vom Schreibtisch, setzte sich gerade hin und drückte mit der Pfeife in der Hand auf den Knopf der Gegensprechanlage. »Darlene«, sagte er, »bringen Sie bitte die Chang-Akte zu mir, ja?«

»Sofort, Sir.«

»Ich schätze, es tut keinem weh, wenn ich euch Burschen zeige, was wir haben. Wir haben jede Menge Fotos gemacht und mit vielen Leuten gesprochen. Der Coroner des Landkreises hat die Obduktion durchgeführt, aber wir haben einen Gerichtspathologen aus Wichita zur Überprüfung hinzugezogen.«

»Haben Sie Kopien der Berichte aus Lincoln?«

»Müsste ich haben.« Darlene kam herein, reichte dem Sheriff eine Akte und blieb hinter ihm stehen. Er legte die Pfeife auf den Tisch und durchblätterte die Akte. »Bingo«, meinte er, »wir haben tatsächlich einige Berichte von der Polizei in Lincoln.«

»Fantastisch«, sagte ich. Er gab Darlene die Akte zurück.

»Darlene«, meinte er, »zeigen Sie diesen Herren, wo der Kopierer steht, und lassen Sie sie kopieren, was immer sie möchten. Dann überprüfen Sie bitte, ob wir jemals einen Mann namens Thomas Tobias festgenommen haben. Sie werden Ihnen die nötigen Informationen geben.«

»Klar, Sheriff.« Wir folgten Darlene und kopierten jedes Dokument und jedes Foto in der Akte. Der Kopierer hatte keinen automatischen Einzug, weshalb wir Seite um Seite einlegen mussten. Es dauerte fast zwanzig Minuten. Darlene saß an ihrem Schreibtisch und lächelte kein einziges Mal. Wir verabschiedeten uns gerade vom Sheriff, als sie in seinem Büro auftauchte. »Keine Festnahme von Thomas Tobias«, verkündete sie.

»Hilft das euch Burschen?«, fragte der Sheriff.

»Sheriff«, antwortete ich, »wir können Ihnen gar nicht genug danken.«

»Tun Sie mir einen Gefallen«, meinte er, »halten Sie mich auf dem Laufenden. Es würde mir sehr gefallen, wenn ihr beweisen könntet, dass das FBI Unrecht hatte.«

»Machen wir«, versprach ich ihm.

Wir nahmen unsere neuen Schätze, gingen an dem verdächtigen Ford Pick-up vorbei, überquerten die Straße und betraten den Park. Ein schwarzes Eichhörnchen jagte spielerisch hinter einem grauen Eichhörnchen auf einem Baum hinterher. »Wenn die Menschen nur immer so miteinander umgehen könnten«, meinte Scott. Wir ließen uns auf einer Bank nieder und fingen an zu lesen.

Carolyn Changs Leiche war in einem Graben auf einer Farm etwa neun Meilen südlich von Marysville gefunden worden. In der Nähe des Big Blue River – ein Rinnsal, das, danach, was ich von ihm gesehen hatte, besser Kleiner Matschbach genannt worden wäre. Sie war sechsunddreißig bis achtundvierzig Stunden tot gewesen, und sie hatten Glück gehabt, sie so schnell zu finden. Ihre Leiche war mitten im Winter abgeladen worden, in einer Zeit, zu der die Farmer selten auf den Feldern waren. Wäre nicht eine Kuh entlaufen, wäre ihre Leiche vielleicht erst im Frühling gefunden worden.

Aus dem Winkel, aus dem die Stichverletzungen zugefügt worden waren, hatte der Pathologe geschlossen, dass der Täter wahrscheinlich Linkshänder war. Es gab wenig Blut am

Tatort, was darauf hindeutete, dass sie an einem anderen Ort getötet worden war. Vermutlich war sie irgendwo zwischen ihrem Heim und dem Graben, in dem man ihre Leiche gefunden hatte, ermordet worden. Wo auch immer das gewesen sein mochte, die Natur hatte wahrscheinlich schon seit langem jede sichtbare Blutspur verwischt.

Es gab keinen Zweifel, dass Carolyn vergewaltigt worden war, bevor man sie erstochen hatte. Wie Susan Thompson schon gemeint hatte, ging aus dem Bericht des Pathologen hervor, dass ihr Peiniger ein Kondom benutzt hatte. Sie hatte sich kräftig gewehrt; in ihrem Gesicht und auf ihren Armen befanden sich zahlreiche Blutergüsse und Kratzwunden, und unter ihren Fingernägeln fand man Hautpartikel. Die Untersuchungen dieser Hautpartikel und der nicht identifizierten Schamhaare ergaben, dass es sich um nur einen Angreifer gehandelt hatte. Trotz seines lockeren Auftretens hatte Sheriff Bowen offensichtlich gute Arbeit geleistet. Er und seine Beamten hatten jeden Anwohner in die Mangel genommen sowie alle Personen auf der Durchreise, die eine kriminelle Vergangenheit mit Gewalttaten oder sexuellen Übergriffen aufwiesen, aber es konnten keine wirklich Tatverdächtigen ausfindig gemacht werden.

Das Polizeirevier in Lincoln hatte Sheriff Bowen freundlicherweise Kopien seiner Berichte zukommen lassen. Ich widmete ihnen besondere Aufmerksamkeit, konnte aber beim besten Willen nicht feststellen, warum Amanda sich so gesträubt hatte, ihre Informationen mit anderen zu teilen. Die Unterlagen bestanden größtenteils aus Aussagen von Carolyns Kollegen, Freunden und Nachbarn. Mit einer Ausnahme enthüllten sie nichts, was wir nicht bereits erfahren oder vermutet hatten.

Dale Hawkins hatte bereitwillig Schamhaarproben zur Verfügung gestellt, aber sie stimmten nicht mit den bei der Leiche gefundenen überein. Eine Liste von Einwohnern aus Nebraska, die ein neues Modell eines dunklen Crown Victoria oder eines Marquis besaßen, war mit einer Liste von Gewaltverbrechern abgeglichen worden, aber auch dabei waren keine Tatverdächtigen aufgetaucht. Amanda hatte auch mit der Kfz-Zulassungsstelle in Colorado Kontakt aufgenommen, aber es gab keine Fahrzeuge mit den Buchstaben A-M-K zu Beginn des Kennzeichens, deren Beschreibung auf die Limousine passte, die in der Nacht von Carolyns Tod vor ihrem Haus gesehen worden war.

Das einzige neue Detail besagte, dass Carolyn Chang vor einigen Jahren eine Klage wegen sexueller Belästigung bei der Polizei von Lincoln angestrengt hatte. Amandas Bericht enthielt weder Details zu dieser Anklage noch den Namen des Beschuldigten. Sie schrieb:

*Die Beweislage zeigt, dass die Klage wegen sexueller Belästigung, die das Opfer vor einigen Jahren eingereicht hat, in keinem Zusammenhang mit der Straftat steht, auf die sich diese Ermittlung bezieht. (Siehe Bericht Nr. CC-154783-1.) Der Verdächtigte in jenem Fall ist kein Verdächtiger im Fall der Ermordung des Opfers.*

Bericht Nr. CC-154783-1 war Sheriff Bowen nicht übermittelt worden.

Als Scott und ich alle Unterlagen gelesen hatten, sahen wir uns die Fotos des Fundortes und der Obduktion an. Ich hatte während meiner beruflichen Laufbahn schon jede Menge solcher Fotos gesehen und war sogar bei einigen Obduktionen dabei gewesen, aber für Scott waren solche grausigen Fotos eine neue Erfahrung. Er schüttelte bloß den Kopf und murmelte: »Dieser Typ war krank.«

»Oder er wollte, dass man das denkt.«

»Dann war er noch kränker.«

»Ja.« Wir saßen noch einige Minuten dort, dann klatschte ich in die Hände und sagte: »Lass uns aufbrechen.«

Ich startete den Pick-up, schob eine alte Merle-Haggard-Kassette ins Laufwerk, hielt kurz an, um etwas zu trinken zu kaufen, und fuhr dann auf der US 36 Richtung Colorado. Wir hätten es in acht Stunden bis Boulder schaffen können, aber es war schon fast vier Uhr nachmittags, und wir beschlossen, nur die Hälfte der Strecke zu fahren.

Wir erreichten den *Prairie Dog State Park* kurz vor acht. Es war immer noch warm, aber wir befanden uns jetzt auf den Hochebenen von Kansas, und die Luftfeuchtigkeit war deutlich geringer als in Marysville. Der Park lag östlich von Reager, und der offensichtliche Grund für sein Bestehen war ein Wasserreservoir. Wir fanden einen abgelegenen Bereich am See und stellten unser Zelt auf, während die Hunde im Wasser herumtollten.

Als die Sonne unterging, zündeten wir ein Feuer an, später aßen wir Rahmnudeln unter dem Sternenhimmel. »Das ruft schöne Erinnerungen wach«, meinte Scott. Ich nickte zustimmend.

Als es richtig dunkel wurde, war ich nicht im Geringsten müde, wahrscheinlich wegen der ganzen Cola. Also suchte ich die Coleman-Lampe hervor, die ich im Jahr 1978 gekauft hatte, setzte mich hinten auf die Ladefläche des Pick-ups und las *Sein und Zeit*.

Heidegger argumentierte, dass unser auf den Menschen konzentriertes Bild verantwortlich sei für den Missbrauch der Natur und für viele der Probleme der modernen Welt. »Hör dir das an«, rief ich Scott zu, der an einem Picknicktisch saß und die Sterne betrachtete. *»Ein einziges Wesen, nämlich der Mensch, glaubt, dass das Sein für ihn existiert.«*

»Heidegger wäre in meinen Augen viel glaubwürdiger«, erwiderte er, »wenn er kein verdammter Nazi gewesen wäre.« Wie ich interessierte auch Scott sich für Philosophie. Man kann kein Astrophysiker sein und kein Interesse an Philosophie haben. Er kam zum Pick-up, um seine Zahnbürste aus seinem Kulturbeutel zu nehmen.

*»Eine dumme Übereinstimmung ist das Schreckgespenst des kleinen Verstandes«*, scherzte ich. Aber er hatte Recht. Es ließ sich nicht leugnen, dass Heidegger, der im Allgemeinen als einer der großen Philosophen des zwanzigsten Jahrhunderts betrachtet wird, bis zum Ende des Zweiten Weltkrieges ein Nazi gewesen ist. Später nannte er seine Verbindung mit den Nazis einen »Schnitzer«, aber er versuchte nie, sich für seine Unterstützung der Partei zu rechtfertigen. Ich legte das Buch zur Seite, kletterte vom Auto herunter und bereitete mich auf das Zubettgehen vor.

Es war immer noch warm, weshalb wir uns entschlossen, auf unseren Schlafsäcken zu liegen, statt hineinzukriechen. Wären da nicht die Stechmücken gewesen, hätten wir unter dem Sternenhimmel schlafen können. Die Hunde teilten sich natürlich das Zelt mit uns. Sie rochen so, wie es sich für nasse Hunde gehört.

»Wie sieht diese Matheprofessorin eigentlich aus?«, wollte Scott wissen.

»Ich weiß nicht«, meinte ich, »so ähnlich wie eine groß gewachsene Version von Courteney Cox oder Elizabeth Vargas.«

»Klingt nicht schlecht.«

»Das ist typisch für dich«, neckte ich ihn. »Für dich ist nur wichtig, wie eine Frau aussieht. Ich dagegen versuche, den ganzen Menschen zu betrachten.«

»Schlaf gut«, sagte er.

»Spaß beiseite«, fuhr ich lachend, aber unbeirrt fort, »du bist so oberflächlich. Warum kannst du die Menschen nicht nach ihrer inneren Schönheit beurteilen?«

»Leck mich doch!«

Ich lachte und drehte mich auf den Bauch.

Nach unserer obligatorischen Runde Schwimmen am nächsten Morgen hielten wir in der Stadt an, um zu frühstücken. Es war eine kleine Tante-Emma-Version des Waffelhauses. Im gläsernen Eingangsbereich standen ein paar Spielautomaten, und die Scheiben waren mit Ankündigungen von Rodeos und Farmauktionen bedeckt. Das Restaurant war beinahe leer. Ein paar ältere Leute tranken an der Theke Kaffee. Fünf Männer in Overalls und Basketballmützen saßen an einem großen Tisch im hinteren Bereich. Es war noch nicht einmal sieben Uhr.

Als wir nach einigen Minuten von niemandem begrüßt worden waren, setzten wir uns an einen Tisch im Nichtraucherbereich. Alle Tische links vom Eingang befanden sich im Nichtraucherbereich. Ein Kellnerin in Jeans und einem weißen Cowgirl-T-Shirt bemerkte uns schließlich und sagte: »Ich bin gleich bei Ihnen.« Sie hieß Pammy, wie uns ihr Namensschild verriet, und sah aus, als wäre sie eine High-School-Schülerin im zweiten Jahr.

Sie brachte uns Wasser und Kaffee, während wir auf unser Frühstück warteten. In den nächsten zwanzig Minuten strömten allmählich Leute in das Lokal. Direkt nachdem ich meine Pfannkuchen bekommen hatte, schlenderten drei Motorradfahrer, alle etwa Mitte dreißig, herein und setzten sich an den Nachbartisch. Alle drei rauchten. Der Kleinste, dem ich den Spitznamen Winzling gab, war etwa eins fünfundachtzig groß und muss rund hundert Kilo gewogen haben. Alle drei trugen vergammelte Jeans und schwarze Lederwesten. Lange, fettige Haare. Winzling trug ein Kopftuch und hatte sich in den linken Augenwinkel eine kleine Träne tätowieren lassen. Einer der anderen hatte ein Tattoo »White Power« quer über dem einen Unterarm. Scott sah mich an und verdrehte die Augen.

Wir ignorierten den Qualm, aber Pammy tat das nicht. »Jungs, ihr müsst diese Dinger ausmachen«, sagte sie ihnen. »In diesem Bereich des Restaurants darf nicht geraucht werden.« Zwei der Männer nahmen einen letzten Zug und drückten ihre Zigaretten aus, aber Winzling beschloss, es ihr schwer zu machen.

»Hey, Süße«, sagte er, »ich bin der Typ Mann, der an etwas saugen muss. Du weißt, was ich meine?« Blitzschnell drehte Scott sich um und packte ihn fest am Oberarm.

»Hey«, sagte Scott, »kannst du das Schild nicht lesen?«

»Doch, ich kann das verdammte Schild lesen«, röhrte der Mann, während er seinen massigen Körper hinter dem Tisch hervorschob und auf Scott zukam. In einer einzigen fließenden Bewegung glitt mein Freund hinter dem Tisch hervor, ergriff das rechte Handgelenk des Mannes mit beiden Händen, stieß einen gellenden Schrei aus und zwang mit einer schnellen Bewegung den Angreifer in die Knie. Ich stand vorsichtshalber auf. Schockiert kam Pammy an meine Seite. Alle Augen waren auf Scott gerichtet.

Bevor Winzlings Kumpel aus ihrer Sitzecke aufstehen konnten, blickte Scott sie an und meinte: »Tut es nicht, oder ich breche ihm jeden Knochen seines Handgelenks. Es gibt acht davon, wenn man das Kahnbein mitzählt.« Winzlings Kumpel warfen mir einen Blick zu. »Bist du auch ein Karate-Mann?«, fragte einer.

»Nein«, erwiderte ich, »aber bei mir hat sich im Laufe meiner Kindheit viel Wut angestaut.« Sprachlos ließen sie sich wieder auf ihre Stühle sinken.

»Soll ich den Sheriff rufen?«, fragte Pammy.

»Ich glaube nicht, dass das nötig ist«, meinte ich.

Scott sah auf seinen Angreifer hinunter. »Entschuldige dich bei dem Mädchen«, sagte er. Er verdrehte das Handgelenk des Mannes ein bisschen mehr, um der Aufforderung Nachdruck zu verleihen.

Der Mann hatte offensichtlich Schmerzen, konnte sich aber

nicht rühren. Er blickte zu Pammy auf und sagte: »Es tut mir Leid.«

»Gut«, sagte Scott. »Ich lasse dich jetzt los«, fuhr er fort, »und du setzt dich zu deinen beiden Kumpels und tust, als wäre nichts passiert, verstanden?« Mit verzerrtem Gesicht und zusammengebissenen Zähnen nickte der Mann. »Und wenn du oder einer deiner Freunde auch nur den Versuch macht, mich anzugreifen, dann bringe ich den, der mir am nächsten ist, um. Kapiert?« Der Mann nickte wieder. Langsam lockerte Scott den Griff und erlaubte ihm aufzustehen. Dann ließ er ihn ganz los und sah zu, wie Winzling sich wieder zu seinen Freunden gesellte. Scott behielt die drei im Blick, während er sich wieder hinsetzte.

»Du willst dich sicher bei etwas Kaffee entspannen«, sagte ich.

»Verdammte Schwachköpfe«, sagte er. Ich lachte nur und goss mehr Sirup über meine Pfannkuchen.

Als wir fertig waren, brachte Pammy uns die Rechnung, dankte Scott für sein ritterliches Benehmen und sagte uns, wir sollten an der Kasse zahlen.

Ich hielt mein Scheckheft noch in der Hand, als wir in den Pick-up kletterten, und dabei fiel mir ein Dreijahreskalender auf der Rückseite des Scheckheftes auf. Ich studierte den Dezember des vergangenen Jahres. »Mir ist gerade klar geworden, was mich daran gestört hat, dass Hawkins Carolyn nicht angerufen hat.«

»Was ist es?«, fragte Scott.

»Carolyn verschwand am Freitag, dem 19. Dezember, und Hawkins erfuhr erst am nächsten Montag von ihrem Tod.«

»Und?«

»Der 19. war der letzte Schultag vor den Weihnachtsferien. Die meisten Paare hätten für dieses Wochenende gemeinsame Pläne gehabt.«

»Und selbst falls nicht, dann hätten sie miteinander gesprochen, um Pläne für Heiligabend oder die Weihnachtsfeiertage zu schmieden.«

»Genau«, antwortete ich.

»Muss eine merkwürdige Beziehung gewesen sein«, meinte er.

»Allerdings«, erwiderte ich.

Ich startete den Wagen und fuhr los. Scott schlief prompt ein. Wir überquerten die Grenze nach Colorado. »Wo sind wir?«, fragte er, als er zwei Stunden später wieder wach wurde.

»Ich weiß es nicht«, sagte ich, »aber ich habe fast zwanzig Jahre darauf gewartet, das sagen zu können.«

»Was denn?«

»Two Toe, ich habe das Gefühl, wir sind nicht mehr in Kansas«, zitierte ich aus dem Zauberer von Oz.

# 14. KAPITEL

Hier ist mein Ergebnis«, sagte Gumby, »die Deregulierung im Telekommunikationssektor hat die ganze Sache mit den Telefondaten zu einem Albtraum gemacht.« Er war makellos gekleidet. Olivgrüner Anzug, gestärktes weißes Hemd, rot-gold gestreifte Krawatte, neue Schuhe aus Korduanleder. »AT&T bewahrt die Telefondaten nur eineinhalb Jahre lang auf. Die meisten der kleinen Telefongesellschaften für Ferngespräche führen nicht einmal die Rechnungsstellung selbst durch; ihre Belastungen tauchen auf der monatlichen Rechnung der örtlichen Telefongesellschaft auf.«

»Also hängt die Sache in dieser Situation von der Geschäftspolitik der örtlichen Gesellschaft ab?«

»Das ist das Problem. Einige von ihnen heben die Aufzeichnungen zehn Jahre lang auf. Die meisten speichern die Informationen aber nur ein oder zwei Jahre.« Er nahm einen Schluck von seinem Eistee. »Polk hat es vorschriftsmäßig gemacht. Sein Bericht zeigt, dass er die Telefondaten für die privaten und dienstlichen Nummern aller drei Opfer überprüft hat und ebenso ihre Telefonate per Handy. Dittmer selbst hat den Bericht kontrolliert. Das Ergebnis war, dass alle Aufzeichnungen, die eine Verbindung zwischen diesen Leuten hätten zeigen können, vernichtet worden sind.« Es war zwanzig nach elf an einem Freitagvormittag. Wir befanden uns in einem Steakhaus, einem bevorzugten Treffpunkt von Yuppies in der Innenstadt von Denver. Die Mittagsgäste strömten herein. Es war klug von uns gewesen, früh zu kommen.

»Der Kriminalbeamte in Walla Walla hat Fontaines Computer von einem Techniker untersuchen lassen«, sagte ich und bestrich ein warmes Brötchen mit Butter. Er verstand, dass meine Bemerkung als Frage gemeint war.

»Carolyns einziger Computer war der in ihrem Büro«, antwortete er. »Bis man uns einschaltete, hatte die Universität ihn an jemand anderen weitergegeben, und derjenige hatte eine größere Festplatte installiert, sodass wir nicht mehr viel tun konnten. Unsere Leute haben ihre Disketten überprüft, haben aber nichts gefunden.« Der Kellner brachte unsere Salate und bot uns frisch gemahlenen Pfeffer an. Gumby wollte welchen, ich lehnte ab. Trotz meines Namens lege ich keinen Wert auf scharfe Gewürze.

»Was ist mit Underwoods Computern?«, fragte ich.

»Er hatte einen im Büro. Unsere Leute haben ihn untersucht, konnten aber keinen Hinweis darauf entdecken, dass Underwood je mit den anderen Opfern Korrespondenz geführt hat.« Er nahm seine Salatgabel in die Hand und spießte eine Tomatenscheibe auf. »Eigentlich konnten sie gar nichts finden«, fügte er hinzu. »Der Typ hatte einen Zigtausend-Gigabyte-Computer, aber er benutzte ihn nur, um im Internet zu surfen.«

»Da du gerade vom Internet sprichst«, sagte ich, »gab es Anzeichen dafür, dass Underwood mit seinem Computer pornografische Seiten besuchte?«

»Was hat das denn damit zu tun?«

»Wenn der Typ pervers genug war, sich ein Seil um den Hals zu legen und dabei zu masturbieren, dachte ich mir, dass er sich vielleicht für so etwas interessiert haben könnte.«

»Nein, wir haben nichts in der Richtung gefunden.«

»Wie sieht es mit Sekretärinnen aus?«, wollte ich wissen. »Falls Fontaine und Underwood Briefe im Hinblick auf das Lehrbuch ausgetauscht haben, sollte man meinen, dass es jemanden gibt, der sich daran erinnert, die Briefe getippt zu haben.«

»Wir haben das überprüft«, antwortete er, »aber viele Professoren schreiben ihre Briefe selbst. Keiner der Leute, die wir befragt haben, konnte Hinweise auf mögliche Kontakte zwischen den Opfern geben. Die 302er-Formulare sind in der Akte.« Eine vollständige Kopie der FBI-Akte befand sich in einem Ordner zu meinen Füßen. Ich stocherte in meinem Salat, während ich versuchte, einen Sinn in das zu bringen, was ich erfahren hatte.

»Danke, dass du mir die ganzen Informationen gegeben hast«, sagte ich schließlich. »Ich weiß, dass du das nicht hättest tun müssen.«

»Du hast meine Neugier mit dieser Lehrbuch-Sache geweckt.«

Wir aßen weiter und unterhielten uns über Dinge, die nichts mit dem Fall zu tun hatten. Dinge, wie mein Leben in Nederland und seine zweite Eheschließung vor kurzem. Es war auch eine Gelegenheit für mich, den aktuellen Klatsch zu erfahren, den ich immer amüsant gefunden hatte, als ich noch im Regierungsgebäude gearbeitet hatte.

»Was passiert denn so beim FBI?«, fragte ich. »Gibt es neuen Klatsch?«

»Keinen, an dem ich teilhabe«, erwiderte er. »Ich habe sowieso schon Probleme mit Dittmer. Er ist von der alten Schule, und in der letzten Zeit hat er sich wie ein richtiger Scheißkerl aufgeführt. Er würde mir die Eier abschneiden, wenn er herausfindet, dass ich dir diese Scheiße gegeben habe. Er war von Anfang an stocksauer, dass wir Arbeitskraft für diesen Fall verschwenden mussten.«

»Wie sieht seine Lebensgeschichte aus?«, fragte ich. »Ich habe gehört, er war eine Art Spion in Vietnam.«

»Er spricht kaum darüber«, meinte Gumby, »aber man hat ihm den Silbernen Stern verliehen. Spricht fließend vietnamesisch. Hat einige Geheimaufträge da drüben erledigt. Er ist einer dieser Typen mit grünem Barett, die dich auf ein Dutzend verschiedene Arten umbringen können. Ist seit fünfundzwanzig Jahren beim Büro. Seine nächste Aufgabe sollte eigentlich in D. C. sein, aber der Direktor hat einer Frau den Vorzug gegeben, die den Job erst seit neun Jahren macht. Du kannst dir vorstellen, wie er sich hier jetzt fühlt.«

»Ja, du hast mir schon davon erzählt«, sagte ich.

»Dann ist seine Frau an Krebs erkrankt.«

»Warum bist du in Schwierigkeiten?«, wollte ich wissen.

»Letztes Jahr hatten wir einen Fall mit einem Bankraub«, erzählte er. »Jetzt können wir die Tatwaffe nicht finden, weshalb alle Beteiligten genau unter die Lupe genommen werden.«

»Wer hat sie registriert?«

»Das wird dir den Tag retten!«

»Polk?«

»Ja.« Er sah mich grinsen und lachte.

»Braucht ihr die Waffe?«, fragte ich.

»Nein, wir haben den Kerl auf Video, und er hat ohnehin gestanden, aber er hat im Gefängnis eine religiöse Konvertierung durchgemacht – und jetzt sagt Allah ihm, die Waffe soll bei Gericht gezeigt werden. Dass wir die Waffe verloren haben, lässt uns schlecht aussehen – und du weißt, wie das Büro darüber denkt.« Die letzte Bemerkung bezog sich auf den Big-Crow-Fall.

Als stellvertretender US-Staatsanwalt war ich beauftragt worden, ein indianisches Stammesmitglied anzuklagen, das beschuldigt worden war, ein dreijähriges Mädchen im Reservat Ute in Südcolorado missbraucht zu haben. Walter Big Crow hatte gestanden, weshalb der Fall eigentlich klar war, aber später versuchte er, sein Geständnis zu widerrufen. Er behauptete, zwei FBI-Agenten hätten ihn mit Schlägen zu dem Geständnis gezwungen. Ich hatte solche Behauptungen schon oft gehört und maß dem keine große Bedeutung bei, aber er war so schlau gewesen, sich vom medizinischen Personal im Gefängnis seine Verletzungen schriftlich bestätigen zu lassen. Ich führte eine Ermittlung durch und erfuhr, dass einer der Agenten gegenüber Mike Polk mit dem Vorfall geprahlt hatte. Big Crows Geständnis war nichts mehr wert, und die Klage gegen ihn wurde fallen gelassen.

Ich stützte mich auf Polks zögerliche Zeugenaussage und erreichte eine zivilrechtliche Anklageerhebung gegen die beiden Agenten. Sie befanden sich nicht mehr im Gefängnis, aber das Büro hatte mir bis heute nicht verziehen. Als traurige Fußnote zu der ganzen Geschichte bleibt anzumerken, dass Big Crow später ein achtjähriges Mädchen vergewaltigt hat.

»Worüber denkst du nach?«, fragte Gumby.

»Ach, nichts«, antwortete ich. Er hakte nicht nach. Wir aßen weiter, und schließlich brachte uns der Kellner die Rechnung. Gumby griff nach seiner Brieftasche, aber ich kam ihm zuvor und sagte: »Das geht auf mich.« Ich hatte am Morgen siebenhundertundfünfzig Dollar in bar bei Big Matt abgeholt, für meine Arbeit an dem Revisionsschriftsatz.

»Um auf diese fraktale Geschichte zurückzukommen«, meinte Gumby, »machst du da Fortschritte?«

»Ein bisschen«, sagte ich. »Ich bin auf den Namen eines Mathematikers gestoßen, der bei allen drei Opfern entweder studiert hat oder ein Kollege von ihnen war, aber er ist verschwunden.«

»Kann ich irgendetwas tun?«

»Nein, ein Detective in Walla Walla hat seinen Namen bereits durch den Computer laufen lassen, aber ohne Ergebnis.«

»Was ist, wenn du ihn nicht finden kannst? In welche Richtung ermittelst du dann?«

»Verdammt, wenn ich das bloß wüsste!«, sagte ich.

Ich war in einer Buchhandlung in Boulder im Pearl-Street-Einkaufszentrum. Ich hatte den Tag damit verbracht, meinen Pick-up zu wachsen und verschiedene Hausarbeiten zu erledigen. Da ich an diesem Samstagabend nichts Besseres zu tun hatte, war ich nach Boulder gefahren.

Pearl Street ist ein alter Bezirk und besteht aus viel mehr als nur dem Einkaufszentrum, das jedoch sein Herz bildet. Es ist vier Häuserblocks lang und besteht aus einer Ansammlung von schicken Läden und Galerien, die durch ein ständig wechselndes Angebot an In-Restaurants vervollständigt wird. Jongleure, Musiker und andere Künstler mit unterschiedlichem Talent gaben ihre Vorstellungen, während die Leute auf den mit roten Ziegeln gepflasterten Gehwegen umherschlenderten. Straßenverkäufer verkauften alles, von Filzhüten bis hin zu exotischen Süßigkeiten. Die wohlgepflegten Gärten verliehen der ohnehin bereits farbenfrohen Szenerie noch mehr Farbe und ließen die Luft angenehm süß duften.

Es war die zweite Buchhandlung für diesen Abend. Ich befand mich in der Philosophieabteilung, als ich eine Stimme hörte. »Mr. Keane?« Ich drehte mich um. Es war Jayne Smyers.

»Hallo«, sagte ich. Ich sah beschissen aus. Ich trug gelbbraune Shorts, das TopCat-T-Shirt, das mein Bruder mir vor zwei Jahren zum Geburtstag geschenkt hatte, und alte Laufschuhe. Zumindest hatte ich so viel Verstand gehabt, mich zu rasieren und mir etwas Aftershave ins Gesicht zu klatschen.

Sie jedoch sah aus wie ein Model aus einem Modekatalog. Seersucker-Shorts in der Farbe von Rosenblüten. Weißes ärmelloses Baumwollhemd. Braune Ledersandalen. Rosa Lippenstift.

»Sind Sie ein großer Fan von TopCat?«, zog sie mich auf.

»Er ist der unbestreitbare Führer der Gang«, erwiderte ich.

»Ich erinnere mich«, sagte sie, »dass seine intellektuellen Freunde ihn T. C. nennen dürfen.«

»Vorausgesetzt, sie tun es mit Würde«, sagte ich. Wir lachten. Zwei gebildete Erwachsene tauschen sich über den Text des Titelsongs einer Zeichentrickserie aus, den beide seit Jahrzehnten nicht mehr gehört haben.

»Kennen Sie noch weitere?«, fragte sie.

»Alle.«

»Ich wusste nicht, dass TopCat sich für Philosophie interessiert.«

»Eine unglückliche Angewohnheit, die ich mir im College angeeignet habe.«

»Wirklich?«

»Ich habe sogar Kurse belegt«, erklärte ich. »Ich dachte, es könnte mir Spaß machen, Philosophie zu unterrichten, aber ein Jahr formaler Logik hat mich kuriert. Was führt Sie hierher?«

»Ach, ich weiß es nicht. Ich schlage nur die Zeit tot. Suche was Gutes zum Lesen.«

»Sieht so aus, als hätten Sie etwas gefunden.« Sie hatte mehrere Bücher unter dem Arm.

»Zu viel.«

»So geht es mir auch immer«, sagte ich. »Sie entpuppen sich schneller als gute Bücher, als ich sie lesen kann.« Ich wusste nicht, was ich als Nächstes sagen sollte; ich bin nicht gut in Small Talk.

»Wie sieht es mit dem Fall aus?«, fragte sie schließlich.

»Bezahlen Sie Ihre Bücher«, schlug ich vor. »Ich lade Sie zu einem Kaffee ein.« Wir gingen die Treppe hinunter, wobei wir beide auf dem Weg zur Kasse die Titel der neuen Taschenbücher überflogen. Nachdem sie ihre Einkäufe erledigt hatte, schlenderten wir durch die Straßen.

»Ich möchte mich für mein Aussehen entschuldigen«, sagte ich. »Ich habe den ganzen Tag Hausarbeiten erledigt und hatte nicht geplant, heute Abend jemandem über den Weg zu laufen.« Ich hatte das Pfadfindermotto nicht beachtet: Sei immer vorbereitet.

»Sie sehen gut aus«, log sie. »Es ist erfrischend, in Boulder einen Mann zu sehen, der TopCat Ralph Lauren vorzieht.« Wir gingen an einem Pantomimendarsteller vorbei und näherten uns *Ben & Jerry's*.

»Haben Sie Lust auf ein Eis?«, fragte ich.

»Und wie!«, erwiderte sie.

Sie bestellte eine Kugel Zitronensorbet und ich zwei Kugeln Pistazie. Das Ganze kostete sechs Dollar zweiunddreißig, war aber immer noch billiger als Häagen-Dazs.

Wir fanden einen Tisch, und ich erzählte ihr die Einzelheiten der Reise nach Lincoln, wobei ich alles ausließ, was mit Monica und Mindy zu tun hatte. Ich berichtete, dass ich Anfragen zu Thomas Tobias an die Kfz-Zulassungsstellen in allen fünfzig Staaten und den District of Columbia geschickt hatte, aber bislang keine positive Antwort erhalten hatte. »Ich kann kaum glauben, was Sie in dieser kurzen Zeit schon alles erreicht haben«, sagte sie.

»Es war eine erfolgreiche Reise«, gab ich zu. »Wir haben einige nützliche Informationen erhalten.«

»Ich frage mich, ob Stephen Professor Hawkins kennt.«

»Ich möchte Finn da heraushalten«, sagte ich. »Er könnte in Kontakt mit seinen Kollegen in Nebraska stehen, ich möchte nicht, dass sie erfahren, dass Sie meine Auftraggeberin sind. Je weniger Leute es wissen, desto besser fühle ich mich hinsichtlich Ihrer und meiner Sicherheit.«

»Ich werde nichts sagen«, versicherte sie. Ich hatte mein Eis aufgegessen, aber sie stocherte mit einem Plastiklöffel in ihrem Sorbet herum. »Übrigens«, meinte sie, »ich habe mir die Kassette angehört, die Sie mir gegeben haben. Woher haben Sie sie?«

»Einer meiner Nachbarn ist Musiker.«

»Ich habe eine Weile gebraucht, bis ich die Bedeutung davon erkannt habe. Im Wesentlichen hat sich der Komponist auf fraktale Muster gestützt, um dreidimensionale Musik zu erzeugen, indem er die Tonhöhe, die Dauer und die Lautstärke als x-, y- und z-Koordinaten benutzte.«

»Genau das habe ich auch gedacht«, sagte ich. Sie brauchte eine Sekunde, bis sie merkte, dass ich scherzte.

Nachdem sie ihr Sorbet zu Ende gelöffelt hatte, gingen wir hinaus. Es war nach neun, und die Sonne war bereits untergegangen, aber es herrschte eine angenehme Temperatur. Ein Gitarrist spielte am Straßenrand. Er sah aus wie ein junger Frank Zappa, spielte aber hauptsächlich Songs von Elton John und John Denver. Wir setzten uns auf eine Holzbank und genossen die Musik. »Wissen Sie«, meinte sie, »an einem Abend wie diesem könnte ich einfach stundenlang draußen sitzen.«

»Das tue ich ständig«, erwiderte ich. »Man kann sonst in Nederland nicht viel unternehmen.«

»Warum haben Sie sich entschlossen, hier zu leben? Ich dachte, Nederland wäre eher ein Ort für Aussteigertypen.«

»Das ist eine lange Geschichte«, sagte ich, »aber ich finde auch, dass ich ein bisschen davon an mir habe.«

Unser Troubadour legte eine Pause ein. Wir standen auf und legten zwei Dollarnoten in seinen Gitarrenkasten. »Ich glaube, ich würde jetzt gerne einen Kaffee trinken«, sagte sie. »Oder müssen Sie nach Hause?«

»Ich würde Ihre Gesellschaft sehr genießen«, antwortete ich. »Meine Hunde sind großartige Gefährten, aber ihre Fähigkeiten im Bereich Konversation sind sehr begrenzt.« Wir gingen weiter in östlicher Richtung.

»Was für Hunde?«, wollte sie wissen.

»Der eine ist ein Schipperkee und der andere eine Kreuzung zwischen einem Rhodesian Ridgeback und einer Dänischen Dogge.«

»Wie sieht ein Schipperkee aus?«

»Stellen Sie sich einen schwarzen Fuchs vor«, sagte ich.

Wir fanden ein Kaffeehaus einige Häuserblocks östlich des Einkaufszentrums. Wir sprachen über den Fall, und als das Thema ausgereizt war, ermunterte ich sie, mir von sich selbst zu erzählen. Sie war dankbar für die Gelegenheit und erzählte mir Geschichten über ihre Jugend in New Mexico. Ihre Großeltern hatten eine Ranch besessen, und sie hatte schöne Erinnerungen an die Zeit, die sie dort verbracht hatte. Im Laufe unserer Unterhaltung entdeckten wir, dass wir beide weder je verlobt noch verheiratet gewesen waren, und das führte zum Thema Familie.

»Mary Pat hat mir das mit Ihren Eltern erzählt«, sagte ich. »Das muss sehr schwer gewesen sein.«

»Es hat dafür gesorgt, dass ich einige meiner Glaubensgrundsätze neu definiert habe«, antwortete sie. »Ich bin keine Pazifistin mehr.« Ich lenkte die Unterhaltung vom Thema Politik weg, indem ich fragte, ob sie Geschwister hatte. Sie verneinte, dann wechselte sie das Thema, indem sie fragte: »Ist Pepper Ihr richtiger Name, oder ist es ein Spitzname?«

»Es ist mein richtiger Name«, versicherte ich ihr. »Er steht auf meiner Geburtsurkunde.«

»Gibt es eine Geschichte dazu?«

»Nicht dass ich wüsste.«

»Nun, Pepper Keane, erzählen Sie mir etwas über sich.«

»Da gibt es nicht viel zu erzählen«, sagte ich. »Aufgewachsen in Denver. In Denver in die Schule gegangen. Dann bin ich zur Armee gegangen und habe dort für ein paar Jahre als Staatsanwalt gearbeitet. Danach habe ich mich als Privatdetektiv selbstständig gemacht.«

»Warum haben Sie Ihre Tätigkeit aufgegeben?«

Ich dachte nach. »Recht ist ein Beruf, der auf Konfrontation ausgerichtet ist«, erwiderte ich schließlich. »Zuerst gefiel mir der Wettbewerb, aber nach einer Weile empfand ich ihn als ständigen Kampfzustand. Ich war ausgebrannt, weshalb ich mich entschloss, in die Berge zu ziehen und wieder neu anzufangen.«

»Was ist mit Ihren Eltern?«, fragte sie.

»Sie werden mich wahrscheinlich überleben.«

»Was machen sie?«

»Mein Vater ist im Ruhestand«, sagte ich.

»Was hat er beruflich getan?«

»Er war Brigadegeneral beim Marinereservecorps«, sagte ich. »Er lebt in Vegas und hört sich jeden Tag den alten Radioreporter Rush Limbaugh an. Er ist siebzig Jahre alt und joggt täglich noch fünf Meilen. Meine Mutter ist Krankenschwester in Barrow in Alaska. Sie ist das, was man einen Freigeist nennen könnte.«

»Haben Sie Geschwister?«, fragte sie.

»Einen Bruder. Er besitzt ein Fitness-Studio in Denver.«

»*Troy Keane's Fitness-Studio* – das ist Ihr Bruder?«

Auf der Hälfte der Busse in Denver befindet sich ein Foto meines Bruders. »Ja.«

»Mein Gott, sieht er wirklich so aus?«

»Nein«, sagte ich. »Das Foto wurde vor langer Zeit gemacht.« Und diese Muskeln waren das Ergebnis einer ganzen Menge von Steroiden.

Sie lächelte und trank ihre zigste Tasse Kaffee aus. Es war halb zwölf, und wir beschlossen, den Abend zu beenden. »Kann ich Sie zu Ihrem Auto begleiten?«, fragte ich.

»Ich bin zu Fuß gekommen«, antwortete sie. »Meine Stadtwohnung liegt bloß ein paar Häuserblocks entfernt.«

»Ich bringe Sie nach Hause.«

»Das müssen Sie nicht«, meinte sie.

»Es ist ein schöner Abend, es macht mir nichts aus.« Wir gingen die Pearl Street Richtung Westen, an den indischen Restaurants und den Fahrradgeschäften vorüber in einen Bezirk, in dem hauptsächlich Möchtegernrastafari und Kids mit gepiercten Körperteilen leben. Die Dreadlock-Kids saßen auf dem Bürgersteig, tranken und trommelten. Diesen Block der Pearl Street hatten die Yuppies noch nicht erobert. Die Straße wird von Wohnungen aus der Ära der wirtschaftlichen Depression und älteren Häusern, die zu Mietshäusern umfunktioniert worden waren, gesäumt.

»Ich bin froh, dass Sie mich begleitet haben«, sagte sie, als wir an dem letzten der Rowdys vorbei waren und das modernere Ende der Pearl Street erreicht hatten.

»Die meisten von ihnen sind harmlos«, sagte ich.

»Ich versuche, tolerant zu sein«, meinte sie, »aber ich verstehe nicht, wie sie so leben können.« Ich schwieg. Darüber nachzudenken hätte mich nur wieder in Sorgen wegen der Erbmasse und der Zukunft der Zivilisation gestürzt.

Wir gingen weiter Richtung Westen. »Das ist meine«, sagte sie, als wir uns ihrer Eigentumswohnung näherten. Es war nicht nur ein paar Häuserblocks weit gewesen, sondern eher zehn davon. Direkt vor den Bergen. Sie wohnte in einem dreistöckigen Haus, hinter dem ein kleiner Bach floss. Der Eingang war auf der Rückseite.

»Das sieht nett aus«, sagte ich.

»Ich liebe es«, erwiderte sie. »Das Geräusch des Wassers ist so beruhigend. Eine Zeit lang konnte ich jeden Morgen Rehe beobachten. Ich weiß nicht, warum sie nicht mehr kommen.«

»Das liegt an den Russischen Olivenbäumen«, sagte ich. Mehrere Dutzend davon stand an dem Bach.

»An den Bäumen?«

»Ja, diese Dinger sind das baumartige Äquivalent von Krebs.«

»Wirklich?«

»Sie haben höllische Dornen und verbreiten sich wie ein Feuer. Früher oder später ersticken sie alles andere.«

»Davon hatte ich keine Ahnung.«

»Sie stammen nicht aus dieser Gegend«, erklärte ich. »Farmer haben sie einst als Windschutz gegen die Bodenerosion gepflanzt, und sie sind außer Kontrolle geraten.«

»Warum sind Sie so klug?«, zog sie mich auf.

»Ich lese viel«, sagte ich. Sie öffnete ihre Tasche und suchte nach ihrem Schlüssel. »Wem gehört das Land?« Ich zeigte auf die bewussten Bäume.

»Ich weiß es nicht«, antwortete sie. »Der Eigentümervereinigung, nehme ich an.« Sie fand ihren Schlüssel, schloss die Tür auf und schaltete das Licht ein. Finn war nicht da, und ich sah nichts, das darauf hindeutete, dass sie ihre Wohnung mit ihm oder sonst jemandem teilte. Sie drehte sich um und sah mich an. »Ich bin froh, dass wir uns zufällig begegnet sind«, sagte sie. »Es hat mir Spaß gemacht, mich mit Ihnen zu unterhalten, Pepper.« Sie nannte mich nicht mehr Mr. Keane.

»Mir auch«, sagte ich. In dieser Nacht schlief ich gut. Jayne Smyers und ich nannten uns beim Vornamen, und das fühlte sich gut an.

# 15. KAPITEL

Montag. Einen großen Teil des Wochenendes hatte ich damit verbracht, die FBI-Akte zu studieren, die Gumby mir gegeben hatte. Ich gebe es nicht gerne zu, aber es sah aus, als hätte Polk sorgfältig gearbeitet, als er die Telefonate überprüfte. In jedem Fall bewahrte der Telefonanbieter die Daten nicht länger als ein Jahr auf oder konnte aufgrund von internen Fehlern die Listen nicht finden. Er hatte nicht nur alle Diensteanbieter überprüft, sondern auch mit den verschiedenen Colleges und Universitäten Kontakt aufgenommen, um herauszufinden, ob sie Ausdrucke ihrer Telefonrechnungen aufbewahrten. In allen Fällen lautete die Antwort nein.

Ich arbeitete jetzt seit drei Wochen an dem Fall. Trotz meiner Erfolge beim Zusammentragen von Informationen war ich nicht zufrieden. Die FBI-Akte hatte mir einige nützliche Hintergrundinformationen geliefert und mir eine Menge mühsame Arbeit erspart, hatte mir jedoch keine neuen Ermittlungswege eröffnet. Tobias blieb meine einzige heiße Spur. Ich rief die Auskunft an, um festzustellen, ob Iris Tobias immer noch in Bend in Oregon lebte. So war es. Wenn sich nicht bald etwas tat, würde ich sie anrufen müssen, sie und alle anderen Menschen, die ihren Sohn kannten.

Eine riesige Wolkenwand baute sich im Westen auf, aber in Nederland war es warm. Ich beschloss, zur Post zu joggen, bevor der Sturm am Nachmittag hier losgehen würde.

Ich erhielt einen Brief vom Obersten Bundesgericht in

Colorado mit der Aufforderung, innerhalb von neunzig Tagen drei Stunden einer rechtlichen Fortbildung zu absolvieren, um meine Zulassung nicht zu verlieren. In Colorado ist eine laufende Weiterbildung Vorschrift. Anwälte müssen alle drei Jahre fünfundvierzig Stunden aufweisen, und meine drei Jahre waren offensichtlich gerade abgelaufen. Ich nahm mir vor, Matt anzurufen. Die Bibliothek von *Keane, Simms & Mercante* hat jede Menge Kassetten für Fortbildungszwecke. Die meisten Anwälte hören sich die verdammten Dinger nicht einmal an. Sie sind zu beschäftigt. Sie schicken einfach die eidesstattliche Erklärung ein, dass sie den Kurs absolviert haben. Man kann ihnen keinen Vorwurf machen. Es ist eine dumme Verpflichtung. Gute Anwälte werden immer danach streben, ihre Kenntnisse des Rechts und der Gesetze zu erweitern, und schlechte Anwälte werden schlechte Anwälte bleiben, gleichgültig, wie viele Fortbildungen sie besuchen.

Die übrige Post bestand aus einem großen Päckchen von Dick Gilbert. Er hatte sein Wort gehalten und O'Haras Akte über den Selbstmord von Underwood besorgt und mir Kopien sämtlicher Unterlagen geschickt. Ich klemmte mir den dicken Umschlag unter den Arm und joggte zu Wanda's hinüber.

»Morgen, Pepper«, grüßte sie und griff nach meiner Tasse.

»Morgen, Wanda.«

»Möchtest du ein heißes Blätterteiggebäck probieren?«

»Heute nicht«, sagte ich. »Muss auf meine Figur achten.« Ich hatte kein Geld dabei, weil ich meine Joggingkleidung trug, aber sie wusste, dass ich kreditwürdig war, und forderte mich auf, mir meinen Kaffee zu holen. Ich tat ein wenig Milch hinein, tätschelte Zeke den Kopf, fand eine leere Nische und fing an zu lesen.

Ich brauchte nicht lange zu der Feststellung, dass die Polizisten in Boston im Fall Donald Underwood nicht viel unternommen hatten. Sie hatten Fotos gemacht und seine Frau, seine Freunde und seine Kollegen befragt. Dann hatten sie den Fall als autoerotischen Selbstmord abgestempelt und die Akte geschlossen. Ich kann ihnen keinen Vorwurf machen; zum Zeitpunkt der Ermittlungen wussten sie nichts von den anderen Todesfällen, und daher gab es auch keinen Grund, ein falsches Spiel zu vermuten.

Wie aus den Zeitungsausschnitten hervorging, war Underwood ein siebenunddreißigjähriger Matheprofessor in Harvard gewesen. Nachdem er und seine Frau sich getrennt hatten, war seine Frau mit den beiden gemeinsamen Söhnen nach Longmeadow gezogen, einem gepflegten Vorort von Springfield im Westen von Massachusetts. Zum Zeitpunkt seines Todes waren sie seit zehn Monaten getrennt gewesen. Sara Underwood erklärte den Ermittlern, dass die Trennung vor ihr ausgegangen war. Nach zwölf Jahren Ehe hatte sie eine zwiespältige Haltung zu dem Leben, das sie sich ausgesucht hatte, und brauchte Zeit, um sich über einige Dinge Klarheit zu verschaffen. Sie kehrte in die Gegend zurück, wo sie aufgewachsen war, und nahm eine Stellung als Kunstlehrerin an einer High School an.

Obwohl das Paar fast ein Jahr getrennt gelebt hatte, sagte Mrs. Underwood, dass sie über eine Versöhnung gesprochen hatten und die Gemütsverfassung ihres Mannes gut war. Er hatte seine Söhne, zehn und acht Jahre alt, fast jedes Wochenende besucht, und gelegentlich hatte das Paar auch während der Trennungsphase sexuelle Kontakte miteinander gepflegt. Sie beharrte darauf, dass er nie anomale sexuelle Verhaltensweisen an den Tag gelegt oder mit ihr über derartige Gedanken gesprochen hatte. Auch war er nie, so sagte sie, wegen irgendeiner Form von seelischer Krankheit in Behandlung gewesen, eine Behauptung, die die medizinischen Aufzeichnungen über ihn zu bestätigen schienen.

Die Akte enthielt mehr Fotos, als ich brauchte. Underwood war erhängt in seinem geräumigen begehbaren Kleiderschrank aufgefunden worden. Das Nylonseil um seinen Hals lief über eine Wasserleitung aus Metall an der Decke. Das Seil zeigte keine Gebrauchsspuren und war von einer Sorte, die es laut den forensischen Experten erst seit kurzem auf dem Markt gab. Underwood trug nur eine Unterhose. Aus dem Bericht des Gerichtsmediziners ging hervor, dass er keinen Samenerguss hatte. Es war kein Abschiedsbrief gefunden worden.

Ich joggte nach Hause und duschte. Während ich unter der Dusche stand, hinterließ Mary Pat eine Nachricht auf dem Anrufbeantworter und teilte mir mit, dass sie Kopien sämtlicher Fachartikel hatte, die Thomas Tobias je veröffentlicht hatte. Sie klang aufgeregt, aber bevor ich nach Boulder fuhr, wollte ich noch etwas erledigen.

Ich konnte den Gedanken an Underwood nicht loswerden. Ich wollte schnell etwas recherchieren, und der einzige Ort in Nederland, der möglicherweise das hatte, was ich brauchte, war die High Country Klinik. Die Empfangsdame war eine altmodisch wirkende Frau in den Vierzigern. Ich sagte ihr, dass ich gern einen Blick in ein oder zwei Bücher über Psychiatrie werfen wollte. Sie warf mir einen neugierigen Blick zu und bat mich dann zu warten, während sie im Hintergrund verschwand. In weniger als einer Minute kehrte sie zusammen mit Dr. Edwards, dem Rotschopf, zurück. Als ich die beiden zusammen sah, fiel mir auf, dass er größer sein musste, als ich gedacht hatte. Dünn, aber etwa eins achtzig groß. Seit meinem letzten Besuch war er beim Friseur gewesen.

»Mr. Keane«, sagte er und streckte die rechte Hand aus, »wie geht es Ihnen?« Ich bemerkte meine Krankenakte in seiner anderen Hand.

»Viel besser«, antwortete ich. »Das Antibiotikum hat anscheinend seinen Zweck erfüllt.«

»Das freut mich«, sagte er. Er schien keinen Groll zu hegen. »Mrs. Sullivan sagt mir, Sie interessieren sich für Psychiatrie?«

»Können wir uns unter vier Augen unterhalten?«, fragte ich. Ich deutete mit dem Kopf auf eine Mutter und ihren kleinen Sohn, die im Wartebereich saßen.

»Natürlich«, erwiderte er, »lassen Sie uns in mein Büro gehen.« Er zeigte auf eine Tür zu meiner Linken, öffnete sie und führte mich an ein paar Behandlungszimmern vorbei in ein Büro mit einem Berberteppich. Es sah brandneu aus und roch auch so.

»Renovierungsarbeiten?«, fragte ich.

»Ja, wir hoffen, dass wir bis Ende des Monats mit dem ganzen Büro fertig sein werden.« An einer Wand stand ein antiker Schreibtisch mit einem Rolldeckel. Er setzte sich auf einen Stuhl daneben und spielte mit einem Stift. Ich blieb stehen.

»Ich weiß, dass Sie beschäftigt sind«, sagte ich, »deshalb werde ich Ihre Zeit nur kurz in Anspruch nehmen. Ich glaube nicht, dass ich es letztes Mal erwähnt habe, aber ich arbeite als Privatdetektiv.« Ich gab ihm eine Visitenkarte.

»Nein, das haben Sie nicht, aber ich habe gehört, dass es in der Stadt einen Anwalt gibt, der diese Tätigkeit ausübt.«

»Ich arbeite derzeit an etwas, und in diesem Zusammenhang möchte ich etwas über autoerotische Selbstmorde erfahren.« Er wollte anscheinend mehr hören, weshalb ich ihm den Fall kurz skizzierte.

»Jetzt verstehe ich«, meinte er. Er legte den Stift hin. »Nehmen Sie es nicht persönlich, aber manchmal fühlen Leute mit seelischen Erkrankungen sich gezwungen, über diese Themen zu lesen, und das führt oft nur zu vermehrter Angst und Sorge. Die Krankengeschichte, die sie uns gegeben haben, besagt, dass Sie Medikamente gegen Depressionen nehmen –«

»Ich habe mir schon gedacht, dass es so etwas sein müsste«, sagte ich. Ich erzählte ihm, dass ich seit mehr als einem Jahrzehnt Medikamente nahm und zwei Mal im Jahr einen Psychiater aufsuchte. Ich hatte trotzdem die Erlaubnis zum verdeckten Tragen einer Waffe erhalten. Zufrieden, dass ich die Wahrheit sagte, drehte er sich um und reichte mir zwei dicke Bücher.

»Kaplan und Sadock, *Umfassendes Lehrbuch der Psychiatrie*«, sagte er. »Das ist sozusagen die Bibel.« Er lud mich ein, sein Büro zu benutzen, während er sich um den kleinen Jungen kümmerte. Es dauerte nicht lange, bis ich fand, was ich suchte:

*Masturbationspraktiken haben zu etwas geführt, was man autoerotische Asphyxie nennt. Diese Praktiken beinhalten das Masturbieren, während man sich selbst am Hals aufhängt, um die erotischen Empfindungen und die Intensität des Orgasmus zu erhöhen. Zwar befreien sich die Personen nach dem Orgasmus wieder aus ihrer Lage, aber es kommt in fünfhundert bis eintausend Fällen pro Jahr vor, dass die Personen sich selbst unabsichtlich strangulieren. Die meisten Personen, die sich dieser Praktiken bedienen, sind männlich; oft taucht diese Gewohnheit in Verbindung mit Transvestismus auf, und die Mehrzahl der Todesfälle betrifft Heranwachsende. Derartige masochistische Praktiken stehen oft im Zusammenhang mit ernsthaften psychischen Problemen, wie Schizophrenie und Geistesgestörtheit.*

Es war kein Beweis, aber es verstärkte meinen Verdacht, dass Underwoods Tod inszeniert worden war. Er war kein Jugendlicher, er hatte nicht an Geisteserkrankungen gelitten, und in seinem Haus waren keine Frauenkleider gefunden worden.

Außerdem erschien es seltsam, dass das Nylonseil erst vor kurzem gekauft worden war, wenn er die Gewohnheit gehabt hätte, diese Art von Praktiken anzuwenden.

Mary Pat saß am Schreibtisch ihrer Mentorin. Sie trug abgeschnittene Jeans und ein blassgrünes Oberteil. »Hallo, Mr. Keane«, sagte sie. Sie strahlte und war offensichtlich auf irgendetwas stolz.

»Hi, Mary Pat. Wie geht's Ihnen?« Ich setzte mich.

»Mir geht's gut«, antwortete sie.

»Was haben Sie denn für mich?«, fragte ich. Sie reichte mir einen Stapel Papiere.

»Thomas Tobias hat sechzehn Artikel geschrieben«, sagte sie. »Ich habe alle gelesen.«

»Haben manche davon etwas mit Fraktalen zu tun?«

»Nö.«

»Warum grinsen Sie dann wie eine zufriedene Katze?«

»Sein Spezialgebiet war die Geschichte der Mathematik«, sagte sie.

»Und?«

»Er hat eine Serie von zehn Artikeln für die Fachzeitschrift *Journal der mathematischen Gedanken* geschrieben. Historische Sachen. Er benutzte für jeden Artikel ein Pseudonym, und er wählte immer den Namen eines Mathematikers aus der jeweiligen Ära aus. Er schrieb den Artikel aus der Sicht des Mathematikers, den er für diesen Artikel ausgewählt hatte.« Ich erkannte, worauf sie hinauswollte. Ich blätterte durch die Unterlagen und bemerkte Namen wie Leibniz, Pascal und Wittgenstein.

»Sind Sie sicher, dass Sie Mathe unterrichten wollen?«, fragte ich. »Sie hätten möglicherweise eine Zukunft als Detektivin.« Sie lächelte und machte die sexy Kopfbewegung, die sie sich angewöhnt hatte, damit ihr die Haare nicht in die Augen fielen. »Glauben Sie, es würde Professor Smyers etwas ausmachen, mir ein oder zwei Bücher über die Geschichte der Mathematik auszuleihen? Ich muss eine Liste bekannter Mathematiker erstellen.«

»Überhaupt nicht«, sagte sie. Sie stand auf, ging zu einem der Regale, wählte zwei Werke aus, die ihr geeignet erschienen, gab sie mir und setzte sich wieder. »Glauben Sie, er lebt unter einem Pseudonym?«

»Wahrscheinlich«, antwortete ich. Sechsundvierzig Staaten hatten mitgeteilt, dass sie keinen Führerschein an eine Person namens Thomas Payne Tobias ausgegeben hatten. »Was Sie herausgefunden haben, könnte die Möglichkeit eröffnen, die Anzahl der möglichen Decknamen auf ein zu bewältigendes Niveau zu senken.«

»Kann ich sonst noch etwas tun?«, wollte sie wissen.

»Arbeiten Sie an Ihrer Doktorarbeit«, sagte ich. »Ich werde mich hierum kümmern.« Sie wirkte enttäuscht, aber es gab nichts, was sie momentan tun konnte. »Ich sag Ihnen Bescheid, wenn ich etwas finde«, versprach ich ihr. Ich steckte die Artikel und die Bücher in meine Aktentasche.

»Ich habe gehört, dass Sie am Samstagabend Jayne über den Weg gelaufen sind«, sagte sie.

»Sie ist mir über den Weg gelaufen.«

»Sie hat gesagt, sie hätte den Abend genossen.«

»Ich auch«, sagte ich. Ich schob die Tür zu. »Wenn wir schon bei diesem Thema sind«, fügte ich hinzu, »wie ernst ist die Sache zwischen ihr und Finn?«

»Was meinen Sie?«

»Ihre Beziehung, wie ernsthaft ist sie?«

»Beziehung? Das ist zum Schreien!«

»Jetzt bin ich verwirrt.«

»Offensichtlich. Ihre einzige Beziehung besteht darin, dass sie Mitglied im Komitee für Festanstellungen ist, und er ist besessen davon, eine Festanstellung zu bekommen.«

»Er gibt sich aber große Mühe, den Eindruck zu erwecken, dass sie ein Paar sind.«

»Er lässt sich gerne mit ihr sehen«, erklärte sie. »Er folgt ihr wie ein Hündchen – er lädt sie ständig zu Lesungen und anderen Veranstaltungen ein –, aber ich glaube nicht, dass sie sich für ihn interessiert. Nicht auf gefühlsmäßiger Ebene.«

»Sie sind kein Paar?«

»Gott, nein. Sie würde sterben, wenn sie wüsste, dass Sie das denken.«

»Nun denn«, meinte ich, »dann sollten wir es als unser kleines Geheimnis für uns behalten.«

Mithilfe von Tobias' Artikeln und den Büchern, die Mary Pat mir gegeben hatte, brauchte ich nur eine halbe Stunde in meinem Büro, um eine Liste von vierunddreißig berühmten Mathematikern zusammenzustellen. Ich schloss Archimedes, Euklid, Ptolemäus und alle anderen, die traditionell nur unter einem Namen bekannt waren, aus. Als Nächstes sah ich mich der Entscheidung gegenüber, was ich mit der Liste anfangen sollte. Gumby hatte Zugang zu den Quellen der Bundesregierung, aber er war für mich bereits ein großes Risiko eingegangen, und wahrscheinlich konnte ich nicht unendlich viele Gefallen bei ihm einfordern. Ich wählte Scotts Nummer.

»McCutcheon«, meldete er sich.

»Wirf deinen Computer an«, sagte ich. Wir waren beide schon zu dem Schluss gekommen, dass Tobias wahrscheinlich einen falschen Namen benutzte, aber jetzt hatte ich eine plausible Theorie zu der Art des Namens, den er möglicherweise benutzte. Ich erzählte Scott von Tobias' Aufsätzen und seiner Vorliebe für Pseudonyme.

»Wo soll ich suchen?«, fragte er. »Einige dieser kommerziellen Suchmaschinen berechnen einhundert Dollar für einen einzigen Namen.«

»Kannst du dich hineinschmuggeln?«

»Schwierig«, sagte er.

»Gebrauche deine Fantasie«, sagte ich. »Fang mit den Mathe- und Naturwissenschafts-Chatrooms und Nachrichten-Foren an und schau nach, ob irgendjemand einen dieser Namen als Spitznamen benutzt. Vielleicht hat er den Vornamen einer Person mit dem Nachnamen einer anderen kombiniert. Ich faxe dir meine Liste.«

»Was wirst du tun?«, fragte er.

»Ich werde Gilbert anrufen und ihn bei der Führerschein-Geschichte um Hilfe bitten, dann werde ich anfangen, die Telefonauskünfte durchzutelefonieren. Ich starte in Oregon und arbeite mich dann Richtung Osten durch.«

## 16. KAPITEL

Wir haben die Waffe gefunden«, sagte Gilbert. Es war Dienstagmorgen, und ich befand mich in meinem Büro. Ich hatte ihn angerufen, um ihn zu bitten, das Führerschein-Suchprogramm staatenübergreifend mit den Namen meiner Mathematiker zu füttern, aber er war mir mit seiner Neuigkeit zuvorgekommen.

»Wo?«

»Im Fluss Columbia, eine Dreiviertelstunde von hier entfernt. Ein paar verrückte Jugendliche haben versucht, über den Fluss zu schwimmen. Nach etwa hundert Metern sind sie darauf gekommen, dass es keine gute Idee war. Die Strömung hat sie ein gutes Stück flussabwärts getragen. Als sie an Land krochen, fand einer von ihnen eine 38er im Matsch.«

»Gibt es Zweifel daran, dass es die richtige Waffe ist?«

»Nein, der Matsch hat sie gut konserviert. Aus der Waffe stammt die Kugel, die Fontaine tötete.«

»Seriennummer?«

»Ist weggefeilt worden, aber es war ein Revolver mit fünf Schuss – nicht sechs –, und wir versuchen, ihn mit ähnlichen Waffen abzugleichen, die in der Gegend verkauft oder gestohlen wurden.«

»Wer ist der Hersteller?«

»Taurus.«

»Eine Taurus mit fünf Schuss«, meinte ich. »Das sollte die Möglichkeiten einschränken.«

»Darauf können Sie Ihren Arsch verwetten«, sagte er. »Was kann ich für Sie tun?« Ich erzählte ihm von Tobias' Artikeln und fragte ihn, ob er seinen Einfluss geltend machen könnte, um meine vierunddreißig Namen bei den Führerscheinstellen in neun westlichen Staaten durch den Computer laufen zu lassen. »Das wird eine Weile dauern«, sagte er.

*»Selbst eine Reise von tausend Meilen beginnt mit einem einzigen Schritt.«*

»Das ist tiefgründig«, meinte er. »Haben Sie sich den Satz selbst ausgedacht?«

»Ich glaube, es war Laotse oder Konfuzius«, antwortete ich, »aber es könnte auch Charlie Chan gewesen sein.«

»Ich tue, was ich kann.« Mehr konnte ich auch nicht erwarten. Ich richtete meine Aufmerksamkeit auf die Aufgabe, die Telefonauskunft anzurufen.

Wenn man Alaska und Hawaii ausnimmt, gibt es neun Staaten in den Berg- oder Pazifikzeitzonen. Nach meiner Rechnung gab es neunundzwanzig verschiedene Vorwahlen. Multipliziert man das mit vierunddreißig Namen, so wären das 986 Anrufe bei der Telefonauskunft. Glücklicherweise boten einige Gesellschaften seit kurzem landesweite Auskünfte an.

Es war eine verrückte Art und Weise, einen Vormittag zu verbringen, und es gab einige interessante Unterhaltungen. »Ich brauche einen Eintrag für einen Joseph Fourier.«

»In welcher Stadt?«

»In jeder Stadt. Ich möchte jede eingetragene Nummer haben.« Pause.

»Ich muss Ihnen jeden Eintrag in Rechnung stellen, Sir.«

»Das habe ich mir schon gedacht«, antwortete ich. »Es ist in Ordnung.« Und so ging es weiter.

Die meisten Mitarbeiter weigerten sich, mehr als einen oder zwei Namen pro Anruf zu suchen, weshalb ich jedes Mal neu anrufen musste, wenn ich die Einträge für einen neuen Namen haben wollte. Die Frau, die am Apparat war, als ich nach René Descartes in Amerika fragte, kannte sich wahrscheinlich ein wenig mit Mathematik aus, denn sie legte auf. Als ich die Wiederholungstaste drückte, erwischte ich eine andere Person.

Bis Mittag hatte ich die gewünschten Informationen. Die Sonne war herausgekommen, aber ich hatte keine Lust auf einen langen Lauf. Ich fuhr mit dem Rad zur High School hinauf und absolvierte eine Reihe von Sprints. Rennen werden jetzt in Metern gemessen, und die meisten Runden sind vierhundert Meter lang, aber ich tue so, als wäre eine Runde eine viertel Meile. Wir haben sie immer Vierhundertvierziger genannt. Eine halbe Runde war zweihundertundzwanzig Yards lang, was etwa zweihundertundzwei Metern entspricht. Ich sprintete ein paar halbe Runden, dann beendete ich mein Training mit zehn Sprints zwischen den Torpfosten. Ich war erschöpft, fühlte mich aber gut.

Kaum war ich wieder zu Hause angekommen, als das Telefon läutete. Es war Gumby. »Was hast du heute Nachmittag vor?«, wollte er wissen.

»Was soll ich denn deiner Ansicht nach tun?«, fragte ich zurück. Ich zwar tropfnass geschwitzt, und Wheat gab sich große Mühe, mir den Schweiß von den Waden zu lecken.

»Polk hat irgendwie herausgefunden, dass die Matheprofessorin dich engagiert hat, und er hat es Dittmer erzählt. Polk hat ihn davon überzeugt, dass du ein Risiko darstellst.«

»Du möchtest, dass ich mich mit Dittmer treffe?«

»Ich glaube, es wäre eine gute Idee. Ich habe ihm erzählt, dass du ein Profi bist, aber er würde dich gerne kennen lernen.«

»Heute Nachmittag?«

»Das wäre prima.«

»Vier Uhr?«

»Perfekt.«

»Ich trainiere zusammen mit meinem Bruder, dann sehen wir uns um vier.«

Ich duschte, ließ die Hunde für ein paar Minuten hinaus und fuhr dann den Berg hinunter nach Denver. Man musste kein Genie sein, um sich auszurechnen, dass der Agent in Walla Walla Polk mitgeteilt hatte, dass ich mich für Fontaines Testament interessiert hatte, aber wie hatte Polk die Identität meiner Auftraggeberin herausgefunden? Aber wenn Polk schon wusste, dass *jemand* mich engagiert hatte, um die drei Todesfälle zu untersuchen, war Jayne Smyers wahrscheinlich die naheliegendste Kandidatin.

Ich sah keine verdächtigen gelben Ryder-Trucks in der Nähe des Regierungsgebäudes, weshalb ich es für sicher hielt, mein Versprechen einzuhalten und mich um vier mit Gumby zu treffen. Der nächste freie Parkplatz mit Parkuhr war drei Häuserblocks entfernt. Nach den Sprints und dem Workout mit Troy waren drei Häuserblocks auch die weiteste Entfernung, die ich bereit war zu gehen.

Ich betrat das Gebäude, passierte die Metalldetektoren und bemerkte die grinsende Visage des Präsidenten in Großaufnahme. Ich habe ihn nicht gewählt, aber ich habe Gott gedankt, dass es nicht Al Sharpton, Tom DeLay oder ein anderer der ein Dutzend Holzköpfe war, die ich nennen könnte. Ich verließ den Aufzug im achtzehnten Stock und betrat das regionale FBI-Büro von Denver. Eine farbige Empfangsdame saß hinter einer dicken Glasscheibe. Hübsch im Stile der sechziger Jahre – wie eine junge Diana Ross. Ich hob den Hörer auf meiner Seite der Scheibe ab. »Kann ich Ihnen helfen?«, fragte sie.

»Pepper Keane«, antwortete ich. »Ich bin hier, um Tim Gombold zu treffen.

»Bitte nehmen Sie Platz«, sagte sie. »Sie werden in Kürze

abgeholt.« Sehr professionell, was nicht immer der Fall ist, wenn man in ein Regierungsgebäude kommt.

Ich wählte eine neuere Ausgabe der *Newsweek* aus dem Zeitschriftenständer aus und setzte mich auf eines der braunen Ledersofas. Nach zehn Minuten öffnete sich eine Seitentür, und Gombold tauchte auf.

»Tut mir Leid«, sagte er. Er reichte mir ein Besucherschildchen, und ich befestigte es an meinem Revers. Ich trug einen schwarzen Anzug, ein weißes Hemd, eine silberne Krawatte und schwarze Lederschuhe. Man braucht keinen Farbberater, um seine Kleidung auszusuchen, wenn man mit schwarzem Haar mit einem weißen Streifen gesegnet ist.

»Mach dir keine Gedanken«, sagte ich. Ich folgte ihm durch ein Gewirr an Gängen in das Großraumbüro, dann durch einen weiteren Gang zu Dittmers Büro.

Die Tür stand offen. Gombold klopfte an den Türrahmen, trat ein und sagte: »Sir, das ist Pepper Keane.« Dittmer war groß, schlank und hatte breite Schultern. Er trug ein kurzärmeliges Hemd. Anfang fünfzig. Verwittertes Gesicht, intensiv blaue Augen, kantiges Kinn. Sandfarbenes Haar, fast so kurz wie meines. Kein Lächeln. Alles an ihm schien zu sagen: *Ich bin ein harter Mann.*

»Bo Dittmer«, sagte er, während er aufstand und die Hand ausstreckte. Er klang, als stamme er aus dem Süden. Nicht aus dem tiefen Süden, eher aus Virginia oder einem anderen der Grenzstaaten.

»Pepper Keane«, sagte ich. Wir schüttelten uns die Hände, und mir fiel eine lange Narbe auf seinem Unterarm auf. Seine Paisley-Krawatte hing ihm locker um den Hals. Er bedeutete mir mit einer Handbewegung, mich zu setzen. Gumby nahm neben mir Platz und starrte hinaus auf die Berge. Dittmer hatte ein Eckbüro mit einem fantastischen Blick auf die Innenstadt und die Rockys.

»Agent Gombold hält viel von Ihnen«, sagte er.

»Ich bezahle ihn gut«, erwiderte ich.

»Tim hat mir erzählt, dass Sie einen zweiten Blick auf einen Fall werfen, den wir bearbeitet haben.«

»Das ist richtig«, sagte ich. Stapel von Unterlagen bedeckten seinen Schreibtisch, manche waren fast dreißig Zentimeter hoch. Eine amerikanische Flagge an einem Holzstab stand hinter einer Ecke des Schreibtischs. An der Wand hingen seine Abschlussurkunden aus dem College, zahlreiche Auszeichnungen der Armee und des FBI und einige Fotos, auf denen er Hände schüttelnd mit hochrangigen Politikern beider Parteien zu sehen war.

»Ich kann nicht behaupten, dass es mir gefällt, dass Sie sich mit dem Fall befassen«, fuhr er fort, »aber dies ist ein freies Land, und wenn diese Professorin Sie dafür bezahlen will, dass Sie Ihre Nase da hineinstecken, dann kann ich Sie nicht davon abhalten.« Ich schwieg. »Ich rechne es Ihnen jedoch hoch an, dass Sie den Hinweis auf Underwood in Fontaines Lehrbuch entdeckt haben«, fügte er hinzu. »Es ist nicht genug, um eine Wiederaufnahme des Falls zu rechtfertigen, aber es war gute Arbeit.« Er schien es ernst zu meinen.

»Danke.«

»Meine Sorge ist«, sagte er, »dass Sie möglicherweise für Panik bei der Presse oder der mathematischen Gemeinde sorgen könnten, wenn Sie tun, was auch immer Sie tun. Gerüchte werden in die Welt gesetzt, und das nächste könnte sein, dass Pierre Salinger im verdammten Internet behauptet, das FBI wolle etwas vertuschen.«

»Ich bin bislang sehr diskret vorgegangen«, versicherte ich ihm.

»Das weiß ich zu schätzen«, erwiderte er. »Können Sie mir sagen, was Sie sonst noch erfahren haben?«

Ich informierte ihn über die wichtigsten Punkte, ließ jedoch die Entdeckung von Thomas Tobias aus, weil ich nicht wollte, dass er fragte, wie ich an Tobias' Namen gekommen war.

»Irgendwelche Spuren hinsichtlich der Waffe?«, fragte er.

»Nein«, antwortete ich. »Man weiß, dass es eine Taurus mit fünf Schuss war, aber die Seriennummer wurde weggefeilt.« Er nickte bloß und wechselte das Thema. »Tim sagt, Sie waren bei der Marine?«

»Als Kriegsgerichtsrat«, sagte ich.

»Hat es Ihnen gefallen?«

»Sehr.«

»Warum haben Sie aufgehört?« Seltsame Frage, wenn man bedenkt, dass ich den Mann gerade erst kennen gelernt hatte, aber die Frage war mir schon öfter gestellt worden. Ich wusste, wie ich antworten konnte, ohne etwas von meinen Kampf gegen die Depressionen zu verraten.

»Das ist eine gute Frage«, sagte ich. »Wenn ich dabeigeblieben wäre, könnte ich in vier Jahren in den Ruhestand gehen.« Er nickte. Jetzt war es an mir, das Thema zu wechseln. »Und Sie?«, fragte ich. »Sie müssen auch gedient haben.« Ich zeigte auf die Auszeichnungen an der Wand.

»Beim Heer. 1970 bis 74.«

»Vietnam?«

»Ja, und in Teilen von Kambodscha und Laos. Die Frontlinien waren in jener Zeit etwas verschwommen. Waren Sie je in Kampfhandlungen verwickelt?«

»Nein.«

»Eine Menge guter Männer sind gestorben«, sagte er, »aber manchmal vermisse ich es. Ich schwöre, dass es Zeiten gibt, zu denen ich lieber wieder im Dschungel wäre, statt hinter diesem Schreibtisch hier zu sitzen und mir auf Anweisung von milchgesichtigen Bürokraten den Arsch aufzureißen.« Gumby warf mir einen schnellen Blick zu, als wollte er sagen:

*Siehst du, wie ich dir erzählt habe.* »Aber das ist mein Problem«, fügte Dittmer hinzu, »nicht Ihres.«

Er beendete unsere Unterhaltung genau um Viertel vor fünf. Er versprach, eine Wiederaufnahme des Falles in Erwägung zu ziehen, wenn ich etwas Konkretes herausfände. Zu seiner Ehre muss gesagt werden, dass er den Big-Crow-Fall, in dem ich zwei FBI-Agenten angeklagt hatte, nicht erwähnte.

»Danke, dass Sie vorbeigekommen sind«, sagte er, als wir uns erhoben. »Schön, dass wir uns kennen gelernt haben.«

»Ganz meinerseits«, erwiderte ich. Wir schüttelten uns wieder die Hände, und er wandte sich einigen Papieren auf seinem Schreibtisch zu.

»Das lief gut«, sagte Gumby.

»Meinst du?«

»Ja, du hast ihn davon überzeugt, dass du weißt, was du tust, und mehr wollte er nicht wissen. Und ich glaube, es hat ihm gefallen, dass du früher beim Militär warst.«

»Gut.«

»Ich bringe dich hinaus«, meinte er. Er führte mich wieder durch die Gänge und in das Hauptbüro. Es gab dort dutzende von Schreibtischen, und an vielen davon arbeiteten emsig FBI-Agenten. Es war eine Symphonie aus Lichtern, Telefonen, Faxgeräten, Kopierern und Schreibmaschinen. Als wir uns dem anderen Ende des Raumes näherten, kam Polk um die Ecke und rannte uns beinahe um. Er ist ein groß gewachsener Mann mit gewaltigen Schultern, blondem Haar und dem Aussehen eines Filmstars; er ist eins fünfundneunzig groß und muss etwa einhundertundzehn Kilo wiegen.

»Was tut er hier?«, sagte Polk zu Gumby, wobei er sich keine Mühe gab, seine Verachtung für mich zu verbergen. Seine Ärmel waren aufgerollt, und er trug ein ledernes Schulterhalfter mit einem Revolver. Eine Kombination aus Robert Redford und Dirty Harry.

»Was für eine Überraschung, dich hier zu sehen, Pokey«, sagte ich. »Ich dachte, man lässt dich immer noch am Kennedy-Mord arbeiten.«

»Und du, in letzter Zeit mal wieder jemanden umgebracht?«, fragte er. »Ich habe nie verstanden, warum du es in Ordnung findest, Menschen zu ermorden, aber das Töten von Tieren ablehnst.« Polk ist ein begeisterter Jäger – Vögel, Rotwild, Großwild –, und ich habe ihn im Laufe der Jahre häufig deswegen aufgezogen.

»Nur ein paar Leute«, sagte ich.

»Derselbe alte Pepper«, meinte er. »Wenn du nicht die Neigung hättest, FBI-Agenten anzuklagen, würde ich dir dein freches Maul für immer stopfen!«

»Ich bin kein Staatsanwalt mehr«, erwiderte ich und stellte meine Aktentasche ab. »Lass es uns sofort tun.«

Im Raum herrschte Schweigen. Alle Agenten und alle Sekretärinnen starrten zu uns herüber. Polk kam auf mich zu, aber Gumby streckte die Hand aus und sagte: »Hört auf, Jungs!« Polk ballte die linke Faust, und sein Gesicht hatte die Farbe von gekochtem Hummer.

»Komm schon, Pokey«, sagte ich, »schlag zu. Ich warte schon seit zwanzig Jahren darauf, dass du Mut fasst.«

Wir starrten einander an, dann berührte er mich leicht im Vorbeigehen und knurrte: »Dein Tag wird kommen, Arschloch.«

»Konzentrier dich auf die Schüsse vom Grashügel«, rief ich ihm nach, während er wegging. »Das ist der Schlüssel.«

## 17. KAPITEL

»Ich kann nicht glauben, dass jemand seinen Sohn Isaac Newton nennt«, sagte Bobbi. Unter den einhundertundsiebenundfünfzig Einträgen, die ich von der Telefonauskunft erhalten hatte, waren drei Isaac Newtons. Einer in Vermont, einer in New Jersey und einer in Ohio.

»Wer ist George Boole?«, fragte Bobbi, während sie die Notizen überflog, die ich mir gemacht hatte. Das war der häufigste der vierunddreißig Namen, die ich aufgelistet hatte. Ich hatte zwölf Telefoneinträge für den Namen George Boole.

»Bool'sche Algebra«. sagte ich.

»Was ist Bool'sche Algebra?«, wollte Bobbi wissen. Sie trug eine abgeschnittene Hose und ein rotes ärmelloses Top, das ihre üppige Oberweite betonte.

»Das ist ein System der mathematischen Logik«, sagte Scott. Er konzentrierte sich gerade auf meine Notizen, weshalb es so klang, als wäre ihre Frage störend.

»Oh, richtig«, meinte sie. »Ich erinnere mich, dass ich das gelernt habe, als ich für meine Maklerlizenz gebüffelt habe.« Sie stieß ihm spielerisch mit dem Ellbogen in die Seite. Er grinste, legte meine Notizen zur Seite und nahm sich ein Bagel.

»Gott sei Dank haben diese Burschen alle ungewöhnliche Namen«, meinte er. Er trug ein weißes Trägertop und grüne Laufhosen.

»Es gab einen Henry Smith«, erwiderte ich, »aber ich habe beschlossen, mir damit keine Mühe zu machen.«

Es war neun Uhr am Samstagmorgen. Wir saßen in Scotts Küche, aßen Bagels von Moe's und genossen Bobbis Gourmet-Kaffee. Aspen Blend oder so ähnlich. Bobbi war dabei, die Küche zu renovieren; die Tapete war bereits von der Wand gerissen. Buck und Wheat spielten im Garten. Draußen versprach es ein wunderbarer Tag zu werden.

Drinnen versprach es ein arbeitsreicher Tag zu werden. Zusätzlich zu den einhundertundsiebenundfünfzig Telefonbucheinträgen hatte Gilbert zweiundsiebzig Auszüge aus Führerscheinen gefaxt. Ich gab sie Scott, dann bestrich ich mir ein Knoblauch-Bagel mit Doppelrahmfrischkäse.

»Warum hast du die roten und grünen Markierungen gemacht?«, wollte Bobbi wissen. Ich hatte die Führerscheinauszüge in zwei Kategorien eingeteilt.

»Rot bedeutet, dass der jeweilige Führerschein ausgestellt wurde, bevor Tobias verschwand. Diese Leute können wir vergessen.«

»Wie viele grüne gibt es?«, fragte Scott.

»Es waren siebzehn«, antwortete ich, »aber ich habe schon zehn davon gestrichen, aufgrund des Alters, der Rasse oder der Körpergröße.« Tobias war fünfunddreißig Jahre alt und weiß. In seinem Bewerbungsformular war seine Größe mit eins achtundsiebzig angegeben. Ich hatte alle Männer unter zwanzig und über fünfzig aussortiert. Ich hatte ebenfalls alle ausgeschlossen, die kleiner als eins siebzig oder größer als eins fünfundachtzig waren.

»Das sind nur die aus den westlichen Staaten?«, fragte Scott.

»Ja«, sagte ich. Er legte die Führerscheinauszüge zur Seite und schenkte allen neuen Kaffee ein.

Als Bobbi fertig war, trug sie ihr Geschirr zur Spüle und sagte: »Macht ihr Jungs euch einen schönen Tag. Ich fahre zum Bauernmarkt.« In Boulder war von Mai bis Oktober jeden Samstag Bauernmarkt. Sie küsste Scott auf die Wange. Er tätschelte ihr den Po und bat sie, frischen Mais zu kaufen. Wir hörten, wie sie ihren Porsche startete, dann nahmen wir unsere Unterhaltung wieder auf.

»Ich habe dir meine Ergebnisse gezeigt«, meinte ich, »jetzt zeig mir mal deine.«

»Ich habe deinen Vorschlag aufgegriffen«, sagte er. »Ich habe jeden Abend die Mathe- und Naturwissenschaftsforen überwacht, aber sie waren toter als tot. Ich war gestern Abend vier Stunden lang online, und es war nur ein Chat-Room geöffnet. Es waren zwei Leute darin.«

»Meine Güte.« Scott nutzte AOL und alle anderen Diensteanbieter, weshalb ich wusste, dass ihm nichts entgangen war.

»Ich habe einen Haufen Internetforen und -tagebücher durchforstet, aber Leute, die sie benutzen, sind alle Computerfreaks und Studenten.«

»Irgendwelche Spitznamen von Mathematikern?«

»Ein Typ nannte sich Alex der Große, aber er lebt in Ontario.«

»Woher weißt du das? Ich dachte, durch die Internetforen erfährt man nur die E-Mail-Adresse der Leute.«

»Man nennt das Extraktion«, erklärte er. »Wenn man die richtige Software hat, kann man an die Rechnungsinformationen der Online-Anbieter für jede Person gelangen, die in einem bestimmten Forum oder einem bestimmten Bereich gewesen ist. Marketinggesellschaften tun das ständig, um Mailinglisten über Leute mit speziellen Interessen zu erstellen.«

»Dann erzähl mir was über Alex den Großen.«

»Er ist nicht unser Mann«, antwortete Scott. »Er und ein anderer Typ tauschten Nachrichten über die Vor- und Nachteile einer neuen Programmiersprache aus, und nur ein Matheprofessor hätte die Fragen beantworten können, die er stellte.«

»Danke, dass du es versucht hast«, sagte ich. Ich stand auf und trug mein Geschirr zur Spüle.

»Ich bin noch nicht fertig«, erwiderte er. »Es ist mir erst am Mittwoch eingefallen, aber dann kam mir der Gedanke, dass wir ja jemanden suchen, der sich für die Geschichte der Mathematik interessiert. Also habe ich jede Menge Websites aufgesucht und so viele Nachrichten wie möglich hinterlassen. Ich behauptete, ich wäre im letzten Jahr an der High School und würde an einer Abhandlung über die Geschichte der Mathematik schreiben, und ich wollte so viel wie möglich über das Thema erfahren.«

»Hast du Antworten erhalten?« Ich setzte mich wieder.

»Bis gestern Abend acht Stück.«

»Ist jemand dabei, der einen Spitznamen benutzt?«

»Nein, aber ich habe inzwischen die Rechnungsadresse von jedem von ihnen, und ich dachte, wir könnten sie überprüfen.«

»Das können wir«, sagte ich.

Er trank den letzten Schluck Kaffee. »Wie willst du anfangen?«, fragte er.

»Lass uns mit den Telefonnummern anfangen«, meinte ich. »Von den einhundertundsiebenundfünfzig Einträgen sind nur achtundvierzig in den westlichen Staaten. Es gibt einen Online-Service, über den wir für jede Telefonnummer eine Adresse bekommen können. Wir werden die Adressen mit denen auf den Führerscheinen vergleichen, um Doppelungen zu vermeiden, dann schauen wir uns die Leute an, die auf deine Nachrichten geantwortet haben, und erstellen eine Art Master-Liste.«

»Okay«, sagte er, »lass uns anfangen.« Ich folgte ihm die Treppe hinunter in den Raum, der als Kommandozentrale bekannt ist. In Scotts Keller stehen mehr Computer und elektronische Geräte herum, als ich je in einem privaten Büroraum gesehen habe. Der Boden ist mit einem beigefarbenen Teppich bedeckt, und die Wände sind holzgetäfelt, aber wegen der ganzen Landkarten, wissenschaftlichen Tabellen und astronomischen Karten, die er aufgehängt hat, gleicht der Raum einer militärischen Kommandozentrale.

Der Online-Service stellte sich als noch nützlicher heraus, als ich erwartet hatte. Zusätzlich zu Straße und Hausnummer für alle achtundvierzig Telefonnummern, die wir eingaben, erfuhren wir auch, wie lange die jeweilige Person an dieser Adresse schon einen Telefonanschluss besaß. Indem wir jene strichen, die schon vor Tobias' Verschwinden einen Anschluss hatten, verkleinerten wir die Liste von achtundvierzig auf elf Kandidaten.

Bis Mittag hatten wir sämtliche Einzelheiten sondiert und eine Liste von vierzehn Männern erstellt. Vierzehn Männer in neun westlichen Staaten, die einen von vierunddreißig Namen aus dem Bereich der Geschichte der Mathematik benutzten. Vierzehn Männer, die nach Tobias' Verschwinden einen Führerschein oder einen Telefonanschluss erhalten hatten.

»Das Beängstigende ist«, meinte Scott, »dass wir bei alldem davon ausgehen, dass er in einem der westlichen Staaten lebt.«

»Und dass er einen Führerschein und einen Telefonanschluss besitzt«, fügte ich hinzu. Ich sagte es nicht, aber das Erschreckendste war die Möglichkeit, dass Tobias möglicherweise gar nicht der Mörder war. Wir hatten eigentlich nichts gegen ihn in der Hand.

»Was jetzt?«, fragte Scott.

»Am Montag werde ich bei Ämtern anrufen, um so viel wie möglich über diese Leute herauszufinden. Jeder, der sein Wahlrecht registrieren ließ, bevor Tobias verschwand, wird von der Liste gestrichen. Jeder, der Vermögenssteuer zahlte, bevor Tobias verschwand, wird von der Liste gestrichen.« Scott schaltete den Computer aus, den er benutzt hatte, stand auf und streckte sich.

»Junge, Junge«, meinte er, »der Beruf eines Privatdetektives ist zweifellos glamourös.«

# 18. KAPITEL

Komm schon!«, spornte Troy mich an. »Drücken, drücken!« Ich stemmte die Langhantel zwei weitere Male, dann legte ich sie auf das Gestell. Mein fünfter und letzter Durchgang beim Stemmen.

»Meine Beine sind blau.«

»Du wirst kräftige Beine brauchen, wenn Polk auf dich losgeht«, witzelte er. Ich lachte nur.

Es war Montagnachmittag, und wir beendeten unser Training in Troy's Fitness-Studio. Es war der erste Juni. Ich hatte den ganzen Vormittag mit Ämtern im Westen telefoniert, und ich hatte die Liste von vierzehn möglichen Thomas Tobias' auf sechs eingeschränkt.

*George Cantor, San Anselmo, Kalifornien*
*John von Neumann, Scottsdale, Arizona*
*David D. Hilbert, Orem, Utah*
*David T. Hilbert, Irvine, Kalifornien*
*Karl Gauß, Mora, New Mexico*
*Herman Weyl, Seattle, Washington*

»Hast du Lust, eine Kleinigkeit zu essen?«, fragte ich, nachdem wir uns geduscht und umgezogen hatten. Es war fast fünf Uhr, und ich wollte nicht im Berufsverkehr nach Hause fahren.

»Ich kann nicht«, sagte er. »Ich muss zu den Pfadfindern.«

Troys Sohn Andrew war im Jahr zuvor den Pfadfindern beigetreten, und Troy hatte sich angeboten, als stellvertretender Leiter der Pfadfindergruppe zu fungieren. »Willst du mitkommen und mir etwas über deine spannenden Ermittlungen erzählen?«

»Ist wahrscheinlich kein guter Tag für mich, um über das Thema zu reden«, meinte ich.

Wir verabschiedeten uns, und ich spazierte in der schicken Gegend Cherry Creek herum, in der das Studio meines Bruders liegt. Kein Wunder, dass ich in der größten Buchhandlung der Rocky-Mountains-Region landete. Wahrscheinlich ist das ein guter Ort, um intelligente Frauen zu treffen, aber heute Abend sah ich mich nur nach Büchern um. Ich kaufte keins, aber wenn je jemand *Heidegger für Dummköpfe* oder *Idiotensichere Einführung in die Phänomenologie* schreibt, dann werde ich diese Bücher mit Sicherheit erwerben.

Ich verließ die Buchhandlung gegen halb sieben, ging zu meinem Wagen und fuhr nach Hause. Heute Abend fand ein Baseballspiel statt, die Rockies waren in der Stadt; deshalb floss der Verkehr größtenteils stadteinwärts, während ich hinausfuhr.

Es war zwanzig vor acht, als ich in Nederland ankam. Ich hatte am Morgen nicht nach meiner Post gesehen und hielt jetzt beim Postamt an, bevor ich nach Hause fuhr. Ich hatte jede Menge Werbung, ein paar Rechnungen und einen Brief mit einer Absenderadresse in Dayton in Ohio bekommen. Wen kannte ich in Ohio? Die einzige Person, die mir einfiel, war ein früherer Mandant, der wegen Veruntreuung im Gefängnis saß. Ich öffnete den Umschlag. Es war ein handgeschriebener Brief von Monica:

*Hallo Pepper,*

*wie du dir wahrscheinlich vorstellen kannst, haben Mindy und ich es zurück ins gute alte Dayton geschafft. Ich arbeite in einem Kaufhaus, und ich kann es kaum erwarten, in die Schule und ins sonnige Kalifornien zurückzukehren.*

*Beim Auspacken habe ich den beiliegenden Artikel gefunden, und ich dachte, er könnte dich interessieren. Es geht um den Einsatz von fraktaler Geometrie bei der Vorhersage des Verhaltens von Finanzmärkten. Ich dachte, vielleicht hilft es dir dabei, die bösen Jungs zu fangen.*

*Grüß deinen Groupie von mir!*

*Liebe Grüße,*
*Monica*

Die Überschrift des Artikels lautete »Die Grenzen des Finanzwesens«, und er war in *The Economist* veröffentlicht worden. Ich steckte ihn in meine Hemdentasche und fuhr nach Hause.

Ich ließ die Hunde hinaus, räumte das Haus auf und fragte mich, was ich mit mir anfangen sollte. *Football am Montagabend* würde es erst wieder in einigen Monaten geben, die Broncos würden mit ihrem jährlichen Kampf um den Superbowltitel beginnen und alle würden mit der Welt zufrieden sein. Mein Problem war die Frage, was ich in den nächsten paar Stunden tun sollte. Ich konnte zum Barker-Wasserreservoir fahren und angeln, aber es würde bald dunkel werden. Außerdem hatte ich mir in den vergangenen Jahren vermehrt Gedanken über die Rechte der Tiere gemacht und hatte jetzt eine etwas gespaltene Haltung, was das Angeln anging.

Ich hätte den Artikel lesen können, den Monica mir geschickt hatte, aber ich hatte für heute genug getan und wollte mich nur noch entspannen. Ich sah meine CD-Sammlung durch und wählte *Peter, Paul and Mary* aus. Dann tat ich etwas, das ich alle sechs Monate tat – ich stopfte die Pfeife, die ich von meinem Vater bekommen hatte, mit etwas Tabak und setzte mich auf die Veranda, wo ich die Musik genoss.

Nach ungefähr fünfundvierzig Minuten begann Buck zu bellen, und ich sah Luther und Missy den Pfad zu meinem Haus entlangkommen. Sie hatten einen Hund bei sich, den Schäferhundmischling, den ich vor einigen Wochen bei ihnen im Garten gesehen hatte. Es war nicht ungewöhnlich, dass Luther vorbeikam, aber Missy begleitete ihn nur selten. Buck trottete hinüber und holte sich bei beiden seine Streicheleinheiten ab.

»Hallo, Leute«, sagte ich, »was gibt's?« Wir begrüßten uns, und ich forderte sie auf, sich zu setzen. Missys langes graues Haar war zu einem Knoten zusammengefasst, und sie wirkte beunruhigt. Sie setzte sich in den anderen Schaukelstuhl, während Luther sich auf den Stufen der Terrasse niederließ.

»Missy hat heute etwas gesehen«, sagte Luther, »und ich denke, du solltest es wissen.«

»Was denn?«, fragte ich. Sie schien zu zögern.

»Komm schon«, drängte Luther.

»Na ja«, fing sie vorsichtig an, »vor ein paar Tagen sah ich, wie ein Mann an der Straße parkte und zu deinem Haus hinaufging, aber ich habe nicht richtig darauf geachtet.«

»Was für ein Auto war es?«, fragte ich.

»Ich weiß es nicht«, antwortete sie. »Ein großes Auto.«

»Wie sah der Mann aus?«

»Ich konnte ihn nicht gut sehen«, sagte sie. »Er war groß.«

»Erzähl ihm, was du heute Nachmittag gesehen hast«, warf Luther ein.

»Na ja, heute Nachmittag habe ich einen Mann gesehen, der um dein Haus gegangen ist, als wollte er es genau inspizieren. Er hat auf der Straße geparkt und ging einige Male um dein Haus herum.«

»Ein Stromableser?« Meine Pfeife war ausgegangen, und ich steckte sie wieder an.

»Nein«, meinte sie, »er trug eine Krawatte.«

»Wie sah er aus?«, fragte ich.

»Er war sehr groß und hatte blonde Haare.«

»Derselbe Mann, den du ein paar Tage zuvor gesehen hattest?«

»Es könnte sein. Ich bin mir nicht ganz sicher.«

»Konntest du das Auto besser erkennen?«, wollte ich wissen.

»Es sah neu aus«, sagte sie. »Eines dieser großen Luxusautos.«

»Ein Cadillac? Ein Lincoln?«

»Ich kenne mich damit nicht besonders gut aus«, meinte sie. »Tut mir Leid.«

»Schon in Ordnung«, erwiderte ich. »Welche Farbe hatte es?«

»Dunkelblau.«

»Ist er auch bei anderen Häusern gewesen?«

»Nein«, sagte sie überzeugt, »er ist gekommen, um sich dein Haus anzusehen. Er hat sogar in die Fenster geschaut. Buck ist an diesem Nachmittag fast verrückt geworden. Das hat mich darauf aufmerksam gemacht.«

»Hat er dich gesehen?«, fragte ich.

»Ich glaube nicht.«

»Konntest du das Nummernschild erkennen?«

»Ich wollte«, sagte sie, »aber ich kam nicht nahe genug heran, ohne dass er mich entdeckt hätte.«

Ein großer Typ mit blondem Haar. Mit einer Krawatte. Fuhr eine Limousine neueren Baujahrs. Es hätte ein Immobilienmakler sein können, der neue Objekte suchte, aber gewöhnlich hinterlassen diese Leute eine Visitenkarte oder eine Broschüre. Luther unterbrach meine Gedanken.

»Kannst du damit was anfangen?«, fragte er.

»Möglicherweise ja«, sagte ich. »Danke für eure Wachsamkeit. Wenn ihr sonst noch etwas Ungewöhnliches seht, sagt mir Bescheid.« Sie versicherten mir, dass sie das tun würden, dann gingen sie Hand in Hand nach Hause.

Ich grübelte über Missys Geschichte nach, während ich *Peter, Paul und Mary* hörte. Ich suchte nach einer harmlosen Erklärung für das, was sie gesehen hatte, aber mir fiel keine ein. Wenn Polk mein Haus verwanzt oder mein Telefon angezapft hatte, würde er den Hammer der Justiz zu spüren bekommen. Ich hämmere am Morgen. Ich hämmere am Abend. Ich hämmere im ganzen Land.

»Morgen, Wanda«, grüßte ich.

»Morgen, Pepper«, erwiderte sie. »So früh habe ich dich hier lange nicht mehr gesehen. Möchtest du eine frische Bärentatze probieren?« Sie griff nach meiner Hühnertasse.

»Gern«, sagte ich. Ich muss ab und zu etwas kaufen, damit nicht der Eindruck entsteht, ich mag ihr Gebäck nicht.

Ich schenkte mir Kaffee ein, wartete auf die Bärentatze und fand eine freie Sitzecke. Es war halb sieben am Dienstagmorgen. Ich war bis lange nach Mitternacht aufgeblieben. Der Fremde hatte mein Haus nicht betreten, aber ich hatte es trotzdem nach Wanzen durchsucht. Dazu benutzte ich ein Kofferradio. Wenn man atmosphärische Störungen oder Interferenzen hört, wenn man mit dem Radio in der Nähe von etwas ist, kann das auf ein schwaches Sendesignal oder eine Stromquelle hindeuten, aber ich konnte nichts finden.

Ich hatte die Prozedur heute Morgen damit abgeschlossen, dass ich das Äußere des Hauses und den Garten nach Sendern absuchte. Als ich jetzt die *Rocky Mountain News* las, war ich zuversichtlich, dass keine Abhörgeräte installiert worden waren. Noch nicht.

Ich las die Zeitung zu Ende, schenkte mir Kaffee nach und versuchte, die Lage auf logische Art und Weise zu betrachten. Die entscheidende Frage lautete, ob es Polk gewesen war. Wenn ja, was hatte er vorgehabt? Eine Möglichkeit war, dass er mein Haus durchsuchen oder Abhörgeräte installieren wollte, vielleicht, um herauszufinden, wie meine Ermittlungen sich entwickelten. Aber das FBI hatte den Fall für abgeschlossen erklärt, also warum sollte man sich dort jetzt noch dafür interessieren? Eine andere Möglichkeit bestand darin, dass immer noch unser Zusammentreffen im Regierungsgebäude an ihm nagte und er die Sache zu Ende bringen wollte, aber das erschien eher unwahrscheinlich. Dafür würde er nicht seine berufliche Laufbahn aufs Spiel setzen, und es hatte den Anschein, als habe er absichtlich gewartet, bis ich mein Haus verlassen hatte.

Ich schlug mir den Vorfall aus dem Kopf und knöpfte mir den Artikel vor, den Monica mir geschickt hatte. Er beschrieb die Entwicklung einer Gedankenschule, die davon ausgeht, dass das Verhalten von Finanzmärkten in seinem Wesen fraktal ist. Mit ihrem Beispiel einer Küstenlinie hatte Jayne erklärt, dass zwei Dinge für fraktale Objekte charakteristisch sind: Erstens gibt es zwischen jedem Punkt eines fraktalen Gegenstandes und den benachbarten Punkten eine Korrelation. Zweitens bleibt die Form des Gegenstandes mehr oder weniger gleich, unabhängig davon, wie genau man sie betrachtet.

Die Autoren wandten diese Kriterien auf einen Finanzmarkt an und führten aus, dass auf einem Finanzmarkt die jeweiligen Tagespreise vom Preis des Vortages abhängen, zumindest bis zu einem gewissen Grad. Zudem zeigen Märkte offensichtlich Selbstähnlichkeit auf unterschiedlichem Niveau. Zum Beispiel hatte eine Studie über Devisenmärkte ergeben, dass der Unterschied zwischen den Preisbewegungen über einen Tag und zwei Tage im Durchschnitt derselbe ist wie der Unterschied zwischen den Preisbewegungen über ein Jahr und über zwei Jahre.

Weil die Muster der Märkte fraktal zu sein schienen, glaubte eine zunehmende Anzahl Beobachter, dass das Verhalten der Märkte vorhersehbar wäre. Niemand behauptete, dass fraktale Geometrie benutzt werden könnte, um Marktentwicklungen präzise vorhersagen zu können. Viele waren jedoch der Meinung, man könnte damit die Richtung von Trendentwicklungen bestimmen. Damit das funktioniert, braucht man riesige Datenmengen, die jeden Handel auf dem jeweiligen Markt über mehrere Jahre hinweg zeigen, ein Archiv mit Mustern aus der Vergangenheit und ein Computerprogramm zum Vergleichen der Geometrie der Daten mit den Mustern aus der Vergangenheit. Man braucht auch ein Medium, um die Daten mit der Theorie zu vergleichen, um Übereinstimmungen herauszufinden – ein neurales Netzwerk.

Underwood hatte etwas über neurale Netzwerke geschrieben. Ich hatte dem damals keine Bedeutung beigemessen, aber allmählich sah ich selbst ein gewisses Muster. Ich verabschiedete mich von Wanda und Zeke und fuhr nach Hause.

Es war ungewöhnlich, dass der Anrufbeantworter um acht Uhr morgens blinkte, aber ich spielte die Nachricht ab und rief dann Scott zurück.

»Was gibt's?«, fragte ich.

»Möchtest du zuerst die großartige oder die gute Neuigkeit hören?«

»Fang mit der großartigen an«, sagte ich.

»Ich glaube, ich habe unseren Knaben gefunden.«

»Was ist die gute Neuigkeit?«

»Er lebt etwa sechs Stunden von hier entfernt.«

»Wie hast du ihn gefunden?«, wollte ich wissen.

»Er hat auf meine Nachricht geantwortet und den Namen Karl Gauß benutzt. Er empfahl mir wärmstens eine Artikelserie von Thomas Tobias.«

»Das wäre dann Karl Gauß aus Mora in New Mexico?«

»Ja.«

»Dann könnte ich eigentlich runterfahren und mir seine Geschichte erzählen lassen«, meinte ich.

»Möchtest du Gesellschaft haben?«, fragte er.

»Na klar.«

»Wann willst du starten?«

»Wie wäre es mit heute Nachmittag? Wir könnten die Nacht bei meinem verrückten Onkel Ray verbringen und *Karl* gleich morgens einen Besuch abstatten.«

## 19. KAPITEL

Wir kamen am Dienstag erst spät los, und das hieß, dass wir uns der Hütte des verrückten Onkel Ray erst am Abend nähern würden. Wahrscheinlich ohne Vorankündigung. Ich hatte bei dem Geschäft im Ort eine Nachricht für ihn hinterlassen, aber es gab keine Möglichkeit festzustellen, ob er sie auch erhalten hatte. Der jüngste Bruder meiner Mutter lebt fünf Meilen außerhalb von Blanca in Colorado. Einwohnerzahl zweihundertundzweiundsiebzig. Ungefähr vier Stunden südwestlich von Denver. Nicht weit von dem Ort entfernt, an dem der legendäre Schwergewichtsboxer Jack Dempsey aufwuchs.

Ray ist neunundfünfzig Jahre alt. Vierzig Jahre davon war er alkoholabhängig, bis er schließlich vor fünf oder sechs Jahren mit dem Trinken aufhörte und zwei Hektar Land kaufte. Er zahlt monatlich fünfundsiebzig Dollar ab. Das Land liegt im Schatten des malerischen Berges Blanca Peak; die Aussicht ist wundervoll, aber die Vegetation besteht fast ausschließlich aus Kakteen und Yuccapflanzen. Es gibt kein Wasser, keinen Strom und kein Telefon.

»Glaubst du, das ist es?«, fragte Scott. Es war schon dunkel, aber der Umriss einer Hütte war rechts in der Ferne zu erkennen. Es kam mir vertraut vor.

»Ich glaube ja«, meinte ich. Wir hielten vor etwas, das man mit gutem Willen noch als Weg bezeichnen konnte. Ich ließ die Hunde ein letztes Mal hinaus, weil wir die Straße verlassen würden, und dann würden sie nicht mehr herumlaufen können ohne zu riskieren, sich Stacheln in die Pfoten zu treten. Nach ein paar Minuten holte ich sie wieder in den Pick-up, schaltete auf Allradantrieb um und fuhr durch das Buschwerk, bis wir noch ungefähr fünfzig Meter von dem Gebäude entfernt waren. Ray hatte sich aus Sperrholz ein Häuschen gebaut. Er war früher auf einem Handelsschiff gefahren und hatte immer davon geträumt, Land zu besitzen und sich selbst zu versorgen.

Ich drückte zwei Mal lange auf die Hupe, kletterte aus dem Pick-up und rief seinen Namen. Drinnen bewegte sich der Strahl einer Taschenlampe.

»Wer ist da?«, brüllte er.

»Ich bin's, Pepper«, schrie ich zurück.

»Pepper, bist du das?«

»Ja, Onkel Ray, ich bin's.«

»Komm her!«, rief er. Ich kletterte wieder in den Wagen und fuhr zu der Hütte. Ray hatte den größten Teil seines Lebens in New Orleans verbracht, was man seinem Akzent auch anmerkte. Als wir uns der Hütte näherten, sah ich, dass er ein großkalibriges Gewehr hielt.

Ich stieg aus, und wir schüttelten uns die Hände. Ich roch keinen Alkohol. Meine Mutter möchte, dass ich ab und zu nach ihm sehe. »Du erinnerst dich doch an Scott, oder?«, fragte ich.

»Warum sollte ich«, sagte Ray. Sie gaben sich die Hand. »Sohn, wie geht's denn so?« Ray ist etwa eins siebzig groß und kompakt gebaut. Sein Haar ist grau, und er trägt immer einen kurzen Bürstenschnitt. Er hatte sich seit ein oder zwei Tagen nicht rasiert, und sein Gesicht war mit Stoppeln bedeckt.

»Sehr gut«, antwortete Scott. Wir folgten Ray in die Hütte. Ich hatte nie davon geträumt in einer zwei Meter fünfzig mal drei Meter fünfzig großen Sperrholzhütte zu wohnen, aber wenn es sein müsste, dann würde ich wollen, dass Ray sie baut. Er ist ein Zauberer, wenn es um Werkzeuge geht. Seine Behausung ist luftdicht, weshalb die Schlangen draußen bleiben, und er hat sogar einen Holzofen. Er zündete eine Laterne an und bot uns Wasser an. Sein Wasservorrat besteht aus ein paar Kanistern, die er im Ort auffüllt. Wir nahmen das Wasser an und setzten uns. Scott und ich nahmen die Klappstühle; Ray setzte sich auf das untere Bett.

»Was habt ihr Jungs vor?«, fragte er. Er hatte eine kratzige Stimme, eine Folge des Rauchens von Camel-Zigaretten während seines gesamten Erwachsenendaseins. Ich erzählte ihm, dass wir auf dem Weg nach New Mexico waren, um einen möglichen Zeugen in einem Mordfall zu befragen, und gab ihm einen kurzen Überblick über den Fall. Es gab keinen Grund, ihn mit Details zu verwirren, wie zum Beispiel der Sache mit der fraktalen Geometrie.

»Dieser Typ is' bestimmt 'n Drogendealer«, meinte er. »Deshalb will er nich' gefunden werden.« In Rays Welt lassen sich die meisten Leute in zwei Kategorien einteilen: Drogendealer oder Teufelsanbeter.

Ich fragte ihn, wie es so lief, und er antwortete, recht gut. Irgendwelche Mexikaner hätten sein Fahrrad gestohlen, aber man hatte ihm schließlich seine Fahrerlaubnis zurückgegeben, und jetzt brauchte er das Rad nicht mehr. Nach einer Weile fing er an, über die Bibel zu reden, und zu diesem Zeitpunkt beschlossen wir, Feierabend zu machen. Er wollte noch aufbleiben und eine Weile in dem guten Buch lesen. Er bestand darauf, dass wir in den Betten schlafen sollten. »Ich lege mich in meinem Schlafsack auf den Boden«, meinte er, »das geht gut.«

Da es im Osten keine Berge und auch keine Bäume gibt, die Schatten spenden könnten, liegt Rays Hütte schon früh in der Sonne. Wir standen schon vor sechs auf. Ray kochte Kaffee auf dem Holzofen und bot uns ein paar winzige Dosen mit Frankfurter Würstchen und Bohnen an, aber wir sagten, wir würden unterwegs frühstücken. »Passt gut auf«, sagte Ray. »Diese Drogendealer bringen einen für fünf Dollar um.« Das ist einer seiner Lieblingssprüche. In Rays Welt würde fast jeder für fünf Dollar zum Mörder werden.

Wir waren seit einer Stunde unterwegs, waren recht gut vorwärts gekommen und hatten schweigend Kaffee getrunken. »Wer zum Teufel war Karl Gauß?«, fragte ich, nachdem wir die Grenze nach New Mexico überquert hatten.

»Er war der John Elway der Mathematik und der Wissenschaft vor zweihundert Jahren«, antwortete Scott und spielte damit auf den bekannten Quarterback in der amerikanischen Footballliga an. »Er begründete die moderne Zahlentheorie. Er wandte die Mathematik auf Schwerkraft, Elektrizität und Magnetismus an. Er war an der Konstruktion des ersten Telegrafen beteiligt. Er sagte sogar den Weg eines Asteroiden voraus, der hinter der Sonne verborgen war. Hast du schon mal was von der Gauß'schen Verteilung gehört?«

»Ich habe Jura studiert, damit ich solche Dinge nicht lernen musste.«

»Im Wesentlichen hat er die Glockenkurve erfunden.«

»Und was tut die Glockenkurve?«

»Sie beschreibt jeden zufälligen Prozess. Wenn du eine Münze hundert Mal in die Luft wirfst, hast du vielleicht zwei oder drei Mal in Folge Kopf und vielleicht zwei oder drei Mal in Folge Zahl, aber im Großen und Ganzen wird es nicht viele solcher Serien geben. Der flache Teil der Kurve stellt diese seltenen Extreme dar und die Glocke zeigt die typischere Wahrscheinlichkeit an.«

»Danke, dass du mich aufgeklärt hast«, sagte ich.

»Mach dich nicht über die Statistiker lustig«, meinte er. »Sie würden dich für fünf Dollar umbringen.« Ich grinste und fuhr von der Interstate 25 auf den staatlichen Highway 120.

Mora liegt dreißig Meilen nördlich von Las Vegas, in New Mexico. Es befindet sich in den Bergen am Rande des Nationalparks Santa Fe. Die meisten Gebäude an der Hauptstraße waren aus luftgetrockneten Lehmziegeln erbaut. Meine Straßenkarte gab an, dass die Einwohnerzahl 4.264 betrug, aber die Straßen waren leer. Wir fanden ein bruchbudenähnliches Restaurant und aßen früh zu Mittag. Wir waren die einzigen Nicht-Latinos in dem Lokal. Offenbar waren wir die einzigen Nicht-Latinos in der Stadt.

Unsere Adresse für Gauß lautete Route 1, Postfach 66. Das half uns nicht weiter, weshalb wir bei der Post anhielten und nach dem Weg fragten. Der Postamtsvorsteher, ein älterer Latino mit zurückhaltendem Wesen, zeichnete uns eine Karte auf und wünschte uns einen schönen Aufenthalt.

»Wie sieht unser Plan aus?«, fragte Scott, als wir aus der Stadt fuhren. »Marschieren wir einfach in sein Haus hinein und fragen ihn, ob er drei Leute umgebracht hat?«

»So ähnlich«, antwortete ich.

»Wenn es dir recht ist«, meinte er, »nehme ich die alte Betsy mit.« Er begann, seine 45er Automatik zu laden. Meine Glock war bereits geladen. Ich habe ihr keinen Namen gegeben.

Gauß lebte in einem alten Ziegelhaus etwa zwei Meilen südlich des Ortes, ein paar hundert Meter von der Hauptstraße entfernt an einem Feldweg. Der nächste Nachbar wohnte einige hundert Meter entfernt. Ich fuhr langsamer, als wir uns seinem Haus näherten. Im Garten und im Haus war niemand zu sehen, und es stand kein Auto in der Einfahrt. Auf der Veranda stand ein Mountainbike. Der Vorgarten war klein, aber gepflegt. Ein Esel aus Keramik, der einen Karren voller Blumen zog, stand mitten auf dem sorgfältig geschnittenen Rasen. Auf einer Seite befand sich ein von einem Maschendrahtzaun umgebener, beneidenswert üppiger Gemüsegarten, aber der Rest des Grundstücks wurde nicht genutzt. Am Rande des Grundstücks war ein flacher Bewässerungsgraben, auf der Seite, wo sich der Garten befand. Ich fuhr noch etwa eine Meile weiter, dann wendete ich und hielt neben einer Weide an, auf der Vieh graste.

»Dieser Ort ist so beschaulich«, meinte Scott.

»Das stimmt«, bestätigte ich. Ich legte mein Schulterhalfter an und zog eine leichte Jacke darüber, damit man die Glock nicht sofort sehen konnte. Scott hatte kein Halfter. Ich legte den ersten Gang ein und fuhr zurück zum Haus. Als wir noch etwa dreihundert Meter entfernt waren, hielt ich an, schaltete den Motor aus, nahm mein Fernglas heraus und betrachtete das Gebäude.

»Siehst du was?«, fragte Scott.

»Nur einen Typen, der im Haus auf und ab geht. Zu weit weg, um zu erkennen, ob er es ist.« Wir saßen fünfundvierzig Minuten dort. Als wir keinen Zweifel mehr hatten, dass sich nur ein Mann im Haus befand, beschlossen wir, die Sache in Angriff zu nehmen. Ich warf den Pick-up an und fuhr langsam die letzten dreihundert Meter auf das Haus zu und parkte in der gekiesten Einfahrt.

Scott und ich stiegen aus. Er steckte seine Pistole hinten in den Bund seiner Jeans. Wir trugen Freizeitkleidung, aber wir sahen anständig aus, vor allem angesichts der Tatsache, dass wir die Nacht bei dem verrückten Onkel Ray verbracht und an diesem Morgen nicht geduscht hatten.

Die Haustür war aus solidem dunklen Holz. Ich klopfte zweimal kräftig an. Ich hörte Schritte. Die Tür wurde geöffnet. »Kann ich Ihnen helfen?«, fragte der Mann. Die Beschreibung von Tobias traf auf ihn zu. Anfang dreißig. Knapp unter eins achtzig. Viel dünner, als ich erwartet hatte. Ich warf ihm einen einzigen Blick zu und wusste, dass er nicht der Mörder war.

»Mr. Gauß?«

»Ja.« Er hatte strähnige braune Haare und ein blasses Gesicht. Er trug kurze Hosen, ein weißes Polohemd und alte Slipper. Keine Socken.

»Mein Name ist Pepper Keane«, sagte ich und reichte ihm eine Visitenkarte. »Das ist Scott McCutcheon. Wir sind Privatdetektive. Dürfen wir hereinkommen?« Er sah mir in die Augen und begriff, dass ich seine wahre Identität kannte.

»Ich denke, das wäre besser.« Ich sah mich schnell um, aber es schien keine andere Person im Haus zu sein. Er machte eine einladende Handbewegung, und wir gingen hinein. »Möchten Sie etwas trinken?«, fragte er. »Ich kann Ihnen Wasser, Tee oder Limonade anbieten.« Er sprach leise und zurückhaltend.

»Nein, danke«, antwortete ich. Der Boden des Wohnzimmers war aus Hartholz, war aber zum größten Teil von einem Navajo-Teppich bedeckt. Das Sofa und die passenden Sessel waren aus Espenholz, und die Kissen waren mit einem leuchtenden Stoff im Stil des amerikanischen Südwestens bezogen. Jayne Smyers hätte das sehr gefallen. Irgendwie gefiel es mir auch.

»Was kann ich für die Herren tun?«, fragte er. Er setzte sich in einen der Sessel. Ich ging zum Sofa. Scott schlenderte in die Küche, um sicherzugehen, dass sich sonst niemand im Haus befand, dann setzte er sich auf einen Stuhl am anderen Ende des Raumes, damit Gauß/Tobias sich zwischen uns befand.

»Wir wissen, dass Sie Thomas Tobias sind«, sagte ich. Er senkte den Blick für ein paar Sekunden.

»Ich kann mir nicht vorstellen, wer Sie damit beauftragt haben könnte, mich zu finden«, meinte er schließlich.

»Wir wurden nicht engagiert, um Sie zu suchen«, erwiderte

ich. »Wir untersuchen den Tod einiger Mathematiker, und dabei tauchte Ihr Name auf.«

»Mein Name?« Er klang ehrlich überrascht.

»Kannten Sie Paul Fontaine?«, fragte ich.

»Natürlich«, antwortete er.

»Carolyn Chang?«

»Sicher«, sagte er, »sie war in Nebraska.«

»Donald Underwood?«

»Worum geht es hier eigentlich?«

»Sie sind tot«, sagte ich.

»Alle drei?«

»Ja.«

»Ermordet?«

»Zwei wurden ermordet. Underwoods Tod könnte Selbstmord gewesen sein. Wir sind nicht sicher.« Ich gab ihm Zeit, die Neuigkeiten zu verarbeiten.

»Sie haben sich alle auf fraktale Geometrie spezialisiert, nicht wahr?«

»Ja.«

»Und Sie suchen Leute, die mit allen dreien zusammengearbeitet haben?«

»Zusammengearbeitet oder studiert«, sagte ich.

»Wie haben Sie mich gefunden?«, wollte er wissen.

»Das war nicht so schwer«, sagte Scott. Er klang etwas feindselig. Er hatte es wohl noch nicht verstanden.

»Und Sie glauben, ich hätte diese Leute ermordet?«, fragte er ungläubig.

»Wir müssen jede Spur überprüfen«, sagte ich. »Nennen Sie uns einfach einen vernünftigen Grund für Ihr Verschwinden. Wenn er nichts mit unserem Fall zu tun hat, gehen wir sofort wieder.«

»Ich habe Aids«, sagte er. Er schlug das linke Bein über das rechte.

»Das tut mir Leid«, sagte ich leise. Auf seiner Haut waren purpurfarbene Läsionen zu sehen. Ich bemerkte, wie Scotts Feindseligkeit verblasste.

»Ich war schon seit einiger Zeit HIV-positiv, aber als allmählich die Symptome auftraten, beschloss ich, meinen Traum zu leben. Ein Grundstück im Südwesten zu kaufen und einen Garten anzulegen.«

»Konnten Sie das nicht als Thomas Tobias tun?«

»Ich bin schwul«, sagte er. »Mutter ist eine fromme Christin. Sie hat meinen Lebensstil nie akzeptiert. Andere Verwandte habe ich nicht. Ich wollte meine letzten Jahre nicht damit verbringen, mir anzuhören, wie sie mir ihre Religion nahe bringen wollte. Ich wollte einfach einen Neuanfang machen. So ist es besser.« Ich wusste nicht, was ich sagen sollte. »Sie müssen kein Mitleid mit mir haben«, meinte er. »Meine Medikamente wirken. Ich habe Freunde hier. Es ist ein gutes Leben.«

Ich erzählte ihm von unserem Fall und wie wir ihn aufgespürt hatten. »Sie haben hart gearbeitet, um mich zu finden«, sagte er. »Es tut mir Leid, dass es alles umsonst war.«

»Das war es nicht«, entgegnete ich. »Wir haben Sie als Verdächtigen ausgeschlossen.« Ich stand auf, und Scott folgte meinem Beispiel.

»Würden Sie gerne zum Mittagessen bleiben?«, fragte er. »Es gibt Gemüsesuppe und Salat.«

Wir hatten bereits gegessen, aber da er anscheinend unsere Gesellschaft wünschte, nahmen wir sein Angebot an. Obwohl die Gemüseanbau-Saison in New Mexico lang ist, hatte er hinter dem Haus ein kleines Gewächshaus gebaut, damit er das ganze Jahr im Garten arbeiten konnte. Die Suppe und der Salat, erklärte er uns, waren aus Gemüse zubereitet, das er im Gewächshaus gezüchtet und dann vor einem Monat ins Freie gepflanzt hatte. Sein Stolz auf sein Gemüse war offenkundig.

Als wir fertig waren, bat ich ihn, das Gehörte für sich zu behalten. Er versprach es uns und bat uns seinerseits, seinen Aufenthaltsort nicht seiner Mutter oder sonst jemandem, den er gekannt hatte, zu verraten. Wir gaben ihm unser Wort und kletterten in den Pick-up, um uns auf den langen Heimweg zu machen.

»Was hat Heidegger dazu zu sagen?«, fragte Scott.

»So weit bin ich noch nicht gekommen«, erwiderte ich.

# 20. KAPITEL

Donnerstagmorgen in Nederland. Nachdem Tobias nicht mehr verdächtig war, fühlte ich mich mutlos. Ich hatte nach einem roten Faden gesucht, und Tobias war es gewesen.

Ein paar weiße Federwölkchen schwebten am ansonsten blauen Himmel. Perfektes Wetter zum Joggen. Ich nahm Wheat mit zu meinem morgendlichen Lauf und hoffte, dass die körperliche Betätigung für einen klaren Kopf sorgen würde. Um mal eine Abwechslung zu haben, lief ich die Karibustraße hinauf. Sie führt zur kontinentalen Wasserscheide, wenn man so weit laufen will, aber die ersten paar Meilen sind einfach. Die schmutzige Straße steigt langsam an und folgt einem sich windenden Bachbett.

Zwei Meilen weiter oben gibt es eine Weide mit grasenden Eseln. Dort kehre ich gewöhnlich um. Ich lief schneller, als wir uns dem Punkt näherten. Einer der Gründe, warum ich selten auf dem Sportplatz laufe, ist, dass man dort so einfach aufhören kann. Wenn man zu Hause losläuft und drei Meilen auf einer Landstraße zurücklegt, steht Aufhören nicht zur Wahl. Man muss wieder nach Hause gelangen. Es war wie mit meinem Fall. Obwohl ich das Gefühl hatte, dass die Ermittlungen feststeckten, gab es mindestens drei Gründe, nicht aufzuhören. Erstens hatte ich es ihm Gefühl, dass es einen Zusammenhang zwischen den drei Todesfällen gab. Zweitens hatte ich nichts anderes zu tun. Drittens wollte ich Jayne

Smyers besser kennen lernen, und Aufhören schien nicht der richtige Weg zu sein, das zu bewerkstelligen. Ich musste zu Ende führen, was ich angefangen hatte.

Wheat erreichte die Weide vor mir. Er lief unter dem Stacheldraht hindurch, blieb aber angesichts der großen Tiere stehen. »Hallo, ihr Esel«, sagte ich, während ich einen großen Bogen schlug und den Rückweg in Angriff nahm. Ich hatte Esel und Maultiere immer schon gemocht. Sie gelten als störrisch. Vielleicht finde ich ein wenig von mir selbst in ihnen wieder.

Bergab zu laufen erforderte wenig Mühe, und ich ertappte mich dabei, wie ich über etwas nachdachte, das mir schon im Kopf herumspukte, seit ich den Artikel von Monica gelesen hatte. Fontaine hatte gerne das Geschehen an der Börse verfolgt. Carolyn Chang war mit einem Wirtschaftswissenschaftler zusammen gewesen. Underwood hatte über neurale Netzwerke geschrieben – also Computerprogramme, die offensichtlich dazu benutzt werden konnten, das Marktverhalten vorherzusagen. Es war nicht viel, aber es war eine Spur. Und es war alles, was ich hatte.

Den Rest des Vormittags saß ich am Computer und führte Online-Recherchen durch. Um halb zwölf wusste ich, dass Fontaines aus neunzehn Aktien bestehendes Portfolio den Aktienindex S&P 500 in jedem Quartal der letzten drei Jahre geschlagen hatte. Manchmal sogar um sieben Prozent. Sein Portfolio hatte einige der heißesten Fonds auf der Welt ausgestochen.

Ich tätigte einige Anrufe, die nichts mit dem Fall zu tun hatten, dann schloss ich die Augen, um über meinen nächsten Schritt nachzudenken. Ich brauchte mehr Informationen über die Anwendung von fraktaler Geometrie bei der Vorhersage des Verhaltens von Aktienmärkten. Ich startete meinen Wagen, schob eine alte Bob-Dylan-Kassette ins Kassettendeck und machte mich auf den Weg nach Boulder.

Ich parkte an einer Parkuhr in der Nähe des Memorial Center der Universität und ging in nördlicher Richtung zur Norlin-Bibliothek. Norlin ist die Hauptbibliothek der University of Colorado. Joy und ich hatten dort immer Zuflucht gesucht, wenn wir den Jurastudenten entfliehen wollten. Ich war zuletzt vor vielen Jahren in der Bibliothek gewesen, aber der einzige Unterschied bestand darin, dass der Zettelkatalog durch Computer ersetzt worden war. Sie standen überall.

Das Semester war zu Ende, aber im Nachschlagebereich arbeiteten ein halbes Dutzend Studenten ruhig vor sich hin. Ich belegte den nächsten freien Terminal und las mir die Anweisungen durch. Artikel in Magazinen oder Fachzeitschriften waren in sechzehn verschiedenen Datenbanken erfasst. Ich konnte nach Thema, Titel oder Autor suchen lassen. *MathSciNet* kannte ich schon, aber es gab auch einen Index für Handel und Wirtschaft, und den wählte ich aus.

Zuerst suchte ich nach Veröffentlichungen von Fontaine, Chang oder Underwood. Nichts.

Dann gab ich als Suchbegriff »Fraktale« ein. Auf dem Bildschirm stand, dass meine Suche siebenunddreißig Artikel ergeben hatte. Ich sah mir die Inhaltsverzeichnisse an, um ein Gefühl für die Literatur zu bekommen. Viele Artikel klangen hochtechnisch, aber das hatte ich erwartet. Womit ich nicht gerechnet hatte, war ein Artikel von Dale Hawkins. Der Aufsatz *Das Wetter und die fraktale Struktur von Getreidemärkten* war veröffentlicht worden, kurz nachdem er Carolyn Chang kennen gelernt hatte.

Leider war die Technik noch nicht so weit fortgeschritten, dass ich einfach nur auf einen Knopf zu drücken bräuchte, um alle siebenunddreißig Artikel auszudrucken. Ich konnte die Liste ausdrucken, musste aber die Artikel aus den Regalen heraussuchen und alle einzeln kopieren. Ich klickte auf Drucken.

Ein Nadeldrucker zwei Tische weiter links erwachte plötzlich zum Leben. Er war laut und quälend langsam, eine Tatsache, die alle Anwesenden aufschauen ließ, um festzustellen, wer siebenunddreißig Inhaltsangaben ausdrucken musste. Ich holte mir die Ausdrucke und wollte gerade die Treppe hinauf zu den Zeitschriften gehen, als ich mich entschloss, eine weitere Suche durchzuführen. Wenn ich schon einmal dabei war, konnte ich auch nachsehen, was Hawkins sonst zur Literatur beigetragen hatte.

Es dauerte nur eine Minute, bis ich wusste, dass er der Autor sechs weiterer Artikel war, alle aus der Zeit, bevor er Carolyn kennen gelernt hatte. Aus den Zusammenfassungen ging hervor, dass sie anscheinend nichts mit Fraktalen zu tun hatten. Ich drückte wieder auf Drucken, nahm den Ausdruck, kaufte für zwanzig Dollar eine Kopierkarte und nahm die mühsame Aufgabe in Angriff, die Artikel herauszusuchen und zu kopieren. Ich sortierte einige aus, die mir nicht dazu geeignet schienen, mich weiterzubilden. *Die fraktale Natur der japanischen Bevölkerungsstruktur in den Städten* sah mir wie ein Artikel aus, auf den ich bedenkenlos verzichten konnte.

Es war vier Uhr vorbei, als ich mit der Kopierarbeit fertig war. Ich verließ die Bibliothek und ging zum Mathegebäude. Über den Bergen bildeten sich Wolken, und es war möglicherweise mit Nachmittagsgewittern zu rechnen.

Ich hatte die Artikel noch nicht gelesen – das würde ich zu Hause tun –, aber ich fand es seltsam, dass Hawkins einen Artikel geschrieben hatte, der Ideen aus der fraktalen Geometrie aufgriff. Vielleicht hatte ich nicht die richtigen Fragen gestellt, aber er hatte den Eindruck vermittelt, dass er wenig über das Thema wusste: *Ich kannte ihr Spezialgebiet, und ich wusste, dass sie leidenschaftlich gern unterrichtete, aber darüber hinaus kann ich Ihnen nicht viel sagen.* Er hatte auch betont, dass er und Carolyn sich selten über ihre Arbeit unterhalten hatten. Trotzdem hatte er seinen einzigen Artikel, der etwas mit fraktaler Geometrie zu tun hatte, geschrieben, als er bereits mit Carolyn zusammen gewesen war.

Die Tür zu Jaynes Büro war geschlossen, und niemand antwortete auf mein Klopfen. Ich kritzelte eine Notiz auf meinen Block und schob das Blatt unter der Tür hindurch.

Ich war vier Meilen den Berg hinaufgefahren, als es anfing zu regnen. Als ich Boulder erreichte, war der Regen so stark, dass ich stehen bleiben musste, weil ich nichts mehr sehen konnte. Ich lehnte mich gegen die Fahrertür, schwang die Beine auf den Sitz und gönnte mir ein kurzes Nickerchen.

Der Regen ließ nach einer halben Stunde nach. Ich fuhr nach Hause, ließ die Hunde hinaus und bestellte eine Pizza bei Backcountry. In Nederland gibt es drei Pizzerien, aber Backcountry ist die einzige, die einen Lieferservice hat. Ich könnte jedes der Restaurants innerhalb von drei Minuten erreichen, aber manchmal ist es nett, wenn man etwas gebracht bekommt.

Ich schaltete den Fernseher ein, gerade rechtzeitig, um den Beginn der Abendnachrichten von CBS mitzubekommen. Manche Leute meinen, Dan Rather habe eine liberale Einstellung, aber ich merke nichts davon. Außerdem ist er ein Exmarineinfanterist, und das ist mehr, als man von Tom Brokaw oder Peter Jennings sagen kann.

Ein Jugendlicher mit Dreadlocks brachte kurz nach sechs die Pizza. Ich gab ihm zwei Dollar Trinkgeld, aß drei Stücke und stellte den Rest in den Kühlschrank. Die Aussicht, mehrere Dutzend Aufsätze über Wirtschaft zu lesen, war nicht sehr anregend, weshalb ich bis sieben Uhr von Sender zu Sender zappte und dann bei *Boxsport am Donnerstagabend* verweilte.

Im ersten Kampf boxten zwei Leichtgewichtler mit mäßigem Talent; es ging über vier Runden. Der zweite Kampf, wieder über vier Runden, war etwas interessanter, wenn auch nur, weil die Kontrahenten Frauen waren. Das Hauptereignis fing gegen Viertel nach acht an. Ein aufstrebender Schwergewichtler aus Montreal trat gegen einen Routinier aus New York an. Beide farbig. Der Jüngere war größer und besser in Form, aber er hielt die Fäuste zu nahe am Kopf, wie Floyd Patterson das immer getan hatte. Es ist gut, die Hände als Deckung oben zu haben, aber man muss sie in einem gewissen Abstand halten, damit sie die Schläge auch absorbieren können. Sie befanden sich in der vierten Runde, als das Telefon läutete. Ich drückte auf die Stumm-Taste und nahm das schnurlose Telefon.

»Pepper Keane«, meldete ich mich.

»Hallo, Pepper Keane«, sagte sie, »hier spricht Jayne Smyers.«

»Hi, Jayne.«

»Was tun Sie gerade?«

»Lesen«, antwortete ich. Es war ein wenig zu früh in unserer Beziehung, um ihr meine Leidenschaft für den Boxsport zu verraten. »Und Sie?«

»Wäsche waschen.« Ich war von dem Boxkampf abgelenkt und antwortete nicht. »Sind Sie noch da?«, fragte sie.

»Ja«, sagte ich. »Tut mir Leid.« Ich schaltete den Fernseher aus.

»Ich kann später wieder anrufen.«

»Nein, es ist in Ordnung.«

»Jedenfalls habe ich Ihre Nachricht erhalten, und ich dachte, ich rufe mal an. Haben Sie Neuigkeiten über den Fall?«

»Ja«, sagte ich, »aber das ist nicht der Grund, warum ich Sie gebeten habe, mich anzurufen.«

»Wirklich?«

»Ich habe mich gefragt, ob Sie Lust haben, am Wochenende etwas zu unternehmen.«

»An was denken Sie da?«, wollte sie wissen.

»Ich weiß nicht, vielleicht eine Wanderung unternehmen.«

»Klingt gut«, sagte sie.

Nachdem wir unsere Pläne festgemacht hatten, erzählte ich ihr die enttäuschende Neuigkeit über Thomas Tobias und gab ihr eine Zusammenfassung der Theorie, die ich jetzt verfolgte.

»Das ist interessant«, meinte sie. »Ich weiß nicht viel über fraktale Geometrie im Geschäftsleben, aber wenn Sie Hilfe beim Sondieren der Literatur brauchen, sagen Sie mir Bescheid.«

»Das tue ich«, versprach ich. Wir redeten noch ein paar Minuten, dann wünschten wir einander eine gute Nacht; als ich den Fernseher wieder einschaltete, hatte der Sender auf Stockcarrennen umgeschaltet – eine Sportart, bei der Männer sich darin messen, wer in seinem Wagen eine bestimmte Anzahl von Linkskurven in der kürzesten Zeit zurücklegen kann. Ich weiß immer noch nicht, wer den Kampf gewonnen hat.

# 21. KAPITEL

»Wo liegt Aurora?«, fragte Gilbert.

»Das ist ein Vorort von Denver«, antwortete ich. »Warum?« Ich hatte gerade mein Training im Gewichtheben in meinem Keller beendet.

»Die Waffe, die wir gefunden haben, lässt sich zu einem Pfandhaus dort zurückverfolgen.«

»Ich dachte, die Seriennummer wäre weggefeilt worden.«

»So ist es«, sagte er, »aber wer auch immer das getan hat, hätte seinen Job besser erledigen sollen. Die Leute von der Spurensicherung haben daran gearbeitet, die Waffe mit einem Lösungsmittel gereinigt und sie dann durch eine Art High-Tech-Röntgenapparat laufen lassen. Sie sind sicher, dass sie die letzten vier Stellen der Seriennummer erkennen können.«

»Fantastisch«, sagte ich.

»Kennen Sie Saul's Pfandhaus?«

»Nein, aber ich vermute, es ist in der Colfax Avenue.«

»Treffer«, sagte er.

»Es gibt etwa ein Dutzend Pfandhäuser in der Straße«, erklärte ich. »Das ist keine gute Gegend.«

»Der alte Saul hat sein Bestes getan, damit das so bleibt«, meinte er. »Er hat vor ein paar Jahren eine Taurus mit fünf Schuss an einen Gangster namens Delbert Gaffney verkauft.«

»Die letzten vier Stellen der Zahl stimmen überein?«

»Ja.«

»Führen irgendwelche Spuren zu Gaffney?«

»Er ist nicht unser Mann. Er ist letzten Juli von der Bundespolizei dabei erwischt worden, als er Crack verkaufte, und seitdem ist er in Gewahrsam.« Fontaine war im September umgebracht worden.

»Haben Sie die Berichte des FBI dazu bekommen?«

»Ja, aber er war unbewaffnet, als sie ihn verhaftet haben; deshalb hat ihm niemand Fragen zu Waffen gestellt.«

»Wurde sein Haus durchsucht?«

»Dort wurden auch keine Waffen gefunden.«

»Das muss nichts heißen«, meinte ich. Ich war Ankläger in ein paar Drogenfällen gewesen, und fast immer hatte ich zwei oder drei Anklagepunkte wegen Schusswaffen hinzufügen können. »Wo befindet er sich jetzt?«, fragte ich.

»Er ist in der Bundesjugendstrafanstalt in Florence, Colorado, wo auch immer das ist.«

»Es liegt westlich von Pueblo«, sagte ich.

»Ich denke mir, er hat den Revolver auf der Straße verkauft oder einem seiner Gangsterkumpel geliehen, bevor er verhaftet wurde.«

»Vielleicht hat ihn auch ein Drogenabhängiger gestohlen«, meinte ich.

»Vielleicht«, räumte er ein. »Warum fahren Sie nicht runter und fragen ihn?«

»Zahlt Ihnen die Stadt nicht den Flug, damit Sie ihn befragen können?«

»Der Junge ist dreiundzwanzig und in der Jugendstrafanstalt. Warum sollte er mit mir reden?«

»Warum sollte er mit mir reden?«

»Sie sind Anwalt«, antwortete er. »Sie lieben es, mit Anwälten zu reden. Er wird allein einen ganzen Tag brauchen, um Ihnen von den ganzen Fehlern zu erzählen, die *sein* Anwalt gemacht hat.« Ich lachte.

»Es ist eine Einrichtung mit höchster Sicherheitsstufe«, sagte ich, »aber ich werde es versuchen.« Es war halb zwölf an einem Freitagvormittag.

Den Nachmittag verbrachte ich damit, Mandeln zu essen und die Artikel zu lesen, die ich am Donnerstag kopiert hatte. Die Kreuzung von wirtschaftswissenschaftlichen und mathematischen Theorien hatte eine Rekordernte an Fachjargon ergeben, aber das Fazit von allem, was ich las, war, dass die *Random-Walk-Theorie*, die Theorie der Zufallsbewegung, die in den sechziger und siebziger Jahren populär war, verworfen worden war. Während viele Wirtschaftswissenschaftler Markttrends damals für nicht vorhersehbarer als das Ergebnis eines Münzwurfes gehalten hatten, hatte die Entwicklung der fraktalen Mathematik die meisten überzeugt, dass das Marktverhalten nicht zufällig im mathematischen Sinne ist.

Das war eine gute Nachricht für die Wall Street. Folgte man dieser Zufallstheorie bis zu ihrem logischen Extrem, würde das bedeuten, dass ein Halbaffe mit verbundenen Augen, der Dartpfeile auf die Finanzseiten warf, ein Portfolio auswählen könnte, dessen Ergebnis genauso gut war wie ein von Experten ausgewähltes. Folglich hatte die Wall Street diese Theorie nie angenommen. Die Wall Street hatte die Random-Walk-Theorie als Unsinn abgetan, der auf dem Mist einiger versponnener Akademiker gewachsen war; die Wall Street war schon lange in zwei Lager gespalten, nämlich in das der fundamentalen Analysten und das der technischen Analysten.

Die fundamentalen Analysten versuchen den wahren Wert des Aktienkapitals zu ermitteln, indem sie den Ertrag pro Aktie bestimmen, außerdem den Buchwert, das Kurs-Gewinn-Verhältnis und so weiter. Die technischen Analysten dagegen konzentrieren sich auf die Psychologie des Marktes. Sie gehen davon aus, dass der Preis von Aktien durch die Erwartungen aller Käufer und Verkäufer bestimmt wird. Indem sie sich auf Preisbewegungen in der Vergangenheit stützen, versuchen sie vorherzusagen, wie eine bestimmte Aktie (oder die Börse als Ganzes) sich in der Zukunft verhalten wird. Weil sie die Vergangenheit in Kurven darstellen, um die Zukunft vorherzusagen, werden technische Analysten auch Kurven-Analysten genannt.

Fundamentale Analysten halten den Glauben, dass man Aktientrends oder das Marktverhalten durch die Untersuchung der Vergangenheit vorhersagen kann, für absurd. Aus diesem Grund haben sie die Kurven-Analysten lange Zeit mit Verachtung betrachtet. Für sie war der Unterschied zwischen den beiden Lehren wie der Unterschied zwischen Astronomie und Astrologie.

Aber die Entdeckung der fraktalen Geometrie hatte den Kurven-Analysten eine neue Achtung verliehen. Indem Theorien aus der fraktalen Mathematik eingesetzt wurden, hatten empirische Studien bestätigt, dass Aktienmärkte eine Art Gedächtnis besitzen. Wenn die Volatilität niedrig ist, folgt der Markt Trends: Er steigt oder fällt länger vom Zufall bestimmt. Ist die Volatilität hoch, hat ein Trend kürzer Bestand als vom Zufall bestimmt. In beiden Situationen ist der Markt teilweise vorhersehbar. Aktienmärkte verhalten sich nicht im Einklang mit der Gauß'schen Verteilung.

Die Kurven-Analysten waren darüber nicht überrascht. Ein Markt besteht aus Leuten, die die Absichten der anderen Leute durchschauen wollen. Je mehr Leute einen Glauben teilen, desto wahrscheinlicher ist es, dass dieser Glaube wahr wird. Nehmen wir beispielsweise an, dass eine Aktie mehrere Monate lang für fünfzig bis sechzig Dollar gehandelt wurde. Ein Kurven-Analyst würde das als die Widerstandsspanne der Aktie betrachten. Wenn der Preis plötzlich über sechzig Dollar steigt, schließt der Kurven-Analyst daraus, dass etwas passiert ist, was die Wahrnehmung der Investoren verändert hat. Der Durchbruch überzeugt Investoren, dass andere Investoren an eine Unterbewertung der Aktie glauben. Folglich kaufen Investoren die Aktie und treiben den Preis hoch. Es ist eine sich selbst erfüllende Prophezeiung.

Es war interessant, aber der für meine Zwecke interessanteste Aspekt bestand darin, dass die fraktale Mathematik in den Computern der Wall Street Einzug gehalten hatte. Börsenmakler und Fondsverwalter verarbeiten ständig riesige Datenmengen und suchen nach wiederkehrenden Mustern. Und das führte mich wieder zu dem Artikel, den Monica mir geschickt hatte. Neurale Netzwerke. Underwood.

Der Wecker klingelte um fünf Uhr. Um sieben hatte ich die Hunde für diesen Tag bei Troy abgeliefert, und ich befand mich auf der Interstate 25 Richtung Süden. Es war Samstag, aber es herrschte reger Verkehr. Ich konnte mich an Zeiten erinnern, zu denen es zwischen Denver und Colorado Springs nichts gab; jetzt gibt es nur noch wenige freie Flächen. Ein Vorort entsteht neben dem nächsten, so auch der, in dem mein Bruder lebt, Highlands Ranch. Ich nenne ihn Klein-Kalifornien.

Ich kurbelte das Fenster hinunter und lauschte einer Kassette mit einer Auswahl klassischer amerikanischer Countrymusik, die bis zurück in die zwanziger Jahre datiert.

Am Freitagabend hatte ich mir die Aufsätze von Dale Hawkins durchgelesen. Die These seines jüngsten Artikels *Das Wetter und die fraktale Struktur von Getreidemärkten* war einfach. Der Getreidepreis wird durch Angebot und Nachfrage bestimmt. Das Angebot ist im Wesentlichen vom Wetter abhängig. Wettermuster sind fraktaler Natur. Daher sind Wettermuster zumindest teilweise für die fraktale Struktur der Getreidemärkte verantwortlich.

Dass das Wetter die Getreidepreise beeinflusst, war kaum ein origineller Gedanke, aber es war nicht Hawkins' These, die mich interessierte. Was mich faszinierte, war die Tatsache, dass der Schreibstil seines jüngsten Artikels viel besser war als der der älteren Artikel. Ich spielte in Gedanken mit den möglichen Schlussfolgerungen, die daraus zu ziehen waren, dann drehte ich die Lautstärke auf, als Elvis *Blue Moon of Kentucky* sang.

Ich erreichte Florence kurz nach zehn, fand das Gefängnis und parkte in der Nähe des Besuchereingangs. Wie bei allen moderneren Haftanstalten handelte es sich um eine Betonfestung mit schmalen Fensterschlitzen; das Gelände war mit mehrfachen Elektrozäunen gesichert, auf denen sich oben Stacheldraht befand. Ich trug khakifarbene Hosen, ein blaues Kurzarmhemd und Lederslipper. Ich stieg aus und ging über den neu gepflasterten Parkplatz zur Eingangstür und drückte mit dem Daumen auf den roten Knopf. Eine tiefe männliche Stimme drang aus dem Lautsprecher, aber der Klang war verzerrt, und ich verstand kein Wort. »Ich bin Anwalt«, sagte ich. »Ich möchte einen Mandanten besuchen.« Ich hörte ein metallisches Klicken und drückte kräftig gegen die Tür.

Ich ging die Betonstufen hinunter in einen unterirdischen Gang, der in einem Wartebereich führte. Die Einrichtung bestand aus einigen Reihen schwarzer Metallbänke, die am Betonboden festgeschraubt waren. Der Raum war leer, was bedeutete, dass ich das Glück hatte, außerhalb der Besuchszeiten gekommen zu sein; das ersparte es mir, dutzende bemitleidenswerter Ehefrauen sehen zu müssen, die auf ihre Männer warteten. Ein uniformierter Wachposten saß hinter einer Theke am anderen Ende des Raumes. Er sah aus, als wäre er um die fünfzig, und hatte starkes Übergewicht.

»Pepper Keane«, sagte ich. »Ich möchte Delbert Gaffney sehen.« Ich zeigte ihm meinen Führerschein und meine Zulassung als Anwalt. Falls er bemerkt hatte, dass meine Zulassung abgelaufen war, so sagte er jedenfalls nichts.

»Eigentlich sollte man vorher anrufen«, meinte er.

»Ich weiß«, erwiderte ich. »Ich bin gerade von einem Richter beauftragt worden, um diese Pflaume wegen eines verdammten Haftprüfungstermins aufzusuchen, und ich bin gar nicht glücklich darüber hier zu sein. Wenn Sie mich heimschicken wollen und ich dem Richter sagen muss, dass ich meinen Mandanten nicht treffen konnte, ist das auch in Ordnung.« Das Letzte, was ein Gefängnisaufseher will, ist die Anschuldigung, er hätte einem Häftling den Kontakt zu seinem Anwalt verweigert.

»Unterschreiben Sie hier«, sagte er. Er schob mir ein Klemmbrett zu, und ich füllte das gewünschte Formular aus. Er überprüfte es, drückte dann auf den Knopf einer Gegensprechanlage und sagte: »Ein Anwalt will Gaffney sehen.« Er forderte mich auf, mich an eine Stahltür am anderen Ende des Raumes zu stellen. Als ich das Klicken hörte, öffnete ich die Tür und wurde von einem weiteren Wachmann empfangen. Er war jung und farbig. Denzel Washington.

»Wie geht es Ihnen heute?«, fragte er mit einem Lächeln. Sehr freundlich in Anbetracht der Tatsache, dass er an einem dermaßen deprimierenden Ort arbeitete.

»Sehr gut, und Ihnen?«

»Gut, danke«, antwortete er. Ich folgte ihm ohne Hast in einen kleinen Raum, vielleicht einen Meter achtzig mal zwei Meter fünfzig groß. »Sie können hier Platz nehmen«, sagte er. »Wir bringen Gaffney gleich runter.«

Ich setzte mich auf einen der beiden Plastikstühle neben einem stabilen Holztisch, in den im Laufe der Jahre eine Vielzahl von Nachrichten geritzt worden war. Denzel ließ die Tür einen Spalt offen stehen. Wie die anderen Türen war auch diese aus Stahl. Die Wände waren aus Beton, aber man hatte sie in einem hellen, leicht glänzenden Gelb gestrichen. Es gab ein Fenster, ein Rechteck aus dickem Plexiglas, aber man hatte nur einen Ausblick auf den Gang und den Wachposten.

Zwanzig Minuten später brachte ein anderer Wachposten, weiß und hager, einen jungen Farbigen in den Raum. Er trug einen braunen Overall, der bis zum Nabel aufgeknöpft war. Rasierter Kopf. Eine große Narbe auf dem linken Oberarm, als wäre er mit einem Eisen gebrandmarkt worden. Solider Körperbau. Waschbrettbauch. Etwa eins fünfundsiebzig groß und rund fünfundsiebzig Kilo schwer. »Dieser Idiot is' nich' mein Anwalt«, sagte er.

»Gerade vom Gericht ernannt«, sagte ich zu dem Beamten, während ich aufstand. »Wahrscheinlich hat er die Unterlagen noch nicht bekommen.« Ich streckte Delbert die Hand entgegen. Er lehnte es ab, sie zu ergreifen, betrat aber den Raum. Wir schwiegen, bis der Wachmann die Tür verschlossen und sich entfernt hatte.

»Wer zum Teufel sin' Sie?«, fragte Delbert. »Ich bin verdammt sicher, dass Sie nich' mein Anwalt sind.«

»Ich bin überhaupt kein Anwalt«, erwiderte ich, »aber das ist eine andere Geschichte.« Ich setzte mich, öffnete meine Brieftasche und legte einhundert Dollar auf den Tisch. »Ich werde Ihnen ein paar Fragen stellen«, sagte ich. »Geben Sie die richtigen Antworten, dann gehört das Geld Ihnen.«

»Sind Sie ein Bulle?«

»Wenn ich ein Bulle wäre«, sagte ich, »dann hätte ich mich nicht mit Lügen hereingeschmuggelt und würde Ihnen auch nicht hundert Kröten anbieten.«

»Wenn Sie ein Schnüffler sind, hab ich nix zu sagen.«

»Ich bin Privatdetektiv«, sagte ich. Er setzte sich.

»Ich verrate keinen«, sagte er.

»Keine Angst«, erwiderte ich, »der Typ, den ich suche,

bringt nur Mathematikprofessoren um. Ich bezweifle, dass er viel Zeit in Ihrem Umfeld verbringt.«

»Was wollen Sie?«, fragte er mürrisch.

»Sie haben eine Pistole mit Kaliber .38 bei Saul's Pfandhaus gekauft, ein paar Monate, bevor das FBI Sie verhaftet hat. Ich will wissen, wo die Waffe ist.«

»Wovon zum Teufel reden Sie?«

»Sie haben beim Kauf ein Formular ausgefüllt«, sagte ich. »Eine der Fragen lautete, ob Sie je wegen eines Verbrechens verurteilt worden sind.« Er sah zur Seite. »Sie haben gelogen«, sagte ich, »und das ist ein Verbrechen.« Ich hatte das Formular nicht gesehen, aber ich wusste, was passiert war, weil ich es schon so oft gesehen hatte. »Das FBI weiß nichts davon«, fügte ich hinzu. »Die Frage ist: Wollen Sie weitere fünf Jahre sitzen, weil Sie eine Falschaussage beim Kauf einer Schusswaffe gemacht haben, oder wollen Sie schnell einhundert Dollar verdienen?« Er sah mich an und verschränkte die Finger.

»Was woll'n Sie über die Pistole wissen?«

»Jemand hat sie benutzt, um in Washington einen Mann zu ermorden«, sagte ich. »Ich suche den Mörder.«

»Darüber weiß ich nix«, sagte er.

»Ich glaube Ihnen«, entgegnete ich. »Erzählen Sie mir nur etwas über die Waffe.«

Er sah mich einige Sekunden lang an. »Ich habe die verflixte Pistole an meinen Cousin verkauft«, sagte er. »Ich weiß nich', was er damit gemacht hat.«

»Wie heißt er?«

»Bailey.«

»Und sein Vorname?«

»Das ist sein Vorname. Bailey Green.«

»Wo wohnt er?«, fragte ich.

»Er ist im Gefängnis.«

»Wo?«

»Irgendwo in Denver«, antwortete er. »Er sitzt wegen bewaffnetem Raub oder so einem Scheiß.«

»Hat er die Waffe bei dem Raubüberfall benutzt?«

»Weiß ich nich', ich war nich' dabei.«

»Hat er gesagt, warum er die Pistole haben wollte?«

»Zum Schutz.« Blöde Frage.

»Wann haben Sie ihm die Pistole verkauft?«, fragte ich.

»Kurz bevor sie mich geschnappt haben«, meinte er. »Im Juli, glaube ich.«

»Wie lange sitzt er schon im Gefängnis?«

»Seit August, Mann. Die Verhandlung ist nächsten Monat. Kann sich nicht schuldig bekennen, sonst geht's ihm dreckig.« Eine weitere Verurteilung würde Delberts Cousin zum Gewohnheitstäter abstempeln.

»Sind Sie sicher, dass er seit August sitzt? Könnte es nicht auch September oder Oktober gewesen sein?«

»Ziemlich sicher«, meinte er. »Ich weiß es nich' ganz genau, weil ich selbst sitze.«

Ich schob die hundert Dollar über den Tisch. »Sie können das Geld nehmen«, sagte ich, »oder ich kann es auf Ihr Konto einzahlen, wenn ich gehe.« Er nahm den Schein, faltete ihn und steckte ihn sich in die Brusttasche. Ich klopfte mehrere Male mit den Knöcheln gegen die Tür, um die Wachposten wissen zu lassen, dass wir fertig waren. »Sagen Sie nichts über meinen Besuch«, sagte ich. Denzel kam und schloss die Tür auf. »Er will meine Hilfe nicht«, sagte ich zu dem Wachposten, »also werden Sie mich wohl hier nicht wieder sehen.«

## 22. KAPITEL

Ich kann nicht glauben, dass ich schon so lange hier lebe und nie hier oben gewesen bin«, sagte Jayne. »Die Aussicht ist fantastisch.« Boulder lag fast direkt unter uns, und ein guter Teil des östlichen Colorado, einschließlich Denver, war im Osten zu sehen.

»Ich habe den Ort während des Jurastudiums entdeckt«, sagte ich. »Ich bin immer hier hinaufgejoggt.«

»Ich wette, das hat Spaß gemacht.«

»Bergauf war es eine Tortur, aber abwärts hat es einen in Hochstimmung versetzt.« Es war zwei Uhr an einem wunderschönen Sonntagnachmittag, und wir standen oben auf einer der großen abgeflachten Formationen aus rotem Fels, die sich über den Bergen oberhalb der Stadt erhoben. Unsere Wanderung hatte länger als eine Stunde gedauert; der Höhenunterschied betrug mehrere hundert Meter. »Möchten Sie jetzt essen?«, fragte ich.

»Ich dachte schon, Sie würden nie fragen«, erwiderte sie. »Ich bin schon halb verhungert.« Wir fanden einen ebenen Fleck und setzten uns auf einen Felsen. Aus meinem Rucksack zog ich die Sandwichs, die ich vorbereitet hatte. Dann schenkte ich weißen Zinfandel in zwei durchsichtige Plastikbecher ein. Ich verlagerte mein Gewicht, um eine bequeme Sitzposition zu finden.

»Hard Rock Café«, meinte ich. Sie lächelte und biss in ihr Sandwich. Baguette, Salatblätter, Zwiebeln, Tomate, dünne

Scheiben Provolone-Käse, darüber italienisches Dressing und eine Prise Salz.

»Das schmeckt köstlich«, sagte sie. »Sind Sie Vegetarier?«

»Mehr oder weniger«, antwortete ich.

»Sie sehen nicht so aus.«

Ich war nicht sicher, ob sie auf meinen Körperbau oder meinen Haarschnitt anspielte.

»Vor ein paar Jahren«, sagte ich, als ich meinen Bissen heruntergeschluckt hatte, »habe ich eine Fleischverpackungsfirma vertreten, die wegen angeblich unhygienischer Bedingungen mit dem Gesetz in Konflikt geraten war. Um meine Arbeit richtig zu erledigen, musste ich den Arbeitsprozess von Anfang bis Ende verstehen, weshalb ich an einer Führung in einem Schlachthaus teilnahm und …«

»Geht es Ihnen um Tierschutz?«

»Ich weiß nicht«, meinte ich. »Es ist einfach etwas, das mich beschäftigt.«

»Meine Großeltern haben einen Bauernhof betrieben«, sagte sie. »In ihren Augen gab es keinen großen Unterschied zwischen einem Vegetarier und einem Kommunisten.«

Ich lachte. »Ich bin mir darüber noch nicht ganz im Klaren«, meinte ich. »Ich habe kein Problem damit, ein Tier umzubringen, um zu überleben; aber ich bin nicht sicher, ob es richtig ist, Tiere allein zu dem Zweck aufzuziehen, um sie dann umzubringen.«

»So habe ich das noch nie betrachtet«, sagte sie.

Wir aßen weiter und genossen den Sonnenschein. Sie sah in ihren olivfarbenen Shorts und dem ärmellosen weißen Top großartig aus.

»Woran denken Sie?«, wollte sie wissen. Sie schenkte uns Wein nach. Ich dachte gerade, dass sie super Beine hatte, aber das konnte ich natürlich nicht sagen.

»Ich denke immer noch über den Fall nach«, antwortete

ich stattdessen. Ich hatte sie während der Fahrt zum Startpunkt unserer Wanderung über alle Neuigkeiten informiert. »Ich habe vor, Gilbert morgen anzurufen. Vielleicht kann ich Informationen über Bailey Green bekommen.«

»Informationen welcher Art?«

»Weshalb wurde er verhaftet? Spielte eine Pistole eine Rolle? Wann hat man ihn geschnappt?« Wahrscheinlich hätte ich das alles auch allein herausfinden können, aber Gaffney wusste nicht einmal, welche Polizeistation seinen Cousin festgenommen hatte; er wusste lediglich, dass Bailey »irgendwo in Denver« im Gefängnis saß. Es würde schneller gehen, wenn Gilbert sich darum kümmerte.

»Kann ich etwas tun?«, fragte sie.

»Wenn ich jetzt so darüber nachdenke ...«, sagte ich, »da könnte es etwas geben. Kennen Sie jemanden, der Sprachwissenschaft unterrichtet?«

»Klar, warum?«

»Ich bin überzeugt, dass Carolyn Chang Hawkins beim Schreiben eines Artikels geholfen hat, aber es wäre schön, wenn ein Experte den Schreibstil der beiden vergleichen könnte.«

»Ich kenne eine Frau im Fachbereich Englisch, Maggie McGuire. Ich werde sie direkt morgen Früh anrufen.«

»Das wäre großartig«, sagte ich. »Ich habe die Artikel in meinem Wagen. Ich gebe sie Ihnen heute Abend.«

»Oh, sehen Sie mal«, sagte sie. Ich folgte ihrem Zeigefinger mit dem Blick und sah einen mutigen Drachenflieger, der sich einige hundert Meter über uns befand. Drachenfliegen ist in Boulder wegen der Thermik beliebt; es gibt ständig Aufwinde, sodass ein Drachenflieger stundenlang in der Luft kreisen kann.

»Er ist ganz schön weit oben«, sagte ich. Wir sahen zu, wie der Pilot sich immer höher schraubte.

»Ich habe einmal Parasailing gemacht«, erzählte sie. »Haben Sie schon einmal etwas Ähnliches getan?«

»Mein Bruder und ich haben eine Zeit lang Fallschirmspringen gemacht«, antwortete ich, »aber einmal funktionierte sein Fallschirm nicht, und das haben wir als Zeichen genommen, dass es Zeit war, uns neue Hobbys zu suchen.«

»Mein Gott, ist er verletzt worden?«

»Nein«, erwiderte ich. »Er krachte mit fünfunddreißig Meilen pro Stunde in ein matschiges Maisfeld, aber er stand wieder auf und spazierte ohne größere Verletzungen davon.« Ich sah das Bild vor mir, während ich den Rest des Weines in meinen nahezu leeren Becher goss, dann nahm ich eine zweite Flasche aus meinem Rucksack. »Er ist auch schon vom Blitz getroffen und von einer Klapperschlange gebissen worden, weshalb wir glauben, dass er noch sechs Leben übrig hat.«

Sie lachte. »Ist das wahr?«

»Ich schwöre es bei Gott«, sagte ich. Sie trank einen Schluck Wein.

»Was ist denn Ihr neues Hobby?«, wollte sie wissen.

»Mit gut aussehenden Frauen wandern gehen und sie betrunken machen.«

Sie grinste. »Na ja«, meinte sie, »mit dem Betrunkenmachen klappt es recht gut. Das ist ein guter Wein.«

»Ich finde, mit dem guten Aussehen klappt es auch recht gut.«

Sie errötete, und wir verfielen in ein angenehmes Schweigen, während Eichelhäher von Baum zu Baum flogen und Eichhörnchen um uns herumhuschten. »Kann ich Sie etwas fragen?«, sagte ich schließlich.

»Klar.«

»Ich bin neugierig, was das Poster in Ihrem Büro angeht.«

»Das Poster?«

*»Eine Frau ohne einen Mann ist wie …«*

»Ich sollte es abnehmen«, sagte sie verlegen. »Ich habe es mal aufgehängt, als ich sauer war. Es stellte sich heraus, dass ein Mann, den ich zu lieben glaubte, verheiratet war, und damit begann meine Alle-Männer-sind-Abschaum-Periode.«

»Wann war das?«

»Vor etwa fünf Jahren.« Sie zog die Knie an und schlang die Arme darum. Das hatte den begrüßenswerten Effekt, dass ein großer Teil ihrer Oberschenkel zu sehen war. »Sie sind sicher, dass Sie nicht verheiratet sind?«, scherzte sie.

»Nie verheiratet, nie verlobt«, entgegnete ich. »Das Thema hatten wir schon mal, als wir uns in der Buchhandlung getroffen haben, erinnern Sie sich?«

»Ich dachte, ich könnte Ihnen ein Bein stellen, wenn ich Sie noch einmal frage.« Sie versetzte mir einen spielerischen Schlag auf den Arm.

»Ich habe einmal mit einer Frau zusammengelebt«, erzählte ich, »aber sie starb, bevor wir überhaupt dazu kamen, über die Ehe zu sprechen.«

»Das tut mir Leid.«

»Es ist lange her«, sagte ich. »Sie studierte mit mir Jura.«

»Haben Sie sie geliebt?«

»Ja«, antwortete ich. »So sehr, wie ich in dem Alter in der Lage war.«

»Wie ist sie gestorben?«

»Bei einem Autounfall. Sie ging mit ein paar Kommilitonen zum Tanzen – ich musste an dem Abend arbeiten. Als sie an einer roten Ampel anhielt, schüttete einer von ihnen ihr aus Versehen Bier auf den Schoß. Sie hat unabsichtlich das Gaspedal durchgetreten, und ein anderes Auto fuhr ihr in die Seite.«

»Das ist entsetzlich«, sagte sie. »Wurde sonst noch jemand getötet?«

»Nein, alle anderen sind davongekommen.«

»Was passierte mit dem Mann?«

»Nichts«, erwiderte ich. »Es ist kein Verbrechen, als Beifahrer betrunken und dämlich zu sein.«

»Ich hoffe, er arbeitet nicht da draußen irgendwo als Anwalt.«

»Nein«, sagte ich. »Er ist FBI-Agent.«

# 23. KAPITEL

Am Montagvormittag sprühte ich mein Haus mit einem Hochdrucksprühgerät mit einer Mischung aus Leinsamenöl und Farbverdünnungsmittel ein. Es ist eine schmutzige Arbeit, aber sie muss einmal pro Jahr erledigt werden, um das Holz vor Schäden durch Feuchtigkeit und ultraviolette Strahlung zu schützen. Ich hatte eigentlich nicht geplant, es am Montag zu tun, aber es stand auf meiner Liste der zu erledigenden Dinge, und das Wetter war ideal. Eine Temperatur von etwas mehr als zwanzig Grad, wolkenloser Himmel, kein Wind.

Diese Art von körperlicher Arbeit unterscheidet sich auf mindestens zwei Arten von der Ermittlungsarbeit. Erstens sieht man die Früchte der Arbeit sofort. Zweitens kann man seine Gedanken wandern lassen, weil man sich nicht sonderlich konzentrieren muss. Also stand ich oben auf einer vier Meter fünfzig hohen Leiter, bewegte das Hochdruckgerät langsam hin und her und träumte, in Gedanken versunken, von meinem Sonntagsausflug mit Jayne Smyers.

Sie hatte mich zum Abendessen eingeladen, und wir hatten unsere Unterhaltung in ihrer Küche fortgesetzt, während sie einen Salat und einen Auflauf mit grünen Bohnen zubereitete. Ich erzählte ihr, dass ich Polk schon lange vor Joys Tod nicht hatte leiden können, und sie fragte nach dem Grund. »Er ist der arroganteste Mensch, den ich je kennen gelernt habe«, antwortete ich. »Er glaubte, er wäre zäher und härter als alle anderen, und betrachtet sich selbst als Geschenk Gottes an die Frauen.«

Sie grinste amüsiert. »Er ist tatsächlich arrogant«, meinte sie, »aber irgendetwas sagt mir, dass ein Grund für Ihre Abneigung der war, dass Sie sich auch für zäher und härter als alle anderen hielten.«

»Ich bin sicher, dass das auch eine Rolle spielte«, gab ich zu.

»Haben Sie sich auch als Geschenk Gottes an die Frauen betrachtet?« Sie streute geraspelte Mandeln über den Auflauf.

»Nein«, erwiderte ich, »unter diesem Wahn habe ich nie gelitten.«

»Merkwürdigerweise glaube ich Ihnen.« Sie schob die gläserne Auflaufform in den Backofen. »Sie strahlen irgendwie Selbstvertrauen aus, ohne egoistisch zu wirken.«

Ich nehme an, sie betrachtete das als einen guten Zug bei einem Mann, denn unsere Verabredung hatte mit einem Gutenachtkuss geendet, der besser als erwartet ausgefallen war. Nicht die Art Kuss, die die Leute dazu bringt, sich sofort die Kleider vom Leib zu reißen und zur Sache zu gehen, aber trotzdem sinnlich genug, um mich glauben zu lassen, dass ihrerseits Interesse bestand.

Daran dachte ich, während ich das Haus besprühte, aber dann klingelte das Telefon, und ich eilte ins Haus. Es war Maggie McGuire.

»Sie arbeiten schnell«, sagte ich.

»Jayne sagte mir, es wäre wichtig.« Sie klang sehr geschäftsmäßig. Dem Klang ihrer Stimme nach schätzte ich sie auf Ende vierzig.

»Wann können wir uns treffen?«, fragte ich.

»Ich habe um drei Uhr etwas Zeit.«

»Ich werde da sein«, sagte ich. Nachdem ich eine präzise

Wegbeschreibung zu ihrem Büro erhalten hatte, legte ich das schnurlose Telefon auf die Basisstation und nahm meine Arbeit draußen wieder auf.

Ich brauchte nur eine halbe Stunde, bis ich fertig war, aber es dauerte länger, alles wieder sauber zu machen.

Es war schon nach zwei, als ich aus der Dusche kam. Ich zog Freizeitkleidung an, ließ die Hunde für ein paar Minuten hinaus und fuhr dann nach Boulder. Bevor ich aus der Auffahrt fuhr, hielt ich an, um meine Arbeit zu bewundern. Das Holz war nicht länger verblasst, sondern hatte wieder eine kräftige Farbe. Das ganze Haus strahlte den warmen Glanz aus, den es besessen hatte, als ich es gekauft hatte.

Maggie McGuire war Englischprofessorin. Weil der Fachbereich Englisch nur wenige Spendengelder einbrachte, war er in einem der ältesten Gebäude auf dem Campus untergebracht. Ihr Büro befand sich im zweiten Stock. Die Tür stand offen.

»Professor McGuire?«

»Sie müssen Mr. Keane sein.« Sie war eine leicht korpulente Frau Mitte vierzig. Ihr langes Haar war eine gekräuselte Mischung aus Rot und Grau. Sie war nicht geschminkt und hatte Sommersprossen. Sie trug einen langen braunen Rock, eine beigefarbene Bluse, weiße Socken und die teuren Ledersandalen, die in Boulder so beliebt sind. Sie lud mich mit einer Handbewegung ein, Platz zu nehmen. »Danke, dass Sie das so schnell erledigt haben«, sagte ich. Statt zu antworten »gern geschehen«, taxierte sie mich genau in dem Dämmerlicht des Raumes. Das einzige Licht strömte durch das hohe schmale Fenster hinter ihrem Schreibtisch aus Holz. Ich vermutete, dass sie kein helles Licht mochte. Vielleicht unterrichtete sie mittelalterliche Literatur und mochte einfach die Stimmung.

»Ich muss zugeben, dass ich fasziniert bin«, sagte sie schließlich. »Es passiert nicht jeden Tag, dass ein Privatdetektiv mich bittet, den Schreibstil von zwei Akademikern zu vergleichen.«

»Hat Jayne Ihnen die Natur meiner Ermittlung erklärt?«, fragte ich.

»Nein, sie war recht zurückhaltend, aber das spielt keine Rolle.« Sie schob den Stapel Artikel, die ich Jayne gegeben hatte, in die Mitte ihres Schreibtisches. »Haben Sie alle Artikel gelesen?«, wollte sie wissen.

»Oh ja.«

»Und Sie glauben, dass Professor Chang Professor Hawkins beim Schreiben des jüngsten Artikels behilflich war?«

»Richtig.«

»Warum?«

»Seine anderen Artikel sind unstrukturiert und voller umgangssprachlicher Ausdrücke. Der letzte ist knapp und sauber. Der Schreibstil scheint dem von Carolyn Chang zu gleichen.«

»Welche Ähnlichkeiten sind Ihnen aufgefallen?«, fragte sie. Ich fühlte mich wie ein Doktorand, der seine Doktorarbeit verteidigen muss.

»Die Gedanken sind logisch geordnet«, antwortete ich. »Es werden keine umgangssprachlichen Ausdrücke verwendet, und der Autor benutzte so wenig Worte wie möglich.«

»Und deshalb glauben Sie, dass Professor Chang beim Verfassen dieses Aufsatzes mitgeholfen hat?« Sie hielt die Kopie von *Das Wetter und die fraktale Struktur von Getreidemärkten* hoch.

»Das und die Tatsache, dass Carolyn Expertin auf dem Gebiet der fraktalen Mathematik war. Ich glaube nicht, dass Hawkins …«

»War?«

»Sie lebt nicht mehr«, sagte ich. Mir ging auf, dass Jayne ihr gar nichts erzählt hatte.

»Ich verstehe.«

»Möchten Sie etwas Hintergrundwissen haben?«, fragte ich.

»Nein«, erwiderte sie. »Ich kann Ihnen sagen, was Sie wissen wollen, ohne den Grund dafür zu kennen.« Sie verschränkte die Finger und stützte die Ellbogen auf dem Schreibtisch auf. »Ihr Gespür ist gut«, fuhr sie fort. »Der Autor dieser Abhandlung verwendete einen Schreibstil, der beinahe identisch mit dem von Professor Chang ist.«

»Es klingt, als wären Sie sich dessen sicher«, sagte ich.

»Professor Chang hat – hatte – einen einzigartigen Schreibstil. Sie verwendete einen so genannten *E-prime*-Schreibstil.«

»E-prime?«

»Ja, dabei handelt es sich um eine Form von Englisch, die weitgehend auf die Benutzung des Verbes ›sein‹ verzichtet.«

»Welche Theorie steht dahinter?«

»Diejenigen, die diesen Schreibstil benutzen, glauben, dass das Wort ›sein‹ schluderiges Denken fördert. Statt zu sagen ›Die Katze ist weiß‹, halten sie es für angebrachter zu sagen ›Die Katze hat ein weißes Fell‹.«

»Das ist interessant«, meinte ich. »Ist der Stil weit verbreitet?«

»Nein«, antwortete sie. »Der Hauptbefürworter des *E-prime*-Schreibstils ist eine Gruppe namens Internationale Gesellschaft für Allgemeine Semantik, aber außerhalb von akademischen Kreisen hat sie wenig Erfolg.« Ich nickte und schrieb IGAS auf meinen Block. »Ich kann nicht mit Sicherheit sagen, dass Professor Chang diesen Artikel geschrieben hat. Ich kann Ihnen lediglich bestätigen, dass der Schreibstil größtenteils mit dem identisch ist, den Carolyn Chang in ihren Aufsätzen benutzte.«

»Größtenteils?«

»Es gibt Passagen, in denen dieser Schreibstil nicht angewendet wurde. Und die Gesamtstruktur des Artikels stammt anscheinend von Professor Hawkins. Ich vermute, dass Professor Chang oder ein anderer Befürworter des *E-prime*-Stils Mitautor war oder den Aufsatz redigierte.«

Das bewies nichts, aber es bestärkte mich in dem Glauben, dass Hawkins mir gegenüber nicht völlig ehrlich gewesen war.

»Vielen Dank«, sagte ich, »Sie waren mir eine große Hilfe.«

# 24. KAPITEL

Am Dienstagmorgen war es kalt. Die Überreste arktischer Luftmassen hatten sich über Nacht durchgesetzt. Das Thermometer vor meinem Küchenfenster zeigte um sieben Uhr sechs Grad an. Es war nicht eisig, aber es war auch nicht das, was man in der zweiten Juniwoche erwarten würde.

Ich trainierte im Keller mit den Gewichten, dann schälte ich mir zum Frühstück eine Orange und dachte über meinen nächsten Schritt nach. Angesichts des Wetters schien es ein guter Tag zum Telefonieren zu sein. Ich rief Susan Thompson, die Reporterin aus Lincoln, an und bat sie, mir so viel Hintergrundmaterial über Hawkins zu schicken, wie sie auftreiben konnte. Ich rief bei der Internationalen Gesellschaft für Allgemeine Semantik an und ließ mir bestätigen, dass Carolyn Chang dort Mitglied gewesen war. Dann wählte ich Scotts Nummer.

»So funktioniert das heutzutage«, meinte er. »Man küsst sich beim ersten Date, und beim zweiten Date hat man eine Beziehung.« Nach den Informationen über den aktuellen Stand des Falles hatte ich ihm von meinem Sonntag mit Jayne Smyers erzählt.

»Nicht wie in den guten alten Tagen«, scherzte ich.

»Es ist, als lebten wir im Viktorianischen Zeitalter«, sagte er. Ich grinste in mich hinein, dann schlug ich vor, unsere Unterhaltung über den Fall wieder aufzugreifen. »Wie sieht es bei Fontaine und Underwood aus?«, fragte er, »haben sie den *E-prime*-Schreibstil benutzt?«

»Nein, ich habe ihre Artikel gestern Abend noch einmal gelesen.« Ein paar Sekunden herrschte Schweigen, aber das ist nicht ungewöhnlich beim Brainstorming.

»Wenn Carolyn geholfen hat, den Artikel zu schreiben«, meinte er, »warum hat sie dann nicht darauf bestanden, als Mitautorin genannt zu werden?«

»Darüber habe ich auch schon nachgedacht«, erwiderte ich, »und die einzige Antwort, die mir eingefallen ist, ist die, dass sie ihren Namen dafür nicht hergeben wollte.«

»Ist der Aufsatz so schlecht?«

»Nein«, sagte ich, »aber die These ist nicht sonderlich originell. Es wird kein Neuland betreten. Wenn man ihn sorgfältig studiert, findet man nichts Gelehrtes.«

»Ist das deine Meinung als Wirtschaftswissenschaftler?«

»Es ist meine Meinung als jemand, der während des vergangenen Monats viel zu viele Fachaufsätze gelesen hat.«

Wir sprachen eine weitere Viertelstunde über verschiedene Aspekte des Falles. »Soll ich noch etwas tun?«, fragte er.

»Momentan fällt mir nichts ein«, antwortete ich. »Die Reporterin aus Lincoln wird mir einige Hintergrundinformationen über Hawkins schicken.«

»Halte mich auf dem Laufenden«, sagte er. Ich versprach es.

Es war zu früh, um nach meiner Post zu sehen, deshalb fuhr ich zu Wanda's, um Kaffee zu trinken und die Tageszeitung zu lesen. Jemand hatte sich bereits die *News* geschnappt, weshalb ich mit der *Daily Camera* von Boulder anfing. Ich war überrascht, als ich den Sportteil aufschlug und von Finns grinsender Visage angestarrt wurde. Der junge Dozent hatte einen regionalen Triathlon als Dritter abgeschlossen, und die Zeitung hatte ihm eine Viertelseite gewidmet. Ich las die Story, dann schenkte ich mir Kaffee nach. Dabei sah ich Missy.

»Hi, Pepper«, grüßte sie. Sie stand in verwaschenen Jeans

und einer weißen Bauernbluse mit farbenfroher Stickerei an Hals und Ärmeln in der Nähe der Kasse.

»Hallo, Missy, wie geht's dir?«

»Mir geht's prima«, antwortete sie. Eine von Wandas Angestellten reichte ihr eine Tasse roten Tee.

»Wo ist Luther?«

»Er ist in Aspen«, antwortete sie. »Die Band ist die ganze Woche dort.«

»Warum bist du nicht mitgefahren?«, wollte ich wissen.

»Ich wollte meine Gruppe nicht verpassen«, sagte sie. »Wir erforschen unser früheres Leben.« Ich nickte, um zu zeigen, dass ich verstand. Es waren keine Tische mehr frei, und ich lud sie an meinen Tisch ein. »He«, sagte sie, als ihr Blick auf die Zeitung fiel. »Das ist der Typ.« Sie zeigte auf das Foto von Finn.

»Welcher Typ?«

»Der Typ bei deinem Haus«, sagte sie. »Das ist er.«

»Das ist der Mann, der um mein Haus gewandert ist?«

»Ja, ich bin mir ganz sicher.« Sie hatte den Fremden als »wirklich groß und kräftig« und blond beschrieben. Missy war etwa eins achtundfünzig groß. Finn maß eins neunzig. Obwohl ich ihn eher als schlaksig beschreiben würde, ging mir auf, dass Missy jemanden wie Finn »wirklich groß und kräftig« finden könnte. Ich befragte sie nochmals über das, was sie gesehen hatte, aber ich erfuhr nichts Neues. Eine ihrer Freundinnen – auch so eine alternde Erdmutter – gesellte sich zu uns, und sie begannen eine Unterhaltung über eine Nachtwache bei Kerzenlicht, die sie planten, um gegen irgendetwas zu protestieren. Ich verabschiedete mich, hielt bei der Post, um meine Briefe abzuholen, fuhr nach Hause und bemerkte dort das Blinken des Anrufbeantworters. Ich ließ Buck und Wheat aus dem Haus, hörte die Nachricht ab und rief Gilbert an.

»Sie können mir gratulieren«, sagte er, »ich habe ein weiteres Enkelkind bekommen.«

»Das ist großartig, Dick. Ist es ein Junge oder ein Mädchen?«

»Ein kleiner Junge«, sagte er stolz. »3.800 Gramm schwer.«

»Ein Stammhalter«, meinte ich. Er lachte, dann sagte er, er müsse mich in die Warteschleife legen. Gilbert war nach einer halben Minute wieder am Apparat.

»Tut mir Leid«, sagte er.

»Kein Problem.«

»Jedenfalls habe ich die Sache mit Bailey Green überprüft, aber irgendetwas stimmt da nicht.«

»Ich höre«, sagte ich.

»Green ist in einem Bundesgefängnis inhaftiert. Er wurde im letzten August wegen eines Bankraubes verhaftet. Er ging am helllichten Tag in eine Bank und hielt einem Schalterbeamten eine Knarre vor die Nase. Die Bundespolizei fand ihn zwei Stunden später in seiner Wohnung; er war über und über mit roter Farbe bedeckt.«

»Was ist mit der Waffe?«

»In den Berichten steht, dass er eine Taurus mit fünf Schuss benutzte, und die letzten vier Stellen der Seriennummer auf der Waffe, die sie beschlagnahmt haben, entsprechen der, die wir haben.«

»Wie viele Waffen mit denselben vier Zahlen am Ende der Seriennummer wurden hergestellt?«

»Nur eine«, antwortete er. »Ich habe beim Hersteller nachgefragt.«

»Was die Frage aufwirft, wie eine Handfeuerwaffe, die letzten August in Denver beschlagnahmt wurde, im September zur Ermordung eines Matheprofessors in Walla Walla benutzt werden konnte.«

»Ich hielt das auch für eine ziemlich gute Frage. Also rief ich das FBI-Büro in Denver an und sprach mit einem der Agenten dort. Erklärte ihm alles. Er rief zehn Minuten später zurück und sagte mir, dass sie Greens Waffe in ihrer Asservatenkammer hätten. Meinte, unsere Leute von der Forensik hätten einen Fehler gemacht.«

»Mit wem haben Sie gesprochen?«, fragte ich

»Mit einem Typ namens Polk. Kennen Sie ihn?«

»Ja, ich kenne ihn seit meinem Jurastudium. Er hat an dem Fraktalfall gearbeitet.«

»Das hat er nicht erwähnt, aber ich nehme an, sie haben sich besseren und wichtigeren Dingen zugewandt.« Ich sagte nichts, weil meine Gedanken sich überschlugen. »Ich weiß nicht«, murmelte er, »vielleicht haben sich unsere Leute tatsächlich hinsichtlich der Seriennummer getäuscht.«

»Glauben Sie?«

»Ich lasse das noch einmal überprüfen.«

»Das kann nichts schaden«, sagte ich. Aber ich wusste, dass sie sich nicht geirrt hatten.

Am Nachmittag rief ich Gombold an, um mir bestätigen zu lassen, was ich bereits wusste. Der offizielle Zweck meines Anrufs war, ihn über die Verwendung des *E-prime*-Schreibstils in Hawkins jüngster Veröffentlichung zu informieren. Er stimmte zu, dass das verdächtig war.

»Was gibt's Neues bei euch?«, fragte ich, als wir mit dem fraktalen Fall fertig waren.

»Dieselbe alte Scheiße«, antwortete er, »nur mehr davon.« Er klang erschöpft. »Dittmer hat uns Überstunden machen lassen, um die zusätzliche Arbeit aufzufangen, die durch die Zunahme an Terrorismusbekämpfungsoperationen entsteht. Und irgendein Kongressabgeordneter will, dass wir eine Müllbeseitigungsfirma unter die Lupe nehmen, die *Pu der Bär* auf ihren Lastwagen abgebildet hat, ohne die Erlaubnis des Landwirtschaftsministers einzuholen.« Ich lachte.

»Lach nicht«, sagte er. »Das ist ein Verstoß gegen das Bundesrecht. Man kann sechs Monate dafür bekommen.«

»Ich bin froh, dass du mich gewarnt hast«, erwiderte ich. »Heh, bevor wir Schluss machen, was ist eigentlich mit dem Fall passiert, bei dem ihr die Waffe nicht finden konntet? Wie hieß der Typ noch gleich, Green?«

»Ja, Bailey Green. Er hat sich letzte Woche für schuldig bekannt. Wir haben die Waffe nie gefunden, weshalb die Staatsanwaltschaft zustimmte, ihn nicht als Gewohnheitstäter anzuklagen. Man dachte sich wohl, das wäre ein niedriger Preis, um die Sache mit der fehlenden Waffe aus den Zeitungen herauszuhalten.«

»Das ist wahrscheinlich auch gut so«, sagte ich. »Man will ja nicht etwas tun, das potenzielle Geschworene auf die Tatsache aufmerksam machen könnte, dass das Büro manchmal auch Fehler macht.«

»Gott helfe uns, wenn das je herauskommt.«

»Schlaf ein bisschen, Tim. Du hörst dich müde an.« Ich legte auf und stellte eine Liste zu erledigender Dinge auf.

Es gab keinen Mangel an Arbeit. Zusätzlich zum Sammeln von möglichst vielen Einzelheiten über Hawkins, wollte ich auch mehr über Polk in Erfahrung bringen. Aus unbekannten Gründen hatte er Gilbert hinsichtlich des fehlenden Revolvers angelogen. Und er hatte sein Möglichstes getan, um mich bei Dittmer in Misskredit zu bringen, als er erfuhr, dass Jayne mich engagiert hatte. Deshalb wollte ich mehr über ihn wissen. Obendrein ließ mir das Bild von Finn, der um mein Haus schlich, keine Ruhe. Ich versuchte, es zu verdrängen, aber ich wollte eine Erklärung dafür haben.

Hawkins. Polk. Finn. Ich musste mehr über alle drei erfahren.

## 25. KAPITEL

Ich konnte es kaum glauben. Ich hatte tatsächlich einen freien Platz auf dem Besucherparkplatz in der Nähe des Mathematikgebäudes gefunden. Es war halb zwölf an einem sonnigen Mittwochmorgen. Das warme Wetter war so schnell zurückgekehrt, wie es verschwunden war, und ich hatte eine Verabredung zum Mittagessen mit Jayne.

Im Gebäude waren nur wenige Leute. Ich ging die Treppen hinauf in den dritten Stock. Finn war nicht in seinem Büro, aber die Tür war offen.

Jayne saß in einer hellbraunen Hose und einem taubenblauen Oberteil mit einem tiefen runden Ausschnitt hinter ihrem Schreibtisch. Rosa Lippenstift. Finn saß auf dem Stuhl zu ihrer Rechten, Mary auf dem zu ihrer Linken. Sie sprachen über die Politik innerhalb des Fachbereichs.

»Hallo, Mr. Keane«, sagte Mary Pat. Sie trug braune Shorts und eine gelbe Baumwollbluse mit hochgekrempelten Ärmeln.

»Bin ich zu früh?«, fragte ich.

»Nein«, antwortete Jayne, »Sie kommen genau richtig.« Finn drehte sich um und sah mich überrascht an.

»Ich habe Ihr Foto in der Zeitung gesehen«, sagte ich. »Glückwunsch.« Ich streckte die Hand aus und widerstand der Versuchung zuzudrücken, als wäre ich mit zusätzlichen Sehnen gesegnet.

»Danke«, erwiderte er. Er trug marineblaue Dockers,

ein weißes Kurzarmhemd und eine kastanienbraune Krawatte.

»Ja, Stephen«, meinte Jayne, »das war ein wundervoller Artikel. Wir sind alle so stolz auf dich.« Wir sollten es nicht übertreiben, dachte ich.

»Alle im Fachbereich reden darüber«, fügte Mary Pat hinzu.

Finn nahm das als Aufforderung, in allen Einzelheiten von dem Rennen zu erzählen. Wir hörten höflich zu, als er sein Schwimm-Lauf-Rad-Abenteuer in viel zu vielen Einzelheiten wiedergab. Als er fertig war, sah ich Jayne an und sagte: »Sollen wir?«

»Natürlich«, antwortete sie mit einem Lächeln. Sie griff nach ihrer Handtasche, stand auf und kam um den Schreibtisch herum zu mir. In diesem Moment begriff Finn, dass wir zum Essen verabredet waren, aber er tat sein Möglichstes, um gleichgültig zu wirken. »Ich bin um ein Uhr zurück«, verkündete Jayne. Ich lächelte Mary Pat an, nickte Finn höflich zu und fasste Jayne sanft am Ellbogen, als ich sie aus dem Büro begleitete. Es war eine kleine Geste, aber ich stellte sicher, dass Finn sie sah.

»Wo möchten Sie gerne essen?«, fragte ich, als ich eine der Glastüren am Eingang für sie offen hielt. Sie ging hinaus, und ich folgte ihr. Die Sonne schien hell, weshalb ich meine Fliegerbrille aus der Hemdentasche zog und sie aufsetzte.

»Lassen Sie uns im Grill essen«, schlug sie vor. »Ich habe sowieso noch einige Dinge auf dieser Seite des Campus zu erledigen.« Ich war einverstanden, und wir machten uns auf den Weg um verschiedene Gebäude und Grünanlagen herum zum Memorial Center der Universität.

Dort gibt es einige gastronomische Betriebe. Einer der beliebtesten ist der Alfred E. Packer Grill, eine Cafeteria, die nach dem einzigen Amerikaner benannt ist, der wegen Kannibalismus verurteilt wurde. Ich war jahrelang nicht mehr dort gewesen, aber offensichtlich hatte sich nichts geändert. Ich dachte kurz an gemeinsame Mittagessen mit Joy vor langer Zeit.

Die Schlange war lang, bewegte sich aber schnell vorwärts. Ich bestellte eine Muschelsuppe und eine Diätcola; Jayne entschied sich für einen großen Salat und Eistee. Sie wollte zahlen, aber ich hatte meine Brieftasche schon in der Hand. »Ich zahle«, sagte ich, »und Sie suchen einen freien Tisch.« Das akademische Jahr war zu Ende, aber trotzdem gab es nur wenige freie Plätze in der riesigen Cafeteria.

Ich nahm mein Wechselgeld von der großmütterlichen Kassiererin entgegen und fragte mich kurz, ob meine älter werdende Mutter wohl eines Tages gezwungen sein würde, eine ähnliche Arbeit zu verrichten. Ich ließ die Blicke durch den Raum schweifen und entdeckte Jayne an einem kleinen Tisch an der gegenüberliegenden Wand. Sie bemerkte mich und winkte. Ich bahnte mir meinen Weg durch die Menge und setzte mein Tablett ihr gegenüber ab. »Ist es hier im Sommer immer so voll?«, fragte ich.

»Nein«, antwortete sie lachend, »wahrscheinlich findet eine Konferenz statt.« Ich setzte mich, und wir fingen an zu essen. »Hat Maggie Sie angerufen?«, wollte sie wissen.

»Ja«, sagte ich, »wir haben uns gestern getroffen.« Ich fasste zusammen, was ich erfahren hatte.

»*E-prime*-Schreibstil?«, meinte sie. »Ich habe nie davon gehört. Ich muss das mal ausprobieren.«

»Ich spiele seit gestern damit«, erwiderte ich. »Es ist eine echte Herausforderung.«

»Nun, ich bin froh, dass Maggie weiterhelfen konnte.« Sie spießte mit ihrer Gabel eine Gurkenscheibe auf. »Ist das die neue Entwicklung, die Sie erwähnt haben?«

»Nein.« Ich erzählte ihr, was Gilbert über Bailey Green herausgefunden hatte, und dann wiederholte ich meine Unterhaltung mit Gombold.

»Mein Gott«, sagte sie, »was halten Sie davon?«

»Ich bin mir nicht sicher«, sagte ich. Ich trank einen Schluck. »Eine Sache, die ich tun möchte, ist, mehr über Polk herauszufinden, aber ich brauche Ihre Hilfe.«

»Was kann ich tun?«

»Polk hat hier Jura studiert«, antwortete ich. »Ich möchte alle Aufzeichnungen über ihn. Aufnahmeantrag, Noten, alles.«

»Die Registratur wird eine Freigabe haben wollen«, sagte sie.

»Erfinden Sie etwas«, sagte ich. »Erzählen Sie ihnen, er hat sich für ein Aufbaustudium beworben, und der Fachbereich hat seine Bewerbung verloren. Tun Sie verlegen, aber machen Sie es dringend. Am besten um die Mittagszeit, wenn die Vorgesetzten wahrscheinlich in der Mittagspause sind. Wenn es nicht funktioniert, sagen Sie mir Bescheid.« Sie hob ihr Glas an die Lippen und sah mich an, während sie ihren Eistee trank.

»Ich glaube nicht, dass ich möchte, dass Sie sauer auf mich sind.«

»Ich nehme das als Kompliment«, sagte ich. »Werden Sie es versuchen?«

»Ich denke, ich habe es als Kompliment gemeint«, erwiderte sie. »Und, ja, ich werde es versuchen.«

Ich stand auf, um unsere Gläser wieder aufzufüllen, und die Unterhaltung wandte sich Themen zu, die nichts mit dem Fall zu tun hatten. »Ich habe die Eigentümervereinigung wegen der Russischen Olivenbäume angerufen«, erzählte sie, »aber der Mann, mit dem ich gesprochen habe, schien nicht sonderlich interessiert zu sein.«

»Die beste Art, sie loszuwerden, ist mit einem Flammenwerfer«, sagte ich. »Das tötet alle Samen ab. Ich nehme nicht an, dass Sie einen besitzen.« Sie lachte, und wir unterhielten uns weiter über nichts Spezielles. Ihr Sommer, mein Sommer, und so weiter. Einmal entstand ein etwas unbehagliches Schweigen, aber sie brach es, indem sie sagte, sie hätte sich am Sonntag gut amüsiert. Ich versicherte ihr, dass mir der Tag auch gut gefallen habe. Ich wollte sie gerne wieder einladen, vielleicht zum Abendessen oder ins Kino, aber ich tat es nicht. Bevor ich zu weit auf der Straße nach Beziehungshausen fuhr, fühlte ich mich verpflichtet, ein oder zwei Dinge über mich zu enthüllen, aber vorher wollte ich erst noch darüber nachdenken, wie ich das am besten anging.

Sie warf einen Blick auf ihre Armbanduhr. »Oh«, meinte sie, »es ist fast ein Uhr. Begleiten Sie mich zum Verwaltungsgebäude?«

»Mit Vergnügen«, antwortete ich. Es lag nicht ganz auf meinem Weg, aber ich war gerne mit ihr zusammen. Wir gingen zusammen zum Verwaltungsgebäude, dann verabschiedeten wir uns. Ich erwähnte Finns Besuch bei meinem Haus nicht. Ich hatte, was ihn anging, meine eigenen Pläne, und darüber musste sie nichts wissen.

Der Mann, der mir die Haare schneidet, ist ein lustiger alter Bursche. Milt besitzt einen der letzten kleinen Friseurläden in Boulder, und stolz präsentiert er seine alte Gewerkschaftskarte. Mein Mittagessen mit Jayne war kürzer als erwartet gewesen, und so entschloss ich mich, mir die Haare schneiden zu lassen. Er war in den Sportteil der Zeitung vertieft, als ich den Laden betrat.

»Wachen Sie auf, alter Mann«, sagte ich, »ich bin es satt, wie ein langhaariger Narr auszusehen.«

»Pepper Keane, der Marineanwalt.«

»Können Sie sich lange genug von den Baseball-Ergebnissen losreißen, um mir einen Haarschnitt zu verpassen?«

»Es reicht Ihnen schon fast bis zu den Ohren«, sagte er. »Haben Sie Bargeld?«

»Immer«, antwortete ich. Er sprang mit dem Schwung eines fünfzig Jahre jüngeren Mannes von seinem Stuhl auf. Es bereitete mir kein Problem zu glauben, dass er einst ein aussichtsreicher Weltergewichtler gewesen war.

»Ich nehme keine Schecks«, sagte er.

»Ich weiß.« Milt wusste ganz genau, wie viel Einkommen er pro Jahr angeben konnte, ohne dass man ihm die staatliche Beihilfe kürzte.

Ich setzte mich auf den schwarzen Stuhl und ließ Milt seinen Job tun. Dabei analysierte er fachmännisch die Wurfprobleme der Rockies und brachte mich hinsichtlich der jüngsten Ereignisse auf das Laufende. »Zehn Dollar«, sagte er, als ich aufstand.

»Das ist Raub«, sagte ich.

»Dann gehen Sie nächstes Mal zu *Super Clips*«, erwiderte er. »Lassen Sie sich die Haare von einem der Homos schneiden.« Ich gab ihm zwölf Dollar und sagte, ich käme in ein paar Wochen wieder. Ich warf den Pick-up an, schob eine Kassette ein und fuhr nach Denver.

Ich kam kurz vor drei bei Troys Studio an. Ein paar Hartgesottene stemmten Gewichte, aber sonst war es ruhig. Ich öffnete meinen Spind, zog mich aus bis auf die Boxershorts und stellte mich auf die Waage. Ich stand noch darauf, als mein Bruder und Jeff Smart hinter mir hereinkamen. »Oje«, meinte mein Bruder. »Vielleicht solltest du über eine Fettabsaugung nachdenken.«

»Und du solltest vielleicht über Schuhe mit hohen Absätzen nachdenken.« Troy lachte, und ich stieg von der Waage. »Schön, dich zu sehen, Jeff«, sagte ich und reichte ihm die

Hand. »Es ist eine Weile her.« Er ist in unserer Nachbarschaft aufgewachsen und seit der Grundschule einer der besten Freunde meines Bruders. »Ich dachte, du wärst in Chicago«, sagte ich, während ich grüne Trainingsshorts und ein weißes ärmelloses Shirt anzog.

»Ich bin letztes Jahr wieder hergezogen«, sagte Jeff.

»Fliegst du immer noch für die Luftwaffe?«

»Nicht mehr«, antwortete er. »Ich habe zusammen mit einem Kumpel einen Learjet geleast und einen Charterservice eröffnet. Er heißt Small Charter. Wir fliegen leitende Angestellte in der Gegend herum.«

»Besser als eine richtige Arbeit«, kommentierte mein Bruder.

»Das Motto der Familie Keane«, sagte ich. Sie warteten geduldig, während ich meine Laufschuhe anzog. Als ich fertig war, sagte ich: »Los geht's.«

Wir führten ein sorgfältiges Training für die Beine und den Rücken durch. Jeff hielt sich gut, aber bei den meisten Übungen legte er weniger Gewichte auf. Er ist einen Meter fünfundachtzig groß und wiegt wahrscheinlich etwa achtzig Kilo. Damit besitzt er den perfekten Körperbau für die Sportart, die er am liebsten ausübt – Schürzen jagen.

Jeff ist schon seit der Pubertät ein Schürzenjäger und Casanova. Er ist aufgeschlossen und hat gerne seinen Spaß, verfügt aber zudem über ein Aussehen, das die meisten Frauen attraktiv finden. Er hat einen dunklen Teint – wahrscheinlich das Erbe seiner jüdischen Vorfahren – und dunkle Locken, die er etwas länger trägt, als es der derzeitigen Mode entspricht.

Wir schlossen unser Training mit einem kurzen Lauf durch die von Bäumen gesäumten Straßen des Cherry-Creek-Viertels ab. Jede Menge junger Frauen waren draußen – beim Einkaufen, Joggen und bei der Gartenarbeit –, und keine einzige entging Jeffs Aufmerksamkeit. »Wie viele Exfrauen hast du eigentlich inzwischen?«, zog ich ihn auf.

»Immer noch nur die zwei«, erwiderte er. Ich hatte ihn bei seiner zweiten Scheidung vertreten, eine hässliche Geschichte, trotz der kurzen Dauer der Ehe und obwohl es keine Kinder gab. Zur Geschäftsstrategie von *Keane, Simms & Mercante* gehörte es, Fälle mit häuslichen Problemen jeglicher Art abzulehnen, aber es gehört einfach auch zum Dasein eines Anwaltes, derartige Angelegenheiten für Freunde und Verwandte zu regeln. Es lässt sich nicht vermeiden.

Troys Studio tauchte wieder vor uns auf. Wir waren etwa eine Meile weit gejoggt. »Habt ihr Lust auf ein Bier?«, fragte mein Bruder.

»Klar«, sagte ich.

»Ich komme mit, aber ich kann nichts trinken«, meinte Jeff. »Wir fliegen morgen Früh nach Boston und starten um kurz nach fünf.«

»Besser als eine richtige Arbeit«, sagte mein Bruder.

»Wie lange bleibt ihr in Boston?«, wollte ich wissen.

# 26. KAPITEL

Das Cockpit eines Learjet 45 XR ist so konzipiert, dass es dem Piloten und dem Copiloten erlaubt, effizient und bequem zu arbeiten, aber die Ingenieure haben nicht einkalkuliert, dass ein kräftig gebauter Privatdetektiv auch vorne mitfliegen könnte; deshalb saß ich auf dem Boden. Jeff und sein Copilot/Partner waren übereingekommen, mich kostenlos mitfliegen zu lassen, aber ich musste im Cockpit bleiben, damit die sechs leitenden Angestellten in der Passagierkabine auch die Privatsphäre hatten, für die sie zahlten.

Wir hoben um 5:07 Uhr morgens ab. Es war noch dunkel, aber am östlichen Horizont Colorados waren schon die ersten Spuren der Dämmerung zu erkennen, und das Indigoblau wurde langsam zu einem blasseren Blau. »Ist das legal?«, fragte ich, als das Flugzeug an Höhe gewann.

»Nein«, erwiderte Jeff. »Du stehst nicht einmal auf der Passagierliste, also verletzen wir mindestens zwei Vorschriften der Luftfahrtbehörde.«

»Wenn wir abstürzen«, meinte der Copilot, »wird die zusätzliche Leiche für jede Menge Verwirrung bei der amerikanischen Behörde für Verkehrssicherheit sorgen.« Jay war ein paar Jahre jünger als Jeff, vielleicht dreißig, und sah aus wie einer der Beach Boys. Er war etwa eins fünfundsiebzig groß und schlank, wie ein Pilot sein sollte. Blonde Haare, blaue Augen, wohl gebräunt.

Wir flogen weiter nach Osten, und mein Schlafdefizit forderte seinen Tribut. Ich war um drei Uhr nachts aufgestanden, damit ich genug Zeit hatte, die Hunde bei Troy abzuliefern und zum Flughafen zu fahren. »Du kannst ruhig ein Nickerchen machen«, sagte Jeff. »Du wirst unsere Gefühle damit nicht verletzen.«

»Ich glaube, das mache ich auch«, antwortete ich. Mein einziges Gepäck bestand aus einer kleinen Reisetasche, die ich auf dem Schoß gehalten hatte. Ich legte sie an die Tür und benutzte sie als Kopfkissen. Ich schlief etwas länger als eine Stunde. »Wo sind wir jetzt?«, fragte ich.

»Wir nähern uns Des Moines«, sagte Jeff. Ich nickte und beschloss, meinen Kampf mit Heideggers *Sein und Zeit* wieder aufzunehmen, eine selbst auferlegte Aufgabe, die ich in der letzten Zeit vernachlässigt hatte.

Heidegger war der Meinung, dass das *Dasein* jedem Menschen auf der Welt drei mögliche Seinsweisen eröffnet: undifferenziert, authentisch und nicht authentisch. Ein Mensch in der undifferenzierten Seinsweise stellt die Bedeutung seines eigenen Lebens nie infrage und stellt sich auch nicht der Tatsache, dass seine Existenz durch die Kultur definiert wird, in die das Schicksal ihn geworfen hat. Er erkennt nicht, dass er »geworfen« wurde, sondern akzeptiert blindlings die Existenz, die er geerbt hat. Ich hatte die Bedeutung meines Lebens bei weitem zu oft infrage gestellt, weshalb die undifferenzierte Seinsweise mich nicht beschrieb.

Ein Mensch in der nicht authentischen Seinsweise erkennt, dass seine Existenz die Folge eines Zufalls ist – er erkennt, dass er »geworfen« wurde, aber er ersetzt das Leben, in das er hineingeboren wurde, einfach durch eine andere Rolle, wobei er aber nicht erkennt, dass beide Rollen durch die Kultur geschaffen wurden, in die er geworfen wurde. Ich hatte das Marinecorps verlassen, um ein ziviles Leben zu führen, und ich hatte das überfüllte Denver gegen ein Leben in Nederland in den Bergen eingetauscht; aber ich hatte auch erkannt, dass beide Rollen innerhalb der amerikanischen Kultur existierten, in die ich hineingeboren worden war. Ich wusste, dass ich, wäre ich in China geboren, ein kräftiger chinesischer Privatdetektiv geworden wäre, womit ich definitiv mein eigenes »Geworfen-Werden« erkannt hatte. Deshalb traf die nicht authentische Seinsweise auch nicht auf mich zu.

Erkennt ein Mensch sein eigenes »Geworfen-Werden«, führt das manchmal zu etwas, was Heidegger »Angst« nennt. Er beginnt über den Tod nachzudenken. Wenn ein Mensch nicht in der Lage ist, sich der Möglichkeit seines eigenen Nicht-Seins zu stellen, nennt Heidegger das »Gestürzt-Sein«. Statt zu lernen, mit seiner Angst umzugehen, kehrt ein Mensch, der das »Gestürzt-Sein« erlebt, in die nicht authentische Seinsweise zurück.

Aber manche, die Angst empfinden, stellen sich ihrem eigenen »Geworfen-Werden« und ihrem eigenen Tod, und indem sie das tun, übernehmen sie die Verantwortung für ihr eigenes Leben. Heidegger nennt das »Fürsorge«. Indem er sich um die Welt sorgt, macht jeder Mensch das Beste aus seinen Möglichkeiten – selbst wenn diese Möglichkeiten ursprünglich von der Kultur, in die er geworfen wurde, diktiert wurden. Ein Mensch, der diese Haltung einnimmt, lebt das, was Heidegger eine »authentische Seinsweise« nannte.

Ich schloss das Buch und legte es fort. Dann erinnerte ich mich an den Traum, den ich in Walla Walla gehabt hatte. Und ich glaube, jetzt verstand ich ihn. Joy hatte nicht »Dutzend« gerufen, sondern »Dasein«. Das Bild meines Falls in Richtung Erde wies auf einen Zustand des »Gestürzt-Seins« hin. Ich hatte die äußeren Bedingungen meines Lebens geändert, aber ich hatte immer noch keinen Weg gefunden, mit dem Tod umzugehen oder mit der Furcht, dass es keinen Gott gibt und das Leben bedeutungslos ist. Und Joy hatte ein

Fürsorge-Paket getragen. Hatte sie versucht, mir mitzuteilen, wie ich mich selbst aus meinem Zustand des »Gestürzt-Seins« herausziehen sollte?

»Du bist schrecklich still«, sagte Jeff. »Woran denkst du?«

»Fallen«, antwortete ich.

»Wir stürzen nicht ab«, meinte er, »aber falls es doch passiert, weißt du zumindest, dass du gute Gene dafür hast.« Eine scherzhafte Anspielung auf die Tatsache, dass meinem Bruder bei seinem Fallschirmabsturz nichts zugestoßen war. Ich lachte.

Wir landeten kurz nach zehn Uhr Ortszeit auf dem Logan Airport. Mir standen weniger als vierundzwanzig Stunden zur Verfügung. Die leitenden Angestellten wollten früh am nächsten Morgen zurückfliegen, damit sie rechtzeitig zur Baseball-Doppelveranstaltung am Freitag auf dem Coors Field in Denver zurück sein würden.

Jeff bot mir an, das Motelzimmer mit ihm zu teilen, aber ich war nicht sicher, wohin mich die Ereignisse verschlagen würden, und lehnte ab. Er gab mir die Nummer ihres Motels für den Fall, dass ich meine Meinung ändern würde, und erklärte mir, wo wir uns am Freitagmorgen treffen würden. Ich verabschiedete mich und suchte die nächste Herrentoilette auf. Damit ich keinen Hängekoffer mitnehmen musste, hatte ich einen Anzug getragen. Ich band mir eine Krawatte um, um mein Outfit zu vervollständigen, putzte meine schwarzen Lederschuhe mit einem Papiertuch und verließ die Räumlichkeiten, um mir ein Taxi herbeizuwinken. »Harvard University«, sagte ich.

»Sind Sie Professor?«, fragte der Fahrer. Er hatte einen bewundernswerten Bierbauch und einen starken Neuengland-Akzent. Weiß, Anfang fünfzig.

»Nicht in diesem Leben«, erwiderte ich.

»Woher kommen Sie?«

»Colorado.«

»Was führt Sie nach Boston?« Großartig, ich hatte einen geschwätzigen Taxifahrer erwischt.

»Eine kurze Geschäftsreise«, sagte ich. Bevor er sich nach meinem Beruf erkundigen konnte, fragte ich ihn nach einem, guten Fischrestaurant. Er bildete sich ein, ein Experte zu sein und beschrieb mir sechs oder sieben Restaurants, während er durch den starken Vormittagsverkehr kurvte.

»Harvard University«, sagte er, während wir über eine gelbe Ampel fuhren. Ich blickte nach links und sah einige georgianische Gebäude aus roten Ziegeln, die mit Efeu bedeckt waren. Rechts befanden sich zwei Cafés, zwei Buchhandlungen, ein Kopierladen und ein Body-Piercing-Studio, darüber Wohnungen. »Wo wollen Sie aussteigen?«, fragte der Taxifahrer. »Ich bringe Sie so nah wie möglich dorthin.«

»Hier ist es in Ordnung«, sagte ich. Er hielt vor dem Body-Piercing-Studio an. Ich zahlte, gab ihm ein Trinkgeld und dankte ihm für die Fahrt. Das Schaufenster des Body-Piercing-Studios erregte meine Aufmerksamkeit, und ich beschloss, es mir genauer anzusehen. Dutzende von Fotos zufriedener Kunden waren an die Scheibe geklebt worden; jeder Kunde zeigte stolz eine Sicherheitsnadel oder einen Ring durch eine Brustwarze, die Zunge oder irgendeinen anderen Körperteil. Der Gedanke erschreckte mich, dass einige von diesen Leuten beim Zulassungstest fürs Studium wahrscheinlich sogar gute Noten erzielt hatten.

Ich überquerte die Straße und ging auf der Suche nach einem Verzeichnis oder einem Lageplan außen am Campus entlang. Es war ein typischer Campus, obwohl mir mehr politische Literatur auffiel, als ich je in Boulder gesehen hatte. Schach schien populär zu sein; ich sah Leute, die es auf Bänken und auf speziell für das Spiel konzipierten Tischen in den Außenanlagen spielten. Ich spiele nicht gerne Schach, aber es war kein schlechter Tag dafür. Ungefähr zwanzig Grad und bewölkt. Gemessen an Colorado-Standards war es etwas schwül, aber das konnte man über die gesamte Ostküstenregion sagen. Sommer oder nicht, am Mathefachbereich von Harvard herrschte Hochbetrieb. Es gab Vorlesungen, kleine Gruppen versammelten sich zu spontanen Diskussionen, und wissenschaftliche Mitarbeiter arbeiteten fleißig in kleinen Büros oder Verschlägen. Ich fand das Fachbereichsbüro im dritten Stock, stellte mich drei jungen Sekretärinnen vor und erklärte mein Anliegen. Die übereinstimmende Meinung war, dass meine Angelegenheit ein Fall für Mrs. Rutherford war, die Sekretärin des Verwaltungsratsvorsitzenden.

Ich fand sie an einem Schreibtisch an der Rückseite des Raumes, direkt vor dem Büro des Verwaltungsratsvorsitzenden. Sie war Ende fünfzig, groß und dünn und trug ihr graues Haar in einer attraktiven, fedrigen Kurzhaarfrisur. Sie hatte eine Lesebrille auf und trug ein grünes Strickkleid. Als ich auftauchte, las sie ein dickes Dokument Korrektur und hatte einen Rotstift in der Hand.

»Entschuldigen Sie bitte«, sagte ich. Sie las weiter, bis sie das Ende eines Absatzes erreichte, dann faltete sie die Hände und sah mit dem Ausdruck eines Marineoffiziers zu mir auf.

»Falls Sie hier sind, um sich um einen Lehrposten zu bewerben«, sagte sie, »die Frist ist gestern abgelaufen.«

»Ich bezweifle, dass ich dafür qualifiziert wäre«, erwiderte ich. Ich stellte meine Tasche ab und gab ihr meine Visitenkarte. Sie studierte sie und erlaubte sich ein kaum wahrnehmbares Lächeln.

»Ich hätte es wissen sollen«, sagte sie. »Sie sind zu gut gekleidet, um ein Mathematiker zu sein.«

»Ich ermittle im Fall des Todes von Donald Underwood«, erklärte ich.

»Einer der wenigen Gentlemen in diesem Fachbereich«, bemerkte sie.

»Haben Sie fünf Minuten Zeit für mich?«, fragte ich. »Man hat mir gesagt, dass Sie die Richtige dafür wären.«

»Vermutlich«, antwortete sie. Sie stand auf und setzte ihre Brille ab. »Wir werden in das Besprechungszimmer gehen. Lassen Sie Ihre Tasche hinter meinem Schreibtisch stehen.«

Ich akzeptierte das Angebot, einen Kaffee zu trinken – ich war immer noch müde – und folgte ihr in ein kleines, unauffälliges Besprechungszimmer. Dort erläuterte ich ihr, dass ich die Möglichkeit untersuchte, dass Underwoods Tod in Zusammenhang mit dem Tod zweier weiterer Mathematiker stehen könnte. »Mit dem Thema bin ich vertraut«, sagte sie. »Das FBI hat eine Reihe von Leuten hier befragt.«

»Das hat man mir gesagt«, erwiderte ich. Ich hatte die Zusammenfassungen über die Gespräche gelesen, aber ich plante einen etwas anderen Befragungsansatz.

»Ich habe nie viel auf die Selbstmordtheorie gegeben«, fuhr sie fort. »Der gute Mann war nicht im Geringsten deprimiert, und selbst wenn er es gewesen wäre, liebte er seine Söhne viel zu sehr, um sich das Leben zu nehmen.« Ich ließ ein paar Sekunden verstreichen, während ich überlegte, wie ich das nächste Thema anschneiden sollte.

»Ich habe mit dem Polizeidetective gesprochen, der in diesem Fall ermittelt hat«, sagte ich, »und er hat angedeutet, dass Professor Underwoods Tod ein Unfall gewesen sein könnte.«

»Ich habe die hässlichen Gerüchte gehört«, meinte sie, »und darauf gebe ich auch nicht viel.« Mrs. Rutherford hielt mit ihrer Meinung nicht hinter dem Berg.

»Warum nicht?«

»Mr. Keane«, sagte sie, »der Mann war ein Mathematikprofessor an der angesehensten Universität des Landes. Ich würde denken, dass er intelligent genug ist, sich nicht versehentlich selbst aufzuhängen.« Ich nickte und fuhr fort, indem ich ihr eine Litanei an Fragen stellte, die von Underwoods Persönlichkeit bis hin zu ihrer Vertrautheit mit dem *E-prime*-Schreibstil reichten. Sie beschrieb ihn als höflich und zurückhaltend, ein Mann, der mit leiser Stimme sprach. Sie kannte den *E-prime*-Schreibstil, meinte aber, dass niemand im Fachbereich Mathe ihn besonders schätzte. »Mathematiker benutzen häufig das Verb ›sein‹«, erklärte sie. »Zwei plus zwei *ist* vier.«

Trotz ihrer schroffen Art wurde deutlich, dass Mrs. Rutherford sich mit echter Zuneigung an Underwood erinnerte. Als wir zu ihrem Schreibtisch zurückkehrten und ich sie um die Namen von Kollegen bat, die Underwood nahe gestanden hatten, zog sie eine gedruckte Liste der Fakultätsmitglieder des Fachbereichs hervor und machte neben ein halbes Dutzend Namen rote Kreuze. »Da Ihre Zeit begrenzt ist«, meinte sie, »würde ich Ihnen vorschlagen, mit diesen sechs anzufangen.« Sie gab mir die Liste. »Ich werde sie anweisen, sich vollkommen kooperativ zu zeigen.« Auf diese Weise ermutigt, fragte ich, ob ich meine Reisetasche bei ihr lassen könnte, und begann meine Runde durch den Mathematikfachbereich.

Zuerst sprach ich mit einem Professor für Computerwissenschaften namens Singh. Mrs. Rutherfort hatte ihn schon angerufen, als ich zu ihm kam. Er stammte aus Indien und hatte einen dunklen Teint, der noch durch sein tiefschwarzes Haar unterstrichen wurde. Er war gut eins achtzig groß, schmal gebaut, und an seinen Hüften waren Ansätze von Rettungsringen zu erkennen. »Das mit Donald ist eine Schande«, sagte er. »Wir vermissen ihn sehr.« Ich stellte ihm ein paar Fragen, um eine Vorstellung von ihm und seiner Beziehung zu Underwood zu bekommen, dann wandte ich mich spezielleren Dingen zu.

»Professor Underwood hatte sich auf fraktale Geometrie spezialisiert?«

»Ja, er war auf dem Gebiet ziemlich bekannt.«

»Ich habe seine Veröffentlichungen gelesen«, sagte ich, »und mir ist aufgefallen, dass sich eine davon mit neuralen Netzwerken befasst.«

Er lächelte. »Donald und seine neuralen Netzwerke.«

»Hat er sich besonders dafür interessiert?«

»Neurale Netzwerke sind einfache Programme«, erwiderte er, »aber sie faszinierten Donald.«

»Warum?«

»Donald war von dem Wunsch besessen, den Nutzen der fraktalen Geometrie für die wirkliche Welt zu demonstrieren, und neurale Netzwerke sind ein Weg, das zu tun. Mit einer ausreichenden Datenmenge kann ein neurales Netzwerk Muster erkennen und die Vorhersage des zukünftigen Verhaltens gewisser Phänomene unterstützen.«

»Dinge wie das Wetter?«

»Ganz genau.«

»Wie sieht es mit Finanzmärkten aus«, fuhr ich fort, »hat Professor Underwood je versucht, sein Wissen auf wirtschaftliche oder geschäftliche Vorgänge anzuwenden?«

»Ah«, meinte er, »Sie sollten mit den Leuten bei NPS sprechen.«

»NPS?«

»New Paradigm Systems. Das ist eine Beraterfirma für wirtschaftliche Fragen. Donald hat ab und zu für sie gearbeitet. Sie werden Ihnen alles über neurale Netzwerke und Finanzmärkte erzählen.«

»Haben Sie dem FBI davon erzählt?«, wollte ich wissen.

»Die Gentlemen haben nicht danach gefragt.«

Bis zum Nachmittag hatte ich fünf Männer und eine winzige Frau befragt, die Donna Shalalas Zwillingsschwester hätte sein können. Alle stimmten darin überein, dass Underwood vor seinem Tod nicht deprimiert gewirkt hatte. Alle sagten, nichts von perversen Zügen in seiner Persönlichkeit gewusst zu haben. Drei erwähnten New Paradigm Systems. Ich rief mir wieder ein Taxi.

New Paradigm Systems lag in einer hübschen Bürolandschaft in einem Vorort von Boston. Das Gebäude war fünf Stockwerke hoch und bestand aus grünlichem Marmor und rauchgrauem Glas. Ein junger Wachmann in einer Art achteckigen schwarzen Zelle in der Nähe des Eingangs bat mich, mich einzutragen. Ich teilte ihm mit, dass ich etwas bei NPS zu erledigen hatte, und er schickte mich in den fünften Stock. Über dem Eingang zu den Geschäftsräumen stand in großen Metallbuchstaben »New Paradigm Systems«. Die kleineren Buchstaben darunter kündeten vom Geschäftsbereich des Unternehmens – »Wirtschaftliche Beratung«.

Die Geschäftsräume waren von einem Profi eingerichtet worden. Glastüren führten in einen Empfangsbereich mit dunkelroten Textiltapeten, einer Walnussholztäfelung und eleganten Möbeln im französischen Provinzialstil. Vor der Rückwand stand ein auf Hochglanz poliertes Empfangspult, aber es gab keine Empfangsdame. Eine schwere Holztür links vom Empfangspult führte zu den weiteren Räumlichkeiten. Ich bemerkte Überwachungskameras in zwei Ecken. Ich ging auf die Tür zu, aber sie öffnete sich, bevor ich sie erreichte.

»Ich hoffe, Sie haben nicht zu lange warten müssen«, sagte der Mann. »Ich habe Sie gerade auf dem Bildschirm bemerkt.« Er war in meinem Alter, einige Zentimeter größer als ich und dünn. Graue Hosen, blaues Hemd, keine Krawatte. Er hatte eine Art römischen Haarschnitt, und seine Haare waren kurz genug, um den oberen Rand seiner Ohren zu zeigen, die spitz zulaufende Ohrläppchen aufwiesen. »Ich weiß«, sagte er, »ich sehe aus wie Spock.« Ich lächelte, um zu zeigen, dass ich seinen selbstkritischen Humor schätzte.

»Ich bin gerade erst hereingekommen«, versicherte ich ihm.

»Gut«, meinte er. »Was kann ich für Sie tun?« Mit dem linken Fuß hielt er die Tür offen.

»Mein Name ist Pepper Keane«, sagte ich. »Ich bin Privatdetektiv.« Ich reichte ihm meine Visitenkarte. »Ich würde gerne mit jemandem über Donald Underwood sprechen.« Er bemerkte das J. D. für Juris Doctor, Doktor der Rechtswissenschaften, hinter meinem Namen.

»Ich habe als Anwalt praktiziert«, erklärte er. »Ich habe es gehasst.«

»Es ist eine Krankheit«, sagte ich. »Wie Glücksspiel oder Alkoholismus. Ich denke darüber nach, ein zwölfstufiges Programm für Anwälte zu entwickeln, die aussteigen wollen.«

Er grinste. »Das ist gut«, meinte er. »Das muss ich mir merken.«

»Haben Sie ein paar Minuten Zeit?«

»Wir haben Don wirklich gemocht«, sagte er, »deshalb würde ich gerne mit Ihnen reden, aber ich weiß nicht, ob ich viel helfen kann.«

»Ich weiß es auch nicht«, sagte ich. »Ich versuche nur, alles abzudecken.«

»Russ Seifert«, stellte er sich vor und streckte die Hand aus. »Kommen Sie mit.« Er hielt mir die Tür auf und führte mich einen Gang entlang. Hier war wesentlich weniger für die Einrichtung ausgegeben worden; die Ausstattung war modern und funktionell. Es gab Arbeitsplätze und Büros, aber die meisten waren nicht besetzt. Viel Platz nahm ein mit Glas umgebener, klimatisierter Computerraum ein.

Abgesehen von den Aktienkursen, die auf dem digitalen Display an der Wand gegenüber dem Schreibtisch zu verfolgen waren, sah Seiferts Büro wie das eines mäßig erfolgreichen Versicherungsvertreters aus. Er hatte einen hübschen

Blick auf den Parkplatz und den Park. Eine Wand wurde von gerahmten Kupferstichen alter Segelschiffe dominiert. Auf seinem Schreibtisch lagen einige nautische Gegenstände, beispielsweise ein Messingbarometer, und ich vermutete, dass er ein Faible für das Segeln hatte. Er forderte mich mit einer Handbewegung auf, Platz zu nehmen, und ließ sich dann in einen rotbraunen Lederchefsessel hinter seinem Schreibtisch fallen. »Ich dachte, man würde die Angelegenheit mit Underwood auf sich beruhen lassen«, meinte er.

»Die örtliche Polizei und das FBI haben die Akte geschlossen, aber …«

»Das FBI?«

»Ich werde es Ihnen erklären«, sagte ich. Ich wiederholte die Geschichte zum x-ten Mal: Zwei weitere Experten auf dem Gebiet der fraktalen Geometrie waren ermordet worden, und ich untersuchte die Möglichkeit, dass ein Zusammenhang zwischen den Todesfällen bestehen könnte.

»Davon hatte ich keine Ahnung«, sagte er.

»Ich bin überrascht, dass das FBI Sie nicht befragt hat«, sagte ich. »Ich habe mit einigen seiner Kollegen in Harvard gesprochen, und es ist kein Geheimnis, dass er für Ihre Firma gearbeitet hat.«

»Er hat Software für uns geschrieben.«

»Sie haben einen Harvard-Professor dafür bezahlt, für Sie zu programmieren?«

»Es geht um komplizierte Software«, erläuterte er.

»Was genau tut Ihre Firma?«, fragte ich. »*Wirtschaftliche Beratung* ist ein sehr allgemeiner Begriff.«

»Im Wesentlichen analysieren wir Daten und versuchen vorherzusagen, wie sich ein Markt oder eine Aktie in Zukunft entwickeln wird.«

»Indem Prinzipien aus der fraktalen Geometrie entliehen werden?«

»Fraktale Geometrie, Chaostheorie, nicht-lineare Statistiken. Es ist alles miteinander verflochten.«

»Sind Sie der Geschäftsführer?«, fragte ich. Er nahm eine Visitenkarte aus seinem vergoldeten Visitenkartenhalter. *Russel J. Seifert, M. B. A., J. D., L L. M.* Was bedeutete, dass er einen Masterabschluss in Wirtschaft, einen Doktortitel in Jura und einen Masterabschluss in Jura hatte.

»Ich habe die Firma vor fünf Jahren gegründet«, erzählte er. »Ich habe acht Jahre lang als Anwalt an der Wall Street gearbeitet und bin zu dem Schluss gekommen, dass es einfachere Wege geben muss Geld zu verdienen.«

»Sieht so aus, als hätten Sie einen gefunden.«

»Es ist uns gut ergangen«, sagte er. »Am Anfang war ich alleine. Jetzt haben wir zehn Angestellte.« Einer davon, eine gelehrt aussehende Frau in Jeans, blieb vor der Tür direkt gegenüber von Seiferts Büro stehen, gab einen Code in die Tastatur ein und betrat einen Raum, der wie eine kleine Bibliothek aussah. »Das ist Frau Dr. Long«, sagte er. »Sie ist Wirtschaftswissenschaftlerin.«

»Warum die ganzen Sicherheitsvorkehrungen?«, wollte ich wissen. Alle Türen waren nur über eine Tastatur zu öffnen.

»Es handelt sich um einen sehr heimlichtuerischen Geschäftszweig«, erläuterte er.

»Warum?«

»Wir sind nicht die Einzigen, die das tun«, sagte er. »Es gibt andere Firmen, die diese Art von Diensten anbieten. Einige der größeren Banken und Börsenmakler haben eigene Teams im Haus, die genau das Gleiche tun wie wir.« Ich nickte.

»Diese ganzen Firmen«, fuhr er fort, »haben Zugang zu denselben Informationen. Was eine Rolle spielt, ist, was man mit den Informationen anfängt.«

»Ich bin nicht sicher, dass ich Ihnen folgen kann«, sagte ich.

»Wir stützen uns auf gewisse theoretische Ideen, die wir bezüglich des Marktverhaltens haben – es war Teil von Underwoods Aufgabe, Programme zu schreiben, in die diese Ideen eingearbeitet waren –, und diese sind das Einzige, was uns von den Konkurrenten unterscheidet.«

»Sie haben Angst, jemand könnte Ihre Ideen stehlen?«

»Das kommt vor«, sagte er. »Man kann ein theoretisches Modell nicht bewerten.«

»Was macht ein Modell besser als andere?«

»Die Trefferquote. Niemand kann die Zukunft mit Sicherheit vorhersagen. Wir messen unseren Erfolg nicht in Geld; wir messen ihn daran, wie oft wir richtig gelegen haben. Wenn man Leuten, die hunderte von Millionen Dollar verwalten, Investmentratschläge erteilt, sollte man besser öfter richtig liegen als sich täuschen.« Ich massierte mir die Schläfen und dachte über seine Worte nach.

»Sie haben gesagt, man kann ein gutes Modell nicht bewerten, aber ich versuche, eine Vorstellung davon zu bekommen, was diese Modelle wert wären. Angenommen, ich käme zu Ihnen und wollte Ihnen ein von mir entwickeltes Modell verkaufen. Wie würden wir den Wert festlegen?«

»So funktioniert das nicht«, meinte er. »Damit ich den Wert des Modells einschätzen könnte, müssten Sie mir das Modell zeigen und anhand von Daten beweisen, dass es funktioniert. Und sobald Sie das getan hätten, bräuchte ich Sie nicht mehr, obwohl ich Ihnen vielleicht eine Stelle anbieten würde, wenn ich das Gefühl hätte, Sie wären eine Bereicherung für die Firma.«

»Also«, fuhr ich fort, »wenn man diese theoretischen Modelle entwickelt, kann man sie eigentlich an der Tür verkaufen?«

»Richtig«, antwortete er. »Man kann kein Urheberrecht auf Ideen erheben.«

»Ich könnte ein Urheberrecht auf die Software erheben«, meinte ich.

»Ja, aber es ist das Modell, was etwas wert ist. Wenn mir das Modell gefiele, könnte ich die Software von Ihnen kaufen oder jemand anderen dafür bezahlen, sie zu schreiben.«

»Wenn ich also die Königin aller theoretischen Modelle entwickle, wie mache ich damit Geld?«

»Sie machen selbst Geschäfte«, sagte er. »Entweder das, oder Sie veröffentlichen Ihre Idee und hoffen, damit den Nobelpreis zu gewinnen.«

Die Wirtschaftswissenschaftlerin verließ die Bibliothek und kam in Seiferts Büro. Ihr kastanienbraunes Haar war zurückgekämmt und wurde von einem Gummiband in einem Pferdeschwanz gehalten. Etwa fünfunddreißig Jahre alt. »Entschuldigen Sie bitte, Russ«, sagte sie, »der Computer ist gerade zum Leben erwacht. Er sagt, wir sollten einen Teil der Yen gegen Dollar eintauschen. Wir müssten es jetzt tun.«

»Tun Sie es«, sagte er. Sie rief nach jemandem namens Maurice und verschwand den Flur hinunter. »Wir handeln auch ein wenig selbst«, erklärte er.

»Wie viele andere Firmen machen diese Sache auch?«, fragte ich.

»Wir wissen es nicht genau«, erwiderte er. »Wir glauben, dass es etwa ein Dutzend in den Vereinigten Staaten sind. Eine davon liegt bei Ihnen in der Nachbarschaft. Sie heißt Koch Group.« Ich hörte seine Worte, aber ich verarbeitete sie nicht richtig, weil es bei mir gerade geklingelt hatte.

»Diese theoretischen Modelle«, fing ich an, »wenn jemand vorhätte, sie zu stehlen, wäre es dann notwendig, in Ihre Büroräume einzudringen, oder könnte das von einem Terminal außerhalb getan werden?« Er beugte sich vor und dachte darüber nach.

»Sie müssten einbrechen«, meinte er. »Selbst wenn es Ihnen gelingen würde, Zugang zu unserem Zentralrechner zu bekommen – was unwahrscheinlich ist –, würde ihnen das nicht viel bringen. Computer sind bloß Werkzeuge. Schließlich ist alles, was wir tun, das Ergebnis menschlicher Ideen.«

»Und diese Ideen sind auf Papier festgehalten?«

»Darauf können Sie wetten«, sagte er. »Unsere Bibliothek ist voll von Memos, Studien und allen Arten von analytischen Abhandlungen. Die meisten davon habe ich gleich hier.« Er drehte sich mit seinem Sessel und zeigte auf ein Einbauregal voller Ordner, gebundener Berichte und stapelweise Unterlagen.

»Wie würden Sie feststellen, ob etwas fehlt?«, wollte ich wissen. Er dachte lange über meine Frage nach, dann sah er mich an. »Wir würden es nicht merken«, meinte er. »Erst wenn wir danach suchen würden.«

Das Adams House ist ein Fischrestaurant der gehobenen Klasse am Hafen von Boston. Ich traf vor sechs dort ein und ergatterte einen Tisch am Fenster mit Blick aufs Meer. Jetzt löffelte ich eine sehr heiße Muschelsuppe, sah den Seemöwen zu und fragte mich, wie ich den Abend verbringen sollte. Bevor ich New Paradigm Systems verlassen hatte, hatte ich Underwoods Frau angerufen, aber es war niemand ans Telefon gegangen; ich beschloss, es nach dem Abendessen noch einmal zu versuchen. Drei verschiedene Taxifahrer hatten mir das Adams House empfohlen.

Es stellte sich als gute Wahl heraus. Auf die große Schale Muschelsuppe folgte eine reichliche Portion Salat mit hausgemachten Knoblauchcroûtons. Ein weiteres Glas Wein. Dann wurde der Hummer serviert. Ich unterdrückte meine zwiespältigen Gefühle, andere Lebewesen zu essen, und griff nach der Butter.

Ich zahlte, schnappte mir ein paar Pfefferminzbonbons, als ich an der Wirtin vorbeiging, und rief nochmals bei Underwoods Witwe an. Wieder keine Antwort. Ich hätte mir ein Auto mieten können, nach West-Massachusetts fahren und hoffen, dass sie bei meiner Ankunft da wäre. Aber die Fahrt würde ungefähr zwei Stunden dauern, und ich wollte sie eigentlich nicht unternehmen ohne zu wissen, ob sie da sein würde. Ich hätte versuchen können, mich mit Jeff zu treffen, aber die Chancen standen fifty-fifty, dass er sich schon eine Frau geschnappt hatte. Am Ende unternahm ich meine vierte Taxifahrt für diesen Tag. »Bitte fahren Sie zu einem günstigen Motel in der Nähe des Flughafens«, wies ich den Taxifahrer an.

Ich landete im *Motel 6*, was in Ordnung war, denn es war sauber und ordentlich. Sie hatten das Licht für mich angelassen – genau wie in der Werbung –, und bevor ich es ausschaltete, rief ich Troy an, um mich nach den Hunden zu erkundigen. Dann rief ich Scott an, um ihm von den Ereignissen der vergangenen paar Tage zu berichten und ihn um einen Gefallen zu bitten. »Was glaubst du, was Finn bei deinem Haus wollte?«, fragte er.

»Ich habe keinen Schimmer«, antwortete ich. »Wir kümmern uns darum, wenn ich wieder zurück bin.« Ich erläuterte ihm meinen Plan. »In der Zwischenzeit könntest du, wenn du Zeit hast, beim Gerichtsgebäude von Denver vorbeifahren und so viele Informationen wie möglich über Polk sammeln. Er ist vor einer oder zwei Wochen geschieden worden.«

»Geht klar.«

»Dann bis Samstag«, sagte ich.

## 27. KAPITEL

Auf dem Flug von Boston nach Denver gewinnt man zwei Stunden, weshalb ich schon vor elf bei Troys Haus ankam. Er und Trudi waren arbeiten, und die Kinder waren in der Schule, aber ich hatte einen eigenen Schlüssel. Buck und Wheat begrüßten mich, als wäre ich gerade von einer einjährigen Reise zurückgekehrt. Ich ließ sie hinaus in den großen vorstädtischen Garten, dann durchsuchte ich die Küche und fand die Mais-Chips meines Bruders. Ich hinterließ eine Notiz, in der ich mich für den Diebstahl entschuldigte und darauf hinwies, dass Chips viele gesättigte Fette enthalten und er besser einmal Reiswaffeln probieren sollte. Dann lud ich die Hunde in den Pick-up und fuhr nach Hause.

Das rote Blinklicht machte mich auf die Nachrichten von Dick Gilbert, Susan Thompson und Jayne Smyers aufmerksam. Basierend auf der Theorie, dass Jayne die Einzige war, mit der ich mich verabreden wollte, rief ich sie zuerst zurück.

»Wo sind Sie gewesen?«, fragte sie. »Ich habe die Kopien von Agent Polks Unterlagen.«

»Ich habe eine schnelle Reise nach Boston unternommen«, sagte ich.

»Boston?«, rief sie aus. »Ich muss Ihnen inzwischen jede Menge Geld schulden.«

»Ich bin gratis geflogen«, antwortete ich.

»Sagen Sie das noch einmal!«

»Ein Freund von mir besitzt eine eigene kleine Charterfluggesellschaft. Er ist zufällig nach Boston geflogen und hat mich mitgenommen.«

»Haben Sie etwas Neues erfahren?«, wollte sie wissen.

»Ein paar Dinge«, sagte ich. Ich erzählte ihr von Underwoods Arbeit für New Paradigm Systems und dem Bestehen eines Wirtschaftszweiges, der sich der Mathematik und der Computer bediente, um die Entwicklungen an den Börsen vorherzusagen.

»Das ist interessant«, meinte sie. »Es bestärkt Sie in Ihrer Theorie über eine Verbindung zur Wirtschaft.«

»Ein bisschen«, sagte ich. »Wie sieht es mit den Unterlagen über Polk aus, gibt es da etwas?«

»Ich habe nichts gefunden, aber ich bin mir auch nicht sicher, wonach ich suchen soll.«

»Ich auch nicht«, sagte ich. »Ich versuche einfach, so viele Informationen wie möglich zu sammeln.«

»Ich kann Ihnen die Unterlagen zufaxen, aber es wird eine Weile dauern. Es sind recht viele Seiten.«

»Ich sage Ihnen was«, sagte ich beiläufig, »vielleicht können wir uns dieses Wochenende treffen, und Sie geben mir die Unterlagen.«

»An diesem Wochenende findet unser jährliches Fest für das Frauenhaus statt, also käme nur heute Abend infrage.«

»Ich habe zufällig heute Abend noch einen Termin frei«, sagte ich. »Warum kommen Sie nicht zu mir hoch? Ich koche uns ein Abendessen, und wir können die Bergluft genießen.«

»Was werden Sie kochen?«, wollte sie wissen.

»Wenn ich allein bin, Maccaroni mit Käse. Wenn Sie kommen, gebe ich mir etwas mehr Mühe.«

Sie lachte und sagte, sie würde mit Vergnügen kommen; ich beschrieb ihr den Weg, und wir verabschiedeten uns. Wheat kam in mein Büro und sprang auf meinen Schoß.

»Wir bekommen heute Abend Besuch«, sagte ich und rieb ihm die Ohren, »deshalb möchte ich, dass ihr, Buck und du, euch perfekt benehmt.« Er schwieg. Ich setzte ihn auf den Boden und rief Gilbert an.

»Die Leute von der Forensik sagen, sie sind sich hundertprozentig sicher hinsichtlich der Seriennummer«, sagte er.

»Polk hat Sie angelogen«, erzählte ich ihm. »Der Revolver ist irgendwann vor Greens Festnahme aus der Asservatenkammer des FBI entwendet worden und seither nicht mehr aufgetaucht.«

»Woher wissen Sie das?«, wollte er wissen. Ich erzählte ihm die Geschichte: Gombold hatte eine Bemerkung über den fehlenden Revolver gemacht, und ich hatte mir später bestätigen lassen, dass es sich um die Waffe handelte, die Bailey Green benutzt hatte.

»Warum haben Sie mir das nicht gesagt?«, fragte er.

»Ich war mir bis Dienstag nicht sicher. Nachdem wir beide telefoniert hatten, rief ich Gombold an; er erzählte mir, dass die Staatsanwaltschaft Green gerade einen Deal angeboten hat, weil das FBI die Waffe immer noch nicht wieder gefunden hat.«

»Warum hat Polk gelogen?«, fragte er.

»Ich weiß es nicht«, meinte ich, »aber es beschäftigt mich seit Dienstag ständig.«

»Vielleicht sollten wir uns an das FBI wenden«, schlug er schließlich vor. »Eine Waffe aus *ihrer* Asservatenkammer wurde bei einem Mord hier benutzt.«

»Ich würde noch abwarten«, sagte ich. »Ich untersuche gerade Polks Umgebung, und einige Dinge passen allmählich zusammen. Sobald wir uns ans FBI wenden, ist uns die Sache aus der Hand genommen.«

»Vermutlich.«

»Ehrlich gesagt, würde ich die Waffe aus eurer Asservatenkammer nehmen und an einem sicheren Platz unterbringen. Ich weiß nicht, was da läuft, aber jetzt weiß das FBI, dass ihr den Revolver habt und er in Zusammenhang mit einem Mord steht, und vielleicht kommt jemand nachsehen.«

»Sie sind ein vorsichtiger Kerl, was? Es könnte ja auch sein, dass einfach irgendein Gefängniswärter im Regierungsgebäude das verdammte Ding geklaut hat.«

»Nicht sehr wahrscheinlich«, erwiderte ich. »Ich habe dort gearbeitet; sie lassen Gefängniswärter nicht so einfach in der Gegend herumstromern. Und es würde auch Polks Lüge nicht erklären.«

»In Ordnung«, sagte er, »ich werde den Revolver an einem anderen Ort unterbringen. Jetzt erzählen Sie mir von den Dingen, die sich allmählich zusammenfügen.«

Ich umriss kurz den wirtschaftlichen Aspekt, der die drei Toten miteinander verband, und erzählte ihm von meinem Trip nach Boston. Dann fasste ich zum ersten Mal eine Theorie in Worte, die mir seit meinem Besuch bei New Paradigm Systems im Kopf herumspukte. »Wenn man darüber nachdenkt«, sagte ich, »dann hätte der Mörder mit Stapeln von Unterlagen oder dutzenden von Disketten aus Fontaines Haus spazieren können, und wir hätten keine Möglichkeit, es festzustellen.«

»Okay«, antwortete er, »angenommen, Fontaine hat eine Art Modell entwickelt, das er beim Kauf von Aktien benutzte. Warum sollte man ihn umbringen? Warum nicht einfach die Information stehlen und sich damit aus dem Staub machen? Noch besser, warum sie nicht kopieren, wenn er nicht da war?«

»Ich weiß es nicht«, entgegnete ich. »Vielleicht brauchte der Typ Fontaines Hilfe, um zu finden, was er suchte. Nachdem er die Information erst einmal in seinem Besitz hatte, wollte er verhindern, dass Fontaine ihn identifizierte. Oder vielleicht reichte es ihm nicht, die Information zu besitzen; vielleicht wollte er das Modell als sein eigenes ausgeben.«

»Das sind eine ganze Menge Vielleichts.«

»Nur eine Theorie«, meinte ich.

»Na ja«, sagte er, »da ich keine bessere habe, kann ich ebenso gut ein paar Leute nochmals befragen und sehen, ob das irgendwohin führt.«

»Das wäre großartig«, erwiderte ich.

»Sagen Sie mir Bescheid, wenn Sie was über Polk herausfinden.«

»Mache ich.« Ich legte auf und wählte Susan Thompsons Nummer. Sie war nicht im Haus, aber die Telefonistin verband mich mit ihrer Mailbox. Ihre aufgezeichnete Begrüßung war kurz und prägnant. Genau wie die Nachricht, die ich hinterließ. »Hier spricht Pepper Keane«, sagte ich. »Wir spielen Fangen per Telefon, und jetzt sind Sie wieder dran.«

Jayne kam um halb sieben mit einer Flasche Merlot in der einen Hand und den Unterlagen über Polk in der anderen. Sie trug eine braune Hose und eine weiße Baumwollbluse mit kurzen Ärmeln. Die Hunde rannten zur Tür, um sie zu begrüßen. »Das ist Buck«, sagte ich, »und das ist Wheat.« Sie gab mir den Wein, streckte den rechten Arm aus und ließ Buck an ihrer Hand schnüffeln. Als sie spürte, dass er sich wohl fühlte, streichelte sie ihn seitlich an seinem großen Kopf.

»Ja«, sagte sie mit der albernen Stimme, die Leute benutzen, wenn sie mit Tieren sprechen, »du bist ein hübscher Bursche.« Er leckte ihr die Hand. Wheat wurde eifersüchtig und begann zu jaulen. »Oh, du bist natürlich auch ein hübscher Bursche«, fügte sie hinzu und kniete nieder, um ihn zu begrüßen.

»Er schüttelt Ihnen die Hand, wenn Sie ihn darum bitten«, sagte ich.

»Kannst du Hände schütteln, kleiner Hund?« Sie bot ihm

die Hand an, und er reagierte darauf. »Er ist süß«, meinte sie, »aber wie sind Sie auf ›Wheat‹ gekommen?«

»Er hieß Blackie, als ich ihn adoptiert habe«, erklärte ich. »Er ist misshandelt worden, und ich wollte ihm einen Namen geben, den er nicht mit seinem früheren Besitzer verband. Ich hatte Buck bereits, weshalb Wheat die nahe liegende Wahl war.« »Buckwheat, also Buchweizen«, meinte sie und erhob sich wieder. »Niedlich.«

Sie gab mir die Unterlagen und begutachtete mein Heim. »Es ist wunderschön«, meinte sie. »Sie müssen als Anwalt gut verdient haben.« Ich kommentierte ihre Bemerkung nicht und bot ihr einen Rundgang durch das Haus an. Ich hatte mehrere Stunden lang sauber gemacht, sodass ich mich nicht davor fürchtete. Wir fingen mit meinem Büro an. »Sie haben viele Bücher«, bemerkte sie.

»Ich kann mich nicht überwinden, welche loszuwerden. Ich habe immer noch alle Bücher aus dem College.«

»So bin ich auch«, erwiderte sie. »Jedes Buch ist wie eine kleine Trophäe.« Ich nickte, und wir gingen weiter, durch die Schlafzimmer und auf den Dachboden. Ich versicherte ihr, dass der Keller nicht interessant sei, aber sie bestand darauf, ihn zu sehen. Weil mein Bruder ein Fitness-Studio besaß, hatte ich im Laufe der Jahre eine bemerkenswerte Ansammlung an Trainingsgeräten angehäuft, einschließlich großer Hanteln, eines Steppers, eines Trimmrades und eines Dehngerätes, aber ihre Aufmerksamkeit fiel auf den großen Sandsack. Sie stellte sich davor und platzierte ein paar spielerische Haken. Der Sack bewegte sich nicht, aber sie lachte wie ein Kind, das gerade ein neues Spielzeug entdeckt hat.

»Daran müssen wir noch arbeiten«, sagte ich. Sie versetzte dem Sack weitere Hiebe und lachte. Ich machte eine Kopfbewegung Richtung Treppe. Sie folgte mir hinauf, und wir beendeten unseren Rundgang in der Küche.

»Es riecht gut«, kommentierte sie.

»Maccaroni mit Käse«, sagte ich. Sie stemmte die Hände ich die Hüften und warf mir einen Blick zu. »Es ist von Kraft«, beruhigte ich sie. Sie versetzte mir einen spielerischen Schlag gegen die Schulter. »Na gut, es ist vegetarische Lasagne«, sagte ich.

Ich öffnete die Weinflasche und schenkte uns ein Glas ein. Wir tranken den Wein, während ich letzte Hand ans Abendessen legte. Neben der Lasagne hatte ich einen Salat mit Pilzen und Knoblauch-Käse-Brot zubereitet, das aus mehr Käse als Brot bestand.

»Das schmeckt köstlich«, meinte sie, nachdem sie den Hauptgang probiert hatte. »Haben Sie Nelken hineingetan?«

»Ein wenig«, sagte ich.

»Kochen Sie gerne?«

»Manchmal«, erwiderte ich, »aber es ist keine meiner Leidenschaften.«

Wir aßen weiter und unterhielten uns dabei. Wir fühlten uns in der Gesellschaft des anderen unbefangen, und ich war froh darüber. »Ich habe die Eigentümervereinigung noch einmal angerufen«, erzählte sie.

»Wegen der Bäume?«

»Ja.«

»Und?«

»Der Mann, mit dem ich gesprochen habe, sagte, die Bäume stünden auf dem Grund der Gemeinde Boulder. Also rief ich bei der Gemeinde an. Sie behaupteten, die Bäume gehörten der Eigentümervereinigung.« Ich lachte.

Als klar war, dass keiner von uns noch mehr Lasagne, Brot oder Salat essen würde, servierte ich großzügige Stücke eines Karottenkuchens, den ich am Nachmittag bei Wanda's erstanden hatte. Obwohl ich mir selbst ein größeres Stück gegeben hatte, war ich zuerst fertig. »Das schmeckt sehr lecker«, sagte sie schließlich, »aber ich kriege keinen weiteren Bissen mehr herunter.«

»Zu reichhaltig?«

»Nein«, erwiderte sie, »ich bin einfach pappsatt.« Sie schob mir den Teller zu.

»Ich habe auch genug«, meinte ich. »Buck und Wheat werden uns helfen müssen.« Ich stellte jedem von ihnen einen Teller mit ein paar Stückchen hin, dann räumte ich den Tisch ab. Sie bot mir ihre Hilfe an, aber ich sagte ihr, das Aufräumen wäre ein Job für eine Person, und sie solle lieber Musik auswählen.

Nachdem ich die Spülmaschine eingeräumt hatte, schenkte ich uns Wein nach, und wir zogen auf die Veranda um, wo wir in den Schaukelstühlen Platz nahmen. Ich durchblätterte die Unterlagen der Uni über Polk, während wir Frank Sinatra lauschten. »Das ist interessant«, sagte ich. »Daran hätte ich mich erinnern müssen.«

»Woran?«

»Er hat einen Teil seines Grundstudiums in Seattle absolviert. Mit einem Basketballstipendium. Hat einen Kurs in Wirtschaftsrecht belegt.« Sie beugte sich vor und sah sich das Dokument an, das ich gerade las.

»Die Universität von Washington«, sagte sie. »Warum ist das interessant?«

»Es ist nur deshalb interessant, weil einer der Morde in Washington stattfand.« Ich las weiter und fand den Aufnahmeantrag für sein Jurastudium. »Sieht so aus, als wäre er dort aufgewachsen«, meinte ich. »Er ging in einer Stadt namens Richland zur High School.«

»Noch nie gehört. Sie?«

»Nein«, antwortete ich, »aber ich habe einen Atlas in meinem Büro.« Ich holte den Atlas, setzte mich wieder in den Schaukelstuhl und suchte die Karte des Staates Washington.

Jayne rückte ihren Stuhl näher und beugte sich zu mir, um die Karte zu studieren. Sie war mir ganz nahe, und ich konnte ihr Parfüm riechen.

»Da ist es«, sagte sie. »Es liegt nicht weit von Walla Walla entfernt.«

»Nein«, stimmte ich zu, es ist wirklich nicht weit. Es lag am Columbia River. Etwa fünfundvierzig Minuten von Walla Walla entfernt. Genau dort, wo man den Revolver gefunden hatte.

# 28. KAPITEL

Das war euer zweites Date, richtig?« Wir saßen mit ausgestreckten Beinen nebeneinander auf dem Betonboden und lehnten uns mit den Rücken an eine gleichermaßen unbequeme Betonwand an.

»Ich schätze schon«, sagte ich. Wenn man unsere Verabredung zum Mittagessen und unsere zufällige Begegnung in der Buchhandlung nicht mitzählte.

»Wie ist es gelaufen?«, wollte Scott wissen.

»Wir haben es nicht getan, wenn es das ist, was du meinst.«

»Dann stimmt meine Theorie mit dem zweiten Date wohl doch nicht.«

»Wir sind auf der Couch eingeschlafen«, erzählte ich. Eine Fliege landete auf seinem linken Unterarm; er erschlug sie mit der rechten Hand und schnippte die Überreste weg. »Wahrscheinlich ist das auch gut so«, fügte ich hinzu. »Ich wollte zuerst die Gespräche über D und T führen, bevor sich die Dinge zu weit entwickeln.« Er sah mich an.

»D und T?«

»Depressionen und Totschlag.«

»Ich habe eine Kurzmeldung für dich«, meinte er. »Wenn ihr zwei euch gemeinsam auf der Couch zusammengerollt habt, haben die Dinge sich bereits zu weit entwickelt.« Er hatte natürlich Recht. Ich hatte es selbstsüchtig vermieden, Jayne gewisse Dinge mitzuteilen, die sie wissen musste, weil ich einem wunderschönen Abend oder einer potenziellen

Beziehung keinen Dämpfer aufsetzen wollte. Er warf einen Blick auf seine Uhr. »Fast Mitternacht«, sagte er.

Der Samstag würde gleich in den Sonntag übergehen, und wir befanden uns allein im muffigen Heizungskeller tief in den Eingeweiden des Mathematikgebäudes an der Universität von Colorado. Wir waren schon seit sieben Uhr dort und warteten darauf, dass eine Reihe von hartgesottenen Dozenten und Studenten endlich nach Hause gingen. Wir wollten die einzigen Anwesenden im Gebäude sein, bevor wir Phase zwei einläuteten. Jetzt sprachen wir über den Fall.

»Angenommen«, sagte Scott, »diese drei haben eine Art Wundermodell entwickelt, dann ergibt es einfach keinen Sinn, wenn es kein Anzeichen dafür gibt, dass sie miteinander in Kontakt standen.«

»Meine Theorie ist, dass der Mörder, wer auch immer es war, alles zerstört hat, was die Opfer mit dem Modell oder miteinander in Verbindung bringen könnte.«

»Bevor er sie umbringt, lässt er sich die gesamte Dokumentation über das Modell und die gesamte Korrespondenz der Opfer geben?«

»Ja.«

»Warum?«

»Aus zwei Gründen«, sagte ich. »Erstens will er das Modell als sein eigenes beanspruchen. Zweitens werden, wenn er alle Spuren beseitigt, die die drei Opfer miteinander verbinden könnten, die Morde mit größerer Wahrscheinlichkeit als drei separate Verbrechen behandelt. Deshalb benutzte er auch jeweils einen anderen Modus Operandi für jeden Mord. Er wollte, dass sie wirkten, als gäbe es keine Beziehung zwischen ihnen. « Scott dachte darüber nach.

»Wie kann man Aufzeichnungen über Anrufe über einen Zeitraum von Jahren beseitigen?«, fragte er. »Sie müssen miteinander gesprochen haben.«

»Das Büro hat das alles überprüft«, antwortete ich. Ich erklärte ihm, was ich von Gumby über den Mangel einer einheitlichen Regelung bezüglich der Aufbewahrung von Rechnungsinformationen bei den Telefongesellschaften erfahren hatte. »Ich habe Polks Bericht darüber Zeile für Zeile gelesen. Sein Boss hat es nochmals überprüft. Wenn es je Aufzeichnungen gegeben hat, dann sind sie jetzt nicht mehr vorhanden.«

Wir saßen einige Minuten schweigend auf dem Betonfußboden. »Etwas anderes ergibt auch keinen Sinn«, meinte Scott.

»Was denn?«

»Ich bin der Mörder«, sagte er. »Ich dringe in Fontaines Haus ein und zwinge ihn, mir sämtliche Unterlagen und Korrespondenz zu geben. Vieles von dem Zeug muss sich auf seinem Computer befinden. Also gehen wir nach oben, und er gibt mir die Disketten. Aber einiges von dem, was ich haben will, befindet sich auf der Festplatte, weshalb ich diese Dateien erst finden muss, bevor ich ihn umbringe. Dann muss ich sie auf eine Diskette kopieren und sie von der Festplatte löschen.«

»Okay.«

»Du hast gesagt, die Polizei hat Fontaines Rechner überprüft und keine Dateien gefunden, die ihn mit den anderen beiden in Verbindung bringen?«

»Ja.«

»Dann können sie keine gute Arbeit geleistet haben«, sagte er.

»Was meinst du?«

»Ich meine, wenn du Recht hast, befinden sich die Informationen noch auf der Festplatte.«

»Was?«

»Wenn man eine Datei löscht«, erklärte er, »verschwindet sie nicht einfach so. Die Information bleibt auf der Festplatte gespeichert, bis es so viele neue Daten gibt, dass der Rechner das gelöschte Material überschreiben muss. Man kann die gelöschte Datei wiederherstellen, indem man ein einfaches Dienstprogramm benutzt.«

»Ich schätze, ich wusste das«, sagte ich. »Wenn unser Mörder dieses Beweismaterial völlig verschwinden lassen will, wie würde er das tun?«

»Es gibt nur zwei Wege«, meinte er. »Man formatiert die Festplatte neu, oder man nimmt sie aus dem Computer heraus und zerstört sie.«

»Aber er konnte keines von beidem tun, weil das der Polizei etwas über seine wahren Beweggründe verraten hätte.«

»Es klingt, als hätte die Polizei nur die Dateien überprüft, die sie auf der Festplatte gefunden hat, aber keinen Versuch unternommen, die gelöschten Dateien wiederherzustellen.«

»Ich werde Gilbert morgen anrufen.«

»Lass ihn auch den Rechner in Fontaines Büro überprüfen. Wenn deine Theorie richtig ist, musste der Mörder sich vor oder nach dem Mord Zutritt zu Fontaines Büro verschaffen, um herauszufinden, ob sich auch dort relevante Unterlagen befanden.«

»Das wäre nicht schwierig gewesen«, sagte ich. »Direkt vor dem Gebäude war ein Fahrradständer, den man als Leiter benutzen könnte. Und einige Fenster in dem Gebäude standen weit offen.«

»Vielleicht kannst du den Polizisten in Walla Walla auch fragen, ob es Hinweise auf einen Einbruch gegeben hat.«

»Okay«, sagte ich. »Wo wir gerade vom Eindringen in Büroräume sprechen – einer von uns sollte einen weiteren Blick riskieren.«

»Ich mache das«, erwiderte er. Er stand auf und ging den dunklen Korridor hinunter.

Ich schloss die Augen und versuchte ein wenig zu meditieren, aber meine Gedanken fanden immer wieder zu Jayne

Smyers zurück. Ihren feinen Gesichtszügen. Dem Duft ihres Parfüms. Dem Geschmack ihres Kusses. Es war zu früh, von Liebe zu sprechen, aber es war etwas, das ich schon seit langer, langer Zeit nicht mehr empfunden hatte.

Zehn Minuten später hörte ich Scott zurückkommen. Ich wusste, dass es Scott war, denn niemand sonst würde unter solchen Umständen »Jambalaya« pfeifen. »Die Kids sind endlich gegangen«, berichtete er. »Wir sind alleine.« Die Letzten waren einige Studenten in einem Seminarraum im zweiten Stock gewesen.

»Sie haben lange genug gebraucht«, sagte ich. Ich stand auf, aber meine Beine waren eingeschlafen. Ich lachte und sprang ein paar Mal auf und ab, um die Blutzirkulation wieder in Gang zu bringen. Als das prickelnde Gefühl aufhörte, streiften wir uns Gummihandschuhe über und begaben uns vorsichtig in den dritten Stock.

»Ich fühle mich wie ein Einbrecher«, flüsterte Scott. Wir standen direkt vor Finns Büro.

Scott kniete sich hin, um den Türknauf und das Schlüsselloch zu inspizieren. »Das kannst du vergessen«, meinte ich. Ich deutete auf die Hängedecke. Er verstand sofort. Ich kauerte mich nieder. Als er sicher auf meinen Schultern stand, stand ich langsam auf. Er brauchte weniger als dreißig Sekunden, um ein Deckenpaneel zu lösen, über den Türrahmen zu klettern, auf der anderen Seite ein Paneel zu lösen, in Finns Büro zu klettern und mir die Tür zu öffnen.

Als Erstes brachten wir die Deckenpaneele wieder an. »Was jetzt?«, flüsterte Scott. Im Raum war es dunkel.

»Du arbeitest an seinem Computer«, sagte ich leise. »Ich knöpfe mir den Aktenschrank und den Schreibtisch vor.« Ich nahm eine kleine Stabtaschenlampe aus meiner Hemdentasche. Sie sah aus wie ein teures Schreibutensil, sendete aber einen verstellbaren Rotlichtstrahl aus.

»Wonach suchen wir?«, fragte Scott.

»Ich weiß es nicht«, erwiderte ich. »Nach allem, was erklären könnte, warum der Typ um mein Haus herumgeschnüffelt hat.«

»Warum fragst du ihn nicht einfach?«, meinte er. »Ich habe eine Lötlampe, die ich dir leihen kann, falls er sich nicht kooperativ zeigt.«

Ich grinste. »Vielleicht rede ich mit ihm«, sagte ich, »aber zuerst will ich mehr über ihn wissen.« Er zuckte mit den Schultern und setzte sich an den Computer. Ich ging zu dem schwarzen Aktenschrank hinüber. Er bestand aus vier Schubladen. Ich zog die oberste heraus und sah mir den Inhalt an. Die Register waren alphabetisch sortiert und mit getippten Aufklebern gekennzeichnet. Ich öffnete jedes Hängeregister, fand aber nur Artikel zu mathematischen Themen, die von Interesse für Finn waren.

»Dieser Typ mag vielleicht ein Genie sein«, flüsterte Scott nach einigen Minuten, »aber er ist völlig unwissend, was Computersicherheit angeht.« Ich sagte nichts und öffnete die zweite Schublade. Sie enthielt Lehrmaterial – Kursinhalte, Bücher, Tests und derlei Dinge.

Die dritte Schublade war für seine Forschungsarbeit reserviert. Sie enthielt seine Doktorarbeit – eine dicke Abhandlung über irgendetwas mit Primzahlen – und zahlreiche weitere Akten, die Unterlagen enthielten, die er über diverse mathematische Themen geschrieben hatte. Er schien alles aufgehoben zu haben, was er seit seinem Eintritt in Harvard mit sechzehn geschrieben hatte.

Ich öffnete die unterste Schublade. Jeder Mensch hat einen Platz, an dem er seinen Kleinkram versteckt, und das hier war Finns Platz. Die Schublade beinhaltete mehrere Dutzend Ausgaben von einer Zeitschrift namens *Inside Triathlon*, sechs Dosen Tunfisch im eigenen Saft, zwei Wegwerfrasierer, eine fast leere Tube Zahnpasta und eine Zahnbürste, die so gelb und verkrustet war, dass ich sie nicht einmal für meine Hunde verwendet hätte. Leise schob ich die Schublade wieder zu und ging dann zum Schreibtisch, wo Scott hart arbeitete.

»Schon was gefunden?«, fragte ich.

»Keine Dateien mit deinem Namen«, sagte er. »Auch keine mit ihrem, aber das kann auch täuschen, weil die Leute manchmal Dateinamen auswählen, die nichts mit dem Inhalt zu tun haben. Wenn man es nicht auf Anhieb erkennt, öffne ich jede Datei, um zu sehen, worum es geht. Mit der Festplatte bin ich fast fertig.« Ich klopfte ihm auf die Schulter und sagte, er sei ein guter Mann. Dann betrachtete ich Finns Schreibtisch.

Es gab nur zwei Schubladen, wovon die obere kleiner als die untere war. Beide auf der rechten Seite. Beide abgeschlossen. Anders als die Schnüffler im Fernsehen kann ich nicht sonderlich gut Schlösser knacken, aber der Schreibtisch war billig, und ich konnte die untere Schublade öffnen, ohne den Mechanismus zu zerstören. Dann hörten wir Schritte.

Ich trat schnell hinter die Tür, während Scott sich zwischen dem Aktenschrank und dem Bücherregal versteckte. Die Schritte wurden lauter. Es war definitiv ein Mann, und er sang nicht »Jambalaya«. Ich schaute zu Scott und schlug mit meiner rechten Faust einen unsichtbaren Feind nieder. Er nickte. Wir hatten eine Straftat begangen, und ich hatte nicht vor, mir in den nächsten fünf Jahren eine Zelle mit Genossen wie Delbert Gaffney zu teilen.

Aber dazu kam es nicht. Die Schritte verklangen so schnell wieder, wie sie hörbar geworden waren. Es klang, als wäre jemand einfach den Gang hinuntergegangen und dann durch die Feuertür am anderen Ende verschwunden. »Ein Wachmann?«, flüsterte Scott.

»Eine traurige Lage, wenn man nicht einmal in das Büro eines Mannes einbrechen kann, ohne sich wegen einer Einmischung durch die Regierung Sorgen machen zu müssen.«

»Das sind diese gottverdammten Bürokraten in Washington«, stimmte er mir zu. Ich grinste, aber mein Herzschlag hatte sich noch nicht beruhigt.

Scott setzte sich wieder an den Computer und schob die Disketten nacheinander ins Laufwerk. Ich kehrte zum Schreibtisch zurück. Wieder waren die Unterlagen in alphabetischer Reihenfolge sortiert. Ihr Inhalt war zum größten Teil privaterer Natur als die Unterlagen im Aktenschrank. Korrespondenz, Zahlungsbelege, Sozialversicherungsnachweise. Ziemlich weit hinten war eine Akte mit der Aufschrift »Daueranstellung«. Ich nahm sie heraus und setzte mich auf einen Stuhl neben dem Schreibtisch.

Finn war alles andere als unorganisiert. In der Akte waren vier Klarsichthüllen, jede mit einer eigenen Beschriftung. Die erste enthielt die Strategie der Universität hinsichtlich der Vergabe von Festanstellungen, ein dickes Dokument, das offensichtlich von einem Team aus Anwälten verfasst worden war. Die nächste enthielt Finns Lebenslauf und Kopien seiner wissenschaftlichen Veröffentlichungen. In der dritten Hülle befand sich eine chronologische Auflistung seiner Leistungen, zusammen mit Belegen in Form von Briefen, Auszeichnungen und Zeitungsausschnitten. Die vierte Hülle hatte die Aufschrift *Ausschuss für Festanstellung.*

Er hatte für jedes Mitglied des Ausschusses ein Dokument mit einer Zusammenfassung des persönlichen Hintergrundes und der Interessen der jeweiligen Person erstellt. Jedes Dokument endete mit einer Beurteilung hinsichtlich der Unterstützung, die er von dieser Person seiner Meinung nach erhalten hatte. Er hatte eine Skala von eins bis fünf zugrunde gelegt, wobei eins für starke und fünf für schwache

Unterstützung stand. Sein Dossier über Jayne umfasste drei Seiten mit einzeiligem Zeilenabstand und endete folgendermaßen:

*Zusammenfassung: Wegen ihrer Fähigkeit, mit Leuten umzugehen, sowie wegen ihrer objektiven Haltung ist Jayne wahrscheinlich eine der führenden Personen des Ausschusses. Sie macht sich nicht nur Gedanken um die akademische Bildung, sondern auch um die Fähigkeit zu unterrichten. Politisch steht sie in vielen Themen links der Mitte, aber sie würde nicht zulassen, dass Entscheidungen über Festanstellungen von politischen Differenzen beeinflusst würden, insbesondere nicht im Bereich Mathematik und Naturwissenschaften. Die einzige Ausnahme könnte Frauenangelegenheiten betreffen. Sie ist Mitglied des Verwaltungsrates eines örtlichen Frauenhauses. Sie ist eine eiserne Feministin, und wenn ein Kandidat von ihr als der Sache gegenüber ablehnend empfunden wird oder sich keine Gedanken über die Rechte der Frauen macht, hat er keine guten Karten bei ihr. Unterstützungsnote: 2.*

Ich erzählte Scott, was ich gefunden hatte. »Ich dachte, du hättest gesagt, sie wäre keine radikale Feministin«, sagte er.

»Ist sie auch nicht.« Ich las das Dokument nochmals, langsamer diesmal, und bemerkte einen Absatz, den ich beim ersten Mal übersehen hatte:

*Privatleben: Jayne Smyers ist eine der attraktivsten und reizendsten Frauen, die ich je kennen gelernt habe, aber sie war noch nicht verheiratet, und ihre engen Freunde sind Frauen. Ich habe mich bemüht, Lesungen und Veranstaltungen an der Universität mir ihr gemeinsam zu besuchen, aber es ist klar, dass sie nicht an mehr interessiert ist. Vielleicht hält sie mich für zu jung. Oder vielleicht hat sie Angst, eine Beziehung mit jemandem aus demselben Fachbereich einzugehen. Ich hatte eine Zeit lang gedacht, sie zieht Frauen vor, aber vor kur-*

*zem hat sie angefangen, Zeit mit einem Privatdetektiv namens Keane zu verbringen – einem großen Gorilla, der ihr angeblich bei etwas im Frauenhaus hilft. Ich habe Mühe, meine Gefühle unter Kontrolle zu halten. Ich muss vermeiden, etwas zu tun, das mich in eine peinliche Lage bringen könnte.*

Ich lachte und las Scott die Passage vor. »Klingt, als wäre er eifersüchtig auf den Gorilla«, meinte er.

»Klingt, als hätte er ein paar Probleme«, sagte ich. Die letzten beiden Sätze beschäftigten mich.

»Es stört mich nicht, wenn du dich mit einer Lesbe triffst«, sagte Scott, »aber diese Sache mit der hartgesottenen Feministin macht mir Sorgen.« Ich beachtete ihn nicht.

»Ich wünschte, ich hätte einen Kopierer«, sagte ich.

»Warum? Du kannst das deiner neuen Freundin nicht zeigen, ohne zuzugeben, dass du ein Einbrecher und Dieb bist.«

»Ich hätte einfach gerne eine Kopie.«

»Vielleicht hat er es auf einer Diskette gespeichert.« Scott seufzte. »Falls ja, kann ich es dir per E-Mail zuschicken.« Ich bat ihn, es zu versuchen, dann sah ich mir die übrigen Unterlagen in der Schublade an. Als ich fertig war, stellte ich mich hinter ihn und sah ihm über die Schulter hinweg zu, wie er seine Arbeit tat. »Hier ist es«, sagte er. Es war ein WORD-Dokument mit dem Namen »Festanstellung«. Ich sah zu, wie das Dokument auf dem Bildschirm auftauchte. Es enthielt alle Biografien, und sie schienen identisch zu sein mit den Ausdrucken, die ich gefunden hatte.

»Schick das ganze Ding«, forderte ich Scott auf. Wir waren inzwischen seit mehr als fünfundvierzig Minuten in dem Büro. Ich fragte mich, was ich tun könnte, während Scott seinen Auftrag erledigte, dann fiel mir ein abgenutztes schwarzes Adressbuch auf dem Schreibtisch auf. Ich öffnete es und begann darin zu blättern. Wenn ich nichts anderes finden sollte, könnte ich zumindest erfahren, mit wem Finn in Lincoln noch in Kontakt stand.

»Okay«, sagte Scott, als er den Computer herunterfuhr, »lass uns hier abhauen.« Aber ich hörte ihn nicht. »Komm schon«, wiederholte er, »lass uns gehen.« Ich überlegte eine Sekunde, dann riss ich eine Seite aus dem Adressbuch heraus. »Warum hast du das getan?«, fragte er. Ich reichte ihm die Seite und zeigte auf den Namen.

»Amanda Slowiaczek«, sagte er. »Warum kommt mir das bekannt vor?«

# 29. KAPITEL

Unsere Technikerin hat eine Bestandsliste aufgestellt und die Dateien auf beiden Computern und alle Disketten überprüft«, sagte Gilbert, »aber sie hat nicht versucht, gelöschtes Material wiederherzustellen.« Es war elf Uhr an einem Sonntagmorgen. Ich hatte ihn vor zwei Stunden angerufen, und jetzt meldete er sich bei mir.

»Dazu hatte sie keine Veranlassung«, sagte ich, »weil sie nichts von den anderen beiden Todesfällen wusste.«

»Und das FBI?«, fragte er. »Die wollten doch nach einer Verbindung suchen.«

»Ich habe die Akte heute Morgen noch einmal studiert. In Fontaines Fall haben sie sich auf den Bericht Ihrer Technikerin verlassen und keine unabhängige Untersuchung seiner Rechner durchgeführt. Die Festplatte von Carolyn Changs Computer war bereits ausgetauscht worden, als das FBI eingeschaltet wurde, weshalb man dort nichts tun konnte. Sie haben Underwoods Festplatte sorgfältig überprüft, aber nichts gefunden.«

»Vielleicht hat Underwood seine Arbeit bei New Paradigm Systems erledigt.«

»Das werde ich überprüfen«, sagte ich. »Können Sie in der Zwischenzeit veranlassen, dass sich jemand Fontaines Computer noch einmal vornimmt?«

»Darauf können Sie wetten.«

»Haben Sie mit dem College wegen möglicher Einbrüche gesprochen?«

»Ja, ich habe heute Morgen mit dem Chef der Sicherheitsgesellschaft gesprochen, aber die Überwachung wird nicht sehr sorgfältig durchgeführt. Sie bezahlen einen Studenten, der nachts seine Runden auf dem Campus dreht und die Türen der Gebäude überprüft. Es wurden keine Einbrüche oder Vandalismus gemeldet. Sie haben aber trotzdem Recht. Nach Ihrem Anruf bin ich am Campus vorbeigefahren. Jeder, der in das Gebäude will, braucht nur den Fahrradständer unter einem Fenster aufzustellen.«

Ich verabschiedete mich von Gilbert, fuhr zu einem Kiosk und besorgte mir einen großen Kaffee und eine Ausgabe der *News*; dann fuhr ich wieder nach Hause, las die Zeitung und überlegte, was ich mit dem Rest des Tages anfangen sollte. An dem Fall konnte ich nicht viel tun. Es hatte meine Neugier erregt, Amandas Namen in Finns Adressbuch zu finden, aber ich wollte Susan Thompson nicht an einem Sonntag stören. Ich musste mir noch die Unterlagen ansehen, die Scott über Polks Scheidung erhalten hatte, aber wahrscheinlich enthielten sie nichts Weltbewegendes. Ich beschloss, eine Fahrt zu unternehmen.

»Kommt, Jungs«, sagte ich zu den Hunden, »lasst uns sehen, was es zu sehen gibt.« Der Ton meiner Stimme sagte den Hunden alles, was sie wissen mussten. Sie rannten sofort zum Pick-up. Ich lud sie ein, dann holte ich mir im Haus eine Jacke. Es war zwar keine Wolke am Himmel, aber das konnte sich in den Bergen schnell ändern. Ich nahm die Unterlagen über Polk mit, falls ich irgendwo Gelegenheit bekommen sollte, sie zu lesen. Ich hielt am Geschäft an und besorgte mir eine Diätcola, dann schob ich eine Kassette in den Rekorder und fuhr auf der Colorado 119 Richtung Süden, ohne ein bestimmtes Ziel im Hinterkopf zu haben.

Wir landeten in Leadville, einer Bergbaustadt in 3.000 Meter Höhe über dem Meeresspiegel. In dieser Gegend gibt es vier Nationalparks und viele holprige Straßen. Ich wählte eine davon aus und folgte ihr fast fünf Meilen, bis sie plötzlich zu Ende war. Am Anfang des Wanderwegs stand ein anderes Fahrzeug, ein weißer Jeep Cherokee mit einem Fischeremblem auf der Heckscheibe. Ernsthafte Angler. Ich studierte die Landkarte und vermutete, dass sie nach Norden zu einem kleinen See gewandert waren. Da ich beide Hunde ohne Leine laufen ließ, verletzte ich die Vorschriften in Nationalparks, und deshalb wollte ich um jeden Preis vermeiden, anderen Leuten zu begegnen. Ich suchte mir einen anderen Weg aus, der weder zu Seen noch zu Campingplätzen führte. Der Weg schlängelte sich nach Westen und folgte zeitweise einem kleinen Bach.

Unsere Wanderung dauerte vier Stunden, aber den Hunden gefiel es sehr. Sie schnüffelten an allem und rannten von einem interessanten Gegenstand zum nächsten. Mir ging das Herz auf, als ich sie im Bach umhertollen sah. Wenn ich schon sonst nichts Großes in meinem Leben vollbracht hatte, so hatte ich mich zumindest gut um die zwei Lebewesen gekümmert, die mir anvertraut waren. Aber ich hoffte, noch mehr zu leisten. Ich hoffte, ich würde in der Lage sein, mich um meine Eltern zu kümmern, wenn die Zeit kam. Ich hoffte, eines Tages zu heiraten. Und ich hoffte, den Fall der fraktalen Morde zu lösen.

Als kurzfristiges Ziel hoffte ich ein Restaurant zu finden. Es war nach sechs, als wir wieder beim Auto ankamen, und ich hatte Hunger. Buck und Wheat ebenfalls. Ich habe einen kleinen Vorrat Hundefutter im Pick-up, sodass es leicht war, sie satt zu bekommen, aber ich hätte gerne etwas anderes gehabt. Ich fuhr in den Ort Leadville.

Es war Sonntagabend, und die meisten Restaurants hatten geschlossen. Ein paar Kneipen am Stadtrand waren geöffnet, aber das Publikum schien aus Motorradfahrern zu bestehen.

Keine Leute in Wandershorts, sondern die Art Leute, die einen Staatsanwalt – sogar einen ehemaligen – aus einer Meile Entfernung riechen können. Ich aß bei Tastee-Freez, einem Schnellimbiss.

Die Atmosphäre war nicht besonders, aber die Pommes frites waren gut, und das helle Licht ermöglichte es mir, die Dokumente zu lesen, die Scott im Gerichtsgebäude kopiert hatte. Ich begann mit der Klage.

Janice Polk hatte die Scheidung vor einem Jahr eingereicht und unüberwindbare Differenzen als Grund genannt. Sie waren nicht einmal vier Jahre verheiratet gewesen und hatten keine Kinder. Es hätte eine einfache Sache sein können, aber Janice hatte sich J. Bradford Compton als Anwalt genommen, ein silberhaariges Arschloch, das sich selbst als »Anwalt für Ehesachen« bezeichnete.

Unsere Wege hatten sich einige Male gekreuzt, als ich als Anwalt praktizierte. Er ist groß gewachsen und sieht aristokratisch aus, aber er ist so vertrauenswürdig wie eine Kobra. Und arrogant. Einmal schlenderte er kurz vor Beginn eines Prozesses zu mir herüber und flüsterte mir zu: »Mein Mädchen wird deinen Typen im Zeugenstand umbringen!« Ich überlegte, ob ich das wörtlich nehmen und die Todesdrohung der Richterin melden sollte, aber das hätte sie nur verärgert. Stattdessen sah ich ihn an und fragte, ob ihm schon mal jemand gesagt hätte, dass er wie ein Pfau einherstolzierte.

Wie bei jedem Fall mit Comptons Beteiligung zu erwarten, schloss die Klageschrift mit der Forderung nach dauerhaften Unterhaltszahlungen, einer »gerechten Aufteilung des Vermögens und der Verbindlichkeiten der Parteien«, Übernahme der Anwaltskosten und dem Antrag, dass Polks Frau ihren Mädchennamen, Janice Ford, wieder annehmen konnte. Ich legte die Anklageschrift zur Seite, aß ein paar Pommes frites und las das Scheidungsurteil.

Ich brauchte nicht lange, um festzustellen, dass Polk über den Tisch gezogen worden war. Zusätzlich zu monatlichen Unterhaltszahlungen von tausend Dollar hatte der Richter angeordnet, dass er Comptons Honorar zahlen und den Löwenanteil der ehelichen Schulden übernehmen musste. Ich konnte es nicht glauben, und ich fragte mich, wie Compton das geschafft hatte.

Die Antwort wurde deutlich, als ich mir die übrigen Papiere ansah. Die interessantesten Dokumente bei jeder Scheidung sind die Aussagen und Antworten auf die Beweisfragen. Gewöhnlich werden sie nicht bei Gericht eingereicht, aber sie waren als Beweisstücke beim Verfahren vorgelegt worden, und Scott hatte Kopien davon gemacht.

Die Befragung von Janice enthüllte, dass sie einen Masterabschluss in Verwaltungsrecht besaß. Während der meisten Zeit der Ehe hatte sie ein gutes Einkommen gehabt, als Geschäftsführerin einer Stiftung, die eine Krankheit bekämpfte, von der ich noch nie etwas gehört hatte. Aber ein Jahr nach der Eheschließung hatten sich allmählich Anzeichen von Depressionen bei ihr gezeigt. Sechs Monate vor Einreichung der Klage hatte sie einen Psychiater konsultiert. Der Seelenklempner – mit ziemlicher Sicherheit von Compton sorgfältig ausgewählt – bestellte sie mehrere Male zu sich, führte eine Vielzahl von Tests durch und diagnostizierte eine »Anpassungsstörung mit Arbeitshemmung«. Seiner Meinung nach hatte der anhaltende und ständige Stress einer Ehe mit einem FBI-Agenten dazu geführt, dass sie kaum noch in der Lage war, ihre Arbeit auszuüben. Die Stiftung hatte sie beurlaubt.

Das erklärte, wie Compton das Ergebnis erzielt hatte, aber ich las der Gründlichkeit halber auch Polks Antworten. Die Befragung hatte im Dezember stattgefunden und vier Stunden gedauert. Ich versuchte, mir die Situation vorzustellen. Polk, der riesenhafte FBI-Agent, der es gewohnt war, Verdächtige zu befragen, saß in Comptons Besprechungszimmer hoch oben über der Innenstadt von Denver, biss sich auf die Zunge und versuchte verzweifelt, nicht die Nerven zu verlieren, während er Frage um Frage beantwortete. Ich grinste und las weiter. Es war amüsant, bis ich hierzu kam:

*Mr. Compton: Haben Sie neben Ihrem Gehalt als FBI-Agent während des vergangenen Jahres noch Einkünfte aus anderen Beschäftigungen bezogen?*
*Mr. Polk: Ja.*
*Mr. Compton: Erzählen Sie mir davon.*
*Mr. Polk: Ich habe ungefähr fünftausend Dollar als Berater bei einer kleinen Gesellschaft verdient.*
*Mr. Compton: Welche Art von Beratung?*
*Mr. Polk: Sicherheitsbelange.*
*Mr. Compton: Und wann war das?*
*Mr. Polk: Ich habe im August oder September angefangen.*
*Mr. Compton: Ich wusste nicht, dass es FBI-Agenten erlaubt ist, anderen Beschäftigungen nachzugehen.*
*Mr. Polk: Man muss die Erlaubnis des Vorgesetzen haben.*
*Mr. Compton: Hatten Sie die Erlaubnis?*
*Mr. Polk: Ja.*
*Mr. Compton: Haben Sie diese Einkünfte steuerlich angegeben?*
*Mr. Polk: Ich bin ein Staatsbeamter. Was glauben Sie?*
*Mr. Compton: Bitte beantworten Sie die Frage, Sir.*
*Mr. Polk: Ja, ich habe sie angegeben.*
*Mr. Compton: Arbeiten Sie noch für diese Gesellschaft?*
*Mr. Polk: Nein.*
*Mr. Compton: Planen Sie, in der Zukunft wieder für sie zu arbeiten?*
*Mr. Polk: Wenn man mich darum bittet.*
*Mr. Compton: Wie heißt die Firma?*
*Mr. Polk: Sie heißt Koch Group. Es ist eine wirtschaftswissenschaftliche Beratungsfirma.*

*Mr. Compton: Handelt es sich um eine ortsansässige Firma?*
*Mr. Polk: Ja. Sie hat ihren Sitz im Gebäude der Staatsbank von Colorado.*
*Mr. Compton: Haben Sie während Ihrer beruflichen Laufbahn beim FBI noch weitere Tätigkeiten außerhalb Ihrer Anstellung angenommen?*
*Mr. Polk: Nein.*
*Mr. Compton: In Ordnung, lassen Sie uns über Ihre Investitionen reden.*

Der Rest der Befragung war nicht weiter bemerkenswert. Ich sammelte die Unterlagen wieder ein. Aus der Durchsicht schloss ich, dass eine Sache klar war – das Paar hatte über seine Verhältnisse gelebt. Neue Autos, Urlaubsreisen nach Mexiko, ein Apartment in der Nähe von Aspen. Polk hatte sogar schon vor der Scheidung in finanziellen Schwierigkeiten gesteckt, und das war interessant, aber was mir nicht aus dem Kopf gehen wollte, war seine Erwähnung der Koch Group.

»Die Koch Group«, murmelte ich vor mich hin. Ich aß meine Pommes auf, kaufte mir ein Softeis in der Waffel zum Mitnehmen und stieg in meinen Wagen. »Wisst ihr was?«, sagte ich zu den Hunden. »Ein Klassenkamerad von Daddy wird durch die Todesspritze sterben.«

# 30. KAPITEL

Bis zum nächsten Morgen war mir klar geworden, dass ich nicht genug in der Hand hatte. Und was ich hatte, war von untergeordneter Bedeutung. Ich dachte in der Küche darüber nach, während ich eine Mischung aus Trauben, Nüssen und Joghurt aß.

Der Revolver, mit dem Fontaine erschossen worden war, war von Polk als Beweisstück aufgenommen und später aus der Asservatenkammer des FBI in Denver entwendet worden. Polk hatte Gilbert fälschlicherweise mitgeteilt, dass das Büro immer noch im Besitz der Waffe wäre. Der Revolver war in der Nähe von Richland im Staat Washington aus dem Columbia River gefischt worden. Richland war Polks Heimatstadt. Polk persönlich hatte eine Reihe von Zeugen ein weiteres Mal befragt und sogar an dem Fall gearbeitet, nachdem er angeblich bereits abgeschlossen sein sollte. Es schien einen roten Faden zu geben, der sich durch den Fall zog, und der den wirtschaftlichen Aspekt betraf. Polk hatte ein Wirtschaftsdiplom und hatte für eine Firma gearbeitet, die mathematische Modelle für Vorhersagen des Marktverhaltens einsetzte. Polk hatte finanzielle und eheliche Probleme gehabt. Das war genug, um damit zum FBI zu gehen, und vielleicht hätte ich das auch tun sollen, aber ich wollte gerne mit einem überzeugenderen Fall aufwarten. Es gab zu viele unbeantwortete Fragen.

Die erste Frage war das Motiv. Wenn Fontaine eine Art revolutionäres Modell oder eine Software zur Vorhersage des Marktverhaltens entwickelt hätte, woher hätte Polk davon wissen können? Warum hätte es ihn interessieren sollen? Vielleicht hatte die Koch Group davon erfahren und ihn engagiert, um Fontaine umzubringen. Falls das der Fall war, hätten sie ihm mehr als fünftausend Dollar dafür zahlen müssen. Und Polk hätte die Einkünfte sicherlich nicht angegeben. Vielleicht war das nur eine Verschleierungstaktik für seine tatsächlichen Geschäfte mit der Firma. Wenn sie ihm über dem Tisch ein wenig gezahlt hatten, war vielleicht unter der Hand viel mehr Geld geflossen.

Selbst wenn Polk Fontaine umgebracht hätte, hatte ich keine Beweise, die ihn mit dem Tod von Carolyn Chang und dem von Donald Unterwood in Verbindung bringen konnten. Was hätte sein Motiv sein sollen? Hatten die drei zusammengearbeitet? Falls ja, wie hätte die Koch Group davon erfahren sollen? Wie hätte es überhaupt jemand wissen können? Fontaine hatte seinen Kollegen gegenüber nie etwas davon erwähnt. Underwood hatte nie darüber gesprochen. Hatte Carolyn Chang mit Hawkins darüber geredet? Er war Wirtschaftswissenschaftler, und ich wusste, dass sie ihm bei seinem jüngsten Aufsatz geholfen hatte. Ich rief Susan Thompson an.

»Sie sind schwierig zu erreichen«, sagte ich.

»Es war eine arbeitsreiche Nachrichtenwoche«, antwortete sie. »Und zu allem Überfluss ist gestern ein Wolfspaar aus dem Zoo entlaufen.«

»Gut für sie«, meinte ich.

»Man hat die beiden in einem Maisfeld gefunden, wo sie sich in der Sonne aalten.«

»Deshalb nennt man sie vermutlich jetzt Mais-Huskys.«

»Sie brauchen wirklich Hilfe«, sagte sie.

»Daran besteht kein Zweifel.«

»Ich vermute, Sie rufen wegen Hawkins an?«

»In erster Linie«, erwiderte ich.

»Es gefällt mir nicht, wie das klingt«, sagte sie. Ich lachte. »Ich kann Ihnen nicht viel erzählen, was wir nicht bereits wussten«, fuhr sie fort. »Sein Name ist recht häufig in unserer Zeitung aufgetaucht. Immer wenn er eine Auszeichnung bekommt oder eine Lesung veranstaltet, schickt er eine Pressemeldung. Er schreibt viele Briefe an den Herausgeber, meistens wettert er gegen die Einschränkungen des Marktes durch die Regierung.«

»Ein Wirtschaftswissenschaftler, der für die freie Marktwirtschaft plädiert.«

»Offensichtlich.«

»Sonst noch etwas?«

»Er ist politisch engagiert, seit er hier ist«, sagte sie. »Er hat eine Art Auszeichnung dafür erhalten.«

»Das ist es«, sagte ich trocken, »das ist der Hinweis, auf den ich gewartet habe.«

»Das hier könnte Sie interessieren«, meinte sie. »Er war beim Militär. Er hat gegen Ende des Vietnamkrieges eine Ausbildung zum Reserveoffizier abgeschlossen, von 1970 bis 73. Die Zeitung der Universität hat einen Bericht über ihn gebracht, als er nach Nebraska kam.«

»Irgendeine Ahnung, was er beim Militär gemacht hat?«

»Er war Nachrichtenoffizier, was immer das sein mag.«

»Dazu machen sie jemanden, der zu klug ist, um einen Infanteriezug zu führen.« Wahrscheinlich war er sofort befördert worden, als man sein Potenzial erkannt hatte. »Ich schätze Ihre Hilfe sehr«, sagte ich.

»Sie ist nicht kostenlos«, erwiderte sie. »Erzählen Sie mir etwas, damit mein Interesse wach bleibt.«

»Ich trage nichts außer Boxershorts«, sagte ich.

»Ich will eine *große* Story«, sagte sie. Ich lachte und erzählte ihr dann alles. »Wow«, meinte sie. »Das FBI verliert eine

Schusswaffe, die schließlich bei einem Mord verwendet wird. Das ist eine heiße Geschichte.«

»Nicht so gut wie die Geschichte mit dem Zoo, der ein Wolfspaar verliert«, sagte ich. Ich bat sie, noch nichts darüber zu schreiben, und versprach ihr, sie als Allererste zu informieren, wenn alle Teile zusammenpassten. Sie gab mir ihr Wort darauf.

»Was brauchen Sie sonst noch von mir?«, fragte sie.

»Ich glaube nicht, dass es etwas mit dem Fall zu tun hat«, sagte ich, »aber in Boulder gibt es einen Mathedozenten namens Stephen Finn. Er hat einmal in Nebraska unterrichtet, und es besteht irgendein Zusammenhang zwischen ihm und Amanda Slowiaczek, aber ich weiß nicht, welcher.«

»Warum interessiert Sie das?«

»Eine Nachbarin hat gesehen, wie Finn vor nicht allzu langer Zeit um mein Haus herumgeschnüffelt hat.«

»F-I-N-N?«, fragte sie.

»Genau.«

»Ich überprüfe das und rufe Sie zurück.«

»Danke, kleiner Rotschopf.«

Ich legte den Hörer auf die Basisstation, stellte meine Müslischüssel in die Spülmaschine, duschte und zog mich an. Dann setzte ich mich an meinen Schreibtisch und grübelte über den Fall nach.

Es wäre nett gewesen zu wissen, wo Polk sich aufgehalten hatte, als die Opfer starben. Ich könnte die Information von Gumby bekommen, aber dazu müsste ich alles erzählen, und dann würden Dittmer und das Büro mir den Fall wegnehmen. Ich wollte es nicht tun, wenn es sich vermeiden ließ. Ich hatte viel Zeit in diese Angelegenheit gesteckt, und ich wollte Polk zu meinen Bedingungen auffliegen lassen. Ich machte ihn immer noch für Joys Tod verantwortlich, und ich wollte dabei sein, wenn sein Karma ihn einholte. Ich wählte Scotts Nummer.

»McCutcheon.«

»Wie schwierig ist es, in ein Flugreservierungssystem einzudringen?«, fragte ich.

»Vielleicht müssen wir das gar nicht«, antwortete er. »Eine Freundin von Bobbi leitet ein Reisebüro. Was suchen wir denn?«

»Ich möchte wissen, ob Polk während der relevanten Zeiten nach Walla Walla, Boston oder Lincoln geflogen ist.« Ich berichtete ihm von der Koch Group und Polks Angabe, dass er für die Firma gearbeitet hatte.

»Er hätte sicher nicht seinen tatsächlichen Namen benutzt«, sagte Scott.

»Vielleicht nicht«, sagte ich, »aber lass es uns trotzdem überprüfen.«

»Ich werde sehen, was ich tun kann. Aber ich weiß nicht, wie diese Systeme funktionieren. Es wäre vielleicht hilfreich, wenn ich seine Sozialversicherungsnummer oder eine Kreditkartennummer hätte.«

»Ich glaube, ich habe seine Sozialversicherungsnummer«, meinte ich. »Warte einen Moment.« Ich blätterte Polks Unterlagen durch, fand die Nummer und las sie Scott vor. Er wiederholte sie, um sicherzugehen, dass er sie korrekt notiert hatte. Ich versprach, an der Sache mit der Kreditkartennummer zu arbeiten.

»Übrigens«, fügte ich hinzu, »es gibt keine Direktflüge von Denver nach Walla Walla; deshalb solltest du vielleicht auch Seattle, Portland, Spokane und Boise überprüfen. Am besten auch Omaha.«

»Mach ich«, antwortete er. »Was hast du heute vor?«

»Ich habe ein paar Anrufe zu erledigen. Dann plane ich, der Koch Group einen Besuch abzustatten und zu versuchen, bei ihnen auf den Busch zu klopfen.«

»Wenn Polk auf dich schießt, wenn du das Gebäude verlässt, würde ich das für einen recht guten Indizienbeweis halten.« Ich lachte, verabschiedete mich und dachte darüber nach, wie ich am besten an Informationen über Polks Kreditkarte gelangen könnte. Ich sah mir noch einmal die Aufzeichnungen über seine Scheidung an, aber es wurden keine Kontonummern erwähnt. Ich wählte die Nummer von *Keane, Simms & Mercante* und fragte nach Big Matt.

»Es tut mir Leid«, sagte die Empfangsdame, »Mr. Simms ist momentan am Gericht. Kann ich ihm etwas ausrichten?« Ich bezweifelte, dass mein früherer Partner an einem Montagmorgen um halb acht am Gericht war. Matt hasst es, mit Mandanten zu sprechen, aber er will, dass sie glauben, seine Fähigkeiten als Anwalt wären so gefragt, dass er sich ständig am Gericht befindet. Seit Jahren wies er seine Telefonistinnen an, alle Anrufer mit dem Satz »Er ist am Gericht« zu füttern.

»Sagen Sie ihm, Pepper Keane ist am Apparat«, sagte ich. Sie legte mich in die Warteschleife.

»Tut mir Leid«, sagte Matt, »wir haben eine neue Empfangsdame, und sie hat deine Stimme nicht erkannt.«

»Das in Ordnung«, erwiderte ich. »Ich möchte dich nur um einen weiteren kleinen Gefallen bitten.«

»Das war übrigens ein großartiger Schriftsatz. Danke.«

»Gern geschehen«, sagte ich. »Hör zu, ich brauche zwei weitere Kreditauskünfte.«

Er seufzte. »Mein Gott, Pepper«, sagte er, »ich musste unsere Inkassoagentur schon letztes Mal drängen.«

»Ich würde dich nicht darum bitten, wenn es nicht wichtig wäre.«

»Ich weiß«, brummte er. »Gib mir die Namen dieser beiden armen Schweine.«

»Der erste Typ heißt Dale D. Hawkins«, sagte ich. Er schrieb sich den Namen auf. »Der zweite heißt Michael K. Polk.«

»Polk? Du willst, dass ich unsere Inkassoagentur bitte, Kreditinformationen über einen FBI-Agenten einzuholen?«

»Er wird es nie erfahren«, erwiderte ich.

»Meine Güte«, murmelte er. Ich gab ihm ihre Adressen, ihre Geburtsdaten und Polks Sozialversicherungsnummer. Er versprach, zu tun, was er konnte.

Ich ging in die Küche und goss mir eine weitere Tasse Kaffee ein. Es war 8 Uhr 45, was bedeutete, dass es in Richland in Washington 7 Uhr 45 war. Im Internet fand ich eine Telefonnummer für die dortige High School und wählte sie an. Ohne zu erklären, warum, sagte ich, dass ich das Datum des fünfundzwanzigjährigen Klassentreffens bräuchte, das vergangenes Jahr stattgefunden hatte. Sie ließ mich ein paar Minuten warten und sagte dann: »Es hat am ersten Samstag im September stattgefunden.«

In meinem Kopf drehte sich alles. Fontaines Leiche war am ersten Montag im September gefunden worden, und der Pathologe hatte in seinem Bericht geschrieben, dass er höchstwahrscheinlich am Sonntag davor ermordet worden war. Wallace Gibbs, der FBI-Agent, der mit Polk gemeinsam die High School besucht hatte, hatte mir erzählt, er hätte Polk auf ihrem fünfundzwanzigjährigen Klassentreffen im vergangenen Jahr gesehen. Ich durchwühlte meinen Schreibtisch, bis ich einen Kalender des letzten Jahres fand. Der 1. September war ein Freitag gewesen, also war Polk einen Tag vor Fontaines Tod in Richland gewesen – fünfundvierzig Meilen von Walla Walla entfernt.

Ich musste einen klaren Kopf bekommen. Für die Maßstäbe der Berge versprach es ein heißer Tag zu werden, und deshalb wollte ich mein Joggen schnell erledigen. Beide Hunde wollten mich begleiten, aber das funktioniert nie. Ich wollte mindestens sechs Meilen laufen, deshalb entschied ich mich für Buck. Man konnte nie wissen, wann Wheats Pfoten wund werden würden.

Wir liefen die Magnolia Road hinauf, dann ließ ich Buck

von der Leine, und wir liefen auf einem Forstweg weiter. Viele Hippies wohnten hier in Zelten und alten Wohnwagen, aber das war jeden Sommer der Fall. Die meisten sind harmlos, aber oft hinterlassen sie eine Menge Müll, und das ist ein Problem. Ein paar Unruhestifter haben vergangenes Jahr den Hund eines Anwohners gestohlen, und der Polizeichef der Gemeinde hatte hinauffahren und das Tier mit gezogener Waffe zurückholen müssen. Der Idiot tut mir Leid, der versuchen sollte, Buck zu stehlen.

Wir liefen ungefähr zwei Meilen den Forstweg hinunter, kehrten dann um und liefen wieder zurück. Während ich unter der Dusche stand, entschied ich mich, die Koch Group zu besuchen. Aber vorher rief ich noch Russ Seifert von New Paradigm Systems an.

»Klar«, sagte er, »Don hatte einen PC in seinem Büro hier, aber für einen großen Teil seiner Arbeit hier war der Zentralrechner erforderlich.«

»Was ich suche«, erklärte ich, »ist ein Beweis, dass er vielleicht an einer Art wirtschaftswissenschaftlichem Vorhersagemodell oder einer Art Software für ein solches Modell gearbeitet hat.«

»Zusätzlich zu dem, was er für uns gemacht hat?«

»Richtig.«

»Und Sie glauben, dass er mit diesen anderen beiden Matheprofessoren zusammengearbeitet hat?«

»Ja.«

»Wie hießen sie noch gleich?«

»Carolyn Chang und Paul Fontaine.«

»Ich werde einen Blick darauf werden«, meinte er, »und Ihnen Bescheid geben, wenn ich etwas finden sollte.«

»Ich weiß das sehr zu schätzen«, sagte ich. »Übrigens«, fügte ich hinzu, »bewahren Sie alle Telefonrechnungen über Ferngespräche auf, die in Ihrer Firma geführt werden?«

»Ja, wir bewahren sie auf, bis unser Steuerberater uns sagt, dass kein Risiko einer Steuerprüfung mehr besteht.«

Die Koch Group hatte ihren Sitz im dreiundzwanzigsten Stock des Gebäudes der Staatsbank von Colorado. Ich hatte im Sommer nach meinem Collegeabschluss als Wachmann in diesem Gebäude gearbeitet, und danach war ich in meiner Zeit als Anwalt ein halbes Dutzend Mal dort gewesen, um Einzahlungen zu tätigen. Der dreißigstöckige Bau war einmal eines der höchsten Gebäude von Denver, aber einige der in den Jahren der Hochkonjunktur der achtziger und neunziger Jahre erbauten Bürotürme sind doppelt so hoch. Ich betrachtete mich im Spiegel, während ich auf den Aufzug wartete. Ich sah sehr professionell aus in meinem olivfarbenen Anzug, dem weißen Hemd, der grüngoldenen Krawatte und den schwarzen Lederschuhen.

Die Büroräume der Koch Group bestanden hauptsächlich aus Chrom und Glas. Auf Hochglanz polierte Metallbuchstaben neben dem Eingang zeigten den Namen der Firma, *The Koch Group*, aber es gab keinen Hinweis auf die Branche, zu der sie gehörte.

Eine südamerikanische Empfangsdame begrüßte mich. Hohe Wangenknochen, weiße Zähne, rehbraune Augen, lange dunkle Locken. Sie trug ein fuchsienrotes Strickkleid und war umwerfend hübsch. »Kann ich Ihnen helfen?«, fragte sie. Ich hatte absichtlich vorher nicht angerufen oder einen Termin vereinbart.

»Mein Name ist Pepper Keane«, sagte ich. »Ich bin Privatdetektiv.« Ich reichte ihr meine Visitenkarte. »Ich arbeite an einem Fall, und der Name Ihrer Firma ist dabei aufgetaucht. Ich würde gerne mit jemandem darüber sprechen.« Sie lächelte, erhob sich und versprach, bald zurück zu sein. Ihre Fingernägel waren lang, und der Nagellack passte zu ihrem

Kleid – sie war der Typ Frau, die jeden Tag eine Stunde für ihr Make-up aufwendet. Mit ihrem schlanken Zeigefinger gab sie Zahlen auf einer Tastatur ein und verschwand hinter einer Tür aus rauchgrauem Glas. Mir fielen die strategisch platzierten Überwachungskameras auf.

»Mr. Koch wird mit Ihnen sprechen«, verkündete sie, als sie zurückkam, »aber es wird etwa fünf oder zehn Minuten dauern. Bitte machen Sie es sich bequem.« Ich wählte ein Sportmagazin aus den Zeitschriften auf dem Glastisch aus, setzte mich in einen der Sessel aus Chrom und Leder und beschäftigte mich mit den jüngsten Mätzchen von Mike Tyson.

Zwanzig Minuten später kam ein Mann in einem grauen Anzug durch die Glastür und betrat die Lobby. Etwa eins achtzig groß. Anfang oder Mitte fünfzig. Rechts gescheiteltes grau meliertes Haar. Durchdringende blaugraue Augen. Aufrechte Körperhaltung, militärisches Gebaren. Er war für sein Alter in einer guten körperlichen Verfassung, aber nicht so muskulös wie ich. »Mr. Keane«, sagte er, »ich bin Alan Koch.« Er streckte die Hand aus, und ich schüttelte sie. In der linken Hand hielt er die Visitenkarte, die ich der Empfangsdame gegeben hatte.

»Pepper Keane«, sagte ich.

»Miss Lopez sagte mir, der Name unserer Firma tauchte im Rahmen einer Ihrer Ermittlungen auf.«

»Haben Sie ein paar Minuten Zeit?«, fragte ich. »Es wird nicht lange dauern.«

»Sicher«, antwortete er. »Möchten Sie einen Kaffee trinken?«

»Gerne«, sagte ich. »Etwas Milch, kein Zucker.« Er nickte Miss Lopez zu. Ich folgte ihm durch die Tür und einen Gang entlang bis zu seinem geräumigen Büro. Das Mobiliar, einschließlich eines großen Konferenztisches, war ganz aus Chrom und Glas. Keine Bilder schmückten die Wände, aber einige große Zimmerpflanzen verliehen dem Raum etwas Farbe. Eine beeindruckende Sammlung an Diplomurkunden und beruflichen Auszeichnungen zierte die Wand hinter seinem Schreibtisch. Wir setzten uns an ein Ende des Konferenztisches.

»Ich muss sagen«, meinte er, »dass nicht jeden Tag ein Privatdetektiv hier hereinspaziert und mir erzählt, dass der Name meiner Firma in einer Ermittlung aufgetaucht ist.« Ich lächelte.

»Ich habe Ihnen vielleicht einen falschen Eindruck vermittelt«, erwiderte ich. »Ihre Gesellschaft ist nicht direkt involviert, aber sie ist anscheinend die einzige Firma in Denver, die neue mathematische Techniken anwendet, um das Börsengeschehen vorherzusagen.« Er bat mich fortzufahren, aber Miss Lopez kam herein, bevor ich die Gelegenheit dazu hatte. Ich betrachtete den Raum nochmals, und unter Kochs Diplomen und Auszeichnungen fiel mir ein Foto des jungen Alan Koch auf, der neben einem bekannten Politiker stand, aber der Name des anderen Mannes wollte mir partout nicht einfallen. Jemand aus der Ära Nixon/Ford/Carter. Nicht William Simon oder Elliot Richardson, aber einer dieser anonym aussehenden Staatsdiener. Ich gab mir große Mühe, Miss Lopez nicht anzustarren, als sie uns auf einem silbernen Tablett den Kaffee servierte und dann mit einem höflichen Lächeln verschwand. Koch trank einen Schluck Kaffee, sah mich ausdruckslos an und wartete.

Ich trank ebenfalls einen Schluck Kaffee und sagte dann: »Ich untersuche die Möglichkeit, dass drei Mathematiker, die vor kurzem starben, von derselben Person ermordet worden sein könnten.«

»Wie passt meine Firma in diese Geschichte?«, fragte er.

»Alle drei Opfer hatten sich auf fraktale Mathematik spezialisiert«, erklärte ich. »Es gibt einige Anzeichen, dass die

Morde mit dem Einsatz fraktaler Mathematik für wirtschaftliche Vorhersagen zu tun haben. Als ich erfuhr, dass Ihre Firma Ihren Sitz direkt hier in Denver hat, dachte ich mir, Sie könnten mir vielleicht etwas Nachhilfe geben.«

»Ich verstehe«, meinte er.

»Ich bezahle auch gerne dafür.«

»Das wird nicht nötig sein«, sagte er mit einem gezwungenen Lächeln. »Was möchten Sie wissen?«

»Um ehrlich zu sein«, erwiderte ich, »ich versuche, einen Überblick über die Branche zu bekommen. Können Sie mir eine kurze Zusammenfassung geben?« Ich wollte ihn zum Reden bringen, bevor ich ihm meine Überraschungen servierte.

»Ich werde es versuchen«, sagte er.

Er sprach etwa zwanzig Minuten und erzählte mir, was ich bereits wusste, Dinge, die ich aus dem Gespräch mit Russ Seifert und den dutzenden von Fachartikeln erfahren hatte. Ich stellte mich dumm, als er mir erklärte, dass der Einsatz fraktaler Mathematik und anderer mathematischer Techniken zur Vorhersage von Marktverhalten ein wachsender, aber streng geheimer Wirtschaftszweig war.

»Ich habe am College ein paar Kurse in Wirtschaftswissenschaft belegt«, sagte ich und trank einen Schluck Kaffee, »aber die konventionelle Weisheit damals lautete, dass Märkte nicht vorherzusagen sind, weil alle bekannten Informationen sich bereits im Preis widerspiegeln.«

»Was Sie meinen, ist die Hypothese vom effizienten Markt. Heutzutage glaubt niemand mehr daran.«

»Warum nicht?«

»Nun ja«, erwiderte er, »selbst wenn sich alle bekannten Informationen im derzeitigen Preis widerspiegeln, so sind Händler doch auch nur Menschen. Und jeder Mensch reagiert anders auf eine Information. Zwei Leute können dieselbe Information zum selben Zeitpunkt bekommen und trotzdem verschiedene Schlüsse über deren wahrscheinliche Auswirkung auf die Preise ziehen.«

»Aber einer von ihnen wird falsch liegen«, sagte ich.

»Das stimmt«, meinte er, »aber wenn man genug Informationen über die Reaktionen von Händlern in der Vergangenheit besitzt, kann man mathematische Modelle benutzen, um vorherzusagen, wie die Händler als Ganzes auf ähnliche Vorkommnisse in der Zukunft reagieren werden.«

»Faszinierend«, sagte ich.

»Es ist eigentlich nichts anderes als Psychologie mit Zahlen«, sagte er.

»Ich nehme an, Sie verlassen sich auf mathematische Modelle, um zu tun, was Sie tun?«

»Wir wenden mehrere verschiedene Modelle an, in Abhängigkeit von dem Markt, den wir gerade betrachten.«

»Entwickeln Sie Ihre eigenen Modelle«, fragte ich, »oder haben Sie Berater außerhalb der Firma dafür?«

»Es spielt sich alles im Haus ab«, erwiderte er. »Ich bin Doktor der Wirtschaftswissenschaften, und zu unserem Team gehören noch einige andere Wirtschaftsfachleute.« Ich bat ihn, die Tätigkeit etwas genauer zu erläutern, was er auch tat.

»Das ist einfach faszinierend«, sagte ich. »Mir war nicht bewusst, dass es einen ganzen Wirtschaftszweig gibt, der mathematische Modelle einsetzt, um das Börsengeschehen vorherzusagen.« Er lächelte höflich. »Ich denke, ich sollte jetzt gehen«, meinte ich. »Ich möchte mich nochmals für Ihre Hilfe bedanken. Sind Sie sicher, dass ich Sie nicht bezahlen kann?«

»Keine Ursache«, antwortete er. Ich stand auf.

»Übrigens«, sagte ich, »kennen Sie einen Wirtschaftswissenschaftler namens Dale Hawkins?« Für den Bruchteil einer Sekunde bemerkte ich ein kurzes Flackern in seinen Augen.

»Der Name kommt mir nicht bekannt vor«, antwortete er dann. »Ist er aus Denver?«

»Nein«, sagte ich, »nur jemand, den ich in Nebraska kenne.«

»Gibt es sonst noch etwas, das ich für Sie tun kann?«, fragte er. Seine Geduld verwandelte sich in Verärgerung.

»Nein«, sagte ich, »aber ich möchte mich noch einmal für die Zeit bedanken, die Sie sich genommen haben.«

»Ich hoffe, es hat Ihnen etwas genützt.«

»Auf jeden Fall«, versicherte ich. Er stand ebenfalls auf, und wir schüttelten uns die Hände. »Hey«, meinte ich, »ich glaube, ein Freund von mir hat mal fur Ihre Firma gearbeitet.«

»Wer soll das sein?«, fragte er.

»Mike Polk.«

»Ja«, sagte er, »Mike hat mal für uns gearbeitet. Er tut es immer noch ab und zu.«

»Mike und ich haben einmal miteinander gearbeitet«, sagte ich.

»Tatsächlich?«

»Wir kennen uns schon lange.«

»Wenn ich ihn sehe«, sagte er nervös, »erzähle ich ihm, dass Sie hier waren.«

»Ja«, meinte ich, »tun Sie das.«

# 31. KAPITEL

Um acht Uhr am Dienstagmorgen war das Thermometer in Nederland bereits auf fünfundzwanzig Grad geklettert. Es würde wieder ein glühend heißer Tag für die Bergregion werden; also beschloss ich, früh joggen zu gehen und lief zum Skigebiet Eldora. Der einfache Weg dorthin betrug fünf Meilen, und die Höhendifferenz war mindestens sechshundert Meter. Es war die längste und schwierigste Strecke, die ich seit längerem in Angriff genommen hatte, aber ich schaffte es in weniger als eineinhalb Stunden. Nicht so schnell, wie Finn es geschafft hätte, aber trotzdem nicht übel.

Später am Vormittag faxte Big Matt mir Kopien der Kreditinformationen über Hawkins und Polk. Auf das Faxdeckblatt hatte er geschrieben: »Wenn du noch etwas brauchst, frag einen anderen!« Er hatte auch die kleine Karikatur eines Mannes gezeichnet, der mir den Mittelfinger zeigte. Ich grinste und sah mir die Unterlagen an. Hawkins' Kreditwürdigkeit war in Ordnung. Seine einzigen Schulden bestanden in den Krediten, die er für sein Haus und sein Auto aufgenommen hatte, und er bezahlte die anstehenden Raten pünktlich wie ein Uhrwerk jeden Monat. Polk hatte einiges an Schulden angehäuft, aber das wusste ich ja bereits. Ich faxte Scott die Kreditinformationen von Polk zu, um ihm Pokeys Kreditkartennummern mitzuteilen.

Ein weiblicher Teenager rief gegen vierzehn Uhr an und fragte, wie viel es kosten würde, wenn ich ihr half, sich eine neue Identität zuzulegen. Ihre Eltern versuchten, ihr Leben zu kontrollieren, und sie hatte die Schnauze voll davon. Sie war siebzehn. Ich notierte mir ihren Namen und einige andere Details, sagte ihr, dass das Davonlaufen vor Problemen selten die richtige Lösung ist, und riet ihr, einen Therapeuten, den ich in Boulder kannte, aufzusuchen. Sie fing an zu weinen, sagte, ich wäre genauso wie ihre Eltern, und legte auf. Ich dachte eine Weile nach, dann machte ich die Vertrauenslehrerin des Mädchens ausfindig und informierte sie über die Lage. Ich fühlte mich nicht schuldig, weil ich das Vertrauen des Mädchens missbraucht hatte. Heutzutage ist die Hälfte der Jugendlichen verrückt, und ich wollte nicht eines Tages die Zeitung aufschlagen und lesen, dass sie Selbstmord begangen hat.

Mir fiel nichts ein, was ich in Zusammenhang mit dem Fall erledigen könnte, weshalb ich das Haus putzte und Wäsche wusch. Danach fuhr ich zur Müllverwertungseinrichtung und lieferte zwei große Säcke mit Müll und die Zeitungen von ein paar Wochen ab. Der Anrufbeantworter blinkte, als ich zurückkam. »Pepper, hier ist Jayne. Bitte rufen Sie mich sofort zu Hause an.« Sie klang aufgeregt. Ich wählte ihre Nummer.

»Danke, dass Sie so schnell zurückgerufen haben«, sagte sie.

»Was ist los?«

»Jemand ist in meinem Haus gewesen«, erwiderte sie.

»Fehlt etwas?«, fragte ich.

»Nicht dass ich wüsste.«

»Ist etwas zerstört worden?«

»Nein«, meinte sie, »aber es war jemand hier.«

»Ich komme sofort runter«, sagte ich.

Ich fuhr mir schnell mit dem elektrischen Rasierapparat über das Gesicht, tauschte meine Shorts gegen eine saubere lange Hose aus und spritzte mir etwas Eau de Cologne auf

Gesicht und Hals. Ich dachte kurz nach und beschloss, meine Glock mitzunehmen. Ich griff nach einem blauen Blazer, um damit die Waffe verbergen zu können, ließ den Pick-up an und fuhr nach Boulder.

Sie trug Designerjeans, ein blaues Baumwollshirt in der Farbe ihrer Augen und Ledersandalen. »Danke, dass Sie gekommen sind«, sagte sie, immer noch etwas aufgeregt.

»Kein Problem«, erwiderte ich. »Erzählen Sie mir, was passiert ist.« Ich ging ins Haus, und sie schloss die Tür hinter mir. Die Temperatur in Boulder ging auf die vierzig Grad zu, aber sie hatte die Klimaanlage auf höchster Stufe eingeschaltet.

»Ich hatte einen leichten Tag«, begann sie, »deshalb bin ich schon um drei Uhr nach Hause gegangen. Ich habe im Briefkasten an der Straße nach der Post gesehen, dann bin ich ins Haus gegangen und habe meine Aktentasche auf dem Küchentisch abgelegt. Dann ging ich ins Arbeitszimmer, um zu sehen, ob jemand angerufen hat, und bemerkte, dass einige Dinge verändert waren.«

»Was zum Beispiel?«, fragte ich.

»Nur Kleinigkeiten«, sagte sie. »Ich hatte mein Rolodex-Adressenverzeichnis bei der Karte mit der Telefonnummer eines Frauenhauses in Denver geöffnet, aber als ich zurückkam, war es bei einer anderen Karte geöffnet.«

»Was noch?«, fragte ich.

»Glauben Sie mir nicht?«

»Ich glaube Ihnen«, antwortete ich. »Ich versuche nur herauszufinden, auf welche Räume sich der Eindringling konzentriert hat.«

»Auf mein Arbeitszimmer«, sagte sie. »Er hat sich auf mein Arbeitszimmer konzentriert. Mein Stuhl war direkt unter den Schreibtisch geschoben, und ich mache das nie, weil die Armlehnen dadurch beschädigt werden.«

»Haben Sie sich das ganze Haus angesehen?«, fragte ich.

»Ja.«

»Sie haben auch die Schränke und alles andere überprüft?«

»Ja.«

»Lassen Sie uns einen Rundgang machen«, meinte ich. »Zeigen Sie mir, was verändert ist.« Wir fingen in der Küche an und gingen von Zimmer zu Zimmer. Ab und zu deutete sie auf Gegenstände, die leicht bewegt worden waren oder einfach nicht ganz richtig zu stehen schienen. Nichts wirklich Konkretes. Ich befragte sie zum Inhalt jedes Zimmers, aber sie versicherte mir, dass nichts fehlte.

Schließlich landeten wir wieder in der Küche. Sie beruhigte sich allmählich. Sie bot mir Limonade an, und ich sagte, das klänge prima. Bevor ich mich an den Esstisch aus Glas setzte, zog ich meinen Blazer aus und hängte ihn über eine Stuhllehne. Sie bemerkte die Glock, sagte aber nichts. Sie reichte mir ein großes Glas kalter Limonade und setzte sich mit ihrem Glas in der Hand rechts neben mich. Leuchtend gelbe Zitronen mit grünen Blättern verzierten die Gläser.

»Glauben Sie, es hat etwas mit dem Fall zu tun?«

»Das ist nicht abwegig«, meinte ich. »Nichts fehlt, und es kommt zu einer Zeit, wo wir anscheinend Fortschritte machen.« Es war außerdem nur einen Tag nach meinem Besuch bei der Koch Group passiert.

»Ich habe befürchtet, dass Sie das sagen würden«, sagte sie. Sie lächelte schwach, und ich legte meine Hand auf ihre, um sie zu beruhigen.

»Hat sonst noch jemand einen Schlüssel zu Ihrem Haus?«, fragte ich. Es gab zwei Möglichkeiten, in das Stadthaus zu gelangen. Eine war die Haustür, die andere die Garage. Anscheinend war an keiner der beiden Türen herumgepfuscht worden, aber das Schloss der Haustür hätte für einen Eindringling mit etwas Erfahrung kein Problem dargestellt. Es gab nicht einmal einen versenkten Bolzen.

»Nein«, sagte sie.

»Die Eigentümervereinigung?«

»Nein, nur ich.« Ich trank von meiner Limonade. »Wonach könnten sie gesucht haben?«, fragte sie.

»Vielleicht hat jemand gehofft, ich hätte Ihnen schriftliche Berichte zu dem Fall gegeben.«

»Warum sagen Sie das?«

»Nur eine Vermutung«, antwortete ich. Wir schwiegen einige Minuten lang. Ich wusste, dass sie nicht allein sein wollte, aber ich wollte die Nachbarn befragen, bevor die Spur erkaltete. »Bleiben Sie ein paar Minuten hier«, sagte ich schließlich. Ich stand auf und zog meinen Blazer wieder an. »Ich klopfe an ein paar Türen und frage, ob jemand etwas gesehen hat.« Sie nickte, aber ich sah die Furcht in ihren Augen. »Schließen Sie die Tür hinter mir zu«, sagte ich aufmunternd. »Ich bin bald zurück.«

Jaynes Stadthaus war eine von achtzehn dreistöckigen Einheiten. Meine ersten sechs Versuche blieben ohne Ergebnis. Bei meinem siebten Versuch wurde ich von zwei Schülern begrüßt, die darauf warteten, dass ihre Mutter von der Arbeit heimkehrte. Sie spielten Risiko und hatten nichts gesehen. Ich ging weiter an dem Gebäudekomplex entlang und bemerkte einen älteren Mann, der in einem Blumengarten vor einem der Reihenhäuser kniete. Er war etwa Mitte sechzig, aber gebräunt und fit. Silbernes Haar. Er trug ein weißes T-Shirt, blaue Shorts, Laufschuhe und einen blauen Golferhut. Keine Socken. »Wie geht's denn so?«, sagte ich.

»Kann mich nicht beklagen«, erwiderte er.

»Wohnen Sie hier?«, fragte ich.

»Na klar.«

»Hübscher Garten.«

»Danke.«

»Eine Freundin von mir wohnt in dem Reihenhaus dort

drüben«, sagte ich und deutete mit dem Finger darauf, »und wir …«

»Die Matheprofessorin?«

»Ja.«

»Nette Frau«, meinte er. Er stand auf und kam zu mir. Er war ungefähr eins zweiundsiebzig groß und hatte eine Hakennase.

»Wir fragen uns, ob Ihnen heute vielleicht etwas Ungewöhnliches oder Verdächtiges aufgefallen ist.«

»Sind Sie ein Polizist?«, fragte er.

»Nur ein Freund.«

»Ich war bei der Kriminalpolizei«, sagte er. »Bin seit fünf Jahren im Ruhestand. Ich war vierunddreißig Jahre dabei, und deshalb hat die Ausbuchtung unter Ihrer Jacke auch meine Aufmerksamkeit erregt. Polizisten sind die Einzigen, die an einem heißen Tag wie diesem in solch einer Aufmachung herumlaufen.«

»Ich bin Privatdetektiv«, sagte ich. Ich reichte ihm meine Visitenkarte.

»Ein Anwalt, was?«

»Das ist eine lange Geschichte«, sagte ich.

»Sie sind vielleicht der erste private Ermittler, den ich je getroffen habe, der ein Hirn hat.«

»Das ist noch nicht heraus.«

»Ich habe heute Morgen tatsächlich etwas Ungewöhnliches gesehen«, sagte er. Ich schwieg. »Gegen halb neun fährt eine dunkelblaue Limousine vor und parkt dort drüben in der Pearl Street. Ein Crown Victoria, Viertürer. Ein Typ steigt aus, sieht mich und geht in die entgegengesetzte Richtung. Ein großer Mann, etwa in Ihrem Alter, vielleicht ein bisschen älter.«

»Groß und dünn oder groß und muskulös?« Ich wollte nicht denselben Fehler noch einmal begehen.

»Nein, er hatte Muskeln«, sagte der Mann. »Er muss mindestens einhundertundzwanzig Kilo schwer gewesen sein.« Damit schied Finn aus.

»Ich wusste sofort, dass der Typ ein Profi war. Er sah so aus, und auf dem Auto waren alle möglichen Antennen. Ich dachte mir, der Typ muss FBI-Agent sein, denn ich kannte ihn nicht, und die Jungs vom FBI fahren heutzutage alle große Ford-Modelle. Hab mir zu dem Zeitpunkt nicht viel dabei gedacht.«

»Wie lange stand sein Wagen hier?«, fragte ich.

»Nicht länger als dreißig Minuten.«

»Konnten Sie sich das Kennzeichen merken?«

»Ein Kennzeichen aus Colorado«, sagte er. »A-M-K 8115.«

»A-M-K?« Das waren die Buchstaben, die ein Zeuge an dem Auto vor Carolyn Changs Haus in der Nacht ihres Verschwindens gesehen zu haben behauptete.

»Ja.«

»Sind Sie sicher?«, hakte ich nochmals nach.

»Ganz sicher«, erwiderte er. »Ich hab den Dreh raus, mir solche Sachen zu merken.« Ich schrieb mir das Kennzeichen auf. »Es wird Ihnen nicht weiterhelfen«, meinte er. »Es ist garantiert eine Scheinnummer. Sie benutzen sie für Undercover-Operationen und ähnliche Sachen. Diese Informationen sind für die Öffentlichkeit nicht zugänglich.«

»Könnten Sie Ihre Beziehungen spielen lassen?«, fragte ich. Er sah mich abschätzend an, und er muss eine günstige Schlussfolgerung gezogen haben.

»Klar«, antwortete er. »Geben Sie mir einen Tag Zeit.«

»Wie heißen Sie?«, fragte ich.

»Thomas Hammond«, sagte er. Wir schüttelten uns die Hände, und ich erzählte ihm ein wenig von mir. Dann dankte ich ihm für seine Hilfe. »Ist Ihre Freundin in Schwierigkeiten?«, wollte er wissen.

»Sie hat mich engagiert, um etwas herauszufinden, und

das macht offensichtlich einige Leute nervös. Sieht so aus, als wäre jemand in ihr Haus eingebrochen und hätte es durchsucht, während sie bei der Arbeit war.«

»Ich werde das Haus im Auge behalten«, sagte er.

Jayne blickte durch den Spion in der Tür, dann ließ sie mich herein. Sie wirkte wieder gelassener. »Haben Sie etwas herausgefunden?«, fragte sie.

»Ich glaube, Sie haben Besuch von unserem Freund Polk gehabt.« Ich zog meinen Blazer aus und erzählte ihr, was ich von Hammond erfahren hatte.

»Wunderbar«, sagte sie. »Dieser Mann war mir schon unheimlich, bevor ich wusste, dass er möglicherweise ein Mörder ist.«

»Bald ist alles vorbei«, meinte ich. Ich wusste das nicht mit Sicherheit, aber es passte gut, es zu sagen.

»Ich möchte heute Nacht nicht hier bleiben«, sagte sie.

»Sie können gerne bei mir übernachten«, bot ich ihr an.

»Was wäre, wenn er versucht, in Ihr Haus einzudringen?«, fragte sie.

»Das wird er nicht«, entgegnete ich. »Er weiß, dass ich eine Waffe besitze und sie auch benutzen würde.« Sie beäugte meine Pistole. »Außerdem würde Buck den ganzen Ort aufwecken, bevor er sich dem Haus auch nur auf hundert Meter genähert hat.«

»Ich folge Ihnen in meinem Auto«, sagte sie. Sie ging nach oben, packte eine kleine Reisetasche und folgte mir in ihrem silbernen Saab 900 hinauf in die Berge.

Bei unserer Ankunft war es kurz nach sechs. Ich ließ die Hunde hinaus und schaltete die Abendnachrichten auf *CBS* ein. Jayne machte es sich auf dem Sofa bequem.

»Möchten Sie ein Glas Wein?«, fragte ich.

»Gerne.«

»Rot, weiß oder rosé?«

»Egal, Hauptsache, er enthält Alkohol«, sagte sie. Ich schenkte jedem von uns ein Glas weißen Zinfandel ein und setzte mich neben sie.

»Hungrig?«, fragte ich.

»Ein bisschen.«

»Ist Pizza okay?«

»Klar.«

Ich nahm das schnurlose Telefon zur Hand und rief Backcountry an. »Was möchten Sie drauf haben?«, fragte ich.

»Keine Sardellen«, sagte sie. Ich bestellte eine große Pizza mit Pilzen und Knoblauch, dann ließ ich die Hunde wieder herein und fütterte sie.

Nachdem wir gegessen und noch mehr Wein getrunken hatten, zappten wir fünfzehn Minuten lang durch die Fernsehkanäle, aber wir kamen überein, dass nichts Sehenswertes kam. Ich schaltete den Fernseher aus. Der Wein hatte ihr geholfen, sich zu entspannen. Sie bemerkte meine CD-Sammlung und ging hinüber, um sie in Augenschein zu nehmen. »Das ist vielleicht die mannigfaltigste Musik-Kollektion, die ich je gesehen habe«, sagte sie. »*Amerikanische Militärmärsche* direkt neben *Hollywood's Singing Cowboys* zu sehen, überwältigt mich beinahe.« Sie zog mich auf, aber auf liebevolle Art und Weise. Schließlich wählte sie eine Songsammlung von Nat King Cole aus, schaltete die Deckenbeleuchtung aus, kehrte zum Sofa zurück und kuschelte sich an mich.

Wir redeten und genossen die Musik. Ich küsste sie. Sie erwiderte meinen Kuss. Immer ein gutes Zeichen. So ging es eine Stunde lang weiter. Unter diesen Umständen war ich bereit, auf *SportsCenter* zu verzichten. Um halb elf gähnte sie und meinte: »Lass uns ins Bett gehen.« Ich war mir ziemlich sicher, dass sie dasselbe Bett meinte.

Ich ließ die Hunde ein letztes Mal hinaus, während sie mit ihrer Reisetasche verschwand. Als sie aus dem Badezimmer kam, trug sie ein taubenblaues Oberteil mit passenden Satinshorts. Buck und Wheat fühlten sich verraten, als ich die Schlafzimmertür schloss, bevor sie hereinkommen konnten.

Ich putzte mir die Zähne, zog mich aus bis auf meine Boxershorts und nahm Jayne in den Arm. »Du sieht wundervoll aus«, sagte ich. Sie errötete, und wir standen dort in fester Umarmung.

»Stimmt etwas nicht?«, fragte sie.

»Ich möchte, dass du das tust, weil du es willst, nicht weil du Angst hast und nicht allein sein möchtest.«

»Ich will es«, sagte sie. Sie tippte mir mit dem Zeigefinger auf die Nase, um ihre Aussage zu unterstreichen.

Als wir uns geliebt hatten und gerade im Begriff waren, eng umschlungen einzuschlafen, fiel mir ein, dass ich mein Medikament nicht eingenommen hatte. Ich küsste sie leicht auf die Wange und kletterte aus dem Bett. »Wohin gehst du?«, fragte sie.

»Ich habe vergessen, eine Pille zu nehmen«, sagte ich. Ich öffnete die Schlafzimmertür, um in die Küche zu gehen, und sofort drückten sich die Hunde an mir vorbei und sprangen auf das Bett. Jayne lachte und zog sich die Bettdecke über den Kopf, damit sie sie nicht zu Tode leckten. Ich schluckte die Tablette mit etwas Wasser und kehrte ins Schlafzimmer zurück. »Gewöhnlich schlafen sie bei mir«, erklärte ich. »Soll ich sie rauswerfen?«

»Nein«, erwiderte sie, »es ist ein großes Bett.« Ich kletterte neben sie und machte das Licht aus. Wir lagen in dieselbe Richtung gedreht, ich hinter ihr. Unsere Körper passten wie zwei Teile eines perfekten Puzzles zusammen. Ich bedeckte ihren Nacken und ihre Schultern mit kleinen Küssen und rang mit mir, ob ich das große D zur Sprache bringen sollte.

»Ich wollte dir etwas erzählen«, begann ich.

»Das wäre ein richtig schlechter Zeitpunkt, mir mitzuteilen, dass du verheiratest bist«, scherzte sie.

»Nichts Derartiges«, sagte ich. Sie drehte sich um, um mich ansehen zu können, und wartete darauf, dass ich fortfuhr. »Ich leide unter Depressionen«, sagte ich schließlich. »Ich muss Medikamente nehmen. Deshalb musste ich diese Tablette schlucken.«

Sie lächelte und sagte: »Du hast mich tatsächlich eine Minute lang beunruhigt.«

»Ich hatte das Gefühl, dass du ein Recht hast, es zu wissen, wenn wir mehr Zeit miteinander verbringen.« Ich erzählte ihr, dass ich seit Joys Tod unter den Depressionen litt, aber dass das Medikament Wunder wirkte; im Großen und Ganzen war ich ebenso glücklich wie jeder andere von Existenzängsten geplagte Exanwalt.

»Viele Leute leiden unter Depressionen«, sagte sie. »Zumindest unternimmst du etwas dagegen.«

»Es stört dich nicht?«

»Nicht sonderlich«, erwiderte sie. Sie streichelte meine Wange. »Klingt, als würde es dir Sorgen machen.«

»Die ganze Sache ist eine Art Schlag für mein männliches Ego«, erklärte ich.

»Nicht einmal Pepper Keane kann perfekt sein«, flüsterte sie. Sie gab mir einen Gutenachtkuss, und wir schliefen ein.

Der Wecker klingelte um halb sieben, und wir liebten uns noch einmal. Dann lagen wir schläfrig auf dem Rücken, ihr Kopf ruhte auf meiner Brust. Das Telefon läutete, und ich fragte mich, wer das so früh am Morgen sein könnte. Ich hob den Hörer ab. »Pepper Keane«, meldete ich mich.

»Du klingst, als wäre dir schlecht«, sagte Scott. »Hast du gestern Abend zu viel Wein erwischt?«

»Es war nicht der Wein, von dem ich zu viel hatte …«

»War es *a double shot of your baby's love*, eine doppelte Liebesdosis deiner Liebsten?«

»Ja.«

»Du hättest brennend gern den ganzen Satz gesagt, konntest du aber nicht, weil sie direkt neben dir liegt?«

»Richtig.«

»Wer hat den Song gesungen?«

»Die *Swingin' Medallions*«, antwortete ich. »Was willst du?«

»Das wird dir mächtig gefallen«, meinte er. »Anscheinend ist unser Polk-Junge am Sonntag vor Underwoods Tod nach Boston geflogen. Er flog unter seinem eigenen Namen und benutzte eine Regierungskreditkarte um das Flugticket zu bezahlen.«

»Und das wird dir mächtig gefallen«, sagte ich. »Er hat am Klassentreffen seiner High School in Richland im Staat Washington teilgenommen, und das hat einen Tag vor Fontaines Ermordung stattgefunden.«

»Mein Gott!«

»Hast du herausgefunden, ob er nach Omaha oder Lincoln geflogen ist?«, fragte ich.

»Bis jetzt noch nicht«, antwortete er. »Die ganze Sache war etwas komplizierter, als ich es mir vorgestellt hatte. Man kann nicht einfach in das System einer Reiseagentur gehen und sich alte Reservierungen von Leuten ansehen, die nicht über diese Agentur gebucht haben. Ich musste mir den Weg in die Datenbank für die Rechnungserstellung jeder Fluggesellschaft erschleichen, und das hat eine Weile gedauert.« Ich schwieg einen Augenblick. Jayne stand auf, ließ die Hunde durch die Tür hinaus, die von meinem Schlafzimmer in den Garten führt, zog ihren Pyjama aus und ging ins Badezimmer, wo ich hörte, wie sie die Dusche anstellte. Dann machte sie mir mit dem Zeigefinger ein Zeichen, dass ich zu ihr kommen sollte. »Was machen wir als Nächstes?«, wollte Scott wissen.

»Ich werde duschen«, erwiderte ich. »Ich rufe dich zurück.«

## 32. KAPITEL

Ich hatte keine Gelegenheit, Scott zurückzurufen. Kurz nachdem Jayne zur Uni aufgebrochen war, rief Susan Thompson mich an und informierte mich über die Verbindung zwischen Amanda Slowiaczek und Finn. Ich wählte die Nummer des Polizeireviers von Lincoln.

»Detective Slowiaczek«, meldete sie sich.

»Amanda«, sagte ich fröhlich, »wie geht's Ihnen?«

»Wer sind Sie?«, fragte sie.

»Pepper Keane.«

»Kenne ich Sie?«

»Der Anwalt, der inzwischen Privatdetektiv ist«, antwortete ich.

»Oh«, sagte sie, »was wollen *Sie* denn?«

»Ich habe mir Ihre Berichte über den Mord an Carolyn Chang angesehen – ich habe von Sheriff Bowen in Kansas Kopien davon bekommen –, aber anscheinend fehlen ein paar Unterlagen. Ich frage mich, ob Sie mir eine Kopie der Unterlagen bezüglich der Klage wegen sexueller Belästigung faxen können, die Carolyn Chang vor ein paar Jahren« – sie legte auf, »eingereicht hat.«

Ich grinste – wenige Dinge sind befriedigender als jemanden eines Besseren zu belehren und zum Schweigen zu bringen – und überlegte, was ich mir zum Frühstück bereiten sollte. Ich schnitt gerade ein Vollkornweizenbagel in zwei Hälften, als Russ Seifert anrief.

»Ich habe Dons Büro von oben bis unten durchsucht und konnte nichts finden, das auf Ihre Beschreibungen passt«, sagte er, »aber das hier könnte Sie interessieren.«

»Was denn?«

»Ich habe lange über Ihre Theorie nachgedacht, und dabei ist mir eingefallen, dass wir ein oder zwei Tage vor Donalds Tod Probleme mit unseren Überwachungskameras hatten.«

»Welcher Art waren die Probleme?«

»In der Woche fiel in einer Nacht in unserem Gebäude der Strom aus, und die Kameras waren etwa eine Stunde lang außer Betrieb.«

»Gibt es keine Batterien oder einen Stromgenerator?«

»Wir haben Generatoren für den Zentralrechner, aber nicht für das Sicherheitssystem.«

»Wurde in jener Nacht etwas gestohlen?«

»Nicht dass wir wüssten, aber wenn Ihre Theorie stimmt, hätte ein Eindringling auch nicht nach unseren Materialien gesucht. Er hätte etwas gesucht, an dem Donald arbeitete. Wir hätten nicht einmal gewusst, dass es existierte.«

»Ja.«

»Hilft Ihnen das weiter?«, fragte er.

»Es ist nicht die Verbindung, auf die ich gehofft habe, aber es ist ziemlich verdächtig.«

»Sagen Sie mir Bescheid, wenn ich noch etwas tun kann.«

»Mache ich.«

Ich aß mein Bagel und ging dann in den Keller, um den großen Sandsack zu bearbeiten. Gewöhnlich beginne ich träge und beende das Training mit schnellen Schlägen, und dieser Morgen bildete keine Ausnahme. Nach ein paar Minuten wurden meine Schläge schnell und scharf. Ich fühlte mich gut, als ich die Treppe wieder hinaufstieg. Die Dinge fügten sich nach und nach alle zusammen.

Dann rief Jayne an und sagte: »Wir müssen reden.« Sie klang distanziert.

»Was ist los?«

»Du warst mir gegenüber nicht völlig ehrlich.«

»Wovon sprichst du?«

»Du warst zwar so ehrlich, mir von deinen Depressionen zu erzählen, aber ist es dir dabei nicht in den Sinn gekommen, dass ich vielleicht auch über deinen Prozess wegen Totschlags Bescheid wissen möchte?«

»Wer hat es dir erzählt?«

»Stephen.«

»Es war Notwehr«, sagte ich. »Ich wurde freigesprochen.«

»Darum geht es nicht«, erwiderte sie. »Ich hatte ein Recht darauf, es zu erfahren.«

»Ja«, sagte ich, »das hattest du.« Sie schwieg. »Ich wollte es dir sagen«, fügte ich hinzu, »aber ich habe auf den richtigen Zeitpunkt gewartet.«

»Und wann wäre das gewesen?« Darauf hatte ich keine Antwort und schwieg einen Augenblick. Dann fragte ich, ob sie die Geschichte hören wolle.

»Vielleicht in ein oder zwei Tagen«, meinte sie schließlich.

»Okay«, sagte ich. »Sag mir Bescheid, wenn du so weit bist. Und ruf mich an, wenn du mich brauchst.«

»Auf Wiederhören.«

»Jayne, ich bin …« Klick. Ich legte auf.

Ich saß in meinem Büro und versuchte meine Gedanken zu ordnen. Ich hätte mich auf die Tatsache konzentrieren sollen, dass Mike Polk ganz offensichtlich in die fraktalen Morde verwickelt war. Stattdessen drehten sich meine Gedanken nur um Jayne. Und je mehr ich darüber nachdachte, umso mehr fragte ich mich, warum Finn bei meinem Haus gewesen war und warum er sich die Mühe gemacht hatte, in meiner Vergangenheit zu stöbern und Jayne davon zu erzählen.

Ich glaubte die Antwort zu wissen, aber ich wollte sie gerne aus dem Mund des Triathleten hören, weshalb ich mich auf den Weg nach Boulder machte.

Im Fachbereich Mathe war mehr los als sonst, aber es gelang mir, Finns Büro zu erreichen, ohne von Jayne oder Mary Pat gesehen zu werden. Er saß an seinem Schreibtisch. Er trug Dockers und ein blaues Popelinehemd. Er blickte auf. »Mr. Keane«, sagte er, »was kann ich für Sie tun?« Ich schloss die Tür hinter mir und setzte mich auf einen der beiden Stühle vor seinem Schreibtisch. Ich atmete tief durch, um mich zu entspannen.

»Eine Nachbarin hat gesehen, wie Sie vor ein paar Wochen um mein Haus herumgeschnüffelt haben. Ich hoffe, dass Sie mir dafür eine Erklärung geben können.«

»Ich weiß nicht, wovon Sie sprechen«, erwiderte er. Er nahm seine Brille ab und legte sie vor sich auf den Schreibtisch.

»Sie hat Ihr Foto in der Zeitung gesehen und kann Sie identifizieren«, sagte ich. »Aber lassen Sie uns das Thema für den Moment zurückstellen. Vielleicht können Sie mir erzählen, was Sie dazu veranlasst hat, in meiner Vergangenheit zu graben, und warum Sie sich genötigt sahen, Jayne Smyers heute Morgen von meinem Verfahren wegen Totschlags in Kenntnis zu setzen.«

»Mir gefällt Ihr Ton nicht«, sagte er. Er wollte aufstehen, und mir fielen wieder die vielen blauen Venen auf seinen sehnigen Armen auf.

»Bleiben Sie sitzen«, sagte ich. Der Befehl verblüffte ihn. »Sie mögen vielleicht der bessere Athlet sein, aber Sie wollen sich sicher nicht auf einen Kampf mit mir einlassen.« Er starrte mich an, aber er ließ sich zurück auf seinen Stuhl sinken.

»Ich werde Ihnen erzählen, was ich glaube«, sagte ich. »Sie

hatten eine Schwäche für Carolyn Chang, als Sie in Nebraska waren. Habe ich Recht?« Er schwieg, aber ich hatte seine Aufmerksamkeit erregt. »Sie hatten Spaß mit ihr, aber Sie wollten mehr und sie nicht. Vielleicht waren Sie einfach zu jung, um von ihr ernst genommen zu werden.« Ich legte eine Pause ein, aber er sagte wieder nichts. »Als sie genug von Ihnen hatte«, fuhr ich fort, »konnten Sie das nicht akzeptieren. Sie waren besessen von ihr. Sie riefen sie ständig an und fielen ihr auf die Nerven. Schließlich erstattete sie bei der Polizei Anzeige wegen sexueller Belästigung. Normalerweise wäre Ihre berufliche Laufbahn damit beendet gewesen, aber Carolyn wusste nicht, dass Ihre große Schwester Detective bei der Polizei war. Amanda ließ ihre Beziehungen spielen und glättete die Wogen, sodass Sie Nebraska still und leise verlassen und woanders neu anfangen konnten. Liege ich bis hierhin richtig?« Er stützte die Ellbogen auf und vergrub das Gesicht in den Händen.

»Die Dinge liefen für Sie hier ziemlich gut, aber Sie verknallten sich ein wenig in Jayne Smyers. Sie wurden neugierig, als Sie erfuhren, dass sie mit einem Privatdetektiv zusammenarbeitete. Je öfter Sie uns zusammen sahen, desto besorgter wurden Sie. Sie fürchteten, es könnte etwas mit der Entscheidung über Ihre mögliche Festanstellung zu tun haben. Sie glaubten, ich könnte mich vielleicht für Ihre Probleme in Lincoln interessieren. Deshalb gingen Sie zu meinem Haus. Ich bin nicht sicher, warum genau. Vielleicht wollten Sie mit mir reden. Oder vielleicht wollten Sie einbrechen, um herauszufinden, was ich vorhatte. Meine Hunde oder meine Nachbarin haben Sie verscheucht. Dann, als klar wurde, dass sich zwischen Jayne und mir eine Freundschaft anbahnte, wurden Sie von Eifersucht übermannt. Sie hatten immer schon eine Schwäche für Jayne, und Sie wollten tun, was Sie konnten, um unsere Beziehung zu stören.«

»Das sind alles nur Mutmaßungen«, sagte er ohne aufzublicken.

»Es ist keine Mutmaßung, dass Amanda Slowiaczek Ihre Schwester ist«, sagte ich. »Und es ist keine Mutmaßung, dass Carolyn Sie bei der Polizei in Lincoln wegen sexueller Belästigung angezeigt hat, kurz bevor Sie Nebraska verließen. Ich habe sogar die Nummer des Berichts. Es ist der einzige Bericht, den Ihre Schwester dem Sheriff in Kansas nach dem Mord an Carolyn Chang nicht gegeben hat.«

»Was wollen Sie?«, sagte er und starrte mich mit funkelnden Augen an. In seinem Blick las ich eine Mischung aus Hass und Scham.

»Sie müssen mit einigen Dingen fertig werden«, antwortete ich. »Ihr IQ ist überdurchschnittlich hoch, aber Sie sind in die Welt der Erwachsenen geworfen worden, bevor Sie dafür bereit waren; jetzt rächt sich das.« Er brach den Blickkontakt ab, sein Gesicht wurde langsam rot. Ich stand schweigend da. Seine Augen füllten sich mit Tränen.

»Mein Gott«, sagte er, »es war dumm, dass ich zu Ihrem Haus gefahren bin. Ich weiß nicht einmal, warum ich es eigentlich getan habe. Ich habe nicht nachgedacht.« Er seufzte. »Diesmal habe ich wirklich Riesenmist gebaut.« Er starrte auf den Fußboden und lachte bitter auf, als könnte er nicht glauben, bis zu welchem Grad er sein Leben ruiniert hatte.

»Nicht unbedingt«, sagte ich. Er sah auf. »Man scheint übereinstimmend zu glauben, dass Sie ein guter Lehrer sind. Deshalb werde ich Jayne, Ihrer Schwester und auch sonst niemandem etwas davon erzählen.« Er starrte mich ungläubig an. »Unter zwei Bedingungen«, fügte ich hinzu.

»Welche?«

»Erstens«, sagte ich, »Sie begeben sich in Behandlung. Einmal pro Woche für mindestens ein Jahr. Sie wählen einen

Therapeuten aus und schicken mir hin und wieder einen Zahlungsbeleg, damit ich weiß, dass Sie dabeibleiben.« Er nickte. Hass und Scham wandelten sich in Respekt und Erleichterung.

»Wie lautet die andere Bedingung?«, wollte er wissen.

»Kommen Sie mir bei Jayne nicht in die Quere.«

Ich trainierte am Nachmittag in Troys Studio und reagierte einige meiner Aggressionen ab. Der schwere Sandsack war Polks Körper, der kleine Sack Finns Gesicht. Wegen meiner Probleme mit Jayne war ich immer noch sauer auf Finn. Mein Bruder hatte lange nicht mehr erlebt, dass ich so hart trainierte. »Kehrst du aus dem Ruhestand zurück?«, scherzte er.

»Warum nicht?«, meinte ich. »Ich bin jünger als Foreman und Holmes.«

Als ich nach Hause kam, bat Dick Gilbert auf dem Anrufbeantworter um Rückruf. Es war kurz nach fünf. Ich wählte seine Nummer. »Was gibt's?«, fragte ich.

»Sie sind ein schlauer Hurensohn«, sagte er mit seiner rauen Stimme.

»Macht es Ihnen was aus, wenn ich Sie in meiner nächsten Anzeige in den Gelben Seiten zitiere?«

»Wir haben den Jackpot geknackt«, sagte er. Ich hörte, wie er an seiner Zigarette zog.

»Erzählen Sie mir davon«, erwiderte ich.

»Ich habe Fontaines privaten Computer und den in seinem Büro auf dem Campus von einem Techniker unserer Polizei überprüfen lassen. Sie haben ein Computerprogramm benutzt, um gelöschte Dateien wiederherzustellen.«

»Sprechen Sie weiter.«

»Auf der Festplatte des Rechners im Büro befanden sich Teile von Briefen, die er offensichtlich an die anderen beiden geschrieben hatte; es ging um eine Art Projekt, an dem sie gemeinsam arbeiteten.«

»Das ist großartig«, sagte ich.

»Es kommt noch besser!«

»Ja?«

»Nachdem der Techniker mir von seinem Fund erzählt hatte, habe ich nochmals über Ihre Theorie nachgedacht. Ich kam zu dem Schluss, dass Fontaine vielleicht einen weiteren Satz Unterlagen oder Disketten oder was auch immer aufgehoben hatte, wenn diese drei ein Modell zur Vorhersage des Aktienmarktes entwickelt hatten, das gut genug war, um dafür zu morden. Also fuhr ich zu seinen Eltern hinaus und sprach mit diesem Studenten Bartels. Es stellte sich heraus, dass Fontaine auf der Farm ein kleines Büro hatte. Nur einen kleinen Raum in einem der Schuppen, wo Mähdrescher und Traktoren abgestellt werden. Wir fanden jede Menge Schriftverkehr zwischen Fontaine, Underwood und Carolyn Chang. Offensichtlich hat sie das Modell entwickelt und ihr Wissen mit den anderen beiden geteilt. Ich verstehe diesen technischen Kram nicht richtig, aber ich habe Ihnen per Übernacht-Express Kopien von allem zugeschickt. Sie bekommen die Sachen morgen.«

»Das ist fantastisch«, jubelte ich. »Wir kommen der Sache immer näher.«

»Es gibt noch eine weitere Entwicklung«, sagte er.

»Was denn?«

»Das FBI hat um die Herausgabe der Schusswaffe gebeten.«

»Sie haben sie ihnen doch nicht gegeben?«

»Himmel, nein!«

»Woher kam die Anfrage?«

»Aus Denver.«

»Und wer war es?«

»Polk.«

»Die Anfrage kam nicht von dem zuständigen Agenten?«

»Sie kam von Polk«, antwortete er.

»Wahrscheinlich werden sie Sie bald mit einem Haufen Papierkram zuschütten«, sagte ich. »Wir müssen die Sache zu Ende bringen, bevor irgendein Bundesrichter droht, Sie wegen Missachtung des Gerichts zu verurteilen.«

»Das wäre ein willkommener Urlaub«, meinte er.

»Ich warte, bis ich morgen die Unterlagen bekomme«, sagte ich, »dann müssen wir vermutlich darüber nachdenken, uns ans FBI zu wenden.«

»Glauben Sie wirklich, dieser Polk wäre dazu fähig?«

»Wir haben herausgefunden, dass er kurz vor Underwoods Tod nach Boston geflogen ist.«

»Mein Gott!«

»Das Seltsame daran ist, dass er unter seinem eigenen Namen geflogen ist und mit einer Regierungskreditkarte bezahlt hat.«

»Wann war das?«, fragte er.

»Direkt vor dem Valentinstag«, sagte ich.

»Warten Sie einen Moment«, sagte er. Er legte den Hörer zur Seite, und ich hörte Geräusche im Hintergrund. Das Rascheln von Papier, das Öffnen und Schließen von Schubladen. »Hier ist es«, sagte er. »In jener Woche fand in Boston eine große Konferenz zum Thema Sexualverbrechen statt. Ich wollte selbst auch hingehen, aber ich musste absagen, weil es meiner Tochter gesundheitlich nicht gut ging.«

»Polk besucht ein Seminar zum Thema Sexualverbrechen. Underwoods Tod wird als autoerotische Selbsttötung inszeniert.«

»Trotzdem habe ich immer noch nicht genug, um Polk des Mordes anzuklagen«, meinte er.

»Nein«, sagte ich. »Sie haben seine Fingerabdrücke nicht

auf der Waffe, und Sie können nicht beweisen, dass er zur Tatzeit in Ihrer Region war.«

»Wie haben Sie herausgefunden, dass er in Boston war?«, fragte Gilbert. Ich berichtete es ihm. »Ich werde sehen, was ich hier tun kann«, sagte er. »Vielleicht lässt sich beweisen, dass er hier oder in Nebraska war.«

## 33. KAPITEL

Morgen, Pepper«, sagte Wanda. Sie streckte die Hand nach meiner Hühner-Kaffeetasse aus.

»Morgen, Wanda«, grüßte ich. Wie immer roch es wundervoll, und der Duft frisch gebackener Köstlichkeiten durchzog den Raum.

»Sie sehen zufrieden aus«, meinte sie.

»Ich habe lange auf etwas gewartet«, antwortete ich, »und es sieht aus, als würde es endlich passieren.«

»Freut mich«, sagte sie. Ich gönnte mir ein heißes Pekannussbrötchen, schenkte mir Kaffee ein, legte drei Dollar auf die Glastheke und suchte mir einen freien Tisch. Es war halb elf Uhr vormittags, und ich kam gerade von der Post.

Gilbert hatte die Unterlagen in einem großen Luftpolsterumschlag geschickt. Ich riss ihn auf und begann, den Inhalt zu studieren. Die Briefe, Memos, Graphiken und andere Papiere waren wahllos in den Umschlag gestopft worden. Ich brauchte fast zwei Stunden, um alles chronologisch zu sortieren und zu lesen. Ich ignorierte einige Passagen, die mir einfach zu hoch waren, aber ich verstand genug, um zu erfahren, was Paul Fontaine, Carolyn Chang und Douglas Underwood zusammengebracht hatte.

Etwa zu der Zeit, als Carolyn eine Beziehung mit Dale Hawkins einging, interessierte sie sich verstärkt für mögliche Anwendungsformen fraktaler Mathematik in der Geschäftswelt. Sie stürzte sich auf die entsprechende Literatur und erfuhr, dass viele Akademiker und Investoren schon von fraktaler Mathematik und verwandten Konzepten Gebrauch machten, um das Verhalten der Aktienmärkte vorherzusagen.

Als Carolyn sich mit dem Thema vertraut machte, fiel ihr auf, dass alle, die über das Thema etwas geschrieben hatten, den Begriff Zeit auf dieselbe Art betrachtet hatten. Eine Sekunde war eine Sekunde, eine Minute war eine Minute, und so weiter. Identischen Zeiteinheiten wurde dieselbe Gewichtung beigemessen. Das war das konventionelle Verfahren, aber Carolyn hielt es für zu grob vereinfachend.

Carolyn wusste, dass im wirklichen Leben Aktivitäten häufig geballt auftraten. Es passiert wenig, wenn die Menschen beispielsweise schlafen, aber tagsüber passiert viel. Sie fragte sich, ob Modelle zur Vorhersage von Marktverhalten verbessert werden könnten, indem mit Aktivität angefüllte Zeiträume eine stärkere Gewichtung erhielten als Zeiträume, in denen nichts passiert. Sie nannte diese Vorgehensweise »intrinsische Zeit«, also tatsächlich innewohnende Zeit, und formulierte ihre Idee in einem unveröffentlichten Aufsatz mit dem Titel »Die Verwendung von intrinsischer Zeit bei der Vorhersage des Börsengeschehens«. Zur Erklärung ihres Konzeptes schrieb sie:

*Die intrinsische Zeit komprimiert die Zeiten, in denen wenig passiert, und dehnt die Zeiten aus, in denen viel passiert: Sekunden während der asiatischen Mittagspause nehmen beispielsweise weniger Zeit ein als während der amerikanischen Mittagspause, denn amerikanische Börsenmakler essen ihr Mittagessen am Schreibtisch, während sie gleichzeitig weiterhandeln.*

Sie teilte ihre Idee Fontaine mit, weil sie ihn kannte und wusste, dass er sich für die Börse interessierte. Fontaine gefiel Carolyns Konzept der intrinsischen Zeit, und er half ihr, es zu verbessern und weiterzuentwickeln. Er drängte Carolyn, Underwood einzuweihen, weil dieser die Fähigkeit besaß, Software zu entwickeln, die ihre theoretischen Ideen berücksichtigte.

Gemeinsam entwickelten die drei mathematische Modelle und entsprechende Software, um das Verhalten verschiedener wirtschaftlicher Märkte vorherzusagen. Monatelang beobachteten sie verschiedene Märkte und schickten hoch technische Schreiben hin und her. Ihre einleitenden Studien zeigten, dass Carolyns Konzept der intrinsischen Zeit ein enormes Potenzial barg. Sie verfeinerten die Idee weiter und beschlossen schließlich, sie einem härteren Test in der »realen Welt« zu unterziehen.

Um Carolyns Idee zu testen, kamen die drei überein, sich auf einen bestimmten Aktienindex zu konzentrieren. Fontaine schlug den S&P 500 vor. Indem sie sich auf Fontaines theoretische Erfahrungen mit dem Börsengeschehen, Carolyns Konzept der intrinsischen Zeit und Underwoods Fähigkeit, Computerprogramme zu schreiben, stützten, entwickelten die drei Mathematiker ein Modell zur Vorhersage der Entwicklung des Aktenindex S&P 500. Underwood schuf eine sechzehn Gigabyte große Datenbank, die jede Bewegung des S&P 500 bis zurück ins Jahr 1983 enthielt. Dann setzte er seine neuralen Netzwerke in Betrieb und suchte nach fraktalen Mustern.

Er fand sie. Nach einem Testjahr hatte das Chang-Fontaine-Underwood-Modell den S&P 500 um das Dreifache geschlagen. Die Idee mit der intrinsischen Zeit funktionierte. Nachdem sie diese Tatsache bewiesen hatten, begannen sie an einem zur Veröffentlichung bestimmten Aufsatz zu arbeiten. Nachdem sie das Konzept der intrinsischen Zeit erläutert hatten, schrieben sie:

*Nachdem Zeit auf diese Art neu definiert wurde, zeichnet der Computer eine Serie von Graphiken mit Annahmen darüber, wie die verschiedenen Händler auf dem Markt in der intrinsischen Zeit auf eine Preisänderung reagieren werden. Jede Graphik hat dieselbe Gesamtform, aber es gibt unterschiedliche Neigungen und Gefälle, entsprechend dem Zeithorizont und dem Risikoprofil des jeweiligen Händlers. Das Modell nimmt an, dass alle Händler auf nicht-lineare Weise reagieren: erst wenig, wenn der Preis über den Durchschnitt ansteigt, dann mit steigendem Interesse, und schließlich wird das Interesse nachlassen, wenn der Händler glaubt, genug investiert zu haben. Der Computer addiert einfach diese Modelle und gelangt zu einer Schätzung, wie der Markt als Ganzes auf ein Ereignis reagieren wird. Es funktioniert nicht mit normaler Zeit, aber recht gut mit intrinsischer Zeit.*

Nichts in den Unterlagen deutete darauf hin, dass die drei je versucht oder mit dem Gedanken gespielt hätten, ihre Idee an einen Börsenmakler oder eine Beratungsfirma zu verkaufen. Ich erinnerte mich, dass ich Russ Seifert gefragt hatte, wie jemand, der ein gutes Modell entwickelt hat, damit Geld verdienen konnte, da ein Verkauf nicht wirklich möglich war. »Sie steigen selbst ins Geschäft ein«, hatte er geantwortet. »Oder Sie veröffentlichen Ihre Idee und hoffen, dass Sie den Nobelpreis gewinnen.« Aber was war, wenn Geldverdienen nie ihr Ziel gewesen war?

Nichts wies darauf hin, dass die drei es je in Erwägung gezogen hatten, selbst Geschäfte zu machen. Sie hatten geplant, ihre Arbeit zu veröffentlichen, damit die ganze Welt sie sehen konnte. In ihrem Schriftverkehr wurde nicht erwähnt, dass sie nach dem Nobelpreis oder einer anderen Auszeichnung strebten. Vielleicht hielten sie ihren Beitrag für nicht so bedeutend.

Aber jemand hatte von ihrer Arbeit erfahren und den

Schluss gezogen, dass die Idee wertvoll war. Dass sie es wert war, dafür zu morden. Ich wusste nicht, wer derjenige war, aber als Wirtschaftswissenschaftler und Carolyn Changs gelegentlicher Liebhaber schien Dale Hawkins ein Kandidat zu sein.

»Hey, Wanda«, sagte ich von meiner Sitzecke aus, »kann ich Ihr Telefon benutzen?« Mein Handy funktioniert in Nederland nicht, weil es hier oben keine Sendemasten gibt.

»Sicher«, antwortete sie. Ich rief Scott an.

»McCutcheon«, meldete er sich.

»Hast du heute Nachmittag Zeit?«, fragte ich.

»Ich muss Bobbi helfen, den Boden zu mulchen, dann habe ich frei.«

»Zwei Uhr bei Moe's?«

»Ich werde da sein«, sagte er.

»Das ist ein interessantes Konzept«, sagte Scott, nachdem er den Stapel Unterlagen durchgesehen hatte. Er trug braune Shorts, ein weißes T-Shirt mit Grasflecken, Ledersandalen und eine Baseballkappe mit dem Logo des nationalen Schützenvereins. Er ist kein Mitglied, aber in der liberalen Enklave Boulders trägt er gerne solche Sachen. Ich hatte ihm eine chronologische Zusammenfassung der Ereignisse gegeben und ihn dann das Modell und die Testdaten studieren lassen, während ich die *News* las. Wir saßen an diesem warmen, aber bedeckten Nachmittag an einem Tisch im Freien. »Was glaubst du, wie viel man bekommen würde, wenn man so etwas an eine Beraterfirma verkauft?«

»Wahrscheinlich würde man es nicht verkaufen«, sagte ich. »Man würde eher selbst ins Geschäft einsteigen.« Ich erzählte ihm, was ich von Russ Seifert erfahren hatte.

»Sieht nicht so aus, als hätten sie vorgehabt, selbst Geschäfte zu machen.«

»Sieht aus, als wollten sie ihre Ergebnisse in einer Fachzeitschrift veröffentlichen«, meinte ich. »Ich vermute, dass Carolyn Hawkins von ihrer Arbeit erzählt hat. Er sah Dollarzeichen vor sich und beschloss, die Idee als seine eigene auszugeben. Wenn wir eine Verbindung zwischen Hawkins und Polk finden, können wir den Fall lösen.«

»Was ist mit Underwood?«, fragte er. »Er hat doch für eine Wirtschaftsberaterfirma gearbeitet, oder nicht?«

»New Paradigm Systems.«

»Vielleicht hat er ihnen das Modell vorgestellt, und sie wollten es haben.«

»Darüber habe ich auch schon nachgedacht«, sagte ich, »aber der Typ, der die Firma leitet, kam mir nicht so vor. Und ich weiß von keiner Verbindung zwischen New Paradigm Systems und Polk. Wir wissen jedoch, dass es eine Verbindung zwischen Polk und der Koch Group gibt.«

»Also müssen wir nicht nur nach einer Verbindung zwischen Hawkins und Polk, sondern auch nach einer zwischen Hawkins und der Koch Group suchen.«

»Es gibt eine Verbindung«, erwiderte ich. »Koch wurde richtig nervös, als ich ihn fragte, ob er Dale Hawkins kennt.«

»Ich kann mich um die Verbindungen kümmern«, meinte er, »aber du sprichst von Telefondaten und Bankauszügen. Das FBI kann das viel besser erledigen als wir.«

»Ich weiß«, sagte ich, »aber lass uns erst einmal sehen, was wir selbst in den nächsten paar Tagen bewerkstelligen können.« Er warf mir einen skeptischen Blick zu; er wusste, dass mich mit Polk eine lange Geschichte verband und dass ich ohne Hilfe so weit wie möglich kommen wollte. Ich ging hinein, um mein Getränk aufzufüllen.

»Ach, übrigens«, meinte Scott, als ich mich wieder setzte, »ich glaube, ich habe die Sache mit den Flugreservierungen ausgeschöpft. Ich kann keinen Hinweis darauf finden, dass

Polk nach Nebraska geflogen ist, bevor Carolyn ermordet wurde. Falls doch, hat er nicht seinen Namen und auch keine seiner Kreditkarten benutzt.«

»Vielleicht ist er nach Nebraska gefahren«, sagte ich. »Ich kann nicht glauben, dass ich vergessen habe, dir das zu erzählen.«

»Was denn?«

»In der Nähe von Jaynes Haus lebt ein Kriminalpolizist im Ruhestand. Er hat mir erzählt, dass alle FBI-Agenten jetzt Crown Victorias fahren. Er hat einen dunkelblauen, brandneuen gesehen, der in der Nähe von Jaynes Stadthaus parkte, und zwar an dem Tag, als sie mich wegen des Einbruchs angerufen hat. Die Beschreibung des Fahrers trifft auf Polk zu. Rate mal, wie die Buchstaben auf dem Nummernschild lauteten?«

»A-M-K.«

»Genau. Er glaubt, dass es sich um ein falsches Kennzeichen handelt – wie sie für Undercover-Aktivitäten benutzt werden –, aber er hat mir versprochen, es herauszufinden.«

»Warum hätte er nach Lincoln fahren sollen?«, fragte Scott.

»Um vor Ort mobil zu sein«, sagte ich. »Und es schaltet das Risiko aus, dass jemand im Flugzeug sich an ihn erinnert.«

»Wenn er Carolyn seine Dienstmarke gezeigt hat, würde das vielleicht erklären, warum sie so bereitwillig in sein Auto gestiegen ist.«

»Es würde ebenfalls erklären, wie der Mörder in Fontaines und Underwoods Häuser gelangt ist, ohne einzubrechen und ohne einen Kampf.« Scott nickte, ging in das Lokal und kehrte mit einem Glas Eistee und einem weiteren Bagel zurück. Ich bemerkte, wie sich die Nachmittagswolken im Westen verdichteten. Gewitter gab es häufig.

»Wie läuft es denn mit dir und der Matheprofessorin?«, wollte Scott wissen.

»Nicht so gut«, antwortete ich. Ich erzählte ihm, wie Finn Jayne mitgeteilt hatte, dass ich wegen Totschlags angeklagt worden war. Ich informierte ihn auch über Finns Verwandtschaft mit Amanda und darüber, wie ich mit Finn am Vortag umgegangen war.

»Du hast ihn zu leicht davonkommen lassen«, meinte Scott. Ich zuckte mit den Schultern. Der Gedanke an meine Probleme mit Jayne deprimierte mich, und Scott erkannte das.

»Was machst du am Wochenende?«, fragte er.

»Nichts geplant«, antwortete ich.

»Ich überlege, ob ich vielleicht zelten gehe. Stell dir vor, Bobbi hat mir zum Geburtstag ein Nachtsichtgerät geschenkt, und ich bin ganz heiß darauf, es auszuprobieren.«

»Hört sich nach einem Plan an«, sagte ich. »Ich könnte ein wenig Ruhe und Entspannung brauchen.«

»Wir könnten heute Abend starten, wenn du möchtest.«

»Nein, ich möchte mit Jayne reden. Lass uns morgen aufbrechen.«

Jayne war nicht zu Hause, weshalb ich meinen Wagen abstellte und mich auf den Betonsockel vor ihrer Haustür setzte. Ich starrte auf die Russischen Olivenbäume neben dem Bach und fragte mich, welcher Idiot sie eigentlich in die Vereinigten Staaten gebracht hatte. Mein Handy läutete. Es war Tom Hammond.

»Es ist tatsächlich ein falsches Nummernschild«, berichtete er. »Das Auto gehört dem FBI-Büro in Denver.«

»Ich denke, das ist nicht überraschend«, meinte ich, »aber trotzdem vielen Dank für Ihre Mühe.«

»Gern geschehen«, sagte er. Ich wollte gerade auflegen, als mir eine weitere Frage einfiel.

»Hey, Tom?«

»Ja?«

»Wenn die Polizei in Nebraska die Kfz-Stelle in Colorado gebeten hat, eine Liste aller Fahrzeuge zu erstellen, auf die die Beschreibung zutrifft und die die Buchstaben A-M-K auf dem Nummernschild haben, würde die Zulassungsstelle die Information über das auf das FBI zugelassene Auto herausgeben?«

»Nicht sofort«, antwortete er. »Die Zulassungsstellen bekommen ständig derartige Anfragen. Die Beamten, die dafür zuständig sind, haben nicht einmal Zugang zu solchen Informationen; deshalb muss die Entscheidung einer Weitergabe auf einer höheren Ebene getroffen werden.«

»Okay«, sagte ich. »Nochmals vielen Dank.« Ich konnte Amanda keine schlampige Polizeiarbeit vorwerfen. Sie hatte keinen Grund zu der Annahme gehabt, dass der Besitzer des rätselhaften Wagens das FBI sein könnte.

Es war halb vier Uhr nachmittags. Mein Hintern tat schon vom Sitzen auf dem Beton weh. Jayne tauchte gegen fünf Uhr auf. Sie trug eine braune Hose und ein weißes ärmelloses Shirt. Sie war nicht glücklich, mich zu sehen.

»Hallo«, sagte sie. Ich stand auf. Sie ging an mir vorbei und schloss die Tür auf, aber ich folgte ihr nicht ins Haus, und sie lud mich auch nicht dazu ein. Ich sah zu, wie sie ihre Aktentasche und ihre Geldbörse auf den Küchentisch legte.

»Lass uns spazieren gehen«, sagte ich vom Eingang her. »Ich werde dir davon erzählen.« Sie nahm einen Krug Wasser aus dem Kühlschrank und schenkte sich ein Glas ein. Als sie es ausgetrunken hatte, ging sie auf mich zu und zog die Tür hinter sich zu.

Wir gingen auf der Pearl Street Richtung Osten. »Ich dachte, ich informiere dich hinsichtlich einiger Dinge«, sagte ich. Sie antwortete nicht, aber sie ging mit mir weiter, und ich fasste die neuesten Entwicklungen in unserem Fall zusammen. Sie hörte geduldig zu, und trotz ihrer Verärgerung über mich spürte ich, dass sie zufrieden war. Wir hatten noch nicht alle Teile zusammengesetzt, aber wir hatten tatsächlich bewiesen, dass die drei Todesfälle miteinander zu tun hatten. Ich teilte ihr mit, dass wir den Fall früher oder später an das FBI übergeben mussten.

»Du hast gute Arbeit geleistet«, meinte sie. »Schulde ich dir noch Geld?«

»Nein.« Wir bogen nach rechts in die Neunte Straße ab und spazierten Richtung Süden zum Boulder Creek weiter. Ein Fußgängerpfad folgte dem Creek, und einige High-School-Schüler tobten in dem klaren Wasser des Baches. Ich wusste, dass sie bald nach Hause gehen mussten, weil das Gewitter schnell näher kam.

»Du erinnerst dich an meinen Hund Wheat?«, fragte ich.

»Ja.« Sie sah mich nicht an.«

»Ich habe ihn vor einigen Jahren adoptiert«, erzählte ich. »Er war misshandelt worden, und ich hatte in der Zeitung davon gelesen.« Ich zog eine Kopie des Artikels aus meiner Hemdentasche und gab ihn ihr. Sie blieb stehen, um ihn zu lesen.

*Denver – Ein Mann wurde wegen Tierquälerei verhaftet, weil seine Zimmerkameraden ihn bei der Polizei anzeigten, nachdem sie seinen Welpen wimmernd und nicht mehr in der Lage zu laufen vorgefunden hatten.*

*Blackie, ein drei Monate alter Schipperkee, wurde in dem gemieteten Zimmer seines Besitzers Melvin D. Dawson gefunden. Seine Vorderpfoten waren lahm, er konnte nicht mehr laufen und litt offensichtlich unter Schmerzen.*

*Der Polizeiofficer Wayne Simmons aus Denver brachte den Welpen in die örtliche Tierklinik, wo man herausfand, dass der Welpe ein geschwollenes Gehirn und eine Gehirnerschütterung hatte. Der Tierarzt bestätigte die Misshandlung des Tieres.*

*Dawsons Zimmergefährten, die behaupteten, gesehen zu haben, wie er Blackie täglich durch die Luft warf, ihn trat und schlug, beschlossen, die Polizei von dem Problem in Kenntnis zu setzen. Die beiden Zimmergefährten sagten auch aus, dass Dawson den Hund bei einer anderen Gelegenheit einige Treppenstufen hinuntergetreten hatte.*

*Simmons erfuhr, dass die Zimmergefährten die Tür aufbrechen mussten, um den Hund herauszuholen. Auch war die Musik aufgedreht, obwohl Dawson bei der Arbeit war, offensichtlich um die Schreie des Welpen zu übertönen.*

*Dawson erklärte, der Hund habe vor einigen Tagen in ein Stromkabel gebissen, und er habe ihn mit der Hand geschlagen, um dem Tier Disziplin beizubringen. Er sagte, er wäre nicht zum Tierarzt gegangen, weil er glaubte, er käme wieder in Ordnung.*

*Dawson behauptete, den kleinen Hund nur mit der Hand geschlagen und ihn nie getreten zu haben. Dawson erklärte auch, dass er den Hund bestraft habe, wenn er sich auf den Fußboden erleichtert habe.*

*Simmons nahm Dawson fest, damit er keine Vergeltung gegenüber seinen Zimmergefährten üben konnte. Sowohl Dawson als auch seine Zimmergenossen, die ihn bei der Polizei angezeigt hatten, wurden des Hauses verwiesen, da dort keine Haustiere erlaubt waren. Weitere Nachforschungen ergaben, dass gegen Dawson wegen einiger anderer Vergehen Haftbefehle vorlagen.*

Sie faltete den Artikel zusammen, gab ihn mir zurück und schwieg. Während wir an der Brücke vorübergingen, fuhr ich mit meiner Geschichte fort. »Ich adoptierte den Hund«, sagte ich. »Später erfuhr ich, dass Dawson aus der Stadt geflüchtet war und ein Haftbefehl vorlag, aber Tierquälerei gilt als minderes Vergehen, sodass die Polizei sich keine Mühe gab, ihn aufzuspüren.«

Ich fuhr fort: »Ein paar Monate verstrichen, und ich dachte nicht mehr daran. Dem Hund schien es gut zu gehen, und ich war glücklich, ihn zu haben. Dann stand ich eines Tages in einem Lebensmittelgeschäft, in der Nähe des Fitness-Studios meines Bruders, in einer Schlange an der Kasse an. Der Kerl vor mir war ein schmuddelig aussehender Fixer, und mir fiel der Name auf seinem Scheck auf – Melvin D. Dawson. Ich dachte mir, es könne nicht so viele Melvin D. Dawsons in Denver geben, und dieser Kerl sah genauso aus wie ein kranker Verlierertyp, der einen kleinen Hund quälen würde. Also folgte ich ihm hinaus zu seinem Mofa und rief: ›Melvin!‹

Er sah mich bloß an und stieg auf sein Mofa. ›Hey, Melvin‹, sage ich, ›komm her, ich habe mit dir zu reden.‹ ›Leck mich am Arsch!‹ Ich gehe weiter auf ihn zu. ›Gegen dich gibt's ein paar Haftbefehle, Melvin, warum kletterst du nicht von deinem Mofa, und wir kümmern uns darum.‹ Er zeigt mir den Mittelfinger und betätigt den Anlasser. Ich will nicht, dass er abhaut, und ich laufe zu ihm und zerre ihn von seinem Mofa. Aber seine Jacke ist glatt, und ich kann ihn nicht festhalten. Das Mofa fällt um, und plötzlich hat er ein großes Klappmesser mit Federdruck in der Hand.

Ich war in Selbstverteidigung trainiert, weshalb es mir gelang, dem Messer auszuweichen, aber das machte ihn nur wütend, und er umkreiste mich und versuchte, nach mir zu stechen. Immer noch keine Polizisten zu sehen. Schließlich schiebt er mich zwischen zwei Autos und stürzt sich auf mich. Ich weiche ihm aus und schlage seinen Arm nach unten, und das Messer gleitet ihm in den Bauch. Es verletzt eine Arterie, und er verblutet, bevor sie ihn retten können.« Ich hörte ein erstes Donnern. Wir gingen weiter.

Als sie schließlich etwas sagte, war es: »Warum bist du nicht einfach weggegangen?«

»Darüber habe ich oft nachgedacht«, sagte ich. »Ich habe keine richtige Antwort darauf.« Ich spürte einen kleinen Regentropfen auf meinem Arm.

»Du klingst nicht, als würdest du es sehr bereuen«, meinte sie. Ihr Ärger verflüchtigte sich langsam.

»Ich hätte weggehen können«, sagte ich, »und vielleicht hätte ich es tun sollen, aber als ich einmal angefangen hatte, tat ich, was ich tun musste.« Ich legte eine Pause ein. »Und die Welt ist wahrscheinlich jetzt ein besserer Ort«, fügte ich hinzu. »Ich weiß, das klingt kalt, aber es gibt üble Menschen auf dieser Welt.«

»Ich glaube, das weiß ich besser als die meisten Leute«, erwiderte sie. Sie spielte auf den Tod ihrer Eltern an.

»Vermutlich ja«, sagte ich. Ein lauter Donnerschlag ließ uns zusammenzucken. Der Regen wurde dichter. Wir kehrten um und gingen schweigend zurück zu den Bergen.

»Du hättest es mir erzählen sollen«, meinte sie, als wir uns ihrem Haus näherten.

»Ich weiß«, sagte ich. »Ich hatte Angst. Angst, dich zu vertreiben. Angst, du könntest mich verurteilen, ohne die ganze Geschichte zu kennen.« Es regnete jetzt heftiger.

»Also«, sagte ich an ihrer Haustür, »wie ist das Verhältnis zwischen Pepper und Jayne?«

»Ich weiß es nicht«, antwortete sie. »Ich brauche Zeit.« Mein Instinkt sagte mir, es wäre besser, sie nicht zu drängen.

»Ich rufe dich in ein oder zwei Tagen an, um dir den aktuellen Stand des Falls mitzuteilen«, sagte ich. Sie nickte, ging hinein und schloss die Tür. Ich warf einen Blick zum Bachbett hinüber, und wieder fielen mir die verdammten Russischen Olivenbäume auf. Dann ging ich zu meinem Pick-up und fuhr nach Hause.

# 34. KAPITEL

Samstagabend. Die zweite Nacht unseres Campingausflugs. Scott und ich saßen uns an einem kleinen Feuer in einem trockenen Bachbett achtzig Meilen östlich von Denver gegenüber. Das ist richtig, östlich von Denver. Wenn man im Sommer in den Bergen westlich von Denver zeltet, ist das eine schlechte Art, von allem wegzukommen. Die Nationalparks und die Wälder sind einfach zu überfüllt. Selbst in den entlegeneren Gebieten kann man nicht einmal wenige Meilen wandern, ohne auf andere Rucksackbegeisterte zu stoßen.

Als wir Jugendliche waren, sind wir immer mit dem Rad östlich von Denver zu einem Ort gefahren, wo die Luftwaffe kaputte Flugzeuge abstellte, und wir untersuchten dort Raketensilos und ein ehemaliges japanisches Internierungslager. Das war Ende der sechziger und Anfang der siebziger Jahre, und der größte Bereich dieses Gebiets ist jetzt das Vorstadtgeschwür, das unter dem Namen Aurora, Colorado, bekannt ist – ein Vorort, der eines Tages bis zur Grenze von Kansas reichen wird.

Jetzt mussten wir noch weiter Richtung Osten fahren – hinaus auf die Hochebenen. Es war eine klare Nacht, und man konnte die Milchstraße erkennen. Die Hunde waren ruhig. Scott blickte zu den Sternen hinauf und meinte: »Mein Gott, das habe ich gebraucht.«

»Warum?«

»Bobbi ist immer noch auf ihrem Renovierungstrip«, sagte er. »Sie möchte jedes Zimmer im Haus neu streichen. Alle zehn Minuten stürmt sie mit Farbproben in mein Arbeitszimmer und fragt mich, welche Farbe mir besser gefällt, Pflaumenobstgarten oder Himbeer-Creme.«

»Eine schwierige Wahl«, sagte ich. »Ich mag das Ambiente von Pflaumenobstgarten, aber Himbeer-Creme besitzt eine gewisse Kühnheit.« Er trank einen Schluck aus einer Halb-Liter-Flasche Jack Daniel's und reichte sie mir dann. Ich starrte in die flackernden Flammen und schwieg. Es wäre schön, Scotts Probleme zu haben. Er musste meine Gedanken gelesen haben.

»Steht's inzwischen besser mit der Matheprofessorin?«, fragte er. »Ich weiß, dass du sie magst.« Ich dachte an die Zeile aus Gordon Lightfoots Song Eine *Filmkönigin, die die Szene spielt, in der alle meine guten Seiten zum Vorschein gebracht werden.*

»Etwas besser«, sagte ich. »Wir müssen abwarten, wie es weitergeht.«

Stundenlang redeten wir über alte Zeiten. Grundschule, weiterführende Schule, High School, College. Wir starrten in die orangefarbenen Holzkohlen unseres Lagerfeuers. Das Feuer war heruntergebrannt, aber wir wollten es nicht wieder anfachen. Wir befanden uns auf dem Land eines Ranchers, und wir wollten keine Aufmerksamkeit auf uns lenken. Wir hatten meinen Wagen mit geöffneter Motorhaube am Straßenrand stehen lassen, damit die Leute dachten, wir hätten eine Panne und befänden uns auf dem Weg in den nächsten Ort.

»Woran denkst du?«, wollte Scott wissen.

»Als ich Koch aufgesucht habe, habe ich in seinem Büro ein Foto gesehen. Koch sieht darauf ziemlich jung aus, vielleicht im College-Alter, und er steht vor der US-Flagge und schüttelt einer bekannten Persönlichkeit des öffentlichen Lebens die Hand – und ich sollte den Namen des Mannes kennen, aber er fällt mir einfach nicht ein.«

»War es ein Foto aus jüngerer Zeit?«

»Ich habe doch gerade gesagt, dass er auf dem Foto *ziemlich jung* aussah.«

»Und wie alt ist er jetzt, fünfzig?«

»Mindestens.«

»Wie alt ist das Foto dann ungefähr?«

»Ich weiß es nicht«, erwiderte ich, »fünfundzwanzig Jahre, vielleicht älter.«

»Ich wünschte, ich könnte dir helfen«, meinte er, »aber ohne das Foto gesehen zu haben, ist das ziemlich schwierig.«

»Ich weiß.« Ich trank einen weiteren Schluck Whiskey und starrte in die Überreste unseres Feuers.

»Hast du noch mal darüber nachgedacht, wann du dich ans FBI wenden willst?«, fragte er.

»Gleich am Montagmorgen«, sagte ich. »Wir haben getan, was wir konnten.«

»Du musst dich dabei nicht schlecht fühlen«, tröstete er mich. »Wenn du nicht gewesen wärst, wäre Polk einfach so davongekommen.« Ich nickte und stocherte mit einem Stock in den Kohlen.

»Was seltsam ist, Jayne hat ihm gewissermaßen geholfen.«

»Wie meinst du das?«

»Sie hat dem FBI in Denver Bericht erstattet. Der Fall hätte von jemandem aus Boston, Seattle oder Omaha untersucht werden sollen, aber der Anruf erfolgte nach Denver, und Polk hat die Sache an sich gerissen, damit er seinen Arsch retten konnte.«

»Daran habe ich noch gar nicht gedacht«, meinte Scott. »Er hat Glück gehabt.«

Ich trank noch einen Schluck Whiskey. »Kannst du mir

bitte den Käse und die Cracker rübergeben«, sagte ich. »Ich bin nicht daran gewöhnt, so viel zu trinken.«

»Colby-Käse oder Cheddar?«

»Verdammt«, rief ich aus. »William Colby!«

»Was?«

»Das ist der Typ auf dem Bild mit Koch.«

»Der frühere Direktor der CIA?«

»Ja.«

»Wenn Hawkins wirklich für die CIA gearbeitet hat«, meinte er, »könnte das die Verbindung sein. Hawkins und Koch sind beide Wirtschaftsexperten, und vielleicht haben beide für die CIA gearbeitet.«

»Jetzt müssen wir nur noch herausfinden, wie Polk in das Bild passt.« Ich reichte ihm die Flasche und beschloss, an diesem Abend nichts mehr zu trinken. Wie auch immer meine Zukunft mit Jayne aussehen würde, es gab keinen Grund, mir meine Gesundheit zu ruinieren. Ich fand eine Aspirintablette in meinem Rucksack und schluckte sie mit etwas Wasser aus einem Metallkanister.

»Vorbeugende Medizin?«, fragte Scott.

»Hm.«

Die Glut erstarb mit fortschreitender Nacht. Wir urinierten auf die Feuerstelle, gaben den Hunden etwas Wasser und krabbelten ins Zelt. Es war warm auf den Hochebenen, und wir mussten die Schlafsäcke nicht zumachen. Ich trug nur Boxershorts und ein T-Shirt.

Ich träumte gerade von Joy, als Wheats feuchte Nase mein Gesicht berührte. Ich setzte mich auf. Buck war angespannt, seine Ohren aufgerichtet. Etwas war da draußen. Ich griff nach meiner Glock und spähte durch den Eingang, sah jedoch nichts. Ich klopfte Scott ein paar Mal auf die Schulter und bedeutete ihm, leise zu sein. »Da draußen ist jemand«, flüsterte ich.

»Der Sheriff?«

»Ich sehe keine Lichter.« Scotts Gewehr war im Pick-up, aber er hatte sein Nachtsichtgerät. Er setzte sich das beängstigend aussehende Gerät auf und schaute durch das Mückennetz am Eingang des Zeltes.

»Ein Mann«, sagte Scott. »Mit einer Handfeuerwaffe. Automatik. Ungefähr hundert Meter entfernt. Kommt direkt auf uns zu. Keine Uniform. Und er ist auch kein Farmer.«

»Überprüf mal die Rückseite«, flüsterte ich. Er kroch zur Rückseite des Zeltes und schüttelte verneinend den Kopf, um mir zu zeigen, dass er nichts sah. Ich schnürte schnell meine Laufschuhe. »Ich versuche, seitlich an ihm vorbeizukommen und ihn von hinten zu stellen«, sagte ich leise. Ich gab Scott meine Glock. »Wenn er die Pistole hebt, durchlöcherst du ihn.«

»Verlass dich drauf.«

Langsam zog ich den Reißverschluss an der Rückseite des Zeltes auf und kroch über Sand und durch Buschwerk zu einer Stelle, an der ich in der Lage sein würde, den Fremden zu überwältigen. Mein Kopf schmerzte, aber das musste ich jetzt ignorieren. Während ich mich langsam in einem Halbkreis vom Zelt entfernte, hoffte ich inständig, dass ich nicht über einen stacheligen Kaktus kriechen oder in ein Nest schlummernder Klapperschlangen stolpern würde.

Der Fremde war noch ungefähr zehn Meter von mir entfernt. Ich lag völlig ruhig. Inzwischen hatten meine Augen sich dem schwachen Licht der Sterne angepasst, und ich konnte erkennen, dass er mit dem Rücken zu mir stand. Er hob den Arm mit der Pistole und hatte offensichtlich vor, blindlings auf unser Zelt zu feuern. Ich erhob mich leise in Sprinterstellung und schoss. Er drehte sich um und gab einen Schuss ab, aber der verfehlte mich. Ich stürzte mich auf ihn und schlug ihn zu Boden. Dabei schlug ich ihm auf den Arm, und die Macht des Schlages ließ die Waffe in die Büsche fliegen. »Hab ihn«, schrie ich.

Scott kroch aus dem Zelt. In der einen Hand hielt er eine Taschenlampe, in der anderen die Pistole. Der Mann wehrte sich, aber ich war wahrscheinlich mehr als zwanzig Kilo schwerer als er. Scott fand die Waffe – eine Sig Sauer neun Millimeter –, während ich den Eindringling auf den Rücken zwang und ihm ein paar harte Schläge ins Gesicht versetzte, damit er aufhörte, sich zu wehren. Scott leuchtete dem Mann direkt ins Gesicht.

»Ich frage mich, wer dieser traurige Scheißkerl ist«, sagte er.

»Sein Name ist Alan Koch«, antwortete ich.

»Ich nehme den Rancher's de Luxe«, erklärte Scott der Kellnerin. Sie hatte kastanienbraune Locken und befand sich auf der falschen Seite der vierzig, war aber gebaut wie ein Sack voller Rotluchse. Big Matt wäre begeistert von ihr gewesen.

»›Ich hätte gerne ein Sandwich Diablo und einen Doktor Pepper‹«, sagte ich. »›Und machen Sie schnell, in bin verdammt in Eile.‹« Sie starrte mich nur an. »Das ist eine Zeile aus *Smokey und der Bandit*«, erklärte ich ihr. »Jackie Gleason hat es gesagt. Ich wollte den Satz immer mal irgendwo anbringen.« Sie fand das nicht witzig. »Ich nehme nur ein normales Sandwich und einen Kaffee«, sagte ich verlegen. Sie notierte es und ging mit gelangweiltem Gesichtsausdruck von unserem Tisch fort.

»Blöde Kuh, die nicht mal einen Spaß versteht!«, meinte Scott. Wir befanden uns in einer schmierigen Wirtschaft in dem Viehzüchterort Strasburg in Colorado. Es war Sonntagmorgen. Koch lag unter ein paar Decken hinten auf der Ladefläche des Pick-ups. Wir hatten seine Beine, Arme und den Mund mit genug Klebeband umwickelt, um damit die Flügel an einer Boing 747 zu befestigen. Wir hatten ihn ordentlich verprügelt, aber er hatte sich stur geweigert, uns etwas zu erzählen. Scott wollte noch weitergehen, aber ich hatte ihn daran erinnert, dass Folter gegen das Gesetz ist.

Wir hatten Kochs Lexus hinter meinem Pick-up vorgefunden. Jemand hatte einen Peilsender an der hinteren Stoßstange meines Wagens angebracht, und in dem Lexus fanden wir das Gerät, das man brauchte, um dem Signal zu folgen. Es war eine High-Tech-Ausstattung, die Koch nur vom FBI oder einer ähnlichen Institution bekommen haben konnte. Scott durchstach einige Mal den Kühlerschlauch von Kochs Auto, damit es so aussah, als hätte er eine Panne.

»Vielleicht sollten wir nicht bis morgen warten, um zum FBI zu gehen«, meinte Scott.

»Wenn wir heute versuchen, eine Besprechung zu organisieren«, sagte ich, »könnte Polk möglicherweise davon erfahren, und Gott weiß, was er dann tun wird. Ich glaube, wir sollten uns bis morgen einfach ruhig verhalten.«

»Wahrscheinlich weiß er ohnehin, dass etwas im Busch ist«, sagte Scott. »Wenn es diesem Idioten gelungen wäre, uns umzubringen – glaubst du nicht, er hätte Polk angerufen, um ihm mitzuteilen, dass der Auftrag erledigt ist?«

»Wahrscheinlich«, antwortete ich.

»Wo sollen wir denn übernachten?« Ich sah mich um und entdeckte eine Kombination aus Rastplatz und Motel auf der anderen Seite der Interstate.

»Einverstanden.«

# 35. KAPITEL

Am frühen Montagmorgen erwachten wir vom Geräusch der Dieselmotoren. Wir frühstückten und kehrten in unser Zimmer zurück. Es war fast acht Uhr. Mit meinem Handy rief ich das FBI an und verlangte nach Gombold. Die Empfangsdame fragte mich nach meinem Namen, aber ich gab ihn ihr nicht, weil ich nicht wollte, dass Polk von meinem Anruf erfuhr. Sie legte mich für eine Ewigkeit in die Warteschleife. »Agent Gombold«, meldete er sich schließlich.

»Agent Keane«, sagte ich.

»Pepper«, sagte er, »warum zum Teufel hast du deinen Namen nicht genannt?«

»Ich möchte mich heute Vormittag mit dir und Dittmer treffen.«

»Warum?«

»Ich glaube, dass Polk die drei Matheprofessoren umgebracht hat.«

»Hast du den Verstand verloren?«

»Das wirst du nicht mehr denken, wenn du gehört hast, welche Beweise ich habe.« Ich gab ihm eine detaillierte Zusammenfassung der Beweise, die wir gesammelt hatten. Die Waffe, das Auto, alles.

»Das sind nur Indizien«, sagte er, aber man hörte seinem Ton an, dass er wusste, dass das FBI Grund zur Sorge hatte.

»Wir haben schon mit weniger Hinweisen Anklage erhoben«, meinte ich.

»Wann kannst du frühestens hier sein?«, wollte er wissen.

»In etwas mehr als einer Stunde.«

»Okay«, seufzte er, »ich kümmere mich darum. Dittmer wird begeistert sein.«

»Erzähl Polk nichts«, sagte ich noch. »Der Hurensohn hat uns vor ein paar Tagen einen seiner Mitverschwörer geschickt, um uns umzubringen.«

»Willst du mich verarschen?«

»Der Typ liegt gefesselt hinten auf meinem Pick-up«, erklärte ich. »Hat versucht, uns mit einer neun Millimeter umzulegen. Ich bringe ihn mit, wenn Scott ihn nicht vorher umbringt.«

Wir checkten aus dem Motel aus und fuhren mehrere Meilen auf einer verlassenen Landstraße, bis wir eine alte Hütte fanden. Dort halfen wir Koch aus dem Wagen, damit er seine Blase entleeren konnte. Er trug nun schon drei Tage lang dieselbe Kleidung und teilte sich die Ladefläche des Wagens mit den Hunden, deshalb stank er wie ein Schwein, aber das war meine geringste Sorge.

Wir erreichten die Innenstadt um halb zehn und parkten auf einem Ganztagesparkplatz. Wir ließen Buck und Wheat zusammen mit unserem Gefangenen im Wagen zurück, dann gingen wir zwei Häuserblocks bis zum Regierungsgebäude. Ich rief Gombold von einer Telefonzelle in der Lobby aus an und bat ihn, herunterzukommen. »Warum kommst du nicht einfach herauf?«, wollte er wissen.

»Ich habe nicht vor, meine Waffe abzuliefern«, erläuterte ich. »Ich dachte mir, du könntest uns an der Sicherheitskontrolle vorbeischleusen.« Er seufzte, sagte aber zu, sofort herunterzukommen.

Zwei Minuten später trat er aus dem Aufzug. Dunkelblauer Anzug, weißes Hemd, gediegene grüne Krawatte. Er sah uns, wechselte ein paar Worte mit einem Wachmann und bedeutete uns, an dem Metalldetektor vorbeizugehen. »Du hast schon besser ausgesehen«, meinte er, als er uns in einen Aufzug führte. Ich hatte mich seit ein paar Tagen nicht rasiert, und meine Unterarme waren mit Schrammen und Kratzern von meinem Ausflug durch das Buschwerk übersät.

»Ich habe mich auch schon besser gefühlt«, erwiderte ich. »Hast du Dittmer schon etwas erzählt?«

»Nur, dass es ein paar neue Entwicklungen gibt, die das FBI betreffen könnten. Und dass du unbedingt mit uns darüber sprechen willst.«

Dittmer saß in einem weißen Hemd mit aufgekrempelten Ärmeln und einem Lederschulterhalfter an seinem Schreibtisch. Eine Paisley-Krawatte hing lose um den offen stehenden Kragen. Er sah verhärmt aus. Sein verwittertes Gesicht hatte einen stoischen Ausdruck – einer jener Männer, die bereits alles gesehen und dementsprechend harte Gesichtszüge haben. Gombold führte uns hinein und schloss die Tür hinter sich. Ich stellte Scott vor, und wir setzten uns alle auf die Stühle vor Dittmers schwerem Mahagoni-Schreibtisch. Scott war der Einzige, der kein Schulterhalfter trug; seine Schusswaffe war hinten in seinem Hosenbund verstaut.

»Worum geht es hier?«, fragte Dittmer. »Tim sagte, es hätte neue Entwicklungen gegeben.«

»Ich glaube, Polk hat die drei Matheprofessoren ermordet«, sagte ich. Er lehnte sich vor und starrte mich an.

»Ich hoffe, Sie haben etwas, um diese Behauptung zu stützen«, erwiderte er.

»Das habe ich«, erwiderte ich. »Ich fange hiermit an. Die Waffe, mit der Fontaine umgebracht wurde, war ein Revolver der Marke Taurus mit fünf Schuss und Kaliber .38, den Polk vergangenen Sommer einem Bankräuber namens Bailey Green abgenommen hat. Polk hat die Waffe in die Asservatenkammer gebracht, und, wie Sie wissen, wurde sie später vermisst. Hier ist der Ballistik-Bericht der Polizei des Staates Washington.« Ich reichte ihm den Bericht. Er nahm sich einen Block und fing an, sich Notizen zu machen.

»Was sonst noch?«, fragte er.

»Ein Zeuge hat angegeben, eine dunkelblaue, brandneue Ford- oder Mercury-Luxuslimousine in der Nacht von Carolyns Changs Verschwinden vor ihrem Haus gesehen zu haben. Die ersten drei Zeichen auf dem Nummernschild, das aus Colorado stammte, waren A-M-K. Das einzige Fahrzeug in Colorado, auf das diese Beschreibung passt, ist ein ziviler Crown Victoria, der auf Ihr Büro zugelassen ist.«

»Wie lautet das Kennzeichen?«

»A-M-K 8115.«

»Ja.« Er seufzte. »Das ist einer von unseren. Was haben Sie sonst noch?«

Es dauerte länger als eine halbe Stunde, bis ich ihm alles vorgetragen hatte. Alles. Polks Lüge gegenüber Gilbert, seine Verbindungen zur Koch Group, der Einbrecher in Jaynes Stadthaus, auf den die Beschreibung von Polk passte, Polks Anwesenheit in Boston zum Zeitpunkt von Underwoods Tod und in Washington zum Zeitpunkt des Todes von Fontaine, und Kochs Versuch vor ein paar Tagen, uns umzubringen. Polk war Linkshänder, und der Mann, der Carolyn Chang erstochen hatte, war ebenfalls Linkshänder gewesen. »Kommt Ihnen das bekannt vor?« Ich reichte ihm den Peilsender, den wir an meinem Pick-up entdeckt hatten. Er betrachtete ihn.

»Er gehört uns«, meinte er und seufzte wieder.

Ich erläuterte ihm meine Theorie. Zeigte ihm die Unterlagen, auf die Gilbert gestoßen war, die schlüssig bewiesen, dass die drei Opfer gemeinsam an einem Modell zur Vorhersage des Börsenverhaltens gearbeitet hatten. Anfangs war er skeptisch, aber dann glaubte ich ihm anzusehen, wie seine

Zweifel schwanden, als die Indizienbeweise für Polks Verwicklung in die Angelegenheit immer erdrückender wurden.

»Mein Gott«, murmelte er. Er beugte sich vor und legte die Hände auf den Schreibtisch. »Eine Waffe, die aus unserer Asservatenkammer entwendet wird, wird benutzt, um einen Mord zu begehen, den wir untersuchen sollten.« Er schüttelte langsam den Kopf. Gumby starrte aus dem Fenster auf die Skyline von Denver. Scott saß ganz ruhig und ließ alles auf sich einwirken. Ich betrachtete die militärischen Auszeichnungen und College-Urkunden an der Wand hinter Dittmers Schreibtisch. »Wo ist Polk jetzt?«, fragte Dittmer schließlich. Die Frage war eindeutig an Gombold gerichtet.

»Er ist im Haus«, antwortete Gumby. Dittmer drückte auf einen Knopf an seiner Telefonanlage, und die Stimme einer jungen Frau ertönte aus dem Lautsprecher.

»Sir?«

»Schicken Sie Agent Polk zu mir«, sagte er.

»Ja, Sir.«

Einige Minuten vergingen, bis Polk eintraf. Er trug eine graue Hose, ein hellblaues Hemd mit kurzen Ärmeln, eine dunkelblaue Krawatte und ein Schulterhalfter aus Leder, in dem sein Revolver steckte. Er war nicht sonderlich glücklich, mich zu sehen. »Was soll das denn?«, fragte er.

»Schließen Sie die Tür«, forderte Dittmer ihn auf. Polk gehorchte. »Ich brauche Ihre Waffe und Ihre Dienstmarke«, sagte Dittmer.

»Was geht hier vor, Chef?«, fragte Polk. Er war überrascht.

»Ihre Waffe und Ihre Dienstmarke«, wiederholte Dittmer.

»Was zum Teufel ist hier los?«, fragte Polk.

»Sie sind bis auf weiteres vom Dienst suspendiert«, sagte Dittmer laut und stand auf. »Jetzt geben Sie mir endlich Ihre verdammte Waffe und die Dienstmarke!«

»Warum?«, verlangte Polk zu wissen.

»Der Mord an drei Matheprofessoren ist ein ziemlich guter Grund«, sagte ich von meinem Stuhl aus. Ich befand mich zwischen Polk und Dittmer und machte keinen Versuch, meine Verachtung zu verbergen.

»Du denkst, dass ich sie umgebracht habe?«, schrie er.

»Dafür sprechen mehrere Beweise«, antwortete ich.

»Das werden wir jetzt nicht diskutieren«, warf Dittmer ein. Er streckte den Arm aus, um Polk zu signalisieren, dass er immer noch die Waffe und die Dienstmarke meines früheren Kommilitonen haben wollte.

»Welche Beweise?«, rief Polk. Seine Weigerung ärgerte mich. Ich stand auf und sah ihm ins Gesicht.

»Ich werde dir von den Beweisen erzählen«, sagte ich schneidend. »Eine Waffe, die du an dich genommen hast, wird benutzt, um Fontaine umzubringen. Du hast deswegen die Polizei angelogen. Du bist in Boston auf einem Seminar über Sexualverbrechen, als Underwood angeblich einen autoerotischen Selbstmord begeht, du bist in Richland, als Fontaine erschossen wird. Ein blauer Crown Victoria mit einem Kennzeichen aus Colorado wird vor Carolyn Changs Haus gesehen, und zwar in der Nacht, in der sie verschwindet; das Nummernschild gehört zu einem Wagen des FBI in Denver. Carolyns Mörder war Linkshänder, und auch du bist Linkshänder. Drei Leute, die einen revolutionären Weg zur Entwicklung von wirtschaftlichen Modellen entdeckt haben, sind tot, und du arbeitest für eine Wirtschaftsberatungsfirma. Du hast Zeugen befragt, die bereits von anderen Agenten befragt worden waren, um sicherzugehen, dass niemand dir auf der Spur war.«

»Ich habe an diesem verdammten Fall gearbeitet!«, schrie er. »Glaubst du, ich hätte nicht gemerkt, dass etwas Seltsames vor sich ging? Glaubst du, mir ist nicht aufgefallen, dass ich mich bei allen drei Morden in der Nähe befand?«

»Du bist in Jaynes Haus eingebrochen, und –«

»Um herauszufinden, was du wusstest«, sagte er. »Ich konnte nicht in dein Haus, wegen deiner Scheißhunde.«

»Wir werden das jetzt nicht diskutieren«, wiederholte Dittmer mit fester Stimme, aber die Situation geriet außer Kontrolle.

»Übrigens«, sagte ich zu Polk, »Koch hat seinen Job vorgestern verpfuscht. Wir haben den FBI-Peilsender gefunden und Koch eine anständige Tracht Prügel verpasst. Wahrscheinlich hätten wir das Arschloch umbringen sollen, aber der Staatsanwalt wird ihn vielleicht brauchen, um gegen dich auszusagen.«

»Wovon sprichst du überhaupt?«, fragte Polk.

»Wir werden das jetzt nicht diskutieren!«, rief Dittmer erneut.

Polk drehte sich zu Dittmer um. »Sie Scheißkerl«, rief er. »Sie haben mich reingelegt!«

Dittmer drückte wieder auf den Knopf der Gegensprechanlage und sagte: »Schicken Sie ein paar Agenten her, um den Agenten Polk in Gewahrsam zu nehmen!«

»Sofort, Sir!«, antwortete die Frauenstimme.

Polk blickte mich an, dann Dittmer, dann wieder mich. »Verstehst du denn nicht?«, sagte er flehentlich. »Es war Dittmer, der beschlossen hat, dass unser Büro die Ermittlungen durchführt. Deshalb war er so daran interessiert, ob aufgrund der Telefondaten eine Verbindung zwischen den Opfern hergestellt werden konnte.«

»Du warst es, der die Waffe in die Asservatenkammer gebracht hat«, sagte ich.

Polk wandte sich wieder an Dittmer. »Verdammt noch mal, Sie haben mich reingelegt!«, wiederholte er. Er war wütender, als ich ihn je erlebt hatte. Jede Vene und jede Arterie an seinem Hals traten hervor. »Sie haben mir diesen Job bei Koch verschafft. Sie haben mich nach Boston geschickt. Haben mir gesagt, ich solle mir freinehmen, um an dem Klassentreffen teilzunehmen. Sie haben mich aufgefordert, mit Ihnen nach Lincoln zu fahren, um an diesem dämlichen Meeting teilzunehmen. Wie blöd war ich eigentlich? Ich sollte Sie eigentlich sofort umlegen!« Ich wusste, was jetzt passieren würde, und griff nach meiner Glock. Dann geschah alles wie in Zeitlupe.

Polk stürzte sich mit wutverzerrtem Gesicht auf Dittmer. »Sie Scheißkerl haben mich reingelegt«, schrie er wieder. Dittmer trat zurück und machte Anstalten, mit der linken Hand seine Waffe zu ziehen. Gumby merkte, was geschehen würde, und griff nach seinem Revolver, ebenso Scott, aber ich war schneller. Ich schoss Dittmer in die Brust.

## 36. KAPITEL

»Ich bin mir nicht sicher, ob ich es erklären kann«, sagte ich. »Vermutlich ist der Gedanke mir schon länger im Unterbewusstsein herumgeschwirrt, aber die Teile fügten sich erst in dem Moment zusammen, als Polk auf Dittmer losgehen wollte. Ganz plötzlich ergab alles einen Sinn.«

»Gut für dich«, meinte Gombold. Er trug einen grauen Anzug, ein weißes Hemd und eine kastanienbraune Krawatte. Schwarze Lederschuhe. Zwei Wochen waren vergangen. Wir saßen in der Sitzecke einer gehobenen Bar in der Nähe des Regierungsgebäudes. Es war vier Uhr an einem Freitagnachmittag, und langsam füllte sich die Bar. Er sah mich an und forderte mich auf fortzufahren. Sofort nachdem ich Dittmer verwundet hatte, hatte ich eine formelle Aussage gemacht, aber jetzt hatten wir die Gelegenheit, uns in einer etwas entspannteren Atmosphäre auszutauschen.

»Ich habe mir Dittmers Ruhmeswand angesehen, während wir auf Polk warteten«, erklärte ich. »Mir ging auf, dass er und Hawkins etwa zur gleichen Zeit in Vietnam waren. Beide im Nachrichtendienst. Dann entdeckte ich, dass Dittmer ebenfalls Mitglied der Studentenverbindung Duke war. Und obwohl er sich mit der rechten Hand Notizen machte, wollte er mit der linken auf Polk schießen.«

»Und der Gerichtsmediziner in Kansas hatte gesagt, dass Carolyn wahrscheinlich von einem Linkshänder erstochen worden ist?«

»Genau.« Ich nahm ein paar Cashewnüsse aus der Schale zwischen uns und spülte sie mit Rotwein hinunter.

»Nun ja«, meinte Gumby, »das Wichtigste ist, dass du Recht hattest. Dittmers Schamhaare stimmen mit jenen überein, die man an Carolyns Leiche fand. Es war etwas aufwändig, aber schließlich konnten wir beweisen, dass er unter einem Decknamen nach Seattle und Boston geflogen ist.«

»Und er ist zusammen mit Polk in einem FBI-Wagen nach Lincoln gefahren?«

»Ja, Dittmer hat eine Art Besprechung in Lincoln organisiert, damit er eine Ausrede hatte, dorthin zu fahren, und er hat beschlossen, Polk mitzunehmen. Polk sagt, sie haben den Crown Victoria genommen, und die Meilenaufzeichnungen belegen das offensichtlich. Sie sind in dem Zeitraum etwa 1.400 Meilen mit dem Wagen gefahren.«

»Genug, um nach Lincoln und zurück zu fahren, und möglicherweise noch einen kleinen Abstecher nach Kansas zu machen, sodass Dittmer Carolyns Leiche loswerden konnte.«

»Ja.«

»Was ist mit Hawkins?«, fragte ich.

»Wir haben ihn einen Tag später festgenommen. Er und Dittmer reden nicht, aber wir haben erfahren, dass sie tatsächlich beide Mitglieder in derselben Studentenverbindung waren und dass sie in Vietnam zusammengearbeitet haben.«

»Wie geht es Dittmer?«, wollte ich wissen.

»Er hat Glück gehabt. Die Kugel hat seine Lunge gestreift, aber keinen ernsthaften Schaden angerichtet.«

»Vielleicht wäre es besser für ihn, wenn er tot wäre«, meinte ich.

»Ja, vielleicht. Ich billige nicht, was er getan hat, aber ich muss zugeben, dass er mir ein bisschen Leid tut. Er widmet den größten Teil seines Lebens seinem Vaterland, dann wird er bei der Beförderung übergangen und verliert seine Frau durch eine Krebserkrankung. Dann beschließt er, dass er auf etwas mehr Anrecht hat als eine Regierungspension, und ruiniert sein Leben.« Ich nickte schweigend.

»Was ist mit Alan Koch?«, fragte ich.

»Hat uns alles erzählt«, antwortete Gumby. »Es muss einen therapeutischen Effekt auf ihn gehabt haben, ein paar Tage auf der Ladefläche deines Pick-ups zu verbringen.«

»Das bezweifle ich«, sagte ich. »Wahrscheinlich ist ihm klar geworden, dass sie alle drei recht gute Kandidaten für die Todesstrafe sind, und jetzt will er die anderen beiden verraten, um seine eigene Haut zu retten.«

»Kann sein«, sagte er. Er nahm sich eine Hand voll Cashewnüsse.

»Spann mich nicht auf die Folter.«

»Koch ist Wirtschaftsanalyst bei der CIA gewesen, genau wie Hawkins. Daher kennen sie sich. Sie sind über die Jahre hinweg in Kontakt geblieben. Hawkins ist mit diesem Modell mit der intrinsischen Zeit zu Koch gegangen, und Koch fand es fantastisch. Er glaubte, es würde eine Revolution in der Branche bedeuten und seiner Firma einen Haufen Geld bescheren.«

»Sie mussten nichts weiter tun, als die Leute umzubringen, die das Modell entwickelt hatten.«

»Und Dittmer war derjenige, der das tun sollte«, sagte Gumby. »Wenn diese drei tot waren, brauchten sie sich keine Sorgen zu machen, dass das Modell der Öffentlichkeit bekannt werden könnte. Deshalb sind sie nach Kochs Darstellung auf Dittmer zugegangen, und Dittmer hat sich bereit erklärt, die Drecksarbeit zu erledigen.« Er winkte dem Kellner und bestellte einen weiteren Gin-Tonic.

»Dittmer hat Polk ganz schön manipuliert«, meinte ich.

»Ich glaube nicht, dass er die Absicht hatte, die Sache Polk in die Schuhe zu schieben«, erwiderte Gumby. »Ich glaube, er hat nicht einmal daran gedacht bis zu dem Zeitpunkt, als er Bailey Greens Revolver aus der Asservatenkammer entwendete. Er wusste, dass der Verdacht auf Polk fallen würde, falls das herauskam, und dann dachte er sich: Warum sollte er nicht vorsichtshalber alle Indizien so arrangieren, dass sie auf Polk hindeuteten?«

»Dann behielt er den Fall in Denver, als Jayne Smyers dem FBI von ihrem Verdacht berichtete.«

»Ja.«

»Wann wurde Polk misstrauisch?«, fragte ich.

»Ich habe mich ein bisschen mit ihm unterhalten«, sagte Gumby. »Als wir an dem Fall arbeiteten, fand er es seltsam, dass er sich bei allen drei Todesfällen in der Nähe befunden hatte. Er hatte deswegen ein komisches Gefühl. Deshalb hat er so viele Zeugen nochmals befragt, nachdem er das Formular 302 von den Agenten vor Ort erhalten hatte.

Als wir die Befragungsprotokolle aus Lincoln erhielten und von dem großen Ford erfuhren, der in der Nacht von Carolyn Changs Verschwinden vor ihrem Haus gesehen worden war, fragte Polk sich, ob Dittmer etwas damit zu tun haben könnte. Aber nur ein einziger Zeuge hatte behauptet, das Nummernschild stamme aus Colorado, und im Übrigen erschien Polk der Gedanke so lächerlich, dass er das Ganze als Zufall abtat.«

Gumby fuhr fort: »Als dann Gilbert anrief und ihm mitteilte, dass ein Revolver aus unserer Asservatenkammer benutzt worden war, um Fontaine zu erschießen, wurde ihm klar, dass etwas nicht in Ordnung war; er beschloss, selbst einige Ermittlungen durchzuführen. Er wusste, dass jemand aus unserem Büro Dreck am Stecken hatte, aber er wusste nicht, wer es war, und er traute dementsprechend keinem. Deshalb forderte er die Waffe bei Gilbert an, statt die Anfrage über Dittmer laufen zu lassen.«

»Ist er deshalb in Jaynes Haus eingebrochen?«, fragte ich.

»Ja, er wollte herausfinden, was du wusstest, aber da ihr zwei wie Hund und Katze seid, konnte er nicht einfach zum Telefon greifen und dich fragen.«

Ich trank einen weiteren Schluck Wein. »Was hat Polk jetzt vor?«, wollte ich wissen.

»Er ist nach Montgomery im Staat Alabama versetzt worden. Er wird nächsten Monat umziehen.«

»Der Ort ist für ihn so gut wie jeder andere«, meinte ich. »Hat er Schwierigkeiten wegen des Einbruchs?«

»Die Professorin sagte, sie wolle die Angelegenheit nicht weiterverfolgen, und das FBI wollte sie sicher nicht veröffentlicht sehen; also hat der Direktor ihm einen inoffiziellen mündlichen Verweis erteilt und ihn nach Alabama geschickt.«

»Strafe genug«, sagte ich.

»Hast du nicht mit ihr gesprochen?«, fragte er.

»In der letzten Zeit nicht.«

»Ich dachte, zwischen euch beiden läuft etwas.«

»Es ist in der Schwebe«, erwiderte ich.

Er wechselte das Thema. »Das war eine große Story in den *News*«, sagte er. Ich war derzeit der bekannteste Privatermittler in Colorado. Meine fünfzehn Minuten Ruhm.

»Ich hätte beinahe den falschen Mann erwischt«, sagte ich. Niemand ist strenger mit Pepper Keane als Pepper Keane.

»Hey«, meinte er und sah mir direkt ins Gesicht, »du hast die Verbindung zur Wirtschaft entdeckt. Du hast bewiesen, dass ein Zusammenhang zwischen den Morden besteht. Polk hat nichts Derartiges herausgefunden. Wenn du diesen Fall nicht übernommen hättest und nicht am Ball geblieben wärst, wäre Dittmer ruhig und leise in den Ruhestand gegangen, und alle drei hätten ein angenehmes Leben geführt.«

»Vermutlich«, sagte ich.

»Sei einfach froh, dass es vorbei ist«, sagte er. Ich lächelte, aber für mich war es noch nicht wirklich vorbei. Ich musste Jayne Smyers noch zurückgewinnen.

Wir tranken aus, und der Kellner brachte die Rechnung. Ich bezahlte. Wir unterhielten uns noch ein paar Minuten, dann gingen wir hinaus in den Sonnenschein dieses Spätnachmittags und schüttelten uns die Hände.

»Möchtest du mit meiner Frau und mir zu Abend essen?«, fragte er.

»Ich muss leider ablehnen«, antwortete ich. »Ich muss morgen früh raus.«

»Morgen ist Samstag«, meinte er. »Ich dachte, du könntest es jetzt eine Weile ruhiger angehen lassen.«

»Das habe ich auch vor«, sagte ich, »aber mein Bruder führt eine Pfadfindergruppe, und ich habe ihm angeboten, ihm und den Jungs bei einem kleinen Naturschutzprojekt zu helfen.« Wir setzten unsere Sonnenbrillen auf. »Eigentlich haben sie sich angeboten, mir zu helfen. Die Kids arbeiten für ihr Naturschutzabzeichen.«

»Ist das das Abzeichen, für das sie so viele Stunden gemeinnützige Arbeit leisten müssen?«

»Sechs Stunden«, sagte ich.

»Was lässt du sie tun?«

»Wir werden einen Bestand an Russischen Olivenbäumen beseitigen.«

»Auf deinem Grund?«

»Die Eigentumslage scheint nicht ganz klar zu sein«, meinte ich, »aber die Bäume halten die Rehe davon ab, an einen Bach zu gelangen, aus dem sie gerne trinken.«

»Warum kümmert dich das?«, fragte er.

»Ich weiß es nicht«, antwortete ich. »Es ist eben so.«

# DANKSAGUNG

Der erste Roman eines Autors ist zwangsläufig ein Produkt seiner Lebenserfahrungen. Es ist nicht möglich, jedem Menschen zu danken, der mein Leben beeinflusst hat, aber ich möchte gerne drei Personen nennen, die mich zu einem besseren Schriftsteller gemacht haben.

Die erste Person ist mein Vater, der in der ersten Zeit seiner Berufstätigkeit Englisch unterrichtete. Er brachte mir die Freude bei, die aus dem Spielen mit Worten entsteht. Der zweite Mensch ist Walter Broman, ein Englischprofessor am Whitman College, der mir die Erlaubnis erteilte, die Konventionen zu vernachlässigen. Er war ein inspirierter und talentierter Lehrer. Die dritte Person schließlich ist Colonel (im Ruhestand) Al Rubin, mein direkter Vorgesetzter während meiner Zeit als Anwalt in der Militärjustiz. Immer wenn ich dachte, einen perfekten Schriftsatz verfasst zu haben, gab er ihn mir voller Korrekturen mit roter Tinte zurück und fragte: »Ist meine Version nicht besser?« Und sie war immer besser.

Ich möchte auch meiner Agentin Sandra Bond danken. Sie glaubte an *Todessplitter* und gab nie auf. Was genauso wichtig ist: Sie ließ auch nicht zu, dass ich aufgab. Ich möchte auch an Sara Ann Freed erinnern, Chefredakteurin bei dem Verlag Mysterious Press, als wir uns nach einem Verleger umsahen. Sie ging das Risiko mit *Todessplitter* ein, wohingegen andere Verlage fürchteten, es wäre zu unkonventionell. Tragischerweise starb Sara Ann, bevor *Todessplitter* in den Handel kam.

Kristen Weber von Mysterious Press unterstützte mich bei der Entwicklung der Romanhandlung und erwies sich als gute Lektorin, wobei sie mir gleichzeitig freie Hand gab, nach meinem Gutdünken zu schreiben, und meine Eigenarten wohlwollend tolerierte.

Sowohl Professor James D. Meiss von der Universität von Colorado als auch Professor Alex Kasman vom College von Charleston lasen das Manuskript, gaben mir Informationen zu dem mathematischen Hintergrund meines Romans und gewährten mir Einblick in die Welt der Mathematiker. Damit auch Leute ohne mathematische Neigungen Spaß an *Todessplitter* haben, habe ich einige der Konzepte, die Teil der Geschichte sind, stark vereinfacht. Jegliche Fehler, die daraus entstanden sind, unterliegen allein meiner Verantwortung.

Einen Kriminalroman zu schreiben, während man gleichzeitig als Anwalt praktiziert, ist keine einfache Aufgabe. Ich möchte meiner Assistentin Sandy Enke für ihre Unterstützung und Ermutigung danken. Ihre Bereitschaft, zwischen den Tätigkeiten einer Rechtsanwaltgehilfin, einer Geschäftspartnerin und einer Hundetrainerin hin und her zu springen und gleichzeitig Probleme jeglicher Art zu lösen, erwies sich als Segen.

Meine Ehefrau Tana unterstützte mich durch liebevolle Zuwendung und machte mir Mut, während ich in mein Projekt vertieft war.

Ich möchte Pepper und Scrappy im Himmel mit einem lauten »Wuff« danken.

Schließlich bedanke ich mich noch bei Phoebe, Bear und Wyatt. Ihre selbstlose Bereitschaft, meinen Teil des Bettes warm zu halten, während ich mit Schreiben beschäftigt war, war lebenswichtig für den Erfolg von *Todessplitter*.

*Wie wäre es, wenn es eine fremde Intelligenz im Universum gäbe?*

Uwe Schomburg
DIE SIRIUS
VERSCHWÖRUNG
Thriller
544 Seiten
ISBN-13: 978-3-404-15536-1
ISBN-10: 3-404-15536-X

Präsident Clintons letzte Europa-Reise im Jahr 2000: ein toter Präsidentenberater, die Erprobung von Strahlenwaffen in Alaska, ein geheimnisvolles Air Force Space Bureau. Was hat das alles mit dem mysteriösen Fund in einer Pyramide der Maya zu tun? Und was steht im White letter, dem Brief, den jeder scheidende Präsident an seinen Nachfolger schreibt und ihm persönlich übergibt? Der Journalist Alexander Cromwell kommt einer unglaublichen Verschwörung auf die Spur und kämpft schon bald nicht mehr allein um sein eigenes Überleben. Denn nicht nur nach dem Kalender der Maya endet der Zyklus der Menschheit in naher Zukunft …

Bastei Lübbe Taschenbuch